QUIÉN TEME A LA MUERTE

Nnedi Okorafor

QUIÉN TEME A LA MUERTE

Traducción de
Raquel Castro y Alberto Chimal

OCEANO

Ésta es una obra de ficción. Los nombres, personajes, lugares e incidentes son producto de la imaginación del autor, o se usan de manera ficticia. Cualquier semejanza con personas (vivas o muertas), acontecimientos o lugares de la realidad es mera coincidencia.

QUIÉN TEME A LA MUERTE

Título original: WHO FEARS DEATH

Publicado según acuerdo con Donald Maass Literary Agency
e International Editors' Co.

Traducción: Raquel Castro y Alberto Chimal

Diseño de portada: G-Force Design
Imágenes de portada: Jupiter Images y Shutterstock

D. R. © 2018, Editorial Océano de México, S.A. de C.V.
Homero 1500 - 402, Col. Polanco
Miguel Hidalgo, 11560, Ciudad de México
info@oceano.com.mx

Primera edición: 2018

ISBN: 978-607-527-706-6

Impreso en México / Printed in Mexico

A mi asombroso padre,
el doctor Godwin Sunday Daniel Okorafor,
F.A.C.S. (1940-2004)

Queridos amigos, ¿le temen a la muerte?

PATRICE LUMUMBA, primer y único presidente
electo de la República del Congo

PARTE I

Llegar a ser

Capítulo 1

El rostro de mi padre

Mi vida se cayó en pedazos cuando tenía dieciséis años. Papá murió. Él tenía un corazón muy fuerte, y sin embargo murió. ¿Habrán sido el calor y el humo de su taller de herrería? Es verdad que nada podía apartarlo de su trabajo, de su arte. Amaba hacer que el metal se doblara, que lo obedeciera. Pero su trabajo sólo parecía fortalecerlo; era muy feliz en su taller. Así que, ¿qué fue lo que lo mató? Hasta este día, no puedo estar segura. Espero que no haya tenido nada que ver conmigo ni con lo que hice entonces.

Inmediatamente después de que murió, mi madre salió corriendo de la habitación de ambos, llorando y arrojándose hacia la pared. Supe entonces que yo sería diferente. Supe en ese momento que nunca más sería capaz de controlar por entero el fuego en mi interior. Me convertí en una criatura diferente aquel día, menos humana. Todo lo que pasó después, ahora lo entiendo, comenzó entonces.

La ceremonia se llevó a cabo en las afueras del pueblo, cerca de las dunas. Era mediodía y hacía un calor terrible. Su cuerpo yacía en una tela blanca y gruesa, rodeado por una guirnalda de hojas de palma trenzadas. Me arrodillé allí, sobre la arena, junto a su cuerpo, diciendo mi último adiós. Nunca olvidaré su rostro. Ya no parecía el de Papá. La piel de Papá era marrón oscuro, sus labios gruesos. Este rostro tenía las mejillas hundidas, los labios desinflados y la piel marrón grisáceo. El espíritu de Papá se había ido a otra parte.

La nuca me picaba. Mi velo blanco era una pobre protección contra los ojos ignorantes y temerosos de la gente. Para este momento, todo el mundo estaba *siempre* observándome. Apreté la mandíbula. A mi alrededor, las mujeres estaban arrodilladas, gimiendo y llorando. Papá era muy querido a pesar del hecho de que se había casado con mi madre, una mujer con una hija como yo: una niña *ewu*. Se había explicado por largo tiempo como uno de esos errores que incluso los más grandes hombres pueden cometer. Por sobre los lamentos, escuché el llanto suave de mi madre. *Ella* había sufrido la pérdida más grande.

Era su turno de tener un último momento. Después, se lo llevarían para cremarlo. Miré su rostro por última vez. *Nunca volveré a verte*, pensé. No estaba lista. Parpadeé y toqué mi pecho. Fue entonces cuando pasó... cuando toqué mi pecho. Primero se sintió como una comezón. Rápidamente creció y se convirtió en algo distinto.

Mientras más intentaba levantarme, más intenso se volvía y más se expandía mi pena. *No pueden llevárselo*, pensé, frenéticamente. *Aún queda mucho metal en su taller. ¡No ha terminado su trabajo!* La sensación se extendía por mi pecho y se irradiaba hacia el resto de mi cuerpo. Contraje los hombros para contenerla. Entonces empecé a atraerla de la gente a mi alrededor. Temblé e hice rechinar mis dientes. Me estaba llenando de ira. *¡Ay, aquí no!*, pensé. *¡No en la ceremonia de Papá!* La vida no me dejaría en paz lo suficiente para guardar el luto por mi padre muerto.

Detrás de mí los gemidos cesaron. Todo lo que oía era una brisa gentil. Era horrible. Algo estaba debajo de mí, en la tierra, o tal vez en otra parte. De pronto, me azotó el dolor que todos a mi alrededor sentían por Papá.

Instintivamente, puse mi mano sobre su brazo. La gente comenzó a gritar. No volteé. Estaba demasiado concentrada en lo que tenía que hacer. Nadie trató de apartarme. Nadie me tocó. Al tío de mi amiga Luyu una vez le cayó un rayo durante una rara tormenta ungwa en temporada de secas. Sobrevivió, pero no podía dejar de hablar de que lo había sentido como ser violentamente sacudido desde dentro. Así me sentía ahora.

Ahogué un gemido de horror. No podía quitar la mano del brazo de Papá. Estaba *fundida* en él. Mi piel color arena fluía hacia la suya, marrón grisácea, a través de mi palma. Un bulto de carne entremezclada.

Empecé a gritar.

Se atoró en mi garganta y tosí. Luego miré. El pecho de Papá subía y bajaba despacio, subía, bajaba... ¡Estaba respirando! Yo sentía a la vez repulsión y una esperanza desesperada. Respiré profundamente y grité:

—¡Vive, Papá! *¡Vive!*

Un par de manos se posó en mis muñecas. Supe exactamente de quién eran. Uno de sus dedos estaba roto y vendado. Si no me quitaba las manos de encima, lo lastimaría mucho más de lo que lo había hecho cinco días antes.

—Onyesonwu —me dijo Aro al oído, quitando deprisa sus manos de mis muñecas. Ah, cómo lo odiaba. Pero lo escuché—. Ya se fue —dijo—. *Suelta*, para que nos liberemos de eso.

De algún modo... lo hice. Solté a Papá.

Todo volvió a quedar en un silencio de muerte.

Como si el mundo, por un momento, hubiera quedado sumergido bajo el agua.

Entonces el poder que se había acumulado en mi interior estalló. Mi velo se arrancó de mi cabeza y mis trenzas se soltaron de golpe. Todos y cada uno fueron arrojados hacia atrás: Aro, mi madre, familia, amigos, conocidos, extraños, la mesa de la comida, las cincuenta batatas, los trece grandes frutos de baobab, las cinco vacas, las diez cabras, las treinta gallinas y mucha arena. En el pueblo se fue la luz durante treinta segundos; habría que barrer la arena de las casas y reparar el daño en las computadoras a causa del polvo.

Otra vez ese silencio, fue como estar bajo el agua.

Miré mi mano. Cuando traté de quitarla del brazo frío, inmóvil, muerto de Papá, se escuchó el sonido de algo que se desprendía, como un pegamento suave que cayera en forma de copos. Mi mano dejó una silueta de mucosidad reseca en el brazo de Papá. Froté mis dedos unos con otros. Más de aquella materia se desprendió de ellos. Miré una vez más a Papá. Luego caí sobre mi costado y me desmayé.

Eso fue hace cuatro años. Mírame ahora. Aquí, la gente sabe que yo lo causé todo. Quieren ver mi sangre, quieren hacerme sufrir y quieren matarme. Pase lo que pase después de esto..., déjame parar.

Esta noche, quieres saber cómo llegué a ser lo que soy. Quieres saber cómo llegué aquí... Es una larga historia. Pero te lo diré..., te lo diré. Serás una tonta si crees lo que otros dicen de mí. Te cuento mi historia para evitar todas esas mentiras. Por suerte, incluso mi larga historia cabrá en esa laptop que tienes.

Tengo dos días. Espero que sea tiempo suficiente. Pronto me alcanzará.

Mi madre me llamó Onyesonwu. Significa "¿Quién teme a la muerte?". Un buen nombre. Nací hace veinte años en tiempos difíciles. Irónicamente, crecí muy lejos de todos los asesinatos...

Capítulo 2

Papá

Sólo con mirarme, todos pueden ver que soy hija de una violación. Pero cuando Papá me miró por primera vez, vio más allá de eso. Es la única persona, aparte de mi madre, de quien puedo decir que me amó a primera vista. En parte por eso me fue tan difícil soltarlo cuando murió.

Yo fui quien escogió a Papá para mi madre. Tenía seis años.

Mi madre y yo acabábamos de llegar a Jwahir. Antes de eso habíamos sido nómadas en el desierto. Un día, mientras lo recorríamos, ella se detuvo, como si escuchara otra voz. Con frecuencia se comportaba de manera extraña: parecía conversar con alguien que no era yo. Luego me dijo:

—Es hora de que vayas a la escuela.

Yo era demasiado joven para entender sus verdaderas razones. Era muy feliz en el desierto, pero después de que llegamos al pueblo de Jwahir, el mercado se convirtió rápidamente en mi patio de recreo.

En los primeros días, para obtener dinero prontamente, mi madre vendió la mayor parte del dulce de cactus que tenía. El dulce de cactus era más valioso que el dinero en Jwahir. Era un manjar delicioso. Mi madre se había enseñado a cultivarlo.

Debió de haber tenido siempre la intención de regresar a la civilización.

A lo largo de varias semanas, ella plantó los esquejes de cactus que había guardado y abrió un puesto. Yo ayudaba lo mejor que podía. Cargaba y arreglaba cosas, y pregonaba para atraer clientes. Por su parte, ella me daba una hora diaria de tiempo libre para vagabundear. En el desierto, en los días claros, solía alejarme más de un kilómetro de mi madre. Nunca me perdí. Así que el mercado era pequeño para mí. Sin embargo, había mucho que ver y la posibilidad de meterse en problemas estaba a la vuelta de cada esquina.

Era una niña feliz. La gente chasqueaba la lengua, gruñía y apartaba la vista cuando yo pasaba. Pero a mí no me importaba. Había pollos y zorros domesticados que perseguir, otros niños a los que mirar feo cuando ellos lo hacían, discusiones que observar. La arena en el suelo estaba a veces húmeda por la leche de camello derramada; otras veces, aceitosa y fragante gracias al perfume vertido de sus botellas, mezclado con cenizas de incienso y con frecuencia adherido a excremento de vacas, camellos o zorros. La arena aquí estaba siempre sucia, mientras que en el desierto estaba siempre intacta.

Sólo habían transcurrido unos pocos meses de nuestra estancia en Jwahir cuando encontré a Papá. Aquel día fatídico era cálido y soleado. Cuando dejé a mi madre yo llevaba una taza de agua conmigo. Mi primer impulso era ir a la estructura más extraña de Jwahir: la Casa de Osugbo. Algo me atraía siempre a ese gran edificio de forma cuadrada. Decorado con formas y símbolos extraños, era el edificio más alto de Jwahir y el único construido enteramente de piedra.

—Un día entraré —dije, de pie ante él, mirándolo—. Pero hoy no.

Me aventuré más allá del mercado a un área que no había explorado. Una tienda de electrónica vendía feas computadoras reconstruidas. Eran cosas pequeñas, negras y grises, con tarjetas de circuitos expuestas y carcasas rotas. Me pregunté si serían tan feas al tacto como a la vista. Nunca había tocado una computadora. Me acerqué a palpar una.

—*¡Ta!* —dijo el dueño desde atrás de su mostrador—. ¡No toques!

Bebí de mi agua y me fui.

Con el tiempo, mis piernas me llevaron a una cueva llena de ruido y fuego. El blanco edificio de adobe estaba abierto por el frente. El cuarto en el interior estaba oscuro, salvo por destellos ocasionales de luz ardiente. Un calor mayor que el de la brisa surgía como de las fauces de un monstruo. En el frente del edificio, en un gran cartel se leía:

HERRERÍA OGUNDIMU — LAS HORMIGAS BLANCAS NUNCA DEVORAN EL BRONCE, LOS GUSANOS NO COMEN HIERRO.

Entrecerré los ojos y distinguí a un hombre alto y musculoso en el interior. Su piel oscura y lustrosa estaba oscurecida de hollín. *Como uno de los héroes del Gran Libro*, pensé. Llevaba guantes tejidos con finos hilos de metal y lentes negros apretados a su rostro con una correa. Las fosas nasales se dilataban mientras golpeaba el fuego con un gran martillo. Sus enormes brazos se flexionaban con cada golpe. Podría haber sido el hijo de Ogun, la diosa del metal. Había mucha alegría en sus movimientos. *Pero se ve muy sediento*, pensé. Imaginé su garganta ardiendo y llena de ceniza. Todavía tenía mi taza de agua. Estaba a medio llenar. Entré en su taller.

Hacía aún más calor dentro. Sin embargo, yo había crecido en el desierto. Estaba acostumbrada al calor y al frío extremos. Miré con cautela cómo saltaban chispas del metal que él golpeaba. Luego, tan respetuosamente como pude, dije:

—*Oga*, tengo agua para ti.

Mi voz lo sorprendió. La imagen de una niñita larguirucha, que era lo que la gente llamaba *ewu*, de pie en su taller lo sorprendió aún más. Se levantó los lentes del rostro. La zona alrededor de sus ojos donde el hollín no había caído era más o menos del color marrón oscuro de mi madre. *La parte blanca de sus ojos es muy blanca para alguien que está mirando fuegos todo el día*, pensé.

—Niña, no deberías estar aquí —dijo él. Yo retrocedí. Su voz era sonora. Profunda. Este hombre podría hablar en el desierto y los animales a kilómetros de distancia lo escucharían.

—No está muy caliente —dije. Levanté el agua—. Ten —me acerqué más, muy consciente de lo que yo era. Llevaba puesto el vestido verde que mi madre había cosido para mí. La tela era ligera pero cubría cada centímetro de mi cuerpo, todo, hasta mis talones y mis muñecas. Ella me hubiera hecho llevar un velo sobre el rostro, pero no habría tenido corazón para hacerlo.

Era extraño. En su mayoría, la gente me rechazaba porque yo era *ewu*. Pero a veces las mujeres se arremolinaban a mi alrededor.

—Pero su piel —se decían unas a otras, nunca directamente a mí—, es tan suave y delicada que casi parece leche de camello.

—Y su pelo es raro y tupido, como una nube de hierba seca.

—Sus ojos son como los de un gato del desierto.

—Ani crea belleza extraña a partir de la fealdad.

—Ella podría ser bonita para cuando pase el Rito de los Once.

—¿Qué sentido tendría que lo pasara? Nadie se va a casar con ella —y se reían.

En el mercado, algunos hombres habían tratado de atraparme, pero siempre era más rápida y sabía cómo rasguñar. Había aprendido de los gatos del desierto. Todo esto confundía a mi mente de seis años. Ahora, mientras estaba de pie ante el herrero, temí que él también pudiera encontrar una belleza extraña en mi feo rostro.

Levanté la taza hacia él. Él la tomó y bebió largo y profundo, sin dejar caer una gota. Yo era alta para mi edad pero él era alto para la suya. Tuve que echar la cabeza hacia atrás para ver la sonrisa en su rostro. Dejó escapar un gran suspiro de alivio y me devolvió la taza.

—Buena agua —dijo. Regresó a su yunque—. Eres demasiado alta y demasiado atrevida para ser un espíritu acuático.

Yo sonreí.

—Mi nombre es Onyesonwu Ubaid —dije—. ¿Cuál es el tuyo, *Oga*?

—Fadil Ogundimu —dijo. Miró sus manos enguantadas—. Te daría la mano, Onyesonwu, pero mis guantes están calientes.

—Está bien, *Oga* —dije—. ¡Eres un herrero!

Él asintió.

—Como lo fue mi padre, y su padre, y el padre de su padre, y así sucesivamente.

—Mi madre y yo llegamos aquí hace pocos meses —dije de pronto. Recordé que se hacía tarde—. Ay. ¡Me tengo que ir, *Oga* Ogundimu!

—Gracias por el agua —dijo él—. Tenías razón. Tenía sed.

Después de eso, lo visité con frecuencia. Se convirtió en mi mejor y único amigo. Si mi madre hubiera sabido que pasaba tiempo en compañía de un hombre extraño, me habría golpeado y me habría prohibido tener mi tiempo libre durante semanas. El aprendiz del herrero, un hombre llamado Ji, me odiaba y me lo hacía saber sonriéndome con desprecio siempre que me veía, como si yo fuera un animal salvaje y enfermo.

—Ignora a Ji —decía el herrero—. Es bueno con el metal pero le falta imaginación. Perdónalo. Es primitivo.

—¿*Tú* crees que me veo mala?

—Eres preciosa —decía él, sonriendo—. El modo en que una niña es concebida no es su culpa ni su carga.

No sabía qué significaba *concebida* y no pregunté. Me había dicho preciosa y no quería que retirara lo dicho. Por suerte, Ji solía llegar tarde, durante el momento más fresco del día.

Pronto ya le estaba contando al herrero acerca de mi vida en el desierto. Era demasiado joven para saber cómo guardarme esas cosas delicadas. No entendía que mi pasado, mi existencia misma, eran algo delicado. Por su parte, él me enseñó algunas cosas sobre el metal, como cuáles variedades cedían al calor más fácilmente y cuáles menos.

—¿Cómo era tu esposa? —le pregunté un día. Sólo estaba hablando por hablar. Estaba más interesada en la pequeña pila de pan que él me había comprado.

—Njeri. Tenía la piel negra —me dijo. Puso sus dos grandes manos alrededor de uno de sus muslos—. Y piernas muy fuertes. Era una corredora de camellos.

Tragué el pan que estaba masticando.

—¿De verdad? —exclamé.

—La gente decía que sus piernas eran lo que la mantenía sobre los camellos pero yo sé que no era así. Ella tenía también alguna especie de don.

—¿Qué clase de don? —pregunté, inclinándome hacia delante—. ¿Podía ver a través de las paredes? ¿Volar? ¿Comer vidrio? ¿Convertirse en escarabajo?

—¡Lees mucho! —rio el herrero.

—¡He leído el Gran Libro dos veces! —le presumí.

—Impresionante —dijo—. Bueno, mi Njeri podía hablar con los camellos. Y como hablar con camellos es trabajo de hombres, ella eligió en cambio las carreras de camellos. Y Njeri no sólo corría. *Ganaba* las carreras. Nos conocimos cuando éramos adolescentes. Nos casamos a los veinte.

—¿Cómo sonaba su voz? —pregunté.

—Ah, su voz era fastidiosa y bella —dijo. Yo fruncí el ceño, confundida—. Hablaba muy fuerte —explicó, tomando un trozo de mi pan—. Reía mucho cuando estaba feliz y gritaba mucho cuando estaba irritada. ¿Entiendes? —asentí—. Por un tiempo fuimos felices —dijo. Hizo una pausa.

Esperé a que continuara. Supe que ésta era la parte mala. Cuando se quedó mirando su trozo de pan, dije:

—¿Y bien? ¿Qué pasó después? ¿Te hizo algo malo?

Él sonrió y yo me sentí contenta, aunque había hecho la pregunta en serio.

—No, no —dijo—. El día en que corrió la carrera más rápida de su vida, pasó algo terrible. Deberías haberlo visto, Onyesonwu. Era la final de las carreras de la Fiesta de la Lluvia. Ella ya había ganado antes esa carrera, pero ese día estaba a punto de romper la marca del kilómetro más rápido de la historia —hizo una pausa—. Yo estaba en la línea de meta. Todos estábamos ahí. El suelo estaba todavía resbaloso por la fuerte lluvia de la noche anterior. Debían haber hecho la carrera algún otro día. Su camello se aproximaba, corriendo sobre sus patas zambas. Corría más rápido de lo que ningún camello ha corrido jamás —cerró sus ojos—. Dio mal un paso y… tropezó —su voz se quebró—. Al final, las piernas fuertes de Njeri fueron su perdición. Se aferró al camello y cuando éste cayó, su peso la aplastó.

Con horror, me cubrí la boca con las manos.

—De haber salido disparada del camello, habría vivido. Sólo estuvimos casados tres meses —suspiró—. El camello que ella montaba se negó a apartarse de su lado. Iba a dondequiera que iba el cuerpo de ella. Días después de que la cremaran el camello murió de pena. Los camellos de todas partes estuvieron escupiendo y gruñendo durante semanas.

Se volvió a poner los guantes y regresó a su yunque. La conversación había terminado.

Pasaron meses. Seguí visitándolo cada pocos días. Sabía que estaba tentando a la suerte con mi madre. Pero creía que era un riesgo que valía la pena. Un día, él me preguntó cómo iba mi día.

—Bien —contesté—. Una señora hablaba de ti ayer. Dijo que eras el mejor herrero de todos y que alguien llamado Osugbo te paga bien. ¿Es el dueño de la Casa de Osugbo? Siempre he querido ir allá.

—Osugbo no es un hombre —contestó, mientras examinaba una pieza de hierro forjado—. Es el grupo de los ancianos de Jwahir que mantienen el orden, nuestros jefes de gobierno.

—Ah —dije, sin saber y sin que me importara el significado de la palabra *gobierno*.

—¿Cómo está tu mamá? —preguntó él.

—Bien.

—Quisiera conocerla.

Contuve el aliento, con el ceño fruncido. Si ella se enteraba que lo veía, a mí me tocaría la peor golpiza de mi vida y entonces perdería a mi único amigo. *¿Para qué la quiere conocer?*, me pregunté. De pronto me sentía extremadamente posesiva de mi madre. Pero ¿cómo podía impedirle que la conociera? Me mordí el labio y dije de mala gana:

—Bueno.

Para mi desaliento, él fue a nuestra tienda esa misma noche. Con todo, se veía muy guapo: llevaba pantalones blancos largos y sueltos, un caftán blanco y un velo blanco en la cabeza. Vestir todo de blanco era presentarse con gran humildad. Usualmente lo hacían las mujeres. Que un hombre lo hiciera era muy especial. Sabía que debía acercarse a mi madre con cuidado.

Primero, mi madre se asustó y se enojó con él. Cuando él le contó acerca de la amistad que tenía conmigo, ella me dio una nalgada tan fuerte que yo me fui corriendo y lloré durante horas. Eso sí, en menos de un mes Papá y mi madre estaban casados. El día después de la boda, mi madre y yo nos mudamos a su casa. Todo debió haber sido perfecto después de eso. Fue bueno durante cinco años. Luego lo extraño comenzó.

Capítulo 3

Conversación interrumpida

Papá nos ancló a Jwahir a mi madre y a mí. Pero aun si él hubiera vivido, yo habría terminado aquí. Nunca fue mi destino *quedarme* en Jwahir. Yo era demasiado volátil y había otras cosas que me impulsaban. Representé un problema desde el momento de mi concepción. Era una mancha negra. Un veneno. Me di cuenta de ello cuando cumplí los once años. Cuando algo extraño me pasó. El incidente obligó a mi madre a contarme por fin mi propia fea historia.

Era de tarde y se acercaba una tormenta. Yo estaba de pie en la puerta trasera, mirándola llegar, cuando justo ante mis ojos una gran águila atacó a un gorrión en el jardín de mi madre. El águila azotó al gorrión contra el suelo y se lo llevó volando. Tres plumas marrones, ensangrentadas, cayeron del cuerpo del gorrión. Aterrizaron entre los tomates de mi madre. Truenos rugieron mientras yo iba y levantaba una de las plumas. Me froté la sangre en los dedos. No sé por qué lo hice.

Era pegajosa. Y su olor a cobre me picaba la nariz, como si me hubiera bañado en él. Incliné la cabeza, por alguna razón, escuchando, sintiendo. *Aquí pasa algo*, pensé. El cielo se oscureció. El viento se levantó. Trajo… otro olor. Un olor extraño que desde entonces he llegado a reconocer, pero jamás seré capaz de describir.

Mientras más inhalaba ese olor, más se removía algo en mi cabeza. Pensé en correr al interior de la casa, pero no quería meter eso, fuera lo que fuera, en ella. Y luego ya no pude moverme aun de haberlo deseado. Se escuchó un zumbido y luego sentí dolor. Cerré los ojos.

Había puertas en mi cabeza, puertas hechas de acero y madera y piedra. El dolor venía del crujir de las puertas que se abrían. Aire caliente soplaba por las aberturas. Mi cuerpo se sentía extraño, como si cualquier movimiento que hiciera fuera a romper algo. Caí de rodillas y vomité. Cada músculo de mi cuerpo se agarrotó. Entonces dejé de existir. No recuerdo nada. Ni la oscuridad.

Fue horrible.

Lo siguiente que supe fue que estaba en lo alto del gigantesco árbol de iroko que crecía en el centro del pueblo. Estaba desnuda. Llovía. La humillación y la confusión siempre caracterizaron mi infancia. ¿Acaso sorprende que la ira nunca estuviera lejos?

Contuve el aliento para no llorar por la conmoción y por el miedo. La larga rama que me sostenía era resbalosa. Y yo no podía quitarme de encima la sensación de que acababa de morir espontáneamente y había vuelto a la vida. Pero eso no importaba en aquel momento. ¿Cómo iba a bajar?

—¡Tienes que saltar! —gritó alguien.

Mi padre y un muchacho que llevaba una canasta sobre la cabeza estaban abajo. Hice rechinar mis dientes y me agarré con más fuerza de la rama, enojada y avergonzada. Papá extendió sus brazos.

—¡Salta! —gritó.

Dudé, pensando *No quiero morir otra vez*. Sollocé. Para evitar seguir pensando, salté. Papá y yo caímos al suelo húmedo cubierto de frutos de iroko. Me levanté deprisa y me apreté a él para cubrirme mientras él se quitaba la camisa. Rápidamente me la puse. El olor de los frutos machacados era fuerte y amargo bajo la lluvia. Necesitaríamos un buen baño para quitarnos el olor y las manchas de color púrpura de la piel. La ropa de Papá estaba arruinada. Miré a mi alrededor. El muchacho ya no estaba.

Papá tomó mi mano y caminamos a casa en un silencio sobrecogedor. Mientras avanzábamos bajo la lluvia, me esforzaba por mantener los ojos abiertos. Estaba exhausta. Llegar a casa parecía tomar una eternidad. *¿Llegué tan lejos?*, me preguntaba. *¿Qué? ¿Cómo?* Ya en casa, detuve a Papá en la puerta.

—¿Qué pasó? —pregunté al fin—. ¿Cómo supiste dónde encontrarme?

—Por ahora sólo vamos a secarte —dijo en tono tranquilizador.

Cuando abrimos la puerta, mi madre salió corriendo. Insistí en que estaba bien, pero no lo estaba. Otra vez caía hacia el olvido. Me dirigí hacia mi cuarto.

—Déjala ir —dijo Papá a mi madre.

Me arrastré hasta la cama y esta vez me sumí en un sueño normal, profundo.

—Levántate —dijo mi madre con su voz susurrante. Habían pasado horas. Mis ojos estaban pegajosos y el cuerpo me dolía. Lentamente, me incorporé, frotando mi rostro. Mi madre levantó su silla y la acercó a mi cama—. No sé qué te pasó —dijo. Pero no me miraba. Aun entonces me pregunté si me estaba diciendo la verdad.

—Yo tampoco, mamá —dije. Suspiré mientras masajeaba mis brazos y piernas adoloridos. Todavía podía oler el fruto del iroko sobre mi piel.

Ella tomó mis manos.

—Ésta es la única vez que voy a decirte esto —dudó y sacudió la cabeza, y dijo para sí misma—: Oh, Ani, sólo tiene once años —luego ladeó la cabeza y puso aquella cara que yo conocía tan bien. Esa cara de estar escuchando. Chasqueó la lengua y asintió.

—Mamá, ¿qué…?

—El sol estaba alto en el cielo —dijo ella con voz suave—. Alumbraba todo. Entonces llegaron. Cuando la mayoría de las mujeres, aquellas de nosotras con más de quince años, estábamos Conversando en el desierto. Yo tenía unos veinte años…

Los militantes nuru esperaban la retirada cuando las mujeres okeke se adentraron en el desierto y se quedaron por siete días para hacer homenaje a la diosa Ani. *Okeke* significa "los que fueron creados". La gente okeke tiene la piel del color de la noche porque fueron creados antes que el día. Fueron los primeros. Después, luego de que pasaran muchas cosas, arribaron los nurus. Ellos llegaron de las estrellas y por eso su piel es del color del sol.

Esos nombres debieron haber sido acordados en tiempos de paz, pues era bien sabido que los okekes habían nacido para ser esclavos de los nurus. Hace mucho tiempo, durante la era de la Vieja África, habían hecho algo terrible, por lo que Ani les había puesto ese deber a la espalda. Está escrito en el Gran Libro.

Aunque Najeeba vivía con su marido en una pequeña aldea okeke donde nadie era esclavo, ella conocía su lugar. Como todos los demás en la aldea, de haber vivido en el Reino de los Siete Ríos, apenas a veinticuatro kilómetros al este, donde había más riqueza, ella hubiera pasado su vida sirviendo a los nurus.

La mayoría respetaba el viejo proverbio: "Una serpiente es tonta si sueña con ser un lagarto". Pero un día, treinta años antes, un grupo de hombres y mujeres okeke de la ciudad de Zin lo rechazaron. Ya habían tenido bastante. Se levantaron y sublevaron, exigiendo, negando. Su pasión se irradió a los pueblos y aldeas vecinos de los Siete Ríos. Estos okekes pagaron caro el tener ambición. *Todos* pagaron, como ocurre siempre con el genocidio. Y desde entonces esto ha pasado una y otra vez. Los okekes rebeldes que no fueron exterminados fueron llevados al este.

Najeeba apoyaba la cabeza en la arena, sus ojos estaban cerrados, su atención puesta en el interior. Sonreía mientras conversaba con Ani. A los diez años, ella se había unido a los viajes por la Ruta de la Sal con su padre y sus hermanos, para comprar y vender sal. Desde entonces había amado el desierto abierto. Y siempre había amado viajar. Sonreía más y más, y frotaba más y más su cabeza contra la arena, ignorando el sonido de las oraciones de las mujeres a su alrededor.

Najeeba estaba contando a Ani cómo ella y su marido se habían sentado afuera, algunas noches antes, y habían visto cinco estrellas caer del cielo. Se dice que el número de estrellas que una mujer y su marido ven caer del cielo será el número de niños que tendrán. Ella rio para sí misma. No tenía idea de que aquélla sería la última vez que iba a reír durante un largo tiempo.

—No tenemos mucho, pero mi padre estaría orgulloso —dijo Najeeba, con su voz profunda—. Tenemos una casa en la que siempre se mete la arena. Nuestra computadora era vieja cuando la compramos. Nuestra estación de acopio recoge sólo la mitad del agua de las nubes que debería recoger. Otra vez han empezado las matanzas y no lejos. Aún no tenemos hijos. Pero somos felices. Y te agradezco…

Se oyó el ronronear de motonetas. Ella levantó la mirada. Había un desfile de vehículos, cada uno con una bandera naranja en la parte trasera del asiento. Deben haber sido al menos cuarenta. Najeeba y su grupo estaban a kilómetros de la aldea. Habían partido cuatro días antes, bebiendo agua y comiendo sólo pan. Así que no sólo estaban solas: estaban débiles. Ella sabía exactamente quiénes eran aquellas personas. *¿Cómo supieron dónde encontrarnos?*, se preguntó. Días antes el desierto había borrado sus huellas.

El odio había llegado finalmente a su hogar. Su aldea era un lugar silencioso donde las casas eran diminutas pero bien construidas; el mercado pequeño, pero bien abastecido; donde los grandes eventos eran los matrimonios. Era un lugar dulce e inofensivo, oculto por palmeras perezosas. Hasta ahora.

Mientras las motonetas trazaban círculos alrededor de las mujeres, Najeeba miró hacia atrás, a su aldea. Gruñó como si la hubieran golpeado en el estómago. Columnas de humo negro se elevaban hacia el cielo. La diosa Ani no se había molestado en decir a las mujeres que en la aldea estaban muriéndose. Que mientras ellas ponían sus cabezas sobre la arena, sus hijos, esposos, parientes en casa eran asesinados, sus hogares quemados.

En cada moto había un hombre y en varias una mujer acompañaba al hombre. Llevaban velos naranjas sobre sus rostros soleados. Su costosa ropa militar —pantalones y camisas de color arena, botas de cuero— probablemente estaba tratada con gel térmico para mantenerse fresca bajo el sol. Mientras Najeeba se ponía en pie, mirando el humo, la boca abierta, recordó cómo su esposo siempre había querido gel térmico para sus ropas cuando trabajaba en las palmeras. Nunca pudo pagarlo. *Y ahora nunca va a poder*, pensó ella.

Las mujeres okeke gritaron y corrieron en todas direcciones. Najeeba gritó tan fuerte que todo el aire abandonó sus pulmones y sintió que algo se rompía en lo profundo de su garganta. Después se daría cuenta de que era su voz, que la dejaba para siempre. Corrió en dirección opuesta a su aldea. Pero los nurus hicieron un círculo amplio alrededor de ellas, llevándolas como en manada, juntándolas como camellos salvajes. Mientras las mujeres okeke se encogían de miedo, sus largas ropas color vincapervinca se estremecían en la brisa. Los hombres nuru bajaron de sus motos, con sus mujeres detrás. Se acercaron. Y allí comenzaron las violaciones.

Todas las okekes, jóvenes, maduras, viejas, fueron violadas. Repetidas veces. Esos hombres no se cansaban; era como si estuvieran embrujados. Cuando se vaciaban dentro de una mujer, tenían más para la siguiente y la siguiente. Cantaban mientras las violaban. Las mujeres nuru que habían venido con ellos reían, señalaban y cantaban también. Cantaban en sipo, la lengua común, para que las mujeres okeke pudieran entender.

> La sangre de los okekes corre como el agua.
> Nosotros les quitamos sus cosas y avergonzamos
> a sus antepasados.
> Les pegamos con mano pesada.
> Luego tomamos lo que ellos llaman su tierra.
> El poder de Ani nos pertenece a nosotros.
> Y por eso los mataremos y los haremos polvo.
> ¡Feos, puercos esclavos, Ani al fin los ha matado!

A Najeeba le fue peor que a las demás. Las otras mujeres okeke eran golpeadas y violadas, y entonces sus atacantes se iban, dándoles un momento de respiro. El hombre que tomó a Najeeba, sin embargo, se quedó con ella, y no había mujer nuru que observara o se riera. Era alto y fuerte como un toro. Un animal. Su velo cubría su rostro, pero no su rabia.

Agarró a Najeeba de sus trenzas negras y gruesas y la arrastró varios metros más allá de los otros. Ella trató de levantarse y correr, pero él le cayó encima demasiado rápido. Ella dejó de luchar en cuanto vio su cuchillo... brillante y afilado. Él rio y lo usó para abrirle las ropas. Ella lo miró a los ojos, la única parte de su rostro que podía ver. Eran dorados y marrones y furiosos. Sus bordes se estremecían.

Mientras él la mantenía inmovilizada, sacó de su bolsillo un aparato con forma de moneda y lo puso al lado de ella. Era el tipo de aparato que se usa para ver la hora, el clima o para llevar un archivo del Gran Libro. Tenía un mecanismo de grabación. El ojo negro de su pequeña cámara se alzó, rechinando mientras comenzaba a grabar. Él empezó a cantar, clavando su cuchillo en la arena a un lado de la cabeza de Najeeba. Dos grandes escarabajos negros aterrizaron en el mango.

Él le separó las piernas y siguió cantando mientras la penetraba. Entre canciones, dijo palabras nuru que ella no pudo entender. Palabras acaloradas, mordedoras, rugientes. Después de un rato, la ira hirvió en Najeeba y ella le escupió y le rugió también. Él la agarró por el cuello, tomó su cuchillo y le acercó la punta al ojo izquierdo hasta que ella volvió a quedarse quieta. Luego cantó con más fuerza y la penetró más profundamente.

En algún momento, Najeeba se quedó fría, luego insensible y luego callada. Se convirtió en dos ojos que veían lo que pasaba. Siempre había sido así, hasta cierto punto. De niña se había caído de un árbol y se había roto el brazo. Aunque sufría, se había levantado, dejado a sus amigos aterrados, caminado a casa y encontrado a su madre, quien la llevó con una amistad que sabía cómo tratar huesos rotos. El comportamiento peculiar de Najeeba solía hacer enojar a su padre siempre que ella se portaba mal y la golpeaba. Sin importar lo fuerte del golpe, ella nunca emitía un sonido.

—¡El Alusi de esta niña no tiene respeto! —decía siempre su padre a su madre. Pero cuando estaba de buen humor, como era usual, su padre elogiaba esa parte de Najeeba y decía—: Deja viajar a tu Alusi, hija. ¡Ve lo que puedas ver!

Ahora su Alusi, la parte etérea de ella con la habilidad de silenciar el dolor y observar, se manifestaba. Su mente grababa los sucesos como el aparato de aquel hombre. Cada detalle. Su mente observó que cuando el hombre cantaba, a pesar de la letra de la canción, lo hacía con una hermosa voz.

Aquello duró unas dos horas, aunque Najeeba lo sintió como un día y medio. En su recuerdo, ella veía moverse el sol en el cielo, ocultarse y volver a salir. Lo que importa es que fue un largo tiempo. Los nurus cantaron, rieron, violaron y en algunos casos mataron. Luego se fueron. Najeeba se quedó de espaldas, sus ropas abiertas, su vientre golpeado y lastimado, expuesto al sol. Ella se quedó atenta, para ver si escuchaba respiraciones, gemidos, llanto. Por un tiempo no escuchó nada. Estuvo contenta.

Entonces oyó gritar a Amaka:

—¡Levántense! —Amaka tenía veinte años más que Najeeba. Era fuerte, y con frecuencia una vocera de las mujeres en la aldea—. ¡Levántense todas! —dijo, tambaleante—. ¡Arriba! —fue hasta cada una de las mujeres a patearlas—. Estamos muertas, pero aquellas que aún respiramos no moriremos aquí.

Najeeba escuchó sin moverse mientras Amaka pateaba muslos y tiraba de los brazos de otras mujeres. Ella tenía la esperanza de fingir su muerte para engañar a Amaka. Sabía que su esposo estaba muerto y que, aun si no lo estuviera, nunca volvería a tocarla.

Los hombres nuru, y sus mujeres, lo habían hecho más allá de la tortura y la vergüenza. Querían crear niños *ewu*. Esos niños no son hijos de un amor prohibido entre nurus y okekes, ni tampoco *noahs*, okekes nacidos sin color. Los *ewu* son hijos de la violencia.

Una mujer okeke *jamás* matará a un niño engendrado en su interior. Irá incluso contra su marido para mantener con vida a un niño en su vientre. Sin embargo, la costumbre dictaba que un niño es hijo de su padre. Los nurus habían plantado veneno. Una okeke que daba a luz a un *ewu* quedaba ligada a los nurus por su hijo. Los nurus buscaban destruir a las familias okeke desde su misma raíz. A Najeeba no le importaba ese cruel plan. No había niño engendrado en ella. Todo lo que quería era morir. Cuando Amaka llegó hasta ella, bastó una patada para hacerla toser.

—No me engañas, Najeeba. Levántate —dijo Amaka. El lado izquierdo de su rostro era azul y púrpura. Su ojo izquierdo estaba hinchado y no podía abrirse.

—¿Por qué? —dijo Najeeba con su nueva voz sin voz.

—Porque eso es lo que hacemos —Amaka le tendió una mano. Najeeba se apartó.

—Déjame acabar de morir. No tengo hijos. Es mejor —Najeeba sentía el peso en su vientre. Si se ponía de pie, todo el semen que había sido introducido en ella se derramaría. El pensamiento le produjo asco. Giró la cabeza y empezó a tener arcadas. Cuando su estómago se calmó, Amaka seguía allí. Ella escupió en el suelo a un lado de Najeeba. La saliva estaba roja de sangre. Amaka intentó levantar a Najeeba. Ella sintió una punzada de dolor en el abdomen, pero mantuvo su cuerpo flácido y pesado. Finalmente, frustrada, Amaka dejó caer el brazo de Najeeba, volvió a escupir y se fue.

Las mujeres que eligieron vivir se obligaron a levantarse y caminaron de regreso a la aldea. Najeeba cerró los ojos, sintiendo la sangre que manaba de un corte en su frente. Pronto regresó el silencio. *Dejar este cuerpo será fácil*, pensó. Siempre había amado viajar.

Se quedó allí hasta que su rostro ardió bajo el sol. La muerte se estaba tardando más de lo que ella deseaba. Abrió los ojos y se sentó. Les tomó un minuto a sus ojos ajustarse al brillo del sol. Cuando lo hicieron, ella vio cuerpos y charcos de sangre, que la arena se bebía como si las mujeres hubieran sido sacrificadas al desierto. Ella se puso en pie despacio, fue hasta su morral y lo levantó.

—Déjame —dijo Teka diez minutos después, mientras Najeeba la sacudía. Teka era la única con vida entre los cinco cuerpos. Najeeba se dejó caer a su lado. Frotó su cuero cabelludo donde su asaltante le había arrancado cabello de forma brutal. Miró a Teka. Sus trenzas tenían costras de arena y su rostro se volvía una mueca con cada respiración. Lentamente, Najeeba se puso en pie e intentó levantar a Teka.

—Déjame —repitió Teka, mirándola con enojo. Y Najeeba lo hizo.

Se encaminó fatigosamente hacia la aldea, yendo en esa dirección únicamente por costumbre. Le rogó a Ani que le enviara algo para matarla, como un león o más nurus. Pero aquélla no fue la voluntad de Ani.

Su aldea ardía. Había casas derrumbadas, jardines destruidos, motonetas en llamas. Cuerpos en la calle. Muchos estaban quemados, irreconocibles. Durante ese tipo de ataques, los soldados nuru tomaban a los más fuertes hombres okeke, los bañaban con queroseno y les prendían fuego. Najeeba no vio a hombres o mujeres nuru, ni muertos ni vivos. La aldea había sido una conquista fácil, con la guardia baja, vulnerable, desprevenida, en negación. *Estúpidos*, pensó. Las mujeres gemían en las calles. Los hombres lloraban ante sus hogares. Los niños vagaban, confundidos. El calor era opresivo, irradiaba desde el sol y desde las casas quemadas y las motonetas y la gente. Para el atardecer habría un nuevo éxodo hacia el este.

Najeeba pronunció suavemente el nombre de su esposo cuando llegó a su casa. Entonces, orinó. La orina la quemó al correr por sus piernas lastimadas. La mitad de la casa estaba en llamas. Su jardín estaba destruido. Su motoneta se quemaba. Pero allí estaba Idris, su esposo, sentado en el suelo con la cabeza entre las manos.

—Idris —volvió a decir Najeeba suavemente. *Estoy viendo a un fantasma*, pensó. *El viento soplará y lo hará desvanecerse*. No corría sangre por su rostro. Y aunque las rodillas de su pantalón azul tenían costras de arena y las axilas de su caftán azul estaban oscuras de sudor, él estaba ileso. Era él, no su fantasma. Najeeba quiso decir "Ani es misericordiosa", pero la diosa no lo era. En lo absoluto. Pues, aunque su esposo se había salvado, Ani había matado a Najeeba y la había dejado con vida.

Cuando la vio, Idris gritó de alegría. Ambos corrieron a los brazos del otro y se abrazaron durante varios minutos. Idris olía a sudor, ansiedad, miedo y ruina. Najeeba no se atrevió a preguntarse a qué olía ella.

—Soy un hombre, pero todo lo que pude hacer fue esconderme, como un niño —le dijo él al oído. Besó su cuello. Ella cerró los ojos y deseó que Ani la matara en ese instante.

—Fue lo mejor —susurró Najeeba.

Luego él la apartó y Najeeba supo.

—Esposa —dijo él, mirando sus ropas abiertas. Su vello púbico estaba a la vista, sus muslos lastimados, su vientre—. ¡Cúbrete! —dijo, cerrando la parte baja de su vestido. Sus ojos se humedecieron— ¡C-c-cúbrete, *O*! —la expresión de su rostro se volvió más dolida y se tocó un costado. Dio un paso atrás. Miró otra vez a Najeeba, entrecerrando los ojos, y luego sacudió la cabeza, como intentando apartar un pensamiento—. No —Najeeba sólo se quedó allí de pie mientras su esposo retrocedía, con las manos extendidas hacia delante—. ¡No! —repitió. Sus ojos derramaban lágrimas, pero sus facciones se endurecían.

Su rostro estaba en blanco mientras miraba a Najeeba meterse en la casa en llamas. Dentro, Najeeba ignoró el calor y los sonidos de la casa que crujía, tronaba y se moría. Metódicamente, recogió algunas cosas, algún dinero que había escondido, una olla, su estación de acopio, un juego que su hermana le había dado años atrás, una foto de su esposo sonriendo y un saco de sal. La única foto que tenía de sus padres muertos se quemaba.

Najeeba no iba a vivir mucho tiempo más. Para ella misma, se había convertido en el Alusi que su padre siempre había dicho que habitaba en ella: el espíritu del desierto que amaba marcharse a lugares remotos. Llegada a la aldea, había tenido la esperanza de que su esposo estuviera vivo. Cuando lo encontró, había esperado que él fuera diferente. Pero ella era una okeke. ¿Qué derecho tenía de albergar esperanza?

Podría sobrevivir en el desierto. Los retiros anuales con las mujeres y los viajes por la Ruta de la Sal con su padre y hermanos le habían enseñado cómo hacerlo. Sabía cómo usar la estación de acopio para extraer condensación del aire, y de ella agua para beber. Sabía cómo atrapar zorros y liebres. Sabía dónde encontrar huevos de tortuga, lagarto y serpiente. Sabía cuáles cactus eran comestibles. Y como ya estaba muerta, no sentía miedo.

Najeeba caminó y caminó, buscando un lugar donde dejar morir su cuerpo. *En una semana*, pensó, mientras levantaba su campamento. *Mañana*, pensó mientras avanzaba. Cuando se dio cuenta por primera vez de que estaba embarazada, la muerte ya no fue una opción. Pero en su mente ella siguió siendo un Alusi, controlando y manteniendo su cuerpo como se controla una computadora. Viajó al este, lejos de las ciudades nuru, a través de las tierras baldías donde los okekes vivían en el exilio. De noche, cuando yacía en el interior de su tienda, escuchaba voces de mujeres nuru riendo y cantando afuera. Ella les gritaba sin voz que se metieran y la remataran si podían.

—¡Les voy a arrancar los pechos! —decía—. ¡Me beberé su sangre y ella nutrirá a lo que crece en mí!

Cuando dormía, con frecuencia veía a su esposo Idris parado allí, perturbado y triste. Idris la había amado mucho durante dos años. Se despertaba y tenía que mirar su foto para recordarlo como había sido antes. Después de un tiempo, eso ya no le sirvió.

Durante meses, Najeeba vivió en ese limbo mientras su vientre crecía y se acercaba el día del nacimiento. Cuando no tenía nada más que hacer, se sentaba y miraba el espacio. A veces se entretenía con su juego portátil, *Sombras oscuras*. Ganaba siempre y cada vez tenía un marcador más alto. A veces le hablaba al hijo en su interior.

—El mundo humano es cruel —decía Najeeba—. Pero el desierto es hermoso. Alusi, *mmuo*, todos los espíritus pueden vivir en paz aquí. Cuando vengas, tú también lo amarás.

Era una nómada, viajaba durante las horas frescas del día, evitaba pueblos y aldeas. Como a los cuatro meses de su errancia, un escorpión le picó el talón mientras caminaba. Su pie se hinchó dolorosamente y ella tuvo que tenderse durante dos días. Pero al final volvió a levantarse y continuó.

Cuando finalmente empezó el trabajo de parto, ella se sintió obligada a admitir que lo que se había dicho a sí misma durante todos aquellos meses era falso. No era un Alusi a punto de dar a luz a un bebé Alusi. Era una mujer completamente sola en el desierto. Aterrada, se tendió dentro de su tienda sobre su delgado tapete, vestida con su camisón desgastado por el desierto, la única prenda que tenía en la que podía caber su cuerpo hinchado.

El cuerpo que finalmente había admitido como suyo estaba conspirando en su contra. Tirando y empujando violentamente, era como luchar contra un monstruo invisible. Ella maldijo y gritó y se esforzó. *Si muero aquí, el niño morirá solo*, pensó con desesperación. *Ningún niño merece morir solo.* Se mantuvo. Se concentró.

Después de una hora de terribles contracciones, su Alusi se manifestó. Ella se relajó, se retiró y miró, dejando que su cuerpo hiciera aquello para lo que estaba hecho. Horas después, el bebé emergió. Najeeba podría haber jurado que estaba aullando desde antes de salir. Cuánto enojo. Desde el momento en que el bebé nació, Najeeba comprendió que no le gustarían las sorpresas y tendría poca paciencia. Cortó el cordón, amarró el ombligo y apretó al bebé contra su pecho. Una niña.

Najeeba la acunó y miró con horror mientras ella misma sangraba y sangraba. Imágenes de ella tendida en la arena con semen saliendo de su cuerpo intentaban e intentaban poblar su mente. Ahora que era humana nuevamente, no era inmune a esos recuerdos. Ella los obligó a alejarse y se concentró en la furiosa bebé entre sus brazos.

Una hora después, mientras ella, sentada, se preguntaba débilmente si iba a desangrarse hasta morir, la sangre fluyó más despacio y por fin se detuvo. Sosteniendo a la bebé, se durmió. Cuando despertó, pudo ponerse en pie. Se sentía como si sus entrañas fueran a caérsele por entre las piernas, pero levantarse no era imposible. Miró de cerca a su hija. Tenía los labios gruesos y los pómulos salientes de Najeeba, pero también la nariz estrecha y recta de alguien a quien Najeeba no conocía.

Y sus ojos, ay, sus ojos. Eran de ese color marrón dorado. Los ojos de *él*. Era como si *él* se asomara a verla a través de la niña. La piel y el cabello de la bebé eran del color extraño de la arena. Najeeba sabía de este fenómeno, exclusivo de los niños concebidos por la violencia. *¿Se habla de esto alguna vez en el Gran Libro?* No estaba segura. No había leído mucho de él.

Los nurus tenían piel café amarillenta, nariz estrecha, labios delgados y cabello negro o marrón como la crin de un caballo bien cuidado. Los okekes tenían piel marrón oscuro, nariz ancha, labios gruesos y cabello negro espeso como la lana de una oveja. Nadie sabía por qué los niños *ewu* se veían siempre de la forma en que lo hacen. No se veían ni como okekes ni como nurus, más bien como espíritus del desierto. Pasarían meses antes de que las pecas habituales aparecieran en las mejillas de la niña.

Najeeba miró los ojos de su hija. Luego apretó sus labios contra el oído de la bebé y le dijo su nombre.

—Onyesonwu —volvió a decir Najeeba. Era lo correcto. Ella quería gritar al cielo la pregunta: "¿Quién teme a la muerte?". Pero, ay, Najeeba no tenía voz y sólo podía murmurar. *Un día, Onyesonwu dirá su nombre correctamente*, pensó.

Najeeba caminó despacio hasta su estación de acopio y conectó su gran bolsa de agua. La encendió. La máquina hizo un fuerte sonido de succión y creó la habitual frescura. Onyesonwu, sobresaltada, despertó y comenzó a llorar. Najeeba sonrió. Después de bañarla, se bañó ella misma. Luego comió y bebió, amamantando a Onyesonwu con alguna dificultad. La niña no acababa de entender cómo aferrarse a ella. Era hora de partir. La sangre del parto atraería a animales salvajes.

En los meses siguientes, Najeeba se concentró en Onyesonwu. Y hacerlo la obligó a cuidar de sí misma. Pero había algo más. *Ella brilla como una estrella. Ella es mi esperanza*, pensaba Najeeba, mirando a su hija. Onyesonwu era ruidosa y exigente cuando estaba despierta, pero dormía con la misma fiereza, dando a Najeeba mucho tiempo para realizar otras labores y descansar ella misma. Aquéllos fueron días pacíficos para la madre y la hija.

Cuando Onyesonwu se enfermó de fiebre y ninguno de los remedios de Najeeba funcionó, fue hora de buscar a un curandero. Onyesonwu tenía cuatro meses. Recientemente habían pasado cerca de un pueblo okeke llamado Diliza. Tendrían que regresar. Sería la primera vez en más de un año que Najeeba estaría cerca de otras personas. El mercado del pueblo se encontraba en las afueras. Onyesonwu se removía y ardía sobre su espalda.

—No te preocupes —le dijo Najeeba mientras bajaba por una duna.

Najeeba se esforzó para no saltar ante cualquier sonido o cada que alguien la rozaba. Agachaba la cabeza cuando alguien la saludaba. Había pilas de tomates, barriles de dátiles, montones de estaciones de acopio usadas, botellas de aceite de cocina, cajas de clavos, objetos de un mundo al que ella y su hija no pertenecían. Ella conservaba aún el dinero que había tomado al dejar su casa, y la moneda era la misma aquí. Tenía miedo de pedir indicaciones, así que le tomó una hora encontrar al curandero.

Era bajo y de piel suave. Bajo su pequeña tienda había frascos de líquidos y polvos cafés, negros, amarillos y rojos, tallos en manojos y canastas de hojas. Una vara de incienso ardía, endulzando el aire. Sobre su espalda, Onyesonwu hacía ruiditos, débilmente.

—Buenas tardes —dijo el curandero, inclinándose ante Najeeba.

—Mi... mi bebé está enferma —dijo Najeeba con cautela.

Él frunció el ceño.

—Por favor, hable más fuerte —ella se tocó la garganta. Él asintió, acercándose—. ¿Cómo perdió su...?

—No para mí —dijo ella—. Para mi hija.

Ella desenvolvió a Onyesonwu, apretándola entre sus brazos mientras el curandero la miraba. Él dio un paso atrás y Najeeba casi lloró. Su reacción ante su hija era muy parecida a la de su esposo ante ella.

—¿Es una…?
—Sí —dijo Najeeba.
—¿Son ustedes nómadas?
—Sí.
—¿Solas?
Najeeba apretó los labios.
Él miró tras ella y luego dijo:
—Rápido. Déjeme verla —inspeccionó a Onyesonwu y preguntó a Najeeba qué había comido, pues ella y su hija no estaban desnutridas. Le dio un frasco con tapa de corcho que contenía una sustancia rosada—. Dele tres gotas cada ocho horas. Ella es fuerte, pero si usted no le da esto, morirá.

Najeeba quitó el corcho y olisqueó. Olía dulce. Fuera lo que fuese, estaba mezclado con savia fresca de palmera. La medicina le costó un tercio del dinero que tenía. Le dio a Onyesonwu las tres gotas. La bebé chupó el líquido y se volvió a dormir.

Se gastó el resto del dinero en suministros. El dialecto de la aldea era distinto, pero igual Najeeba pudo comunicarse en sipo y en okeke. Mientras compraba a toda prisa, empezó a acumular público. Sólo su determinación le impidió salir corriendo al desierto después de comprar la medicina. La bebé necesitaba botellas y ropas. Najeeba necesitaba una brújula y un mapa y un nuevo cuchillo para cortar carne. Después de comprar una bolsita de dátiles, se dio vuelta y se encontró encarada por una pared de personas. La mayoría eran hombres, algunos jóvenes y otros viejos. Casi todos de la edad de su esposo. Aquí estaba otra vez. Pero esta vez estaba sola y los hombres que la amenazaban eran okekes.

—¿Qué pasa? —preguntó ella suavemente. Podía sentir que Onyesonwu se agitaba sobre su espalda.

—¿De quién es esa niña, mamá? —preguntó un joven de unos dieciocho años.

Ella sintió que Onyesonwu volvía a agitarse y de pronto se llenó de ira.

—¡No soy tu mamá! —replicó Najeeba, deseando que su voz funcionara.

—¿Ésa es tu hija, mujer? —preguntó un viejo en una voz que sonaba como si no hubiera bebido agua fresca en décadas.

—Sí —dijo ella—. ¡Es mía! De nadie más.

—¿No puedes hablar? —preguntó un hombre. Miró al que estaba junto a él—. Mueve la boca pero no sale sonido. Ani se ha llevado su lengua mugrosa.

—¡Esa bebé es nuru! —dijo alguien.

—Es mía —Najeeba murmuraba tan alto como podía. Sus cuerdas vocales se esforzaban al límite y podía sentir el sabor de la sangre.

—¡Concubina nuru! *¡Tffya!* ¡Vete con tu esposo!

—¡Esclava!

—¡Mula de *ewu*!

Para estas personas, el asesinato de okekes en el oeste era más un cuento que un hecho. Ella había viajado más lejos de lo que había pensado. Esta gente no quería conocer la verdad. Así que habían mirado cómo la madre y la hija se movían por el mercado. Mientras miraban se habían detenido, hablado con amigos, proferido feas palabras que se volvían aún peores en el momento de ser intercambiadas. Se habían puesto más y más furiosos y agitados. Finalmente habían abordado a Najeeba y su bebé *ewu*. Se sentían envalentonados y superiores. Finalmente, atacaron.

Cuando la primera piedra golpeó el pecho de Najeeba, ella se quedó demasiado sorprendida para correr. Le dolió. No era una advertencia. Cuando la segunda piedra golpeó su muslo, tuvo una visión de un año antes, cuando había muerto. Cuando en vez de piedras la había golpeado el cuerpo de un hombre. Cuando la tercera piedra la golpeó en la mejilla, supo que si no huía, su hija iba a morir.

Corrió como debía haber corrido cuando los nurus la atacaron, aquel otro día. Las piedras le golpeaban la espalda, el cuello, las piernas. Oía a Onyesonwu chillar y llorar. Corrió hasta salir del mercado y llegar a la seguridad del desierto. Sólo tras haber escalado la tercera duna se permitió bajar la velocidad. Probablemente, sus atacantes pensarían que la habían ahuyentado hacia su muerte. Como si una mujer y su hija no pudieran sobrevivir solas en el desierto.

Una vez que estuvieron a una distancia segura de Diliza, Najeeba desenvolvió a Onyesonwu. Ella jaló aire y sollozó. Tenía una herida justo arriba de una ceja, de la que brotaba sangre. Una piedra le había atinado allí. La bebé, débilmente, se frotaba el rostro, embarrando la sangre. Onyesonwu continuó peleando mientras su madre le retenía las manos. La herida era superficial. Esa noche, aunque Onyesonwu durmió bien pues la medicina le había bajado la fiebre, Najeeba lloró y lloró.

Durante seis años, crio sola a Onyesonwu en el desierto. Onyesonwu creció y se convirtió en una niña fuerte y combativa. Amaba la arena, los vientos y las criaturas del desierto. Aunque Najeeba sólo podía murmurar, reía y sonreía cada vez que escuchaba a Onyesonwu gritar. Cuando Onyesonwu gritaba las palabras que Najeeba le había enseñado, ella la besaba y abrazaba. Así fue como Onyesonwu aprendió a usar su voz sin tener que escuchar ninguna otra.

Y tenía una voz encantadora. Aprendió a cantar escuchando el viento. Con frecuencia se paraba ante la gran tierra abierta y le cantaba. A veces, si cantaba en la noche, atraía búhos desde muy lejos. Se posaban en la arena y la escuchaban. Ésta fue la primera señal que tuvo Najeeba de que su hija no era sólo *ewu* sino muy especial, extraordinaria.

En aquel sexto año, Najeeba tuvo una revelación: su hija necesitaba a otras personas. En su corazón, Najeeba supo que fuera lo que fuera a ser esa niña, sólo podría llegar a serlo dentro de la civilización. Así que usó su mapa y su brújula y las estrellas para llevar allí a su hija. ¿Qué lugar sonaba más prometedor para su hija del color de la arena que Jwahir, que significa “Hogar de la Dama de Oro”?

De acuerdo con la leyenda jwahiriana, setecientos años antes había vivido una gigantesca mujer okeke hecha de oro. Su padre la llevó a la choza de engorda y semanas después ella salió gorda y hermosa. Se casó con un joven rico y los dos decidieron mudarse a una gran ciudad. Sin embargo, por el camino, a causa de su inmenso peso (era muy gorda *y además* estaba hecha de oro), se cansó tanto que tuvo que acostarse.

Y luego la Dama de Oro no se pudo levantar, así que fue allí donde la pareja debió establecerse. Por esta razón, la tierra aplanada que ella dejó se llamó Jwahir y quienes vivieron allí prosperaron. La ciudad había sido levantada mucho tiempo atrás por algunos de los primeros okekes que huyeron del oeste. Los ancestros de los jwahirianos eran, en verdad, de una estirpe especial.

Najeeba oró para que nunca tuviera que contar a su extraña hija la historia de su concepción. Pero Najeeba también era realista. La vida no era fácil.

Podría haber matado a alguien después de que mi madre me contara esta historia.

—Lo siento —dijo mi madre—. Eres muy joven. Pero me prometí a mí misma que en el momento en que *cualquier* cosa empezara a pasarte, te lo contaría. Saberlo puede serte de alguna utilidad. Lo que te pasó hoy... en ese árbol... es sólo el comienzo, creo.

Yo temblaba y sudaba. Me dolía la garganta al hablar:

—Yo... yo recuerdo ese primer día —dije, quitando el sudor de mi frente—. Elegiste aquel lugar en el mercado para vender dulce de cactus —hice una pausa y fruncí el ceño mientras el recuerdo volvía a mí—. Y el vendedor de pan nos obligó a movernos. Te gritó. Y a mí me veía como... —apreté la pequeña cicatriz en mi frente. *Voy a quemar mi ejemplar del Gran Libro*, pensé. *Él es la causa de esto*. Quise caer de rodillas y pedirle a Ani que incendiara todo el oeste.

Sabía un poco sobre sexo. Incluso tenía un poco de curiosidad al respecto… o, bueno, tal vez más desconfianza que curiosidad. Pero no sabía de *esto*: el sexo como violencia, violencia que producía niños…, que me había producido a mí, que le había pasado a mi madre. Contuve las ganas de vomitar y luego la urgencia de arañar mi propia piel. Quería abrazar a mi madre y al mismo tiempo no quería tocarla. Yo era veneno. No tenía derecho. No podía obligarme a tratar de entender lo que ese… hombre, ese monstruo, le había hecho a ella. No a los once años de edad.

El hombre en la foto, el único hombre que vi durante los primeros seis años de mi vida, no era mi padre. No era siquiera una buena persona.

Maldito traidor, pensé, con lágrimas que dolían en mis ojos. *Si alguna vez te encuentro te voy a cortar el pene.* Temblé, pensando en cómo quería hacerle algo todavía peor al hombre que había violado a mi madre.

Hasta ese momento había pensado que era una *noah*. Los *noah* son hijos de padres okeke, pero con el color de la arena. Había ignorado el hecho de que no tenía los ojos carmesí habituales en ellos ni su sensibilidad a la luz del sol. También que, aparte del tono de su piel, los *noah* básicamente *parecen* okekes. Había ignorado el hecho de que los *noah* no tenían problemas para hacer amistad con niños de "aspecto normal". No eran apestados como yo. Y los *noah* me veían con el mismo miedo y la misma repugnancia que los okekes de color más oscuro. Incluso para *ellos*, yo era otra. ¿Por qué no había quemado mi madre aquella foto de su marido Idris? Él la había traicionado para proteger su estúpido honor. Ella me había dicho que él había muerto… y *debió* haber muerto… ¡debió haber sido ASESINADO! ¡Violentamente!

—¿Lo sabe Papá? —odié el sonido de mi voz. *Cuando canto*, me pregunto, *¿de quién es la voz que ella escucha?* Mi padre biológico también podía cantar con dulce voz.

—Sí.

Papá lo supo desde el momento en que me vio, comprendí. Todos lo sabían menos yo.

—*Ewu* —dije, despacio—. ¿Esto es lo que significa? —nunca había preguntado.

—Nacido del dolor —dijo ella—. La gente cree que los nacidos *ewu* se vuelven violentos con el tiempo. Creen que un acto de violencia sólo puede causar más violencia. Sé que eso no es verdad, y tú también debes saberlo.

Miré a mi madre. Parecía saber tantas cosas...

—Mamá —dije—. ¿Te ha pasado cualquier cosa parecida a lo que me pasó a mí en el árbol?

—Mi querida, piensas demasiado —fue todo lo que dijo—. Ven acá —se puso en pie y me envolvió entre sus brazos. Lloramos y sollozamos y derramamos y sangramos lágrimas. Pero cuando terminamos, todo lo que pudimos hacer fue seguir viviendo.

Capítulo 4

El Rito de los Once

Sí, el decimoprimer año de mi vida fue duro.

Mi cuerpo se desarrolló pronto, así que para ese tiempo ya tenía pechos, menstruaciones y una figura femenina. También debía lidiar con hombres estúpidos y muchachos que me miraban con lascivia o querían agarrarme. Luego llegó aquel día en el que misteriosamente acabé desnuda en el árbol de iroko y con mi madre tan sacudida que creyó que era el momento de contarme la repugnante verdad de mis orígenes. Una semana después llegó la hora de mi Rito de los Once. La vida rara vez me dejaba en paz.

El Rito de los Once es una tradición de dos mil años de antigüedad que se lleva a cabo el primer día de la temporada de lluvias. Participan las niñas que cumplen once durante ese año. Mi madre sentía que era una práctica primitiva e inútil. No quería que yo tuviera que ver nada con ella. En su aldea, la práctica del Rito había sido prohibida años antes de que ella naciera. Así que crecí con la seguridad de que las circuncisiones se les harían a las otras niñas: a las niñas *nacidas* en Jwahir.

Después de que una niña pasa por su Rito de los Once, es merecedora de que se le hable como a una adulta. Los niños no tienen este privilegio hasta los trece. Así que las edades entre los once y los dieciséis son las más felices para una niña, porque es a la vez niña y adulta. La información acerca del rito no se ocultaba. Había muchos libros sobre el proceso en la biblioteca de la escuela. Con todo, a nadie se le obligaba ni se le animaba a leerlos.

Así que las niñas sabíamos que un trozo de carne era cortado de entre nuestras piernas y que la circuncisión no cambiaba literalmente quienes éramos ni nos hacía mejores personas. Pero no sabíamos *qué hacía* ese trozo de carne. Y como era una práctica vieja, nadie recordaba en realidad *por qué* se hacía. Así que la tradición era aceptada, anticipada y llevada a cabo.

Yo no quería hacerlo. No se usaba ninguna medicina para anestesiar. Era parte del ritual. Yo había visto a dos muchachas recién circuncidadas el año anterior y recordaba cómo caminaban. Y no me gustaba la idea de cortar una parte de mi cuerpo. Ni siquiera me gustaba cortarme el cabello, y a eso se debían mis largas trenzas. Y era claro que no buscaba ser tradicional. No tenía esa clase de formación.

Pero mientras estaba sentada en el suelo mirando el espacio, supe que algo había cambiado en mí la semana anterior, cuando fui a dar a aquel árbol. Fuera lo que fuese, había causado una ligera agitación en mi caminar que sólo yo podía notar. Había escuchado más de mi madre sobre la historia de mi concepción. Ella no había dicho nada acerca de la esperanza que tenía puesta en mí. La esperanza de que pudiera vengar su sufrimiento. Tampoco había entrado en detalles sobre la violación. Todo esto se había dicho *entre* sus palabras.

Tenía muchas preguntas que no podían ser respondidas. Pero cuando se acercaba el Rito, supe lo que tenía que hacer. Aquel año sólo había cuatro niñas de once años. Había quince niños. Las tres niñas en mi grupo sin duda les dirían a todos cómo no había estado presente en el rito. En Jwahir, no tener circuncisión después de los once acarreaba vergüenza y mala suerte a la familia de la niña. A nadie le importaba si no se había nacido en Jwahir. Se esperaba que a las niñas que crecían en Jwahir se les hiciera aquello.

Yo traía la deshonra a mi madre por el solo hecho de existir. Había traído escándalo a Papá por entrar en su vida. Donde antes había habido un viudo respetado y elegible, ahora la gente decía con burla que había sido embrujado por una okeke del oeste sangriento, una mujer que había sido usada por un hombre nuru. Mis padres ya cargaban con suficiente vergüenza.

Encima de todo esto, a los once años aún tenía esperanzas. Creía poder ser normal. Creía poder *volverme* normal. El Rito de los Once Años era ancestral y respetado. Era poderoso. Le pondría un alto a mi rareza. Al día siguiente, antes de la escuela, fui a la casa de la Ada, la sacerdotisa que llevaría a cabo el Rito.

—Buenos días, *Ada-m* —dije respetuosamente, cuando ella abrió la puerta.

Me miró con el ceño fruncido. Podría haber sido una década mayor que mi madre, tal vez dos. Yo era casi tan alta como ella. Su largo vestido verde era elegante y su corto peinado afro tenía forma perfecta. Olía a incienso.

—¿Qué quieres, *ewu*?

Hice una mueca de dolor al escuchar la palabra.

—Disculpe —dije, retrocediendo—. ¿La estoy molestando?

—Yo seré quien lo decida —respondió, cruzando los brazos sobre su pequeño pecho—. Pasa.

Entré, notando brevemente que iba a llegar tarde a la escuela. *Realmente voy a hacer esto*, pensé.

Por fuera, su casa era una vivienda pequeña hecha de ladrillos de arena, y por dentro era pequeña también. Sin embargo, podía albergar una obra de arte que era gigantesca por su poder visual. El mural que se extendía por las paredes estaba aún incompleto, pero la habitación se veía como si estuviera sumergida en uno de los Siete Ríos. Pintado cerca de la puerta había un hombre-pez con un rostro sorprendentemente realista. Sus ojos antiguos estaban llenos de sabiduría primigenia.

Los libros hablaban de enormes cuerpos de agua. Pero nunca había visto un dibujo de uno, y no digamos una pintura gigantesca y colorida. *Esto no puede existir de verdad*, pensé. Tanta agua. Y en ella había insectos plateados, tortugas de patas planas y conchas verdes, plantas acuáticas… peces. Dorados, negros, rojos. Miré y miré a mi alrededor. La habitación olía a pintura fresca. Las manos de la Ada estaban manchadas de ella. Yo la había interrumpido.

—¿Te gusta? —preguntó.

—Nunca había visto nada igual —respondí calladamente, mirando.

—Mi reacción favorita —dijo ella, con cara de estar realmente complacida.

Me senté y ella se sentó delante de mí, esperando.

—Yo… quisiera poner mi nombre en la lista, *Ada-m* —dije. Mordí mi labio. Al pronunciar las palabras, hacía verdad la solicitud, en especial cuando las decía a esa mujer.

Ella asintió.

—Me preguntaba cuándo vendrías.

La Ada sabía lo que pasaba con todos en Jwahir. Ella era la que se aseguraba de que las tradiciones se llevaran a cabo durante las muertes, los nacimientos, las celebraciones menstruales, la fiesta cuando a un niño le cambia la voz, el Rito de los Once, el Rito de los Trece, todos los registros de la vida. Había planeado la boda de mis padres, y yo me había escondido de ella siempre que iba a la casa. Había tenido la esperanza de que no me recordara.

—Agregaré tu nombre. La lista será propuesta a los Osugbo —dijo.

—Gracias —dije yo.

—Preséntate aquí a las dos de la mañana, en una semana a partir de hoy. Ponte ropa vieja. Ven sola —me miró de arriba abajo—. Tu cabello… destrénzalo, cepíllalo y vuelve a trenzarlo, poco apretado.

Una semana después, me escabullí por la ventana de mi habitación al veinte para las dos de la mañana.

La puerta de la casa de la Ada estaba abierta cuando llegué. Entré despacio. La sala estaba decorada con velas y todo el mobiliario había sido retirado. El mural de la Ada, casi terminado, parecía más vivo que nunca a la luz de las velas.

Las tres otras niñas ya estaban allí. Me les uní rápidamente. Me miraron con sorpresa y algo de alivio. Era una persona más con la que compartir su miedo. No hablamos, ni siquiera nos saludamos, pero nos quedamos de pie juntas.

Además de la Ada, había otras cinco mujeres presentes. Una de ellas era mi tía abuela, Abeo Ogundimu. Yo nunca le había gustado. Si se daba cuenta de que yo estaba allí sin el consentimiento de Papá, su sobrino, estaría en verdaderos problemas. No conocía a las otras cuatro mujeres, pero una de ellas era muy vieja y su presencia exigía respeto. Temblé con culpa, súbitamente insegura de si debía estar allí.

Miré una pequeña mesa en el centro de la sala. Sobre ella había gasa, botellas de alcohol, yodo, cuatro escalpelos y otros objetos que no reconocí. Mi estómago se estremeció y sentí náuseas. Un minuto después, la Ada comenzó. Deben de haber estado esperándome.

—Somos las mujeres del Rito de los Once —dijo la Ada—. Las seis vigilamos la encrucijada entre la madurez y la niñez. Sólo a través de nosotras podrán pasar con libertad entre las dos. Yo soy la Ada.

—Yo soy Dama Abadie, la curandera del pueblo —dijo una mujer de corta estatura a su lado. Sus manos estaban apretadas sobre su amplio vestido amarillo.

—Yo soy Ochi Naka —dijo otra. Tenía la piel muy oscura y una figura voluptuosa que lucía gracias a un vestido elegante y púrpura—. Costurera del mercado.

—Yo soy Zhuni Whan —dijo otra. Bajo su vestido suelto, azul y corto, llevaba pantalones, algo que las mujeres raramente hacían en Jwahir—. Arquitecta.

—Yo soy Abeo Ogundimu —dijo mi tía abuela con una sonrisa—. Madre de quince.

Las mujeres rieron. Todas lo hicimos. Ser una madre de quince era realmente una carrera intensa.

—Y yo soy Nana la Sabia —dijo la vieja imponente, mirándonos a cada una de nosotras con su único ojo sano, su espalda encorvada la empujaba siempre hacia delante. Mi tía abuela era vieja, pero comparada con aquella mujer era joven. La voz de Nana la Sabia era clara y seca. Sostuvo mi mirada más tiempo que la de las otras niñas—. Ahora, ¿cuáles son sus nombres, para que todas nos conozcamos? —dijo.

—Luyu Chiki —dijo la niña junto a mí.

—Diti Goitsemedime.

—Binta Keita.

—Onyesonwu Ubaid-Ogundimu.

—Ésta —dijo Nana la Sabia, señalándome. Contuve el aliento.

—Da un paso adelante —dijo la Ada.

Había pasado demasiado tiempo preparándome mentalmente para este día. Toda la semana había tenido problemas para comer y dormir, temiendo el dolor y la sangre. Para este momento, finalmente había hecho las paces con todo aquello. Ahora la vieja mujer detendría mi camino.

Nana la Sabia me miró de arriba abajo. Lentamente caminó a mi alrededor, mirando con su único ojo, como una tortuga desde su caparazón.

—Destrenza ese cabello —dijo. Yo era la única con el pelo lo bastante largo para trenzar. Las mujeres Jwahir llevaban su cabello elegantemente corto, otra diferencia entre la aldea de mi madre y Jwahir—. Éste es su día. No debe tener impedimentos.

Sentí alivio. Mientras desataba mi trenza floja, la Ada habló:

—¿Quién viene aquí intacta?

Sólo yo levanté la mano. Oí una risita de la llamada Luyu. Rápidamente se calló cuando la Ada habló de nuevo:

—¿Quién, Diti?

Diti dejó salir una risa pequeñita e incómoda.

—Un... compañero de escuela —dijo suavemente.

—¿Su nombre?

—Fanasi.

—¿Tuvieron el coito?

Inhalé, conmocionada, en silencio. No podía imaginármelo. Éramos tan jóvenes...

Diti sacudió la cabeza y dijo:

—No.

La Ada continuó:

—¿Quién, Luyu? —preguntó.

Cuando Luyu sólo le devolvió la mirada en actitud desafiante, la Ada dio un paso adelante con tal rapidez que estuve segura de que le daría una bofetada. Ésta no se amilanó y levantó aún más la barbilla, retándola. Yo estaba impresionada. Me fijé en las ropas de Luyu. Estaban hechas de las telas más finas. Eran brillantes: nunca habían sido lavadas. Luyu venía de familia rica y era obvio que no sentía que tuviera que responder ni ante la misma Ada.

—No sé su nombre —dijo Luyu al fin.

—Nada se va de este lugar —dijo la Ada. Pero yo sentí una amenaza en su voz. Luyu debió de haberla sentido también:

—Wokike.

—¿Tuvieron coito?

Luyu no dijo nada. Luego miró al hombre-pez en la pared y dijo:

—Sí.

Me quedé boquiabierta.

—¿Con qué frecuencia?

—Muchas veces.

—¿Por qué?

Luyu la miró con furia.

—No sé.

La Ada la miró con dureza.

—Después de esta noche, te contendrás hasta que te cases. Después de esta noche, serás más prudente —siguió con Binta, que todo ese tiempo había estado llorando—. ¿Quién?

Los hombros de Binta se encorvaron aún más. Lloró con más fuerza.

—¿Quién, Binta? —preguntó otra vez la Ada. Luego miró a las otras cinco mujeres, y todas se acercaron a Binta, tanto que Luyu, Diti y yo tuvimos que inclinar la cabeza para poder verla. Era la más pequeña de nosotras cuatro—. Aquí estás segura —dijo la Ada.

Las otras mujeres tocaron los hombros, las mejillas, el cuello de Binta y canturrearon suavemente:

—Aquí estás segura, aquí estás segura, aquí estás segura.

Nana la Sabia puso su mano en la mejilla de Binta.

—Después de hoy, todas en esta habitación estarán unidas —dijo con su voz seca—. Tú, Diti, Onyesonwu y Luyu se protegerán unas a otras, incluso después del matrimonio. Y nosotras, las Ancianas, las protegeremos a ustedes. Pero lo único que puede asegurar ese lazo esta noche es la verdad.

—¿Quién? —preguntó la Ada por tercera vez.

Binta cayó al suelo y apoyó la cabeza en el muslo de una de las mujeres.

—Mi padre.

Luyu, Diti y yo quedamos estupefactas. Las otras mujeres no parecieron sorprendidas en lo más mínimo.

—¿Hubo coito? —preguntó Nana la Sabia, con el rostro endurecido.

—Sí —murmuró Binta.

Varias de las mujeres maldijeron, chasquearon la lengua y murmuraron rabiosamente.

Yo cerré los ojos y me froté las sienes. El dolor de Binta era como el de mi madre.

—¿Con qué frecuencia? —preguntó Nana la Sabia.

—Muchas veces —dijo Binta, y su voz se hacía más fuerte. Luego dijo bruscamente—: Yo-yo-yo quiero matarlo —y se tapó la boca con las manos—. ¡Lo siento! —dijo, con las palabras amortiguadas por sus palmas.

Nana la Sabia apartó las manos de Binta.

—Aquí estás segura —le dijo. Se veía asqueada y sacudió la cabeza—. Ahora podemos, finalmente, hacer algo al respecto.

De hecho, aquel grupo de mujeres sabía del comportamiento del padre de Binta desde hacía tiempo. No tenían forma de intervenir antes de que Binta pasara por su Rito de los Once.

Binta sacudió vigorosamente la cabeza.

—No. Se lo llevarán y…

Las mujeres sisearon y chasquearon la lengua.

—No te preocupes —dijo Nana la Sabia—. Te protegeremos a ti y a tu felicidad.

—Mi madre no…

—Shhh —dijo Nana la Sabia—. Puedes ser una niña todavía, pero después de esta noche también serás adulta. Tus palabras finalmente contarán.

La Ada y Nana la Sabia apenas miraron hacia mí. Para mí no habría preguntas.

—Hoy —nos dijo a todas la Ada— llegarán a ser niñas y adultas. Serán impotentes y poderosas. Serán ignoradas y escuchadas. ¿Aceptan?

—Sí —dijimos todas.

—No deben gritar —dijo la curandera.

—No deben patear —dijo la costurera.

—Van a sangrar —dijo la arquitecta.

—Ani es grande —dijo mi tía abuela.

—Ya han dado su primer paso en la edad adulta al dejar sus hogares y entrar solas en la noche peligrosa —dijo la Ada—. Cada una recibirá un saquito de hierbas, gasa, yodo y sales para el cuerpo. Regresarán a sus casas solas. En tres noches, tomarán un largo baño.

Nos ordenaron quitarnos la ropa y nos dieron trozos de tela roja para envolvernos en ellos. Nuestras blusas serían llevadas a la parte trasera y quemadas. A todas nos darían una nueva blusa blanca y un velo, símbolos de nuestra nueva adultez. Debíamos llevar puestas nuestras rapas a casa; serían símbolos de nuestra niñez.

Binta fue la primera pues su Rito era el más urgente. Luego Luyu, Diti y después yo. Una tela roja fue extendida en el piso. Binta empezó a llorar otra vez al acostarse en ella, con su cabeza apoyada en una almohada roja. Las luces se encendieron, lo que hizo más espantoso lo que estaba a punto de pasar. *¿Qué estoy haciendo?*, pensé, mirando a Binta. *¡Esto es una locura! ¡No* tengo *que hacer esto! Debería salir corriendo por la puerta, correr a casa, meterme en mi cama y fingir que esto nunca sucedió.* Di un paso hacia la puerta. Sabía que no estaría cerrada con llave. El Rito era voluntario. Sólo en el pasado se había obligado a las niñas a hacerlo. Di otro paso. Nadie estaba mirando. Todas las miradas estaban puestas en Binta.

La sala era cálida y afuera era como cualquier otra noche. Mis padres dormían, como si fuera cualquier otra noche. Pero Binta estaba acostada en la tela roja, mientras la curandera y la arquitecta mantenían sus piernas separadas. La Ada desinfectó el escalpelo y lo calentó en una llama. Lo dejó enfriar. Las curanderas suelen usar un cuchillo láser para las cirugías. Hacen los cortes más limpios y pueden cauterizar instantáneamente cuando es necesario. Me pregunté por un momento por qué la Ada usaba en cambio un escalpelo primitivo.

—Contén el aliento —dijo la Ada—. No grites.

Antes de que Binta pudiera acabar de tomar aire, la Ada usó el escalpelo. Cortó con él un pedazo pequeño, extraño, de carne color rosa oscuro cerca de la parte superior del *yeye* de Binta. Cuando el escalpelo lo rebanó, salió sangre. Mi estómago se hizo un nudo. Binta no gritó pero se mordió el labio con tanta fuerza que brotó sangre del borde de su boca. Su cuerpo se estremeció, pero las mujeres la contuvieron.

La curandera restañó la herida con hielo envuelto en gasa. Por unos momentos, todas quedamos congeladas salvo Binta, que respiraba pesadamente. Luego otra de las mujeres la ayudó a levantarse y la llevó al otro lado de la sala. Binta se sentó, con las piernas separadas, sosteniendo la gasa en su sitio y con cara de aturdimiento. Era turno de Luyu.

—No puedo hacer esto —empezó a balbucear ella—. ¡No puedo hacer esto! —pero de todos modos se dejó sostener por la curandera y la arquitecta. La costurera y mi tía abuela sujetaron sus brazos para mayor seguridad mientras la Ada tomaba otro escalpelo y lo desinfectaba. Luyu no gritó pero sí dejó escapar un gemido agudo, como un trino. Salían lágrimas de sus ojos mientras luchaba contra el dolor. Era turno de Diti.

Ella se acostó despacio y respiró profundamente. Luego dijo algo en voz demasiado baja para que yo la oyera. En el momento en que Ada cortó su carne con el escalpelo nuevo, Diti dio un salto. La sangre bajaba por sus muslos. Su rostro era una máscara de terror mientras intentaba soltarse sin decir palabra. Las mujeres debían de haber visto aquella reacción con frecuencia porque, sin hablar, la agarraron y rápidamente la inmovilizaron. La Ada terminó el corte, rápido y limpio.

Era mi turno. Apenas podía mantener los ojos abiertos. El dolor de las otras niñas se arremolinaba a mi alrededor como picaduras de avispas y moscas. Me desgarraba como espinas de cactus.

—Ven, Onyesonwu —dijo la Ada.

Yo era un animal atrapado. No por las mujeres, por la casa o la tradición. Estaba atrapada por la vida. Como si hubiera sido un espíritu libre por miles de años y luego, un día, algo me hubiera capturado, algo violento y enojado y vengativo, y me hubiera encerrado en el cuerpo en el que ahora residía. Retenido a su merced y bajo sus reglas. Luego pensé en mi madre. Ella se había mantenido cuerda por mí. Había vivido por mí. Yo podía hacer esto por ella.

Me acosté en la tela intentando ignorar los ojos de las otras tres niñas mientras miraban mi cuerpo de *ewu*. Podría haber abofeteado a las tres. No merecía recibir esas miradas entrometidas durante un momento tan terrible. La curandera y la arquitecta sujetaron mis piernas. La costurera y la tía abuela, mis brazos. La Ada levantó su escalpelo.

—Ten calma —dijo Nana la Sabia en mi oído.

Sentí que la Ada separaba los labios de mi *yeye*.

—Contén el aliento —dijo—. No grites.

A la mitad de mi respiración ella hizo el corte. El dolor fue una explosión. Lo sentí en cada parte de mi cuerpo y casi me desmayé. Luego estaba gritando. No sabía que era capaz de hacer tanto ruido. Débilmente, sentí que las otras mujeres me retenían. Me consternó que no me hubieran soltado para huir corriendo. Aún estaba gritando cuando me di cuenta de que todo había desaparecido. De que estaba en un lugar de color vincapervinca y amarillo y sobre todo verde.

Habría emitido un sonido de horror si hubiera tenido una boca con la cual hacerlo. Habría gritado algo más, pataleado, rasguñado, escupido. Todo lo que podía pensar era que había muerto... una vez más. Cuando seguí siendo lo que era, me calmé. Me miré. Era sólo una niebla azul, como la que queda después de la lluvia intensa y rápida de una tormenta. Ahora, a mi alrededor podía ver a otros. Algunos eran carmesís, otros verdes, otros dorados. Todo se fue enfocando y pude ver también la sala. Las niñas y las mujeres. Cada una tenía su propia niebla colorida. No quise ver mi cuerpo tendido allí.

Entonces me di cuenta de su presencia. Carmesí y ovalado, con otro óvalo blanco en su centro, como el ojo gigante de un *jinni*. Crepitaba y siseaba, y su parte blanca se expandía, se acercaba. Me horrorizó hasta lo más profundo de mí. *¡Tengo que salir de aquí!*, pensé. *¡Ahora! ¡Me está viendo!* Pero no sabía cómo moverme. ¿Moverme con qué? No tenía cuerpo. El carmesí era un veneno amargo. El blanco era como el peor calor del sol. Empecé a gritar y a llorar otra vez. Entonces estaba abriendo los ojos ante una taza de agua. Los rostros de todas se partieron en sonrisas.

—Alabada sea Ani —dijo la Ada.

Sentí el dolor y salté, a punto de levantarme y correr. Tenía que huir. De aquel ojo. Estaba tan confundida que por un momento estuve segura de que lo que acababa de ver era la causa de mi dolor.

—No te muevas —dijo la curandera. Estaba apretando un trozo de hielo envuelto en gasa entre mis piernas y yo no estaba segura de qué me lastimaba más, si el dolor del corte o el frío del hielo. Mis ojos se dispararon por el cuarto, buscando. Cuando mi mirada caía sobre cualquier cosa roja o blanca mi corazón vacilaba y mis manos se estremecían.

Después de unos minutos empecé a relajarme. Me dije que todo había sido una pesadilla inducida por el dolor. Dejé que mi boca se abriera. El aire secó mi labio inferior. Ahora yo era *ana m-bobi*. No llevaría más vergüenza a mis padres. Al menos, no porque yo tuviera once años y no estuviera circuncidada. Mi alivio duró cerca de un minuto. No había sido una pesadilla. Yo lo sabía. Y aunque no sabía exactamente qué, algo terriblemente malo acababa de pasar.

—Cuando te cortó, nada más te dormiste —dijo Luyu, tendida de espaldas. Me miraba con mucho respeto. Yo fruncí el ceño.

—¡Sí, y te pusiste toda transparente! —dijo rápidamente Diti. Parecía haberse recobrado de su propia conmoción.

—¿Q-qué? —dije.

—¡Shhh! —le siseó Luyu, enojada, a Diti.

—¡Eso hizo! —murmuró Diti.

Yo quería arañar el suelo con las uñas. *¿Qué es todo esto?*, me pregunté. Podía oler la tensión en mi piel. Y me di cuenta de que podía percibir también aquel otro olor. El que había olido por primera vez durante el incidente del árbol.

—Debería hablar con Aro —dijo la Ada a Nana la Sabia.

Nana la Sabia sólo gruñó y la miró con enojo. La Ada, temerosa, apartó la mirada.

—¿Quién es? —pregunté.

Nadie respondió. Ninguna de las otras mujeres quería mirarme.

—¿Quién es Aro? —pregunté, volteando a ver a Diti, Luyu y Binta.

Las tres se encogieron de hombros.

—No sé —dijo Luyu.

Cuando ninguna de las mujeres quiso decir más del tal Aro, no hice más caso. Tenía otras cosas de las que preocuparme. Como el lugar de la luz y los colores. Como el ojo oval. Como el sangrado y el picor entre mis piernas. Como decir a mis padres lo que había hecho.

Las cuatro estuvimos tendidas lado a lado, sufriendo, durante media hora. A cada una se nos dio una cadenita para el vientre, hecha de oro delicado, que llevaríamos para siempre. Las ancianas se levantaron sus ropas para enseñarnos las suyas.

—Han sido bendecidas en el séptimo de los Siete Ríos —dijo la Ada—. Vivirán mucho después de que nosotras hayamos muerto.

También nos dieron una piedra para colocarla bajo nuestras lenguas. Se les llamaba *talembe etanou*. Mi madre aprobaba esta tradición, aunque su propósito se había olvidado hacía mucho tiempo. La suya era una piedra naranja muy pequeña y lisa. Las piedras variaban con cada grupo okeke. Las nuestras eran diamantes, una piedra de la que yo nunca había oído. Se veían como óvalos lisos hechos de hielo. Yo pude sostener fácilmente la mía bajo mi lengua. Sólo se le debía sacar para comer o dormir. Y se debía tener cuidado al principio para no tragarla. Hacerlo era de mala suerte. Brevemente me pregunté cómo habría hecho mi madre para no tragar la suya cuando yo fui concebida.

—Con el tiempo tu boca hará amistad con ella —dijo Nana la Sabia.

Las cuatro nos vestimos, poniéndonos ropa interior con gasa que apretaba nuestra carne y nos envolvimos las cabezas con velos blancos. Salimos juntas.

—Lo hicimos bien —dijo Binta mientras caminábamos. Arrastraba un poco las palabras debido a su labio superior, hinchado y lastimado. Nos movíamos despacio: cada paso nos causaba dolor.

—Sí. Ninguna de nosotras gritó —dijo Luyu. Yo puse cara de extrañeza. Por supuesto que yo sí había gritado—. Mi madre dice que, en su grupo, cinco de las ocho niñas gritaron.

—Onyesonwu pensó que se sentía tan bien que se durmió —dijo Diti, sonriendo.

—Y-yo pensé que había gritado —dije. Me froté la frente.

—No, te desmayaste de inmediato —dijo Diti—. Y luego...

—Diti, cállate. ¡De esas cosas no hablamos! —siseó Luyu.

Estuvimos en silencio por un momento y nuestro paso por el camino se volvió aún más lento. Un búho que estaba cerca ululó y un hombre montado en un camello pasó a nuestro lado.

—Jamás diremos nada, ¿de acuerdo? —dijo Luyu, mirando a Binta y a Diti. Las dos asintieron. Luyu volteó hacia mí con ojos interesados—. Entonces... ¿qué pasó?

No conocía realmente a ninguna de ellas. Pero pude ver que a Diti le gustaba el chisme. A Luyu también, aunque ella trataba de actuar como si no fuera así. Binta guardaba silencio, pero dudé sobre ella. No confiaba en ninguna.

—Fue como si me quedara dormida —mentí—. ¿Qué... qué fue lo que vieron?

—Realmente te dormiste —dijo Luyu.

—Eras como de vidrio —dijo Diti con los ojos muy abiertos—. Podía ver a través de ti.

—Sólo pasó por unos segundos. Todas estaban impresionadas pero ninguna te soltó —dijo Binta. Se tocó el labio e hizo una mueca de dolor.

Yo apreté más el velo sobre mi rostro.

—¿Alguien te ha maldecido? —preguntó Luyu—. A lo mejor porque eres...

—No sé —dije deprisa.

Nos fuimos cada una por su cuenta cuando llegamos al camino. Volver a meterme en mi habitación fue fácil. Mientras me acomodaba en mi cama, no pude quitarme la sensación de que algo seguía observándome.

A la mañana siguiente, aparté las cobijas de mis piernas y descubrí que había sangrado sobre la cama a pesar de la gasa. Había empezado mi ciclo mensual un año antes, así que ver aquello no me molestó mucho. Pero la pérdida de sangre me había dejado mareada. Me envolví con mi rapa y caminé despacio a la cocina. Mis padres reían por algo que Papá había dicho.

—Buenos días, Onyesonwu —dijo Papá, aún sonriendo.

La sonrisa de mi madre se derritió cuando me vio el rostro.

—¿Qué tienes? —preguntó con su voz murmurante.

—Es-estoy bien —dije, sin querer moverme de donde estaba—. Es sólo que…

Pude sentir la sangre que corría por mi pierna. Necesitaba gasa nueva. Y té de hoja de sauce para el dolor. *Y algo para la náusea*, pensé, justo antes de vomitar en el piso. Mis padres corrieron hacia mí y me llevaron a una silla. Cuando me senté vieron la sangre. Mi madre dejó la cocina en silencio. Papá limpió el vómito de mis labios con su mano. Mi madre regresó con una toalla.

—Onyesonwu, ¿es tu mes? —me preguntó, limpiando mi pierna. Detuve su mano cuando llegó a la parte alta de mi muslo.

—No, Mamá —dije, mirándola a los ojos—. No es eso.

Papá frunció el ceño. Mi madre me miraba intensamente. Me preparé. Ella se levantó despacio. No me atreví a moverme cuando ella me abofeteó con fuerza. Mi diamante casi salió volando de mi boca.

—¡Ah, ah, esposa! —dijo Papá, agarrando sus manos—. ¡Detente! La niña está lastimada.

—¿Por qué? —me preguntó ella. Luego miró a Papá, que aún impedía que sus manos volvieran a golpearme—. Lo hizo anoche. Fue a que la circuncidaran —dijo.

Papá me miró con espanto, pero también vi admiración. La misma mirada que me había dedicado al verme subida en aquel árbol.

—¡Lo hice por ti, Mamá! —grité.

Ella trató de soltarse de Papá para golpear otra vez.

—¡No me eches la culpa! ¡Niña idiota, estúpida! —dijo, cuando no pudo liberar sus manos.

—No te estoy echando… —pude sentir la sangre que salía de mí, ahora más rápido—. Mamá, Papá, yo les traigo vergüenza —dije, y empecé a llorar—. ¡Mi existencia es vergüenza! Mamá, soy un dolor para ti… desde el día en que fui concebida.

—No, no —dijo mi madre, sacudiendo la cabeza vigorosamente—. Eso *no* fue lo que te dije —miró a Papá—. ¡Ve, Fadil! ¿Ves por qué no le conté en todo este tiempo?

—Todas las niñas se lo hacen —dije—. Papá, tú eres un herrero muy querido. Mamá, tú eres su esposa. Los dos tienen respeto. ¡Yo soy *ewu*! —hice una pausa—. No hacerlo les traería *más* vergüenza.

—¡Onyesonwu! —dijo Papá—. ¡*No me importa* lo que la gente piense! ¿No has aprendido eso ya, eh? Deberías haber hablado con nosotros. ¡La inseguridad *no* era razón para hacerlo!

Mi corazón me dolía, pero aún creía haber hecho la elección correcta. Él podría habernos aceptado a mi madre y a mí por lo que éramos, pero no vivíamos en el vacío.

—En mi aldea, no se esperaba que *ninguna* mujer fuera cortada así —siseó mi madre—. Qué clase de barbaridad… —me dio la espalda. Ya estaba hecho. Juntó sus palmas con un chasquido y dijo—: ¡Mi propia hija! —se frotó la frente como si hacerlo pudiera suavizar su ceño fruncido. Tomó mi brazo—. Levántate.

No fui a la escuela ese día. En cambio, mi madre me ayudó a limpiar y vendar mi herida con gasa nueva. Me dio un té analgésico de hojas de sauce y pulpa dulce de cactus. Todo el día me quedé en cama, leyendo. Mi madre se tomó el día libre para sentarse al lado de mi cama, lo que me hizo sentir un poco incómoda. No quería que viera lo que estaba leyendo. El día después de que mi madre me contara la historia de mi concepción, había ido a la biblioteca. Sorprendentemente, había encontrado lo que buscaba: un libro sobre el idioma nuru, la lengua de mi padre biológico. Estaba aprendiendo los rudimentos. Esto habría hecho enojar en serio a mi madre. Así que cuando ella se sentó junto a mi cama, escondí el libro dentro de otro para leerlo.

Todo el día se quedó en la silla, inmóvil, levantándose sólo para comer deprisa o para hacer sus necesidades. Una vez, fue al jardín a Conversar con Ani. Me pregunté qué le diría a la Todopoderosa y Omnisciente Diosa. Después de todo lo que le había pasado, me preguntaba qué clase de relación podría tener mi madre con Ani.

Cuando mi madre regresó, mientras leía mi libro del idioma nuru y hacía girar mi piedra dentro de mi boca, me pregunté qué pensaría ella, mientras se quedaba sentada allí mirando la pared.

Capítulo 5

Aquel Que Está Llamando

Ninguna de ellas le contó nada a nadie. Ésa fue la primera señal de que el lazo de nuestro Rito de los Once era verdadero. Y así, cuando volví a la escuela una semana después, nadie me molestó. Todo lo que sabían era que ahora era a la vez adulta y niña. Era *ana m-bobi.* Tenían que concederme al menos ese respeto. Desde luego, tampoco dijimos una palabra acerca del abuso sexual de Binta. Después ella nos contó que el día después de nuestro Rito, su padre tuvo que reunirse con los ancianos Osugbo.

—Cuando llegó a casa, después, se veía… roto —dijo Binta—. Creo que le dieron latigazos.

Deberían haber hecho más que eso. Incluso entonces lo pensé. La madre de Binta también se presentó ante los ancianos. Ambos padres recibieron la orden de acudir con la Ada durante tres años para recibir apoyo, igual que Binta y sus hermanos.

Mientras mi amistad con Binta, Luyu y Diti florecía, algo más empezaba. Comenzó indirectamente en mi segundo día de vuelta a la escuela. Estaba recargada contra la pared del edificio mientras los estudiantes a mi alrededor jugaban futbol y socializaban. Aún estaba adolorida, pero sanaba rápido.

—¡Onyesonwu! —gritó alguien. Yo salté y miré a todos lados, nerviosa, con imágenes del ojo carmesí en mi cabeza. Luyu rio mientras ella y Binta se acercaban hacia mí caminando. Por un breve momento, nos miramos unas a otras. Hubo mucho en aquel instante: enjuiciamiento, miedo, incertidumbre.

—Buenos días —dije finalmente.

—Buenos días —dijo Binta, que se adelantó para estrechar y soltar mi mano con un tronar de nuestros dedos—. ¿Acabas de regresar hoy? Nosotras sí.

—No —dije—. Regresé ayer.

—Te ves bien —dijo Luyu, dándome también el apretón de manos de la amistad.

—Tú también —dije.

Hubo una pausa incómoda. Luego Binta dijo:

—Todo el mundo sabe.

—¿Eh? —dije en voz demasiado alta—. ¿Sabe? ¿Sabe qué?

—Que somos *ana m-bobi* —dijo Luyu con orgullo—. *Y* que ninguna de nosotras gritó.

—Oh —dije, aliviada—. ¿Dónde está Diti?

—No ha salido de la cama desde esa noche —dijo Luyu, riendo—. ¡Es una debilucha!

—No, sólo se está aprovechando para no venir a la escuela —dijo Binta—. De todos modos, ella sabe que es demasiado bonita para que le haga falta.

—Debe ser lindo —gruñí, aunque no me gustaba perderme días de escuela.

—¡Ah! —dijo Luyu, abriendo mucho los ojos—. ¿Ya escuchaste del nuevo muchacho?

Sacudí la cabeza. Luyu y Diti se miraron una a la otra y rieron.

—¿Qué? —dije—. ¿No acaban de volver hoy ustedes dos?

—Las noticias viajan deprisa —dijo Diti.

—Para algunas de nosotras, al menos —dijo Luyu, engreída.

—Ya, díganme lo que sea que me iban a decir —dije yo, irritada.

—Su nombre es Mwita —dijo Luyu, emocionada—. Llegó mientras no estábamos. Nadie sabe dónde vive o si siquiera tiene padres. Al parecer es muy listo, pero se niega a venir a la escuela. Hace cuatro días, vino por un solo día ¡y se burló de los maestros! ¡Decía que *él* podía darles clases a *ellos*! No creo que diera una buena primera impresión.

Me encogí de hombros.

—¿Y por qué me tendría que importar?

Luyu sonrió, ladeó la cabeza y dijo:

—¡Porque he oído que es *ewu*!

El resto de aquel día lo pasé entre una niebla. En clases, buscaba algún rostro del color de la piel de un camello con pecas como pimienta parda, con ojos que no fueran de *noah*. En el descanso del mediodía, lo busqué en el patio de la escuela. Después de la escuela, mientras caminaba a casa con Binta y Luyu, seguía mirando a mi alrededor. Quería contarle a mi madre sobre él cuando llegara a casa, pero decidí no hacerlo. ¿Realmente hubiera querido saber de otro resultado de violencia?

Al día siguiente sucedió lo mismo. No podía dejar de buscarlo. Dos días después, Diti regresó a la escuela.

—Mi madre finalmente me sacó de la cama —admitió Diti. E hizo una voz severa—: ¡No eres la primera que pasa por esto! —sus ojos se posaron en mí, luego se apartaron, y entendí instantáneamente que a sus padres no les gustaba que yo estuviera en el grupo ritual de su hija. Como si me importara lo que pensaban ellos.

De todas maneras, ahora éramos definitivamente cuatro. Cualquier amiga que Luyu, Binta y Diti hubieran tenido antes ya no importaba. Yo no tenía otras amigas a las que abandonar. La mayoría de las niñas que pasaban juntas por su Rito de los Once, aunque quedaban "enlazadas", no seguían estándolo después. Pero el cambio fue natural para nosotras. Ya teníamos secretos. Y ésos fueron sólo el comienzo.

Ninguna de nosotras era la líder, pero era a Luyu a quien le gustaba estar al frente. Era rápida y desenfadada. Resultó que había habido otros dos muchachos con los que había llegado al coito.

—¿Quién es *la Ada*? —escupió ella—. ¡No tenía que contarle *todo*!

Binta siempre tenía la vista clavada en el suelo y hablaba poco en presencia de otros. El abuso de su padre le había hecho daño. Pero cuando estaba sólo con nosotras, hablaba y sonreía todo el tiempo. Si no hubiera nacido tan llena de vida, dudo que hubiera sobrevivido a la vileza de su padre.

Diti era la princesa, a la que le gustaba quedarse en cama todo el día mientras los sirvientes le llevaban su comida. Era regordeta y bonita y no tenía que esforzarse por nada. Cuando estaba cerca pasaban cosas buenas. Una vendedora de pan nos lo vendía a mitad de precio porque estaba deseosa de volver ya a su casa. O si estábamos caminando junto a un cocotero, el árbol dejaba caer un coco a los pies de Diti. La diosa Ani amaba a Diti. ¿Qué se sentirá ser amada por Ani? Todavía no lo sé.

Después de la escuela, estudiábamos bajo el árbol de iroko. Primero, esto me ponía nerviosa. Tenía miedo de que la criatura roja y blanca que había visto estuviera relacionada con el incidente del árbol. Sentarse a su sombra se sentía prácticamente como invitar al ojo a que viniera a mí otra vez. Con el tiempo, como nada pasaba, me relajé un poco. Algunas veces incluso llegué a ir sola, únicamente a pensar.

Me estoy adelantando. Voy a regresar un poco.

Habían pasado once días después de mi Rito, cuatro de que volviera a la escuela, tres de haberme dado cuenta de que estaba vinculada a tres chicas de mi edad, y uno de que Diti volviera a la escuela, cuando pasó la otra cosa. Caminaba a casa despacio. Mi herida estaba pulsando. El dolor profundo, sin provocación, parecía ocurrir dos veces al día.

—Todavía creen que eres mala —dijo alguien detrás de mí.

—¿Eh? ¿Qué? —dije, dando la vuelta despacio. Me quedé congelada.

Era como mirarse en un espejo cuando nunca antes se ha visto el propio reflejo. Por primera vez entendí por qué la gente se detenía, dejaba caer cosas y se quedaba mirándome cuando se encontraba conmigo. Él tenía mi tono de piel, tenía mis pecas y llevaba su pelo dorado y espeso tan corto que parecía una capa de arena. Debe de haber sido un poco más alto, quizás unos pocos años mayor que yo. Mis ojos eran dorados como los de un gato del desierto, pero los de él eran grises como los de un chacal.

Instantáneamente supe quién era, aunque sólo lo hubiera visto por un instante mientras estuve en una situación embarazosa. Al contrario de lo que Luyu me había dicho, él había estado en Jwahir más que unos pocos días. Era el muchacho que me había visto desnuda en lo alto del árbol de iroko. Me había dicho que saltara. Había llovido fuerte y tenía una canasta en la cabeza, pero supe que era él.

—¿Tú eres…?

—Tú también —dijo él.

—Sí. Nunca… es decir, he oído de otros.

—Yo he visto a otros —dijo él con indiferencia.

—¿De dónde eres? —preguntamos los dos al mismo tiempo. Y los dos dijimos—: Del oeste —y asentimos. Todos los *ewu* vienen del oeste.

—¿Estás bien? —preguntó él.

—¿Eh?

—Caminas raro —dijo. Sentí que mi rostro se calentaba. Él volvió a sonreír y sacudió la cabeza—: No debería ser tan atrevido —hizo una pausa—. Pero créeme, ellos *siempre* nos verán como algo malo. Incluso si te haces… cortar.

Fruncí el ceño.

—¿Por qué permitiste que te hicieran eso? —preguntó—. Tú no eres de aquí.

—Pero *vivo* aquí —dije, a la defensiva.

—¿Y qué?

—¿Quién *eres*? —dije, irritada.

—Tu nombre es Onyesonwu Ubaid-Ogundimu. Eres la hija del herrero.

Me mordí el labio, intentando seguir irritada. Pero él se había referido a mí como la hija del herrero, no la hijastra, y aquello me había hecho sentir feliz. Él sonrió.

—Y eres la que acaba desnuda sobre los árboles.

—¿Quién eres? —pregunté. Qué extraños debimos habernos visto de pie a un lado del camino.

—Mwita —dijo él.

—¿Cómo te apellidas?

—No tengo apellido —dijo él, y su voz se enfrió.

—Ah... está bien —miré sus ropas. Eran la vestimenta típica de un muchacho, pantalones azules deslavados y una camisa verde. Sus sandalias estaban gastadas, pero eran de cuero. Llevaba un morral con libros escolares viejos—. Bueno... ¿dónde vives? —pregunté.

La frialdad desapareció de su voz:

—No te preocupes por eso.

—¿Cómo es que no vas a la escuela?

—Estoy en una escuela —dijo—. Una mejor que la tuya —metió la mano en su bolsillo y sacó un sobre—. Esto es para tu padre. Iba a ir a tu casa, pero tú se lo puedes llevar —era un sobre hecho de fibra de palma estampado con la insignia de los Osugbo: un lagarto caminando. Cada una de sus patas representaba a uno de los ancianos—. Vives más adelante, después del árbol de ébano, ¿verdad? —preguntó, mirando más allá de mí.

Asentí distraídamente, mirando todavía el sobre.

—Muy bien —dijo. Luego se fue. Me quedé allí parada, viéndolo marcharse, apenas consciente de que la pulsación entre mis piernas se había puesto peor.

Capítulo 6

Eshu

Después de ese día, me pareció ver a Mwita por todas partes. Venía con frecuencia a nuestra casa para entregar mensajes. Y unas cuantas veces me lo encontré en su camino al taller de Papá.

—¿Cómo es que no me habían contado de él? —le pregunté a mis padres una noche durante la cena. Papá estaba metiéndose raíz especiada en la boca con la mano derecha. Se recargó en su silla, masticando, con la mano sobre su comida. Mi madre puso otro pedazo de carne de cabra en su plato.

—Pensé que sabías —dijo él, al mismo tiempo que mi madre decía:

—No quería perturbarte.

Mis padres sabían mucho en aquel tiempo. También debían haber sabido que no podrían protegerme para siempre. Lo que iba a venir, vendría.

Mwita y yo hablábamos siempre que nos veíamos. Brevemente. Él siempre iba deprisa.

—¿A dónde vas? —le pregunté después de que entregara otro sobre más de los ancianos a Papá. Papá estaba haciendo una gran mesa para la Casa de Osugbo, y los símbolos grabados en ella debían ser perfectos. El sobre que Mwita traía contenía más dibujos de los símbolos.

—A otro lado —dijo Mwita, sonriendo.

—¿Por qué siempre estás corriendo? —dije—. Vamos. ¿Una sola cosa?

Se volvió para marcharse y luego se dio vuelta otra vez.

—Está bien —dijo. Nos sentamos en los escalones que conducían a la casa. Después de un minuto, dijo—: Si pasas el tiempo suficiente en el desierto, lo escucharás hablar.

—Claro —dije—. Habla con más fuerza cuando hay viento.

—Cierto —dijo Mwita—. Las mariposas entienden bien al desierto. Por eso van de un lado a otro. Siempre están Conversando con la tierra. Hablan tanto como escuchan. A las mariposas les hablas en el lenguaje del desierto.

Levantó la barbilla, tomó aire profundamente y exhaló. Yo conocía la canción. El desierto la cantaba cuando todo estaba bien. En nuestros tiempos de nómadas, mi madre y yo atrapábamos escarabajos que volaban lentamente si era un día en que el desierto entonaba esta canción. Se quitan las conchas duras y las alas, se seca la carne al sol, se añaden especias... delicioso. La canción de Mwita atrajo a tres mariposas: una pequeñita, blanca, y dos grandes, negras y amarillas.

—Déjame probar —dije, emocionada. Pensé en mi primer hogar. Luego abrí la boca y canté la canción de paz del desierto. Atraje a dos colibríes que zumbaron sobre nuestras cabezas antes de alejarse volando. Mwita se apartó de mí, impresionado.

—Cantas como... Tu voz es preciosa —dijo.

Miré hacia otro lado, apretando mis labios. Mi voz era el regalo de un hombre malvado.

—Un poco más —dijo—. Canta un poco más.

Le canté una canción que inventé cuando era feliz y libre y tenía cinco años. Mi recuerdo de esos tiempos era vago, pero recordaba claramente las canciones que había entonado.

Era así en cada ocasión con Mwita. Me enseñaba un poco de brujería sencilla y luego se conmocionaba por la facilidad con la que yo aprendía. Era el tercero en ver aquello en mí (mi madre y Papá habían sido la primera y el segundo), probablemente porque él también tenía esa capacidad. Me pregunté dónde había aprendido lo que sabía. ¿Quiénes eran sus padres? ¿Dónde vivía? Mwita era muy misterioso… y muy guapo.

Binta, Diti y Luyu lo vieron por primera vez en la escuela. Me estaba esperando en el patio, algo que nunca había hecho. No se sorprendió al verme salir de la escuela con Binta, Diti y Luyu. Le había contado mucho de ellas. Todos estaban mirando. Estoy segura de que ese día se contaron muchas historias acerca de Mwita y yo.

—Buenas tardes —dijo, inclinando cortésmente la cabeza.

Luyu tenía una sonrisa demasiado grande.

—Mwita —dije deprisa—. Te presento a Luyu, Diti y Binta, mis amigas. Luyu, Diti, Binta, les presento a Mwita, mi amigo.

Diti soltó una risita al escuchar esto.

—¿Entonces Onyesonwu representa una buena razón para venir aquí? —preguntó Luyu.

—Es la única razón —dijo él.

Sentí calor en el rostro y los ojos de los cuatro voltearon hacia mí.

—Ten—dijo él, dándome un libro—. Pensé que lo había perdido, pero no —era un manual de anatomía humana. La última vez que habíamos hablado, él se había disgustado por lo poco que sabía acerca de los muchos músculos del cuerpo.

—Gracias —dije, sintiéndome fastidiada por la presencia de mis amigas. Quería decirles otra vez que Mwita y yo éramos *sólo* amigos. Las únicas interacciones que Luyu y Diti tenían con muchachos eran el coqueteo y el sexo.

Mwita me lanzó una mirada y yo se la devolví con otra de estar de acuerdo. A partir de entonces sólo se me acercó cuando pensaba que estaría sola. Casi siempre tenía éxito, pero a veces estaba obligado a tratar a mis amigas. Él era bueno.

Siempre estaba feliz de ver a Mwita. Pero un día, meses más tarde, estuve *eufórica* por verlo. *Aliviada.* Cuando lo vi acercarse por el camino, con un sobre en la mano, me levanté de un salto. Había estado sentada en los escalones de la casa, mirando al espacio, confundida y enojada, esperándolo. Algo había sucedido.

—¡Mwita! —grité, y empecé a correr. Pero cuando llegué hasta él las palabras me abandonaron y me quedé de una pieza.

Él tomó mi mano. Nos sentamos en los escalones.

—N-n-no sé —balbuceé. Hice una pausa. Un gran sollozo crecía en mi pecho—. No puede haber pasado, Mwita. Luego me pregunté si esto había sido lo que ocurrió antes. Algo me ha estado sucediendo. ¡Algo me persigue! Necesito ver a una curandera. Yo…

—Sólo dime qué pasó, Onyesonwu —dijo él, impaciente.

—¡Estoy intentando!

—Bueno, pues esfuérzate más.

Lo vi con enojo y él me devolvió la misma mirada, haciendo un movimiento con las manos para que continuara.

—Estaba atrás, mirando el jardín de mi mamá —dije—. Todo era normal y… de pronto todo se puso carmesí. De mil tonos de carmesí…

Me detuve. No podía contarle cómo una cobra gigantesca, de color marrón y con ojos carmesí, se arrastró hasta mí y se irguió hacia mi cara. ¡Y cómo ahora yo sentía, de pronto, un asco de mí misma tan profundo que quería sacarme mis propios ojos con las manos! Que luego iba a abrirme la garganta con mis propias uñas. Soy horrible. Soy mala. Soy una porquería. ¡No debería existir! El mantra era carmesí y blanco en mi mente mientras miraba con horror el ojo ovalado. No le conté cómo, un momento después, un buitre negro y aceitoso llegó volando, gritó y picoteó a la serpiente hasta que ésta huyó arrastrándose. Cómo desperté de aquello justo a tiempo. Todo esto lo omití.

—Había un buitre —dije—. Mirándome directamente. Lo bastante cerca para que yo le viera los ojos. Le aventé una piedra y mientras se iba volando se le cayó una pluma. Negra y larga. Yo… fui y la levanté. Estaba ahí de pie, deseando volar como él. Y luego… No…

—Cambiaste —dijo Mwita. Me estaba mirando muy de cerca.

—¡Sí! Me *convertí* en el buitre. ¡Te lo juro! No estoy inventando…

—Te creo —dijo Mwita—. Termina.

—Tuve… tuve que salir de debajo de mi ropa —dije, extendiendo los brazos—. Podía oírlo todo. Podía ver… Parecía como si el mundo se hubiera abierto ante mí. Me asusté. Y luego estaba acostada ahí, y era otra vez yo, desnuda, con mis ropas al lado. El diamante no estaba en mi boca. Lo encontré a unos metros de distancia y… —suspiré.

—Tú eres una *eshu* —dijo él.

—¿Una qué? —la palabra sonaba como un estornudo.

—Una *eshu*. Entre otras cosas, puedes cambiar de forma. Lo supe el día en que te convertiste en ese gorrión y volaste al árbol.

—¿Qué? —grité, apartándome de él.

—Tú sabes lo que sabes, Onyesonwu —dijo, con toda naturalidad.

—¿Por qué no me lo dijiste? —mis manos temblaban y apreté los puños.

—Los *eshu* nunca creen que lo son hasta que se dan cuenta ellos mismos.

—¿Y entonces qué hago? ¿Qué… cómo sabes todo esto?

—Del mismo modo en que sé todas las otras cosas —dijo él.

—¿Cuál es?

—Es una larga historia —dijo—. Escucha, no le vayas a contar esto a tus amigas.

—No planeaba hacerlo.

—Las primeras veces son importantes. Los gorriones son sobrevivientes. Los buitres son aves nobles.

—¿Qué hay de noble en comer cosas muertas y robar carne de los mataderos?

—Todo tiene que comer.

—Mwita —dije—, tienes que enseñarme más. Debo aprender a protegerme.

—¿De qué?

Salieron lágrimas de mis ojos.

—Creo que algo quiere matarme.

Él hizo una pausa, me miró a los ojos y luego dijo:

—Nunca dejaré que eso pase.

Según mi madre, todas las cosas están determinadas. Para ella todo tiene una razón, desde las masacres en el oeste hasta el amor que encontró en el este. Pero a la mente detrás de todas las cosas yo la llamo Destino, es dura y fría. Es tan desapasionada que nadie podría considerarse una mejor persona si se somete a ella. El Destino es inalterable como un frágil cristal en la oscuridad.

Y sin embargo, cuando se trata de Mwita, yo me inclino ante el Destino y le agradezco.

Nos veíamos dos veces por semana, después de la escuela. Las lecciones de Mwita eran justo lo que necesitaba para mantener a raya mi temor por el ojo carmesí. Soy una luchadora por naturaleza y simplemente tener herramientas para pelear, por inadecuadas que fueran, era suficiente para restarle fuerza a mi ansiedad. Al menos en aquel tiempo.

El propio Mwita era también una buena distracción. Hablaba bien, se vestía bien y se conducía con respeto. Y no tenía la misma reputación de paria que yo. Luyu y Diti envidiaban el tiempo que pasaba con él. Les encantaba contarme acerca de los rumores según los cuales a él le gustaban muchachas mayores y casadas, de cerca de veinte años. Chicas que ya habían terminado la escuela y tenían más que ofrecer, intelectualmente.

Nadie podía acabar de descifrarlo. Algunos decían que era autodidacta y vivía con una mujer vieja a la que le leía libros a cambio de una habitación y dinero. Otros decían que era dueño de su propia vivienda. Yo no preguntaba. Sabía que no me respondería. Con todo, él era *ewu* y cada cierto tiempo escuchaba que alguien mencionaba su "piel enferma" y su "mal olor" y cómo, sin importar cuántos libros leyera, siempre llegaría a ser alguien malo.

Capítulo 7

Lecciones aprendidas

Me saqué el diamante de la boca y se lo di a Mwita. Mi corazón latía deprisa. Si un hombre tocaba mi piedra, tendría la habilidad para hacerme un gran daño o un gran bien. Aunque Mwita no respetaba las tradiciones de Jwahir, sabía que yo sí. Así que la tomó con cuidado.

Era una mañana de fin de semana. El sol apenas había salido. Mis padres dormían. Estábamos en el jardín. Yo estaba exactamente donde quería estar.

—De acuerdo con lo que sé, sea lo que sea en lo que te conviertas, retienes para siempre su conocimiento —dijo—. ¿Te parece correcto?

Asentí. Cuando me concentraba en esa idea, sentía al buitre y al gorrión justo debajo de mi piel.

—Está justo ahí, bajo la superficie —dijo él, despacio—. Siente la pluma con tus dedos. Frótala, presiónala. Cierra los ojos. Recuerda: extráelo de ella. Y luego *sé* ella.

La pluma en mi mano era suave, delicada. Supe exactamente adónde debía ir. Al hueco vacío de mi ala. Esta vez yo estaba consciente y tenía el control. No fue algo así como derretirme y convertirme en un charco y luego cobrar forma.

Siempre fui algo. Mis huesos, suavemente, se retorcieron y crujieron y se redujeron. No me dolió. El tejido de mi cuerpo se ondulaba y desplazaba. Mi mente cambió de foco. Todavía era yo, pero desde una perspectiva diferente. Escuché sonidos de cosas que surgían y se absorbían. Noté el rico olor que sólo percibía en los momentos de extrañeza.

Volé alto. Mi sentido del tacto estaba disminuido pues mi carne estaba cubierta por plumas. Pero lo veía todo. Mi oído era tan agudo que podía escuchar la respiración de la tierra. Cuando regresé estaba exhausta y con ganas de llorar. Todos mis sentidos zumbaban incluso tras volver a mi forma humana. No me importó estar desnuda. Mwita tuvo que envolverme con mi rapa mientras lloraba recargada en su hombro. Por primera vez en mi vida, podía escapar. Cuando las cosas se sintieran demasiado rígidas, demasiado cercanas, podría irme al cielo. Desde arriba podría ver fácilmente el desierto que se extendía más allá de Jwahir. Podría volar tan alto que ni el ojo ovalado podría verme.

Esa tarde, sentada con Mwita en el jardín de mi madre, le conté mucho de mí misma. Le conté la historia de mi madre. Le conté del desierto. La conté cómo me había ido a otro lado mientras me circuncidaban. Y finalmente le conté detalles acerca del ojo carmesí. Mwita no se impresionó ni siquiera con eso. Eso debió haberme inquietado, pero estaba demasiado encantada con él para que me importara.

Fue mi idea ir al desierto. Fue su idea ir esa misma noche. Fue la segunda vez que me escapé de casa. Caminamos varios kilómetros sobre la arena. Cuando nos detuvimos, encendimos una fogata. Todo a nuestro alrededor estaba oscuro. El desierto no había cambiado desde que yo lo dejara seis años antes. Estábamos tan en paz en la quietud fría que nos rodeaba que nos quedamos sin habla durante los siguientes diez minutos. Luego Mwita atizó el fuego y dijo:

—No soy como tú. No del todo.

—¿Eh? —dije—. ¿Qué quieres decir?

—Por lo común dejo que la gente piense lo que quiera —dijo él—. Así lo hice contigo. Incluso después de que te conocí. Ha pasado más de un año desde que te vi en aquel árbol.

—Ve al grano —dije con impaciencia.

—No —dijo con brusquedad—. Diré esto del modo en que quiera decirlo, Onyesonwu —apartó la vista, molesto—. Necesitas aprender a estar en silencio a veces.

—No, no necesito.

—Claro que sí.

Me mordí el labio inferior, intentando mantenerme callada.

—No soy completamente como tú —dijo al fin—. Sólo escucha, ¿de acuerdo?

—Bueno.

—Tu madre… fue violentada. Mi madre no. Todos creen que un niño *ewu* es como tú, que su madre tuvo que ser atacada por un hombre nuru y que él debió haber intentado y logrado embarazarla. Pues, bueno, mi madre se *enamoró* de un hombre nuru.

Resoplé.

—Eso no es para hacer bromas.

—Pasa —insistió—. Y, sí, salimos con el mismo aspecto de los hijos de una… violación. No deberías creer todo lo que oyes o lees.

—Está bien —dije con suavidad—. Sigue… continúa.

—Mi tía decía que mi madre trabajaba para una familia nuru y que el hijo de ellos le hablaba en secreto. Se enamoraron y un año después mi madre quedó embarazada. Cuando nací se difundió la noticia de que yo era *ewu*. No había habido ataques en aquella zona, así que la gente no entendía cómo había podido pasar. Pronto se descubrió el amorío de mis padres. Mi tía dijo que alguien vio a mi madre y mi padre juntos poco después de que yo naciera, que mi padre había entrado en su tienda. Nunca supe si fue un nuru o un okeke quien nos traicionó.

"Una turba vino. Otra vez, no sé si fue nuru u okeke. Atacaron a mi madre a pedradas. A mi padre, a puñetazos. Se olvidaron de mí. Mi tía, la hermana de mi padre, me llevó a un lugar seguro. Ella y su esposo se quedaron conmigo. Al parecer la muerte de mi padre justificó mi existencia.

"Si el padre de uno es nuru, uno también lo es. Así que me criaron como nuru en la casa de mis tíos. Cuando cumplí seis años, mi tío me destinó como aprendiz de un hechicero llamado Daib. Creo que debí haber estado agradecido. Daib era conocido por salir con frecuencia a hacer exhibiciones. Mi tío decía que alguna vez había sido militar. Sabía de literatura también. Tenía muchos libros... los cuales serían destruidos con el tiempo.

Mwita hizo una pausa y una mueca. Esperé a que continuara.

—Mi tío tuvo que rogarle y pagarle a Daib para que me enseñara... porque yo era *ewu*. Yo estaba allí cuando mi tío le rogó —Mwita parecía asqueado—. Se puso de rodillas. Daib le escupió y dijo que sólo le hacía el favor porque había conocido a mi abuela. Mi odio hacia Daib avivó mi aprendizaje. Yo era joven pero odiaba como un hombre de mediana edad que empieza a envejecer.

"Mi tío le había rogado así, se había humillado, por una razón. Quería que yo fuera capaz de protegerme. Sabía que mi vida sería dura. Seguimos adelante, los años pasaron más o menos agradablemente. Hasta que cumplí los once. Hace cuatro años. Las masacres empezaron otra vez en las ciudades y se extendieron rápidamente hasta nuestra aldea.

"Los okekes se defendieron. Y otra vez, como antes, fueron superados en número y en fuerza. Pero en mi aldea, se enfurecieron como nunca. Atacaron nuestra casa y mataron a mis tíos. Después supe que habían ido tras Daib y cualquiera que estuviese asociado con él. Ya había dicho que Daib había sido militar... y bueno, eso no era todo. Aparentemente, era famoso por su crueldad. Mis tíos fueron asesinados por su culpa, porque me daba clases.

"Daib me había enseñado cómo hacerme 'ignorable'. Así fue como escapé. Corrí al desierto y me escondí durante un día.

Finalmente, los disturbios se reprimieron y todos los okekes en mi aldea fueron asesinados. Cuando fui a casa de Daib esperando ver su cadáver, encontré algo distinto. En medio de su casa parcialmente incendiada estaban las ropas que llevaba puestas la última vez que lo vi, dispersas en el piso como si hubiera desaparecido en el aire. Y la ventana estaba abierta.

"Empaqué lo que pude y viajé al este. Sabía cómo me iban a tratar. Esperaba encontrar a la Gente Roja, una tribu de personas que no son ni nurus ni okekes, que viven en algún lugar del desierto en el centro de una gran tormenta de arena. Se dice que la Gente Roja conoce formas imposibles de *juju*. Era joven y estaba desesperado. La Gente Roja es sólo un mito.

"Gané dinero en el camino haciendo trucos de magia estúpidos, como poner a bailar muñecas o levitar a niños. La gente, nurus y okekes, se siente más cómoda con los *ewu* que se hacen los tontos, que bailan o hacen trucos, siempre y cuando uno evite mirarlos a los ojos y se largue una vez que ha terminado de entretenerlos. Acabé aquí solamente por casualidad.

Cuando Mwita dejó de hablar, sólo me quedé sentada. Me pregunté qué tan lejos había estado la aldea de Mwita de lo que quedaba de la aldea de mi madre.

—Lo lamento —dije—. Lo lamento por todos nosotros.

Él sacudió la cabeza.

—No lo hagas. Es como decir que lamentas que existes.

—Así es.

—No hagas menos los sufrimientos y los éxitos de tu madre —dijo Mwita, sombrío.

Me contuve y miré hacia otro lado, con los brazos apretando mi propio pecho.

—¿Entonces desearías no estar aquí ahora? —preguntó.

No dije nada. *Al menos su padre no era una bestia*, pensé.

—La vida no es tan simple —dijo. Sonrió—. En especial para los *eshu*.

—Tú no eres *eshu*.

—Bueno, entonces para nadie de nosotros.

Capítulo 8

Mentiras

Un año y medio después fue por casualidad que escuché a los dos muchachos hablar mientras pasaban cerca. Tenían unos diecisiete años. El rostro de uno de ellos estaba lastimado y llevaba un brazo vendado. Yo leía un libro bajo el árbol de iroko.

—Parece que alguien caminó sobre tu cabeza —dijo el ileso.

—Lo sé —dijo el lastimado—. Apenas puedo caminar.

—Te digo, ese hombre es malo, no es un verdadero hechicero.

—No, Aro es de verdad —dijo el herido—. Malo, pero de verdad.

Mis oídos reaccionaron al nombre que se había mencionado brevemente durante la noche de mi Rito de los Once.

—Supongo que el muchacho *ewu* es el único suficientemente bueno para aprender los Grandes Puntos Místicos —dijo el herido, con sus ojos grandes y húmedos—. No tiene sentido. Se supone que tu sangre debe ser limpia para que…

Me levanté y me alejé, con los pensamientos nublados por la rabia. Busqué con enojo en el mercado, la biblioteca, incluso fui a mi casa. Mwita no estaba en ninguna parte. *No sabía dónde vivía.* Esto me enfureció aún más. Al salir de mi casa lo vi acercarse por el camino. Caminé hasta él y tuve que refrenarme para no golpearlo en la cara.

—¿Por qué no me dijiste? —le grité.

—No me hables así —gruñó cuando llegué hasta él—. Lo sabes bien.

Reí con amargura.

—Yo no sé nada de ti.

—Es en serio, Onyesonwu.

—No me importa que lo sea —grité.

—¿Qué te ha poseído, mujer?

—¿Qué sabes de los Grandes Puntos Místicos? ¿Eh? —yo no tenía idea de qué eran esos Puntos, pero sí que me los ocultaba, y quería conocerlos ya—. Y... ¿y qué hay de Aro? ¿Por qué no...? —estaba tan enojada que empecé a atragantarme. Me quedé ahí parada, jadeando—. ¡Eres... eres un mentiroso! —chillé—. ¿Cómo volveré a confiar en ti?

Mwita dio un paso atrás. Yo había sobrepasado un límite. Seguí gritando:

—¡Tuve que escuchárselo a dos muchachos! ¡Dos chicos comunes, estúpidos, ineptos! ¡Ya no confiaré en ti!

—Él no te dará clases —dijo Mwita con amargura, con los brazos separados.

—¿Qué? —dije, echando chispas con la voz—. ¿Por qué?

—¿Quieres saber? Bueno, te lo diré. Espero que te haga feliz. ¡No te va a enseñar porque eres una muchacha, una *mujer*! —me gritó. Había lágrimas de ira en sus ojos. Golpeó mi vientre con su palma—. ¡Por lo que llevas aquí! Puedes traer vida, y cuando envejeces esa habilidad se convierte en algo todavía mayor, ¡más inestable y peligroso!

—¿Qué? —volví a decir.

Él rio con enojo y empezó a alejarse.

—Presionas *demasiado* —dijo—. ¡Argh! No eres saludable para mí.

—¡No me des la espalda! —dije. Él se detuvo.

—¿O harás qué? —se volvió—. ¿Me estás amenazando?

—Tal vez —dije. Nos quedamos parados. No recuerdo si había gente a nuestro alrededor. Debió haber habido. A la gente le gusta una buena discusión. Y una entre dos adolescentes *ewu*, muchacho y muchacha, era inapreciable.

—Onyesonwu —dijo él—. Él no te enseñará. Naciste en el cuerpo equivocado.

—¿Sí? Bueno, lo puedo cambiar.

—No, no puedes cambiar *eso*.

Sin importar aquello en lo que me convirtiera, sólo podía transformarme en su versión femenina. Era una regla de mi capacidad que siempre me había parecido trivial.

—Él te enseña a ti —le dije. Él asintió.

—Y yo te he estado enseñando lo que sé.

Ladeé la cabeza.

—Pero... él no te enseña esos... los Puntos, ¿o sí? —Mwita no respondió—. Porque eres *ewu*, ¿cierto? —pregunté. Siguió sin decir nada—. Mwita...

—Lo que te enseño tendrá que bastar —dijo.

—¿Y si no?

Mwita apartó la mirada. Sacudí la cabeza.

—Omitir información es mentir.

—Si te miento es sólo para protegerte. Tú eres mi... eres especial para mí, Onyesonwu —dijo con brusquedad, limpiándose algunas de las lágrimas de ira de la mejilla—. Nadie, *nadie*, debería hacerte daño.

—¡*Alguien* ha intentado hacer precisamente eso! —dije—. ¡Esa... cosa horrible, roja y blanca! ¡Es mala...! A veces creo que me observa mientras duermo...

—*¡Le he preguntado!* —dijo él—. ¿De acuerdo? Le pregunté. Te miro y sé... Lo *sé*. Le conté de ti. Le conté después de que fueras a dar al árbol. Le volví a preguntar después de que te dieras cuenta de que eres eshu. No te quiere enseñar.

—¿Le contaste del ojo carmesí?

—Sí.

Silencio.

—Entonces yo misma se lo pediré —dije sin emoción.

—No lo hagas —dijo él.

—Que me rechace de frente —dije.

La ira destelló en los ojos de Mwita y se alejó de mí.

—No debería querer a una muchacha como tú —dijo, en voz baja, con los dientes apretados. Luego se dio la vuelta y se fue.

Esperé hasta que estuviera bastante lejos. Luego pasé al costado del camino y me concentré. No tenía la pluma conmigo, así que primero tuve que calmarme. La discusión con Mwita me había dejado temblando por la emoción, así que tardé varios minutos en serenarme. Para entonces Mwita ya se había ido. Pero, ya lo he dicho, cuando era buitre el mundo se abría ante mí. Lo encontré fácilmente.

Lo seguí hacia el sur desde mi casa, a través de las granjas de palmeras en la frontera sur de Jwahir. La choza a la que llegó era sólida, pero sencilla. Alrededor de ella paseaban cuatro cabras. Mwita entró en una choza pequeña junto a la principal. Detrás de ambas se extendía el desierto.

Al día siguiente, caminé hasta allá a pie, tras haber dejado abierta mi ventana por si regresaba como buitre. Un macizo de cactus crecía delante de la choza de Aro. Con atrevimiento, pasé por la abertura flanqueada por dos cactus altos. Intenté evitar las espinas, pero una me rozó el brazo. *No importa*, pensé.

La choza principal era grande, hecha de adobe y ladrillos de arena apilados con un techo de palma. Pude ver a Mwita cerca, sentado, recargado en el único árbol lo bastante valiente para crecer cerca de la choza. Sonreí pícaramente para mí misma. Si ésta era la choza de Aro, podría estar dentro antes de que Mwita me viera.

Un hombre salió y no pude llegar a la mitad del camino hasta la entrada. Lo primero que noté es que lo rodeaba una niebla azul, que desapareció a medida que se acercaba. Era unas dos décadas mayor que mi padre. Llevaba la cabeza rapada. Su piel oscura brillaba en el calor seco del aire. Varios amuletos de vidrio y cuarzo descansaban sobre su caftán blanco. Caminó despacio, mirándome. No me gustó nada.

—¿Qué? —dijo.

—Oh, este... —tartamudeé—. ¿Usted es Aro, el hechicero? —me miró con enojo. Insistí—: Mi nombre es Onyesonwu Ubaid-Ogundimu, hija... hijastra de Fadil Ogundimu, hija de Najeeba Ubaid-Ogundimu...

—Sé quién eres —dijo con frialdad. Sacó una vara de mascar de su bolsillo y la metió en su boca—. Tú eres la chica que, según la Ada, puede hacerse transparente y, según Mwita, puede convertirse en un gorrión.

Noté que no mencionaba que podía convertirme en buitre.

—Sí, me han estado pasando cosas —dije—. Y creo que estoy en peligro. Algo quiso matarme una vez, hace como un año. Un gran ojo carmesí ovalado. Sigue observándome, creo. Necesito protegerme. *Oga* Aro, ¡seré la mejor y más grande estudiante que usted haya tenido! Lo puedo sentir. Lo... casi lo puedo tocar.

Dejé de hablar, con lágrimas en los ojos. Hasta aquel momento me di cuenta de lo decidida que estaba. Él me miraba con tal sorpresa que me pregunté si había dicho algo incorrecto. No parecía de aquellos que se conmueven con facilidad. Su cara regresó a la que, supuse, era su expresión habitual. Tras él vi a Mwita acercarse, caminando de prisa.

—Estás llena de fuego —dijo Aro—. Pero no te enseñaré —hizo un movimiento de arriba abajo con su mano, en referencia a mi cuerpo—. Tu padre fue nuru, un pueblo asqueroso y sucio. Los Grandes Puntos Místicos son un arte okeke, solamente para los puros de espíritu.

—P-pero usted le enseña a Mwita —dije, esforzándome por controlar mi desesperación.

—No los Puntos Místicos. Lo que le enseño es limitado. Es hombre. Tú eres mujer. No te puedes comparar con él. Ni siquiera en las... habilidades más simples.

—¿Cómo puede decir eso? —grité, y el diamante casi voló de mi boca.

—Y todavía más, estás sucia de sangre de mujer mientras hablamos —dijo—. ¿Cómo te atreves a venir en ese estado?

Sólo parpadeé, sin saber de qué estaba hablando. Hasta después me di cuenta de que se refería a mi menstruación. Me quedaba más o menos un día, en el que soltaría unas pocas gotas más. Él hablaba como si yo estuviera bañada en sangre.

Señaló mi cintura con un gesto de asco:

—Y *eso* es sólo para que lo vea tu marido.

Otra vez me quedé confundida. Miré hacia abajo y vi un destello de mi cadena del vientre salir por entre la tela de mi rapa. La oculté deprisa.

—Que lo que te atormenta acabe contigo —dijo—. Es mejor así.

—Por favor —dijo Mwita, acercándose—. No la insulte, *Oga*. Ella me es querida.

—Sí, todos ustedes se juntan, ya sé —dijo Aro.

—¡No le dije que viniera! —dijo Mwita a Aro con firmeza—. Ella no escucha a nadie.

Lo miré, sorprendida e insultada.

—No me importa quién la haya enviado —dijo Aro, con otro ademán de su manaza.

Mwita bajó la mirada y yo podría haber gritado. *Es como el esclavo de Aro*, pensé. Como un okeke para un nuru. Pero él fue criado como nuru. ¡Qué retrógrado!

Aro se dio media vuelta y se alejó. Rápidamente me di vuelta y volví a caminar hacia el umbral de cactus.

—Esto te pasó por tu culpa —rugió Mwita, siguiéndome—. Te dije que no…

—No me dijiste nada —dije. Caminé más rápido—. ¡Tú vives con *él*! Él piensa eso de gente como nosotros ¡y tú TE QUEDAS EN SU CASA! ¡Seguro que le cocinas y le limpias! ¡Me sorprende que coma lo que tú le preparas!

—No es así —dijo Mwita.

—¡Sí lo es! —grité. Ya habíamos atravesado el umbral de cactus—. ¡No es suficiente que sea *ewu* y que esa cosa quiera atraparme! Tenía que ser hembra también. Ese loco con el que vives te ama y te odia, ¡pero a mí sólo me odia! ¡Todo el mundo me odia!

—Tus padres y yo no te odiamos —dijo—. Tus amigas no te odian.

No lo escuchaba. Estaba corriendo. Corrí hasta que estuve segura de que no me seguía. Desenterré el recuerdo de plumas negras y aceitosas sobre grandes alas, un pico poderoso, una cabeza con un cerebro tan inteligente que sólo yo (y tal vez aquel pito de cabra de Aro) podía entender. Volé alto y lejos, pensando y pensando. Y cuando finalmente llegué a casa, entré por la ventana de mi habitación y me transformé en la muchacha de trece, casi catorce años que era. Me metí desnuda en la cama, con todo y mis gotas de sangre, y me cubrí con las cobijas.

Capítulo 9

Pesadilla

Dejé de hablarle a Mwita y él dejó de ir a verme. Pasaron tres semanas. Lo extrañaba, pero mi furia era más fuerte. Binta, Luyu y Diti llenaban mi tiempo libre. Una mañana, mientras las esperaba en el patio, enfurruñada, Luyu pasó a mi lado. Primero pensé que no me había visto. Luego noté que se veía alterada. Sus ojos estaban hinchados y enrojecidos, como si hubiera llorado o no hubiese dormido. Corrí tras ella.

—¿Luyu? —dije—. ¿Estás bien?

Se volvió a verme, con la cara en blanco. Luego sonrió: ahora se veía como siempre, en realidad sólo un poco.

—Te ves... cansada —dije.

Ella rio.

—Tienes razón. Dormí muy mal —Luyu y sus frases en clave. Ésta era sin duda una de ellas. Pero yo conocía a Luyu. Si quería decir algo, lo haría cuando le pareciera el momento. Binta y Diti llegaron y Luyu se apartó de mí mientras las cuatro nos sentábamos.

—Es un hermoso día —dijo Diti.

—Si tú lo dices —gruñó Luyu.

—Desearía poder ser tan feliz como tú lo eres siempre, Diti —dije yo.

—Estás disgustada porque tú y Mwita tuvieron una pelea —dijo Diti.

—¿Qué? ¿C-como lo sabes? —me erguí, frenética. Si sabían de la pelea, habrían escuchado por qué peleábamos.

—Te *conocemos* —dijo Diti. Luyu y Binta asintieron con un gruñido—. En las últimas dos semanas te hemos visto el doble de veces.

—No somos estúpidas —dijo Binta, mordisqueando un sándwich de huevo que había sacado de su morral. Se había aplastado entre dos libros y se veía muy delgado.

—¿Qué pasó, entonces? —dijo Luyu, mientras se frotaba la frente.

Me encogí de hombros.

—¿Tus padres no lo aprobaron? —preguntó Binta. Las tres se acercaron.

—No hablemos de eso —repliqué.

—¿Le diste tu virginidad? —preguntó Luyu.

—¡Luyu! —exclamé.

—¡Nada más pregunto!

—¿Se ha puesto verde tu cadena del vientre? —preguntó Binta. Sonaba casi desesperada—. Dicen que eso pasa si tienes coito después de tu Rito.

—Dudo mucho que ella haya tenido coito con él —dijo Diti, fríamente.

Antes de ir a la cama, me senté en el suelo a meditar. Me costó mucho esfuerzo calmarme. Cuando terminé, mi rostro estaba húmedo de sudor y lágrimas. Las veces que meditaba, no sólo transpiraba profusamente —lo que era extraño porque normalmente sudo muy poco—, sino que siempre lloraba. Mwita decía que era porque estaba tan acostumbrada a estar bajo presión que, cuando me dejaba ir, literalmente lloraba de alivio. Tomé un baño y le di las buenas noches a mis padres.

Una vez en la cama, me dormí y soñé con arena. Reconfortante, seca, suave, intacta y cálida. Yo era viento que soplaba sobre sus dunas. Luego me movía sobre tierras resecas y duras. Las hojas de árboles tercos y arbustos secos cantaban a mi paso. Y luego un camino de tierra, más caminos, pavimentados y cubiertos de arena, llenos de gente viajando con paquetes pesados, motonetas, camellos, caballos. Los caminos eran negros y lisos y brillaban como si sudaran. La gente que caminaba sobre ellos llevaba pocas cosas. No eran viajeros. Estaban cerca de sus casas. A los lados del camino había tiendas y grandes edificios.

En Jwahir, la gente no Conversaba al lado del camino ni en los mercados. Y sólo había un puñado de personas de piel clara..., ninguno de ellos era nuru. El viento me había llevado lejos.

Aquí, la mayoría de la gente era nuru. Traté de mirar más de cerca. Mientras más lo intentaba, más se desenfocaban. Todos menos uno. Veía su espalda. Podía escuchar su risa a kilómetros de distancia. Era muy alto y se destacaba en el centro de un grupo de hombres nuru. Hablaba apasionadamente, con palabras que no podía escuchar del todo. Su risa vibraba en mi cabeza. Vestía un caftán azul. Estaba dando vuelta hacia mí... Todo lo que podía ver era sus ojos. Eran carmesí con centros ondulantes de un blanco quemante. Se mezclaron y se convirtieron en uno solo, gigante. El terror se extendió por mi mente como un veneno. Entendí a la perfección las palabras que escuché después:

Deja de respirar, rugió. *¡DEJA DE RESPIRAR!*

Me desperté de golpe, incapaz de respirar. Tiré a un lado mis cobijas, resollando. Me agarré el cuello, que me dolía, mientras me incorporaba. Cada vez que parpadeaba, podía ver el color carmesí detrás de mis ojos. Resollé aún más fuerte y me incliné hacia delante. Manchas negras nublaban mi visión. Admito que una parte de mí estaba aliviada. La muerte era mejor que vivir con miedo por aquella cosa. Al paso de los segundos, mi pecho se relajó. Mi garganta dejó pasar algunos soplos de aire. Tosí. Esperé, frotándome el cuello. Era de mañana. Alguien estaba en la cocina friendo el desayuno.

Entonces el sueño regresó con todo detalle. Me puse de pie de un salto. Me temblaban las piernas. Estaba a la mitad del pasillo cuando me detuve. Regresé de inmediato a mi habitación y me paré ante el espejo a ver los violentos moretones en mi cuello. Me senté en el piso y me llevé las manos a la cabeza. El ojo ovalado y carmesí pertenecía a un violador: mi padre biológico. Y él acababa de intentar estrangularme mientras dormía.

Capítulo 10

Ndiichie

Si el fotógrafo loco no hubiera llegado, habría pasado en cama todo el día, demasiado asustada para salir. Mi madre llegó a casa aquella tarde hablando de él. No parecía capaz de sentarse.

—Estaba todo sucio y azotado por el viento —dijo—. Llegó al mercado directo del desierto. ¡Ni siquiera intentó limpiarse primero!

Dijo que podría haber tenido unos veintitantos años, pero era difícil de precisar por el pelo apelmazado en su cara. La mayoría de sus dientes se había caído, su pelo era amarillo y su piel ennegrecida por el sol tenía un aspecto cenizo debido a la desnutrición y la suciedad. Quién sabe cómo había podido sobrevivir viajando tan lejos y en su estado mental.

Pero lo que él traía consigo era suficiente para causar pánico en todo Jwahir. Su álbum digital de fotos. Había perdido su cámara largo tiempo atrás pero había guardado sus fotos en aquel aparato del tamaño de su palma. Fotos del oeste: gente okeke muerta, quemada, mutilada. Mujeres okeke mientras eran violadas. Niños okeke con miembros faltantes y vientres hinchados. Hombres okeke colgados de edificios o pudriéndose en el desierto casi convertidos en polvo. Cabezas de bebés aplastadas. Vientres cortados. Hombres castrados. Mujeres con los pechos amputados.

—Ya viene —deliraba el fotógrafo; la baba caía de sus labios partidos, mientras dejaba ver su álbum a la gente—. Va a traer diez mil hombres. Ninguno de ustedes está a salvo. ¡Empaquen sus cosas, huyan, corran, corran, corran, tontos!

Uno por uno, grupo por grupo, él permitía que la gente revisara su álbum. Mi madre examinó las fotos dos veces. Todo ese tiempo estuvo llorando. La gente vomitaba, lloraba, gritaba: nadie disputaba lo que había visto. Después de un tiempo, el fotógrafo había sido arrestado. Según oí, luego de que se le diera una comida abundante, un baño y un corte de pelo y suministros, se le pidió cortésmente que se fuera de Jwahir. De cualquier manera, la gente hablaba y la noticia se extendía. Ya se había causado tanta ansiedad que una Ndiichie, la reunión pública que se celebraba con mayor urgencia en Jwahir, se había convocado para aquella noche.

En cuanto Papá llegó a casa, los tres salimos juntos.

—¿Estás bien? —preguntó él, besando a mi madre y tomando su mano.

—Sobreviviré —dijo ella.

—Muy bien. Vámonos —dijo él, acelerando el paso—. Las Ndiichies rara vez duran más de cinco minutos.

La plaza del pueblo ya estaba repleta. Habían levantado un templete sobre el que había cuatro sillas. Minutos después, cuatro personas subieron por las escaleras. La multitud se aquietó. Sólo los bebés entre el público seguían haciendo ruido. Me paré de puntillas, ansiosa por echar finalmente un vistazo a los ancianos Osugbo de los que tanto había escuchado. Cuando los vi, me di cuenta de que ya había conocido a dos de ellos. Una llevaba una rapa azul con una blusa a juego.

—Ésa es Nana la Sabia —me dijo Papá al oído. Sólo asentí. No quería mencionar mi Rito de los Once.

Ella caminó despacio sobre el templete y ocupó su asiento. Después de ella, subió un hombre viejo y ciego que usaba un bastón de madera. Debieron ayudarlo a subir los escalones. Una vez que se sentó, volteó hacia la multitud como si pudiera vernos a todos como realmente éramos. Papá me dijo que él era Dika el Vidente. Luego subió Aro el Trabajador. Fruncí el ceño. Cómo me desagradaba ese hombre que me negaba tanto, que me negaba a mí. Al parecer pocos sabían que era un hechicero porque Papá lo describió como el que organizaba el gobierno.

—Ese hombre ha creado el sistema más justo que Jwahir ha tenido jamás —murmuró.

El cuarto en subir fue Oyo el Pensador. Era de baja estatura, delgado, con mechones blancos de cabello a los costados de la cabeza. Su bigote era poblado y su barba, salpimentada y larga. Papá dijo que a él se le conocía por su escepticismo. Si una idea conseguía su aprobación, daría resultado.

—¡Jwahir, kwenu! —dijeron todos los ancianos, elevando sus puños en el aire.

—¡Yah! —respondió la multitud. Papá nos dio codazos a mí y a mi madre para que nos uniéramos.

—¡Jwahir, kwenu!

—¡Yah!

—¡Jwahir, kwenu!

—¡Yah!

—Buenas noches, Jwahir —dijo Nana la Sabia, poniéndose de pie—. El nombre del fotógrafo es Ababuo. Vino de Gadi, una de las ciudades de los Siete Ríos. Él ha trabajado y viajado desde lejos para traernos noticias. Le damos la bienvenida y lo felicitamos.

Se sentó. Oyo el Pensador se levantó y habló:

—He considerado las probabilidades, los márgenes de error, la desemejanza. Aunque las dificultades de nuestra gente en el oeste son trágicas, es improbable que este sufrimiento nos afecte. Roguemos a Ani por buena ventura. No hay necesidad de que empaquen sus cosas —tomó asiento. Yo miré a la multitud. La gente parecía persuadida por sus palabras. No estuve segura de qué sentía. *¿Realmente se trata de nuestra seguridad?*, me pregunté. Aro se incorporó para hablar. Era el único líder de los Osugbo que no parecía viejo. Con todo, sentí dudas sobre su edad y apariencia. Tal vez era más viejo de lo que aparentaba.

—Ababuo nos muestra realidad. Acéptenla, pero no teman. ¿Acaso somos todos mujeres? —preguntó. Yo resoplé y miré al cielo con irritación—. El pánico no les hará ningún bien —continuó—. Si quieren aprender cómo blandir un cuchillo, Obi, aquí presente, les enseñará —señaló a un hombre corpulento que estaba cerca del templete—. También puede entrenarlos para correr largas distancias sin cansarse. Pero somos un pueblo fuerte. El miedo es para los débiles. Anímense. Vivan sus vidas.

Se sentó. Dika el Vidente se levantó despacio, sosteniéndose en su bastón. Tuve que esforzarme para escucharlo hablar.

—Lo que yo veo... Sí, el periodista muestra la verdad, aunque su mente ha sido dañada por ella —dijo—. ¡Fe! ¡Todos debemos tener fe!

Se sentó. Hubo silencio por un momento.

—Eso es todo —dijo Nana la Sabia.

Una vez que los ancianos abandonaron el templete y la plaza, todos empezaron a hablar al mismo tiempo. Hubo discusiones y acuerdos sobre el fotógrafo y su estado mental, sus fotos y su viaje. Sin embargo, la Ndiichie había funcionado: ya nadie sentía pánico. Estaban enérgicamente reflexivos. Mi padre se unió a la discusión mientras mi madre escuchaba en silencio.

—Los veo en casa —les dije.

—Adelántate —dijo mi madre, dándome una suave palmada en la mejilla.

Tuve que esforzarme para salir de la plaza. Odiaba los lugares concurridos. Apenas salía de entre la multitud cuando vi a Mwita. Él me había visto primero.

—Hola —dije.

—Buenas noches, Onyesonwu —dijo él.

Y con esas palabras se hizo la conexión. Habíamos sido amigos, peleado, aprendido, reído el uno con la otra, pero en ese momento nos dimos cuenta de que estábamos enamorados. Darse cuenta fue como encender una luz. Pero el enojo que sentía contra él no me había abandonado. Cambié mi peso de un pie al otro, ligeramente preocupada por unas pocas personas que nos observaban. Comencé a caminar a casa y sentí alivio cuando él partió conmigo.

—¿Cómo has estado? —preguntó, tentativamente.

—¿Cómo pudiste hacer eso? —pregunté.

—Te dije que no fueras.

—¡Sólo porque me digas que haga algo no significa que te haré caso!

—Debí haber hecho algo para que no pasaras de los cactus —balbuceó.

—Habría encontrado el modo de pasar —dije—. Fue mi elección y debiste respetarla. En cambio te quedaste inmóvil diciéndole a Aro que no era tu culpa que yo hubiera ido, intentando salvar tu propio trasero. Podría haberte matado.

—¡Precisamente por eso no quiere enseñarte! Actúas como una mujer. Te dejas llevar por las emociones. Eres peligrosa.

Tuve que esforzarme para no darle más evidencias.

—¿Crees eso? —le pregunté.

Él apartó la mirada.

Me enjugué una lágrima.

—Entonces no podemos...

—No, no lo creo —dijo Mwita—. Eres irracional a veces, más irracional que cualquier mujer u hombre. Pero no es por lo que tienes entre las piernas —sonrió y dijo con sarcasmo—: además, ¿no pasaste ya por tu Rito de los Once? Hasta los nuru saben que pasar por él alinea la inteligencia de una mujer con sus emociones.

—No estoy bromeando —dije.

—Eres diferente. Tu pasión es mayor que la de casi todos.

—Entonces, ¿por qué…?

—Aro necesitaba saber que ibas por tu propia voluntad. La gente que es llevada por otros…, créeme que nunca la acepta. Ven, necesitamos hablar.

Cuando llegamos a mi casa, nos sentamos en los escalones frente al jardín de mi madre, en la parte trasera.

—¿Sabe mi papá quién es Aro en realidad?

—Hasta cierto punto —dijo él—. Mucha gente sabe de él. Los que quieren saber.

—Pero no la mayoría.

—Así es.

—Sobre todo hombres, supongo —dije.

—Y algunos muchachos mayores.

—Él enseña a otros, ¿no? —dije, molesta—. No sólo a ti.

—Lo intenta. Hay una prueba que se debe pasar para aprender los Puntos Místicos. Sólo se puede tomar una vez. Fallar es terrible. Mientras más cerca se haya estado de pasar, más doloroso es el fracaso. Los muchachos a los que escuchaste habían sido examinados. Todos regresan a sus casas golpeados y lastimados. Sus padres creen que han pasado la iniciación como aprendices de Aro, pero en realidad han fallado. Aro les enseña algo pequeño para que puedan tener alguna habilidad.

—Y a todo esto, ¿qué son los Puntos Místicos?

Él se acercó a mí, tanto que pude escuchar su suave murmullo:

—No sé —sonrió—. Sé que alguien debe estar destinado a aprenderlos. Alguien debe pedir que así sea, que *seas* tú.

—Mwita, *tengo* que aprenderlos —dije —. ¡Pero está lo de mi padre! No sé cómo voy a…

Y ahí fue cuando se inclinó hacia mí y me besó.

Olvidé a mi padre biológico. Olvidé el desierto. Olvidé todas mis preguntas. No era un beso inocente. Era profundo y húmedo. Yo tenía casi catorce y él diecisiete. Los dos habíamos perdido la inocencia años atrás. No me vinieron a la mente mi madre y el hombre que la había violado, como siempre pensé que pasaría si alguna vez tenía intimidad con un muchacho.

No hubo vacilación en sus manos mientras se abrían paso dentro de mi blusa. No le impedí que acariciara mis pechos. Él no me impidió que besara su cuello o desabrochara su camisa. Yo sentía dolor entre las piernas, un dolor nítido y desesperado. Tan nítido que mi cuerpo saltó. Mwita se apartó. Se puso de pie apresuradamente.

—Me voy —dijo.

—¡No! —dije, levantándome. El dolor se extendía ahora por todo mi cuerpo y no podía enderezarme.

—Si no me voy… —él se adelantó a tocar mi cadena del vientre, que se había salido en cuanto empezó a retirarme la ropa. Las palabras de Aro atravesaron mi mente. "Eso es para que lo vea tu esposo", había dicho. Temblé. Mwita se metió un dedo en la boca y me dio mi diamante. Sonreí débilmente mientras lo tomaba y volvía a ponerlo bajo mi lengua.

—Sin saberlo me he comprometido contigo —dije.

—¿Quién cree en ese mito? —preguntó él—. Es demasiado fácil. Vendré a verte en dos días.

—Mwita —dije.

—Es mejor que permanezcas intacta… por ahora.

Suspiré.

—Tus padres estarán en casa pronto —dijo. Levantó mi blusa y besó mi pezón con ternura. Temblé y hubo una ráfaga de dolor entre mis piernas. Las apreté. Él me miró con tristeza, con su mano todavía sobre mi pecho.

—Duele —dijo, disculpándose.

Asentí, con mis labios apretados. Dolía tanto que la vista empezaba a oscurecérseme. Por mi rostro escurrían lágrimas.

—Te recuperarás en unos minutos. Ojalá te hubiera conocido antes de que te lo hicieras —dijo él—. El escalpelo que usan está tratado por Aro. Tiene *juju* que hace que una mujer sienta dolor siempre que esté muy excitada… hasta que se case.

Capítulo 11

La determinación de Luyu

Después de que se fuera, me dirigí a mi habitación y lloré. No podía hacer más para calmar mi furia. Ahora entendía por qué usaban un escalpelo en vez de un cuchillo láser. Un escalpelo, de diseño más simple, era más fácil de embrujar. Aro. Siempre Aro. Durante la mayor parte de la noche pensé en muchas formas de hacer daño a aquel hombre.

Pensé en arrancarme la cadena de la cintura y escupir la piedra en el basurero, pero no pude obligarme a hacerlo. En algún momento, aquellos dos objetos se habían convertido en parte de mi identidad. Me habría sentido muy avergonzada sin ellos. No dormí aquella noche. Estaba enojada con Aro y temerosa de otra visita de mi padre biológico en mi sueño.

A la siguiente noche, sólo dormí porque estaba exhausta. Por suerte, no hubo ojo carmesí. Cuando me encontré con Binta y Diti después de la escuela, al día siguiente, me sentía un poco mejor.

—¿Supiste del fotógrafo? Oí que se le cayeron todas las uñas —dijo Diti, jugando a mover el diamante en su boca mientras hablaba.

—¿Y? —dije, recargada contra la pared de la escuela.

—¡Y qué asco! —exclamó Binta—. ¿Qué clase de hombre es ése?

—¿Dónde está Luyu? —pregunté, cambiando de tema.

Diti rio.

—Probablemente está con Kasie. O Gwan.

—Les juro que Luyu va a ser la novia más cara —dijo Binta. ¿Alguno de esos muchachos habría intentado tocar a Luyu?

—¿Y qué hay de Cálculo?

Cálculo era el favorito de Luyu. También era el muchacho que obtenía las mejores calificaciones en la clase de matemáticas. Mis tres amigas tenían varios pretendientes: Luyu era quien tenía más, y luego Diti. Binta se negaba a hablar de los suyos.

Aún estábamos conversando cuando Luyu apareció en la esquina. Había círculos oscuros alrededor de sus ojos y caminaba inclinada.

—¡Luyu! —gritó Diti—. ¿Qué pasó?

Binta empezó a llorar mientras tomaba la mano de Luyu.

—¡Siéntenla! —grité. Las manos de Luyu temblaban mientras ella las abría y las cerraba. Luego hizo un gesto y dejó salir un grito de dolor.

—Voy por alguien —dijo Binta, levantándose de un salto.

—¡No! —pudo decir Luyu—. ¡No lo hagas!

—¿Qué pasó? —pregunté.

Las tres nos acuclillamos a su alrededor. Luyu me miró con ojos grandes y hundidos.

—Tú... a lo mejor sabes —me dijo—. Hay algo mal en mí. Creo que estoy maldita.

—¿A qué te...?

—Estaba con Cálculo... —hizo una pausa— en el árbol que tiene los arbustos.

Todas asentimos. Era a donde iban los estudiantes para tener privacidad. A pesar de sí misma, Luyu sonrió.

—No soy como ustedes tres. Bueno, quizá Diti entiende —Binta metió la mano en su morral y le pasó a Luyu una botella de agua. Luyu tomó un sorbo. Luego habló con una ira de la que no sabía que pudiera ser capaz de albergar—: Lo intenté, pero sí lo disfruto —dijo—. ¡Siempre lo he disfrutado! ¿Por qué no lo iba a disfrutar?

—Luyu, ¿de qué...? —empezó a decir Diti.

—Besar, toquetear, ¡el coito! —dijo Luyu, mirando a Diti—. Tú lo sabes. Es bueno. Lo supimos pronto —miró a Binta—. Es bueno cuando se hace bien. Sé que los hombres no deben tocarnos ahora, ¡y lo intenté!

Tomé su mano y ella la apartó.

—Lo intenté durante tres años. Y luego, un día, llegó Gwan y lo dejé besarme. Fue bueno, pero después fue malo. ¡Me... me dolió! ¿Quién me hizo eso? Nadie puede nada más... —respiraba pesadamente—. Pronto tendremos dieciocho, ¡seremos adultas! ¿Por qué esperar hasta el matrimonio para disfrutar lo que Ani me dio? ¡Sea cual sea la maldición, quiero romperla! He estado tratando... Hoy sentí como si me estuviera muriendo. Cálculo se negó a continuar... —miró más allá de mí y gritó—: ¡véanlo!

Todas volteamos a ver a Cálculo, de pie tras la cerca de la escuela. Empezó a alejarse deprisa.

—¡No voy a ser yo el que te mate! —gritó.

—¡Ani te va a rizar el pene! —gritó Luyu.

—¡Luyu! —chilló Diti.

—No me importa —dijo Luyu, apartando la mirada.

—Se te pasará —dije—. Te sentirás mejor en unos minutos —no era la primera vez que la veía así. *Aquel día que pasó a mi lado con aspecto de estar enferma*, pensé.

—Nunca me voy a sentir mejor —dijo ella.

—¿Es una maldición? —me preguntó Binta.

—No lo creo —dije, molesta por que ellas pensaran que lo sabía todo acerca de maldiciones.

—Sí lo es —dijo Diti—. Hace dos años dejé que Fanasi... me tocara. Nos estábamos besando y... dolió tanto que empecé a llorar. Él se ofendió y *todavía* no me habla.

—No es una maldición —dijo Binta de pronto—. Es Ani que nos protege.

—¿De qué? —gritó Luyu—. ¿De gozar a los muchachos? ¡Yo no quiero esa protección!

—¡Yo *sí*! —replicó Binta—. Tú no sabes lo que es bueno para ti. ¡Tienes suerte de no estar embarazada! Ani te protegió. Ella me protege. Mi padre… —se cubrió la boca con la mano.

—¿Tu padre qué? —preguntó Binta.

Yo sentí un rugido en la garganta.

—Habla, Binta —dije—. Ah, ah, Binta, ¿qué es esto?

—¿Otra vez trató? —preguntó Diti cuando Binta se negó a hablar—. Lo hizo, ¿verdad?

—¿No lo logró porque tú te retorcías de dolor? —pregunté.

—Ani me protege —insistió Binta, con lágrimas en las mejillas.

Todas nos quedamos calladas.

—Ah-ahora entiende —dijo Binta—. Ya no me va a tocar.

—No me importa —dijo Luyu—. Lo deberían castrar como a los otros violadores.

—Shhh, no digas eso —murmuró Binta.

—¡Voy a decir y hacer lo que yo quiera! —gritó Luyu.

—No, no lo harás —dije yo, mientras rodeaba a Binta con un brazo. Elegí mis palabras con cuidado—: creo que nos echaron *juju* en el Rito de los Once. Y que… probablemente se rompa con el matrimonio —miré a Luyu con dureza—. Creo que si llegas al coito, te mueres.

—Se rompe con el matrimonio —asintió Dita—. Mi prima dice siempre que sólo una mujer pura atrae a un hombre lo suficientemente puro para llevar placer a la cama de una pareja. Dice que su esposo es el más puro que hay… tal vez porque fue el primero que no le causó dolor.

—¡Aggh! —dijo Luyu, enojada—. ¡Nos hacen creer que nuestros esposos son dioses!

Camino a casa me encontré con Mwita. Estaba leyendo al pie del árbol de iroko. Me senté a su lado y él suspiró con fuerza. Cerró su libro.

—¿Sabías que la Ada y Aro se amaron alguna vez?

Levanté las cejas.

—¿Cómo fue?

Mwita se recargó en el árbol.

—Cuando él llegó aquí, hace años, la Sociedad Osugbo organizó de inmediato una reunión. El Vidente debió de haber visto que Aro era un hechicero. Poco después lo invitaron a trabajar con los ancianos Osugbo. Después de que él concilió pacíficamente un desacuerdo entre dos de los más grandes comerciantes de Jwahir, le pidieron que se convirtiera en miembro con pleno derecho. Es el primer anciano de Jwahir que no es nada anciano. Aro no parecía tener más de cuarenta. A nadie le importó porque Jwahir se beneficiaba de él. ¿Conoces la Casa de Osugbo?

Asentí.

—Se construyó con *juju* —dijo Mwita—. Estaba aquí antes de que estuviera Jwahir. En cualquier caso, el lugar puede hacer que... pasen cosas. Una vez, Nana la Sabia le pidió a Yere (ése era el nombre de la Ada cuando era joven) que se vieran allí. Resultó que Aro también estaba allá aquel día. Yere y él dieron una vuelta donde no debían y se encontraron cara a cara. Y desde el momento en que se conocieron, no se gustaron.

"Con frecuencia, el amor se confunde con el odio. Pero entonces la gente aprende de su error, y aquellos dos aprendieron rápido. Nana la Sabia ya le había echado el ojo a Yere para que fuera la siguiente Ada, así que constantemente le pedía que fuera a la casa por cualquier razón. Aro pasaba allí casi todo su tiempo. La Casa de Osugbo se empeñaba en juntarlos, ¿entiendes?

"Aro preguntaba y Yere aceptaba. Él hablaba, ella escuchaba. Ella esperaba y él le hacía compañía. Sentían que entendían cómo debían ser siempre las cosas. Con el tiempo, cuando la Ada anterior murió, Yere fue nombrada su sucesora. Aro se estableció como el Trabajador. Los dos se complementaban perfectamente —Mwita hizo una pausa—. Fue Aro quien tuvo la idea de poner *juju* en el escalpelo, pero fue la Ada quien aceptó. Pensaron que hacían algo bueno para las muchachas.

Reí con amargura y sacudí la cabeza.

—¿Lo sabe Nana la Sabia?

—Lo sabe. Para ella, también tiene sentido. Es vieja.

—¿Por qué no se casaron la Ada y Aro?

Mwita sonrió.

—¿Dije que no lo hubieran hecho?

Capítulo 12

La arrogancia de un buitre

El sol apenas había salido. Yo estaba subida en el árbol, encorvada hacia delante.

Me había despertado quince minutos antes para verlo delante de mi cama. Mirándome. Una superficie carmesí, insustancial, con un óvalo de vapor blanco en el centro. El ojo siseó con ira y desapareció.

Y entonces vi el escorpión, marrón y negro, lustroso, que se arrastraba sobre mi cobija. De aquellos cuya picadura puede matar. Habría llegado hasta mi rostro en segundos de no haberme despertado. Arrojé mi cobija y lo hice volar. Aterrizó con un sonido casi metálico. Tomé el libro más cercano y lo aplasté con él. Pisoteé el libro, una y otra vez, hasta que dejé de estremecerme. Estaba furiosa mientras me deshacía de mis ropas y las echaba a volar por la ventana.

El aspecto naturalmente enojado del buitre cuadraba con cómo me sentía. Desde el árbol, vi a los dos muchachos pasar a través de la puerta de cactus. Volé de regreso a mi habitación y me transformé en persona otra vez. Permanecer en forma de buitre por demasiado tiempo siempre me dejaba sintiéndome apartada de lo que sólo podría definir como ser un humano. Como buitre, me sentía condescendiente al ver Jwahir, como si conociera sitios mejores. Todo lo que quería era sentir el viento, buscar carroña y no volver a casa. Siempre hay un precio por cambiar.

Ya me había transformado en otras criaturas. Había intentado atrapar a una pequeña lagartija. Me quedé, en cambio, con su cola, y la usé para convertirme en lagartija. Esto fue, sorprendentemente, casi tan fácil como convertirme en pájaro. Después leí en un viejo libro que los reptiles y las aves están emparentados. Incluso hubo un pájaro con escamas, hace millones de años. Y, con todo, cuando volvía a mi forma humana, pasaba días con muchas dificultades para calentarme por las noches.

Al usar las alas de una mosca, me convertí en una. El proceso fue horrible: sentía que estaba colapsando. Y como mi cuerpo cambiaba tan drásticamente, no podía sentir náuseas. Imagina que quieres vomitar y no puedes. Como mosca yo era rápida, atenta, concentrada en la comida. No tenía las emociones complejas que sentía como buitre. Lo más perturbador de ser una mosca era la certeza de mi mortalidad: de que sólo iba a durar unos días. Para una mosca, ese tiempo era una vida entera. Al ser una humana que se convertía en mosca, era muy consciente de la lentitud y también de la rapidez del tiempo. Cuando cambiaba, me sentía aliviada de seguir viéndome y sintiéndome de mi propia edad.

Cuando me convertía en ratón, mi emoción dominante era el miedo. Miedo de ser aplastada, comida, encontrada, de morirme de hambre. Cuando volvía a ser humana, la paranoia resultante era tan fuerte que no podía salir de mi cuarto durante horas.

Este día había sido buitre por más de media hora y la sensación de poder seguía conmigo mientras regresaba a la choza de Aro como persona. Conocía a aquellos dos muchachos. Estúpidos, fastidiosos, privilegiados. Como buitre, había escuchado decir a uno que hubiera preferido dormir en su cama toda la mañana. El otro había estado de acuerdo y reído. Yo hice rechinar mis dientes mientras caminaba hacia la puerta de cactus por segunda vez en mi vida. Mientras pasaba, otra vez uno de los cactus me rasguñó. *Muéstrame lo peor que puedas hacer,* pensé. Seguí caminando.

Cuando di la vuelta a la choza de Aro, allí estaba él, sentado en el suelo delante de los dos muchachos. Tras ellos se extendía el desierto, vasto y hermoso. Mis ojos se llenaron de lágrimas de frustración. Necesitaba lo que Aro pudiera enseñarme. Mientras las lágrimas caían Aro me miró. Podría haberme abofeteado yo misma. Él no necesitaba ver mi debilidad. Los dos muchachos se dieron vuelta y sus caras inexpresivas, tontas e idiotas me hicieron enojar aún más. Aro y yo nos miramos. Quería golpearlo, rasgarle la garganta y morder su espíritu.

—Largo de aquí —dijo él en voz baja y calma.

Su tono era tan inapelable que me quitó toda esperanza. Me di vuelta y corrí. Escapé. Pero no de Jwahir. Aún no.

Capítulo 13

El sol de Ani

Aquella tarde, golpeé su puerta con más fuerza de la que me había propuesto. Todavía estaba tensa. En la escuela, había estado furiosa, en silencio. Binta, Luyu y Diti supieron que debían darme espacio. Debí haber faltado a la escuela después de haber ido a la choza de Aro aquella mañana. Pero mis padres estaban trabajando y no me sentía segura sola. Después de la escuela fui directo a la casa de la Ada.

Ella abrió la puerta con lentitud y frunció el ceño. Estaba, como siempre, elegantemente vestida. Llevaba su rapa verde bien ceñida sobre sus caderas y piernas, y su blusa, a juego, tenía hombreras tan grandes que no hubieran pasado por la puerta de haber dado ella un paso hacia delante.

—Otra vez fuiste, ¿verdad? —preguntó.

Estaba demasiado agitada para preguntarme cómo lo sabía.

—Es un cabrón —estallé. Ella me tomó del brazo y tiró de mí hacia el interior.

—Te he estado viendo —dijo, dándome una taza de té caliente y sentándose ante mí—. Desde que planeé la boda de tus padres.

—¿Y?

—¿Por qué viniste aquí?

—Usted tiene que ayudarme. Aro tiene que enseñarme. ¿No puede convencerlo? Es su esposo —hice una mueca de burla—. ¿O es una mentira, como lo del Rito?

Ella se puso de pie de un salto y me abofeteó con fuerza. Un lado de mi rostro empezó a arder y sentí en mi boca el sabor de la sangre. Ella me miró con enojo por un momento. Luego volvió a sentarse.

—Bebe tu té —dijo—. Se llevará la sangre.

Bebí un sorbo y la taza casi se cayó de mis manos.

—Me... me disculpo —murmuré.

—¿Qué edad tienes ahora?

—Quince.

Ella asintió.

—¿Qué pensaste que iba a pasar cuando fuiste a verlo?

Me quedé sentada por un momento, temerosa de hablar. Miré de reojo el mural ya terminado.

—Puedes hablar —dijo ella.

—Y-yo no lo pensé —dije en voz baja—. Yo sólo... —¿cómo podía explicarlo? En cambio, pedí lo que había ido a pedir—: él es su esposo —dije—. Usted debe saber lo que él sabe. Así es entre marido y esposa. Por favor, ¿puede enseñarme usted los Grandes Puntos Místicos? —puse mi cara de mayor humildad. Debí de haberme visto medio loca.

—¿Cómo supiste de nosotros?

—Mwita me contó.

Ella asintió y chasqueó la lengua ruidosamente.

—Ay, ese Mwita. Debería ponerlo en mi mural. Lo haré uno de los hombres peces. Es fuerte, sabio e indigno de confianza.

—Somos muy cercanos —dije fríamente—. Y quienes son cercanos comparten secretos.

—Nuestro matrimonio no es un secreto —dijo ella—. La gente de mayor edad lo sabe. Todos ellos estaban allí.

—*Ada-m*, ¿qué pasó? Con usted y Aro.

—Aro es mucho más viejo de lo que parece. Es sabio y sólo tiene un puñado de iguales. Onyesonwu, si él quisiera podría quitarte la vida y hacer que todo el mundo, incluso tu madre, olvidara tu existencia. Ten cuidado —hizo una pausa—. Yo supe todo desde el momento en que lo conocí. Por eso lo odié en ese primer momento. Nadie debería tener esa clase de poder. Pero él parecía encontrarse conmigo una y otra vez. Algo se conectaba cuando discutíamos.

"Y a medida que lo iba conociendo, me di cuenta de que no le importaba el poder. Él ya había dejado esa pretensión. O eso pensé. Nos casamos por amor. Él me amaba porque yo lo calmaba y le permitía pensar con mayor claridad. Yo lo amaba porque, cuando pude superar su arrogancia, él era bueno conmigo y..., bueno, además quería aprender todo lo que pudiera enseñarme. Mi madre me educó para casarme con un hombre que no sólo pudiera mantenerme sino que agregara algo a mi conocimiento. Nuestro matrimonio debió ser fuerte. Lo fue por un tiempo... —hizo una pausa—. Trabajamos juntos donde era necesario. El *juju* del Rito ayuda a que las muchachas protejan su honor. Yo misma sé lo difícil que es —hizo otra pausa y miró inconscientemente a la puerta de entrada, que estaba cerrada—. Para que te sientas mejor, Onyesonwu... te contaré un secreto que no sabe ni Aro.

—Está bien —dije. Pero no estaba segura de si quería escucharlo.

—Cuando tenía quince, amé a un muchacho y él lo aprovechó para llegar al coito conmigo. Yo en realidad no lo deseaba, pero él lo exigió y me amenazó con dejar de hablarme. Estuvimos así por un mes. Luego se cansó de mí y dejó de hablarme. Me rompió el corazón, pero ése fue el menor de mis problemas. Estaba embarazada. Cuando se lo conté a mis padres, mi madre me gritó y me llamó una desgracia, y mi padre gritó también y se apretó el corazón. Me mandaron a vivir con una hermana de mi madre y su esposo. Era un viaje de un mes a lomo de camello. A un pueblo llamado Banza.

"No se me permitió salir hasta después de haber dado a luz. Yo era una niña delgada y durante mi embarazo me quedé así, salvo por mi vientre. A mi tío le parecía gracioso. Dijo que el niño que llevaba debía de ser descendiente de la Dama de Oro de Jwahir. Si llegué a sonreír durante aquel tiempo fue gracias a él.

”Pero me sentía miserable. Caminaba todo el día por la casa, ansiando ver el exterior. Y el peso de mi cuerpo me hacía sentir muy extraña. Mi tía se condolía por mí, y un día me llevó a la casa algo de pintura que había comprado en el mercado, un pincel y cinco hojas de palma secas y blanqueadas. Nunca antes había intentado pintar. Aprendí que podía pintar el sol y los árboles: el exterior. ¡Mis tíos incluso vendieron algunas de mis pinturas en el mercado! Onyesonwu, yo soy madre de gemelos.

—¡Ani ha sido buena con usted! —dije, sorprendida.

—Después de llevarlos a los quince años, no estoy tan segura —dijo. Pero sonreía. Los gemelos eran una fuerte señal del amor de Ani. Con frecuencia se les llega a pagar para que vivan en un determinado lugar. Si algo sale mal, siempre se dice que hubiera sido peor de no haber estado allí los gemelos. No había gemelos en Jwahir, de los que yo supiera.

—A la niña le puse Fanta y al niño Nuumu —dijo la Ada—. Cuando tenían cerca de un año, regresé. Los bebés se quedaron con mis tíos. Banza está lo bastante lejos para que no pudiera ir corriendo hacia allá. Mis hijos deben de tener ahora alrededor de treinta años. Nunca han venido a verme. Fanta y Nuumu —hizo una pausa—. ¿Lo ves? Las niñas necesitan ser protegidas de su propia estupidez y no sufrir por la de los muchachos. El *juju* las obliga a resistirse cuando deben hacerlo.

Pero a veces una muchacha es obligada de todas formas, pensé, recordando a Binta.

—Aro nunca quiso enseñarme nada —dijo ella—. Le pregunté por los Puntos Místicos y se rio de mí. No me molestaba, pero al preguntarle sobre cosas pequeñas, como ayudar a las plantas a crecer, mantener a las hormigas lejos de nuestra cocina, evitar que entrara arena en nuestra computadora, siempre estaba demasiado ocupado. ¡Incluso puso el *juju* del Rito en los escalpelos cuando yo no estaba presente! Aquello se sentía... *incorrecto*.

"Tienes razón, Onyesonwu. No debería haber secretos entre un esposo y una esposa. Aro está lleno de secretos y no da motivos para mantenerlos. Le dije que me iba. Me pidió que me quedara. Gritó y me amenazó. Yo era una mujer y él un hombre, dijo. Sí. Al dejarlo fui en contra de todo lo que se me había enseñado. Fue más difícil que abandonar a mis hijos.

"Él me compró esta casa. Viene con frecuencia. Sigue siendo mi esposo. Él fue quien me describió el Lago de los Siete Ríos.

—Oh —dije yo.

—Siempre me ha inspirado para pintar. Pero cuando se trata de cosas más profundas, no me dice nada.

—¿Porque usted es mujer? —pregunté sin esperanzas, con los hombros caídos.

—Sí.

—Por favor, *Ada-m* —dije. Pensé en arrodillarme, pero recordé al tío de Mwita rogándole al hechicero Daib—. Pídale que cambie de parecer. En mi Rito de los Once, usted misma dijo que debía ir a verlo.

Ella se veía molesta.

—Fui tonta y lo es también tu petición —dijo—. Ya deja de hacer el ridículo yendo allá. Él disfruta diciéndote que no.

Bebí de mi té.

—Oh —dije, de pronto, al darme cuenta—. Ese hombre pez cerca de la puerta. El que es muy viejo y de ojos intensos. Ése es Aro, ¿cierto?

—Claro que lo es —dijo ella.

Capítulo 14

La narradora

El hombre hacía malabares con grandes bolas de piedra azul y con una sola mano. Lo hacía con tanta facilidad que me pregunté si usaba algún *juju. Es un hombre, así que es posible*, pensé con resentimiento. Habían pasado tres meses de que Aro me rechazara por segunda vez. No sé cómo pude soportar aquellos días. ¿Cómo saber cuándo me atacaría de nuevo mi padre biológico?

Luyu, Binta y Diti no estaban tan interesadas en el malabarista. Era Día de Descanso. Estaban más enfrascadas en los chismorreos.

—Oí que Sihu se comprometió —dijo Diti.

—Sus padres querían usar la dote de novia para invertir en su negocio —dijo Luyu—. ¿Te imaginas: estar casada a los doce?

—Quizá —dijo Binta, en voz baja, mirando hacia otro lado.

—Yo podría —dijo Diti—. Y no me molestaría tener un esposo mayor que yo. Me cuidaría muy bien, como es su deber.

—Tu esposo será Fanasi —dijo Luyu.

Dita elevó la mirada con enojo. Fanasi seguía sin querer hablarle. Luyu rio y dijo:

—Espera y verás si me equivoco.

—Yo no espero nada —gruñó Diti.

—*Yo* me quiero casar tan pronto sea posible —dijo Luyu con una sonrisa astuta.

—*Ésa* no es una razón para casarse —dijo Diti.

—¿Quién dice? —preguntó Luyu—. La gente se casa por menos.

—Yo no me quiero casar nunca —balbuceó Binta.

El matrimonio era lo último en lo que yo pensaba. Además, los niños *ewu* no se podían casar. Yo sería un insulto para cualquier familia. Y Mwita no tenía familia que nos casara. Y encima de todo, me preguntaba cómo sería el coito si *llegábamos* a casarnos. En la escuela se nos enseñaba anatomía femenina. Nos enfocábamos sobre todo en cómo parir si no había un curandero disponible. Aprendíamos formas de impedir la concepción, aunque ninguna de nosotras podía entender por qué alguien querría hacerlo. Aprendíamos cómo funciona el pene de un hombre. Pero nos saltábamos la sección sobre cómo se excita una mujer.

Leí ese capítulo por mi cuenta y aprendí que mi Rito me quitó más que mi auténtica intimidad. No hay palabra en lengua okeke para nombrar la carne que me cortaron. El término médico, derivado de otro idioma, era *clítoris*. Causaba mucho placer en una mujer durante el coito. *¿Por qué, en nombre de Ani, lo quitan?*, me pregunté, perpleja. ¿A quién le podía preguntar? ¿A la curandera? ¡Ella estaba allí la noche en que me circuncidaron! Me cuestionaba acera del sentimiento rico y eléctrico que Mwita siempre provocaba en mí con un beso, justo antes de que llegara el dolor. Me pregunté si había quedado arruinado. Y ni siquiera *tenía* que habérmelo hecho.

Dejé de hacer caso a la charla de Luyu y Dita sobre el matrimonio y observé al malabarista lanzar sus bolas al aire, dar un salto mortal y atraparlas. Aplaudí y el malabarista me sonrió. Yo le devolví la sonrisa. La primera vez que me vio, no supo quién era y volteó hacia otro lado. Ahora yo era la parte más valiosa de su público.

—¡Los okekes y los nurus! —anunció alguien, sobresaltándome. La mujer era muy, muy alta y robusta. Llevaba un vestido largo y blanco que se estrechaba en la parte superior para acentuar su pecho amplio. Su voz se abría paso con facilidad a través del ruido del mercado—. Traigo noticias e historias del oeste —guiñó—. Para aquellos que quieran saberlas, regresen aquí a la puesta del sol —luego dio una vuelta dramática y abandonó la plaza del mercado. Probablemente hacía el mismo anuncio cada media hora.

—Psss, ¿quién quiere oír más malas noticias? —se quejó Luyu—. Ya tuvimos bastantes con aquel fotógrafo.

—Estoy de acuerdo —dijo Diti—. Por favor. Es Día de Descanso.

—De todas formas no se puede hacer nada con los problemas de allá —dijo Binta.

Eso fue todo lo que mis amigas tenían que decir al respecto. Se olvidaron de mí, de quién era yo, o simplemente me pasaron por alto. *Tendré que venir sola con Mwita*, pensé.

Según el rumor, igual que el fotógrafo, la narradora venía del oeste. Mi madre no quiso ir. Lo entendí. Se relajaba en brazos de papá sobre el sofá. Estaban jugando una partida de warri. Mientras me preparaba para salir, sentí una punzada de soledad.

—¿Estará Mwita allá? —preguntó mi madre.

—Eso espero —dije—. Se supone que va a estar esta noche.

—Regresa a casa en cuanto acabe —dijo Papá.

La plaza del pueblo estaba iluminada por lámparas de aceite de palma. Había tambores delante del árbol de iroko. Habían ido pocas personas. La mayoría eran hombres mayores. Uno de los más jóvenes era Mwita. Pude entreverlo a pesar de la escasa luz. Estaba sentado a la extrema izquierda, recargado contra la cerca de rafia que separaba los puestos del mercado de los transeúntes. No había cerca nadie más. Me senté a su lado y él pasó su brazo alrededor de mi cintura.

—Se suponía que irías a verme a la casa —dije.

—Tenía otro compromiso —dijo él, con una leve sonrisa.

Hice una pausa, sorprendida. Luego dije:

—No me importa.

—Claro que sí.

—Que no.

—Crees que es otra mujer.

—No me importa.

Claro que me importaba.

Un hombre con una calva reluciente se sentó detrás de los tambores. Sus manos produjeron un ritmo suave. Todos guardaron silencio.

—Buenas noches —dijo la narradora, mientras caminaba hacia la luz de las lámparas. La gente aplaudió. Abrí mucho los ojos. Una concha de cangrejo colgaba de una cadena alrededor de su cuello. Era pequeña y delicada. Su blancura resplandecía a la luz de las lámparas y contrastaba con su piel. Debía venir de uno de los Siete Ríos. En Jwahir su valor sería incalculable.

—Soy una pobre mujer —dijo, mirando a su pequeño público. Señaló una jícara decorada con cuentas de cristal color naranja—. Recibí esto a cambio de una historia cuando estuve en Gadi, una comunidad okeke cerca del Cuarto Río. Así de lejos he viajado, gente. Pero mientras más al este he ido, más pobre me he vuelto. Menos gente quiere oír mis historias más poderosas y ésas son las que quiero contar —se sentó pesadamente y cruzó sus gruesas piernas. Se ajustó el amplio vestido para hacerlo caer sobre sus rodillas—. No me importan las riquezas, pero por favor, cuando se vayan, pongan lo que puedan ahí: oro, hierro, plata, trozos de sal, lo que sea que valga más que la arena —dijo—. Una cosa por otra, ¿me escuchan?

Contestamos con fuerza. "Sí", "Con gusto", "Lo que necesites, mujer".

Nos dedicó una amplia sonrisa e hizo un gesto al percusionista. Él comenzó a tocar con un ritmo más fuerte y lento a la vez para atraernos. El brazo de Mwita me estrechó un poco más.

—Ustedes están lejos del centro del conflicto —dijo, inclinando la cabeza en actitud conspiratoria—. Eso se refleja en cuántos han venido hoy. Pero ustedes son todo lo que este pueblo necesita —el percusionista aumentó la velocidad—. Hoy les cuento una parte del pasado, el presente y el futuro. Espero que lo compartan con sus familias y amigos. No olviden a los niños cuando tengan la edad suficiente. La primera historia la conocemos del Gran Libro. La contamos una y otra vez cuando el mundo no tiene sentido.

”Hace miles de años, cuando esta tierra estaba todavía hecha de arena y árboles secos, Ani miró sus tierras. Se frotó la garganta reseca. Luego hizo los Siete Ríos y los hizo converger para crear un gran lago. Y de este lago bebió un trago largo. 'Un día', dijo, 'haré la luz del sol. Ahora no estoy de humor.' Se dio vuelta y se durmió. A su espalda, mientras ella descansaba, los okekes salieron de los dulces ríos.

”Eran agresivos como la corriente impetuosa, siempre deseosos de ir hacia delante. Con el paso de los siglos, se extendieron por las tierras de Ani y crearon y usaron y cambiaron y alteraron, y se dispersaron y consumieron y se multiplicaron. Estaban por todas partes. Construyeron torres con la esperanza de que fueran lo bastante altas para picar a Ani y llamar su atención. Construyeron máquinas que hacían *juju*. Pelearon e inventaron entre ellos. Usaron y modificaron la arena, el agua, el cielo y el aire de Ani, tomaron a sus criaturas y las cambiaron.

”Cuando Ani hubo descansado lo bastante para producir la luz del sol, se dio vuelta. Y quedó horrorizada por lo que vio. Se levantó, alta e insoportable, furiosa. Luego tendió una mano a las estrellas y tiró de un sol para traerlo a la tierra. La gente okeke se acobardó. Del sol, Ani extrajo a los nurus. Los puso sobre su tierra. Ese mismo día las flores se dieron cuenta de que podían florecer. Los árboles entendieron que ya podían crecer. Y Ani maldijo a los okekes.

”'¡Esclavos!', dijo Ani.

”Bajo el nuevo sol, mucho de lo que los okekes habían

construido se derrumbó. Aún tenemos algo, las computadoras, los aparatos, los objetos en el cielo que a veces nos hablan. Los nurus, hasta este día, señalan a un okeke, lo nombran *esclavo* y el okeke debe aceptarlo, inclinando la cabeza. Ése es el pasado.

Cuando el sonido de los tambores se hizo más lento, algunas personas, incluyendo a Mwita, pusieron dinero en la jícara. Yo me quedé donde estaba. Había leído el Gran Libro muchas veces. Había aprendido a leer usando justamente aquella historia. Para cuando podía leerlo con facilidad, también la odié.

—Las noticias que traigo del oeste son bastante frescas —siguió ella—. Fui entrenada por mis padres que fueron narradores, como lo fueron los padres de ellos. Mi memoria guarda miles de historias. Puedo contarles de primera mano cómo comenzó la masacre en Gadi, mi aldea. Nadie sabía que iba a estallar como lo hizo. Yo tenía ocho años y vi morir a mi familia. Entonces hui.

"Mataron a mi Papá y a mis hermanos con machetes. Me las arreglé para esconderme en un armario durante tres días —dijo, bajando la voz—. Mientras estaba escondida en aquel lugar, hombres nuru violaron a mi madre repetidas veces. Querían hacer a un niño *ewu* —nos miró de reojo a Mwita y a mí—. Mientras eso sucedía, la mente de mi madre se resquebrajó y las historias que ella llevaba se derramaron. Mientras yo me escondía en el armario, la escuché contar aquellas que me habían reconfortado de niña. Historias que se agitaban al ritmo de los hombres que la penetraban a la fuerza.

"Cuando acabaron, se llevaron a mi madre. Nunca la volví a ver. No recuerdo haber recogido mis cosas ni haber corrido, pero lo hice. Con el tiempo encontré a otros. Me llevaron con ellos. Eso fue hace muchos años. No tengo hijos. Mi linaje de narradora morirá conmigo. No puedo soportar las manos de un hombre sobre mí —hizo una pausa—. La masacre continúa. Pero quedan pocos okekes donde antes había muchos.

En unas cuantas décadas, nos habrán borrado de sus tierras. Y también eran nuestras tierras. Así que díganme, ¿es justo que ustedes se queden aquí, contentos, mientras esto sucede? Están seguros aquí. Tal vez. Quizás un día ellos cambiarán de opinión y vendrán al este a terminar lo que comenzaron en el oeste. Pueden huir de mis historias y de mis palabras o...

—¿O qué? —preguntó un hombre—. Está escrito en el Gran Libro. Somos lo que somos. ¡No debimos habernos levantado! ¡Que los que trataron mueran por ello!

—¿Escrito por quién? —preguntó ella—. Mis padres no estaban involucrados en el movimiento. Yo tampoco.

Sentí calor y rabia. Ella sólo había contado la *historia* de nuestra supuesta creación. No creía en ella. ¿Qué pensaría aquel hombre de Mwita y yo? ¿Que de alguna manera merecíamos lo que teníamos? ¿Que los padres de Mwita merecían la muerte? ¿Que mi madre merecía ser violada? Mwita frotó mis hombros. Si no hubiera estado allí, yo le habría gritado al hombre y a quienquiera que lo defendiese. Estaba llena de aquello: llena de daño, como habría de saber en poco tiempo.

—No he terminado —dijo la narradora. El percusionista pasó a un ritmo moderado. Sudaba pero sus ojos permanecían fijos en ella. Era fácil notar que estaba enamorado. Y por culpa del pasado de la mujer, ese amor estaba condenado. Lo más cerca que llegaba de tocarla era, probablemente, a través del golpeteo de su tambor—. Así como fuimos condenados en el pasado y lo estamos en el presente, así nos salvaremos en el futuro —dijo—. Hay una profecía de un Vidente nuru que vive en una pequeña isla en el Lago sin Nombre. Dice que un hombre nuru vendrá y hará que el Gran Libro sea reescrito. Tendrá elevada estatura y larga barba. Sus maneras serán gentiles, pero será astuto y estará lleno de vigor y de furia. Un hechicero. Cuando llegue, habrá una buena oportunidad para los nurus *y* los okekes. Cuando me fui, había en marcha una cacería por este hombre. Todos los nurus altos, barbados y de modos gentiles estaban siendo asesinados. Esos hombres resultaban ser curanderos y no rebeldes. Así que tengan fe: hay esperanza.

No hubo aplausos, pero la jícara de la narradora se llenó rápidamente. Nadie se quedó a hablar con ella. Nadie la miró siquiera. Mientras la gente se alejaba hacia la noche, permanecía callada y pensativa y caminaba deprisa. Yo también quería llegar a casa. Las historias de esa mujer me hacían sentir enferma y culpable.

Mwita quiso hablar primero con ella. Mientras nos acercábamos, ella volvió a mostrar su amplia sonrisa. Miré su adorno, la concha de caracol. Parecía una espiral de masa de pan endurecida.

—Buenas noches, niños *ewu*. Les doy mi amor y respeto —dijo ella, amablemente.

—Gracias —dijo Mwita—. Soy Mwita y ella es mi acompañante, Onyesonwu. Sus historias nos conmovieron.

¿Acompañante?, pensé, molesta por la mención.

—¿Dónde oyó hablar de esa profecía? —preguntó Mwita.

—Todos hablan de ella en el oeste, Mwita —dijo ella en tono grave—. El Vidente que la dijo odia a los okekes. Para que él diga algo así, debe de ser verdad.

—Entonces, ¿por qué dejó que se supiera esa noticia? —preguntó él.

—Es un Vidente. Un Vidente no puede mentir. Retener la verdad es mentir.

Me pregunté si aquel Vidente también querría incitar una cacería humana. Mientras Mwita me llevaba a casa, parecía preocupado.

—¿Qué? —pregunté al fin.

—Es sólo que estaba pensando en Aro —dijo—. Debe enseñarte.

—¿Por qué piensas en eso ahora? —pregunté, molesta.

—He estado pensando mucho en eso últimamente. No está bien, Onyesonwu —dijo él—. Eres demasiado… No está bien. Le pediré hoy. Le rogaré incluso.

Vi a Mwita al día siguiente. Cuando no mencionó qué había pasado al "rogarle" a Aro, supe que había sido rechazada una vez más.

Capítulo 15

La Casa de Osugbo

Tres días más tarde fui a ver a Nana la Sabia en la Casa de Osugbo. Mis opciones eran aprender de ella o abandonar Jwahir. Cualquiera era mejor que quedarme sentada esperando a que mi padre biológico tratara otra vez de matarme. Como estaba construida con *juju*, la Casa de Osugbo podía hacer que sucedieran cosas. Y aquellos que gobernaban Jwahir se reunían y trabajaban allí, incluyendo a Nana la Sabia. Valía la pena intentarlo.

Fui en la mañana. Decidí no asistir a la escuela. Sólo sentí un poco de culpa. Construida de pesada roca amarilla, la Casa de Osugbo era el edificio más alto y más espacioso de Jwahir. Sus muros eran fríos al tacto incluso bajo el sol. Cada plancha de piedra estaba decorada con símbolos que —ahora sabía— eran escritura nsidibi. Mwita me había dicho que el nsidibi no era sólo un sistema antiguo de escritura. Era un sistema antiguo de escritura *mágica*.

—Si sabes nsidibi, puedes borrar los antepasados de un hombre simplemente escribiendo en la arena —había dicho. Pero hasta ahí llegaba su conocimiento al respecto. Así que todo lo que pude leer fue lo escrito arriba de cada una de las cuatro entradas:

Mientras me acercaba, la gente caminaba alrededor de la casa y no se detenía ni volteaba a mirarla. Tampoco entraba nadie. Era como si fuese invisible. *Qué raro*, pensé. Los senderos que llevaban a cada entrada estaban marcados con pequeños cactus florecientes que me recordaban los de la choza de Aro. Las entradas no tenían puertas. Pasé a uno de los cuatro senderos y caminé directo al interior. Estaba segura de que alguien me detendría, me preguntaría qué estaba haciendo allí y me haría marcharme. En cambio, simplemente pasé, y entré en un largo corredor alumbrado por lámparas de color rojo.

Hacía fresco dentro. Desde algún lugar se oía música: una guitarra juguetona y tambores. Mis sandalias crujían sobre el piso de piedra a causa de la arena que había metido conmigo. El sonido hacía eco en los muros desnudos. Toqué el de mi izquierda, más cercano al interior del edificio.

—Es verdad —murmuré, con mi mano en la superficie parda y dispareja. La Casa de Osugbo había sido construida alrededor de un enorme árbol de baobab. *Debe de ser muy viejo*, pensé. Me estremecí. Mientras estaba de pie, con una mano sobre el gran tronco, hubo un estallido de risa. Me sobresalté y volví a caminar. Delante de mí, doblando una esquina, aparecieron dos hombres muy viejos. Llevaban largos caftanes, uno rojo oscuro y el otro marrón. Sus sonrisas desaparecieron al verme.

—Buenos días, *Oga*. Buenos días, *Oga* —dije.

—¿Sabes en dónde estás, niña *ewu*? —preguntó el hombre del caftán rojo.

La gente siempre tenía que recordarme qué era yo.

—Mi nombre es Onyesonwu.

—No tienes permiso de estar aquí —dijo él—. Este lugar es sólo para los ancianos. A menos que hayas pasado por un aprendizaje, pero *tú* nunca pasarás por ninguno.

Con un esfuerzo, contuve la lengua.

—¿Por qué estás aquí, Onyesonwu? —preguntó el hombre del caftán marrón, más amablemente—. Efu tiene razón, ¿sabes? Es más por tu seguridad que para insultarte.

—Sólo quiero hablar con Nana la Sabia.

—Le podemos pasar tu mensaje —dijo el hombre del caftán marrón.

Lo pensé. El aire había adquirido un aroma espeso a fruta de baobab y tenía la sensación de que la Casa me observaba. Daba miedo.

—Bueno —dije—. ¿Pueden...?

—De hecho —dijo el hombre del caftán rojo llamado Efu, sonriendo—, ella debe estar en sus habitaciones esta mañana, como siempre. Estará bien si vas directo con ella.

Los dos hombres intercambiaron una breve mirada. El de caftán marrón parecía incómodo. Apartó la vista.

—Tú sabrás.

Miré nerviosamente hacia el corredor.

—¿Por dónde voy?

Tras dar la vuelta, debía caminar hasta la mitad del pasillo, dar vuelta a la derecha, luego a la izquierda y subir unas escaleras. Ésas fueron las indicaciones de Efu. Podría haberse reído mientras las daba. En la Casa de Osugbo no se escoge a dónde se va ni qué se hace. La Casa escoge. Lo entendí minutos después.

Seguí las indicaciones pero no llegué a ninguna escalera. Por fuera, la casa parecía grande, pero no tan espaciosa como era por dentro. Pasé corredores y habitaciones. No sabía que hubiera tanta gente anciana en Jwahir. Escuché varios dialectos de okeke. Algunos cuartos estaban llenos de libros, pero la mayoría estaban ocupados por sillas de hierro con gente vieja sentada en ellas.

Busqué la mesa especial de bronce que mi padre había fabricado para la Casa años atrás. Fruncí el ceño al darme cuenta de que mi padre, probablemente, se había comunicado con Aro para ese proyecto. No vi la mesa por ningún lado. Pero sospeché que las sillas eran obra de mi padre. Sólo él podía hacer que el hierro semejara el encaje. Mientras pasaba, la gente se fijaba en mí. Algunos resoplaban o se mostraban enojados.

Encontré un túnel hecho por las raíces del árbol. Me recargué contra una de ellas, frustrada. Maldije y golpeé la raíz.

—Este lugar es un laberinto extraño —gruñí. Me preguntaba cómo iba a encontrar la salida cuando dos jóvenes con barbas largas, negras y trenzadas se me acercaron.

—Aquí está, Kona —dijo uno de ellos. Traía una bolsa de dátiles. Se metió uno en la boca. El otro rio y se recargó contra la raíz a mi lado. Los dos podrían haber estado en su veintena, aunque las barbas los hacían parecer mayores.

—¿Qué haces aquí, Onyesonwu? —preguntó el de los dátiles. Me ofreció uno y lo tomé. Me moría de hambre.

—¿Cómo saben mi nombre? —pregunté.

—Sólo a Kona se le permite responder preguntas con preguntas —dijo él—. Yo soy Titi. Aprendiz de Dika el Vidente. Kona es aprendiz de Oyo el Pensador. Y tú estás perdida.

Me dio otro dátil. Los dos se quedaron de pie mirando mientras me lo comía.

—Tiene razón —dijo Titi a Kona. Éste asintió.

—¿Cuánto tiempo crees que falte? —preguntó Kona.

—Aún no soy lo bastante bueno para ver eso —dijo Titi—. Le preguntaré a *Oga* Dika.

—¿Mwita no se enojará con ella también? —preguntó Kona, riendo.

Eso llamó mi atención y levanté la mirada.

—¿Eh?

—Nada que no vayas a saber —dijo Titi.

—¿Está aquí Mwita? —pregunté.

—¿Lo ves aquí? —me preguntó Kona.

—No —dijo Titi—. Hoy no está. Ve y encuentra a Nana la Sabia —me dio otro dátil.

—¿Pueden mostrarme dónde está? —pregunté.

—No —dijo Titi.

—¿Estás segura de que estás aquí para eso? —preguntó Kona.

—Tenemos que irnos —dijo Titi—. No te preocupes, linda muchacha *ewu*: no estarás perdida aquí para siempre —me dio su bolsa de dátiles.

—*Eres* bienvenida aquí —dijo Kona. Era la primera frase que me decía que no era una pregunta.

Entonces, tan rápido como habían llegado, tomaron su camino por el túnel de raíces. Me comí unos dátiles y seguí adelante. Una hora después, seguía perdida. Caminé por un corredor con ventanas demasiado altas para que yo mirara a través de ellas. No recordaba haber visto ventanas desde el exterior. Llegué a una escalera. Subía en una espiral de piedra.

—¡Al fin! —dije en voz alta. La escalera era muy estrecha y a medida que la ascendía, deseé no encontrarme con nadie. Conté cincuenta y dos escalones y aún no llegaba al siguiente piso. El aire estaba cargado y caliente. Las luces en la pared eran mortecinas y anaranjadas. Diez escalones después escuché pasos y voces. Miré hacia abajo. No tenía sentido regresar.

Las voces se hicieron más fuertes. Vi sus sombras y contuve el aliento. Entonces vi a Aro, cara a cara. Contuve un grito y miré hacia abajo, apretándome contra la pared. Él no dijo nada mientras pasaba a mi lado. Su cuerpo tuvo que apretujarse contra el mío. Olía a humo y flores. Me pisó un pie al pasar. Tres hombres lo seguían. Ninguno pidió disculpas. Cuando se fueron, me senté en los escalones y lloré. Titi estaba equivocado. Allí no era bienvenida en absoluto, a menos que "bienvenida" quisiera decir humillada. Me limpié las manos en mi vestido, me levanté y seguí adelante.

Las escaleras finalmente terminaron al comienzo de otro corredor. La primera habitación en la que miré era la de Nana la Sabia.

—Buenos... buenas tardes —dije.

—Buenas tardes —dijo ella, recargándose en su silla de mimbre, con una taza de té en la mano.

Di un paso cauteloso hacia atrás, pero mi trasero se encontró una puerta cerrada. Miré a mi alrededor, confundida. ¿En qué momento había entrado en el cuarto?

—Así hace las cosas la Casa —dijo ella, mirándome con su ojo bueno.

—Creo que odio este lugar —balbuceé.

—La gente odia lo que no entiende —dijo ella—. Yo iba a salir al mercado por mi almuerzo pero entonces mi aprendiz me trajo esto —levantó un contenedor de sopa de pimiento. Quitó la tapa y la puso en una mesa de mimbre junto a ella—. Así que aquí estoy. Debí saber que tendría visitas.

Me indicó que me sentara en el piso y, por un minuto, la miré comerse su sopa. Olía maravillosamente. Mi estómago gruñó.

—¿Cómo están tus padres? —me preguntó ella.

—Están bien —dije.

—¿Por qué has venido?

—Y-yo quería preguntar... —me detuve.

Ella esperó y comió.

—Los... los Grandes Puntos Místicos —dije al fin—. Por favor... Usted recuerda lo que me pasó en mi Rito de los Once, *Nana-m* —miré su cara pero ella sólo me observaba, esperando a que terminara—. Usted es sabia —continué—. Tanto como Aro, si no es que más.

—No nos compares —dijo ella en tono grave—. Ambos somos viejos.

—Lo siento —me apresuré a decir—. Pero usted sabe mucho. Usted debe saber cuánto necesito conocer los Grandes Puntos Místicos.

—La obra de hombres y mujeres locos —escupió ella.

—¿Eh?

Ella tomó una gran cucharada de su sopa y se la comió.

—No, Onyesonwu, eso es entre tú y Aro.

—Pero ¿no puede usted...?

—No.

—¿Por favor? —le rogué—. ¡Por favor!

—Incluso si *conociera* los Puntos, no me metería entre dos espíritus como ustedes.

Me derrumbé otra vez.

—Escucha, muchacha *ewu* —dijo ella. Levanté la vista.

—Por favor, *Nana-m*, no me llame así.

—¿Y por qué no? ¿No es eso lo que eres?

—Odio esa palabra.

—¿*Ewu* o muchacha?

—*Ewu*, por supuesto.

—¿No es eso lo que eres?

—No —dije—. No en el sentido que tiene la palabra.

Ella miró su tazón vacío y juntó las manos. Sus uñas eran cortas y delgadas, y amarillas las puntas de su índice y pulgar. Nana la Sabia era fumadora.

—Un consejo: deja a Aro en paz, te lo ruego. Está más allá de ti y es terco.

Apreté los labios. Aro no era el único terco.

—Puede haber otra forma de que aprendas lo que buscas —dijo ella—. La Casa está llena de libros. Nadie los ha leído todos, así que, ¿quién sabe qué podrá haber en ellos?

—Pero la gente aquí no...

—Somos viejos y sabios. También podemos ser estúpidos. Recuerda las palabras de Titi —cuando mis cejas se levantaron por la sorpresa, ella dijo—: aquí las paredes son delgadas. Ven.

El cuarto al final del pasillo era pequeño, pero sus paredes tenían estantes repletos de libros viejos, olorosos, rotos.

—Eres libre de mirar aquí o en otros cuartos con libros. Sólo los ancianos Osugbo tienen cuartos personales. El resto de la Casa es de todos. Cuando estés lista para irte, puedes hacerlo.

Me dio una palmada en la cabeza y me dejó allí. Yo busqué durante dos horas, yendo de un cuarto a otro. Había libros sobre pájaros que vivían en lugares inexistentes; cómo tener un buen matrimonio con dos mujeres que se odiaban entre ellas; los hábitos de las hembras de las termitas; la biología de las *Kponyungo*, míticos lagartos voladores gigantes; las hierbas que debían comer las mujeres para hacer crecer sus pechos; los usos del aceite de palma. Intensificada por mi estómago hambriento, mi ira crecía con cada libro inútil que sacaba. No me ayudaban las miradas de fastidio, o incluso de miedo, de los ancianos.

La Casa volvía a burlarse de mí. Casi podía escucharla riendo mientras me enseñaba un libro estúpido tras otro. Cuando saqué uno lleno de mujeres desnudas en poses provocativas, lo aventé al piso y me fui en busca de una salida. Me tomó una hora encontrarla. La puerta que llevaba al exterior era sencilla y estrecha, sin ningún parecido con las intrincadas entradas que había visto desde afuera. La entrada era una de las grandes puertas que había visto desde que tenía seis años.

Escupí y agité mi puño ante la Casa de Osugbo, sin que me importara quién me viera.

—¡Lugar fastidioso, pestilente, estúpido, idiota, horrible! —grité—. ¡*Jamás* volveré a poner un pie en tu interior!

Capítulo 16

Ewu

Rechazo.

Cosas así se van metiendo poco a poco en una persona. Y entonces, un día, una se encuentra lista para destruirlo todo. Viví con la amenaza de mi padre biológico por cinco años. Durante tres, Aro me rechazó, se negó a ayudarme. Dos veces en mi cara y muchas más a través de Mwita, tal vez incluso de la Ada y de Nana la Sabia. Yo sabía que Aro era el único que podía contestar mis preguntas. Por eso no me fui de Jwahir después de mi experiencia en la Casa de Osugbo. ¿A dónde hubiera ido?

El día anterior, a Papá lo habían traído a casa en el camello de su hermano, quejándose de dolor en el pecho. Llamamos al curandero. Fue una noche larga. Por esto había estado llorando toda la noche. No dejaba de pensar en que si Aro me estuviera enseñando, yo habría podido curar a Papá. Él era demasiado joven y saludable para tener problemas del corazón.

Mi cabeza se sentía exprimida. Todo sonaba amortiguado. Me vestí y salí a escondidas de casa. Sólo tenía un plan: hacer lo que quería. Salí del camino principal y me metí en el sendero que conducía a la choza de Aro. Escuché un aleteo.

Sobre mi cabeza, en una palmera, un buitre negro me miraba con ojos atentos. Fruncí el ceño y de pronto me quedé helada. Entendí. Miré hacia otro lado, esperando ocultar mis pensamientos. Ése no era un buitre, como no lo había sido cinco años antes, la vez que lo había visto. Oh, cómo podía Aro ignorar que yo conocía cada aspecto de él, al igual que conocía cada aspecto de toda criatura en la que me convertía. Qué error para él que aquella pluma se hubiera desprendido de su cuerpo.

Por esto sentía una ráfaga de poder cada vez que me convertía en buitre. Había estado *convirtiéndome en Aro en forma de buitre*. ¿Por eso había sido tan fácil aprender de Mwita? Pero yo ya tenía el don de ser *eshu*. Busqué en mi mente los Grandes Puntos Místicos. No encontré nada. No importaba. El buitre se fue volando. *Aquí voy*, pensé.

Finalmente llegué a la choza de Aro. Sentí una punzada de hambre y el mundo a mi alrededor empezó a vibrar. Racimos de luces brillantes danzaban en la punta de la choza y en el aire. El monstruo me atacó cuando llegué a la puerta de cactus. Una mascarada cuidaba la choza: una *de verdad*. Aquel día, al parecer, Aro sentía que necesitaba protección. Las mascaradas comúnmente aparecen durante las celebraciones. En esos casos son sólo hombres vestidos con disfraces elaborados de rafia y tela que bailan al son de un tambor.

Toc toc toc, sonaba un pequeño tambor mientras la verdadera mascarada corría hacia mí, dejando una estela de arena tan alta como mi casa y ancha como tres camellos. Sacudía su ropa colorida y polvosa y su falda de rafia. Su cara de madera estaba curvada en una mueca burlona. Danzaba violentamente, arrojándose hacia mí y retrocediendo. Yo me quedé donde estaba, incluso cuando ella arrojaba sus manos con dedos como agujas a un centímetro de mi cara.

Cuando no corrí, el espíritu se detuvo y se quedó muy quieto. Nos miramos, mi cabeza inclinada hacia arriba, la suya hacia abajo. Mis ojos enojados miraban sus ojos de madera. Él hizo un chasquido que resonó en lo profundo de mis huesos. Torcí la cara pero no me moví. Tres veces lo hizo. A la tercera sentí que algo cedía en mi interior, como un nudillo roto. La mascarada se giró y me guio a la choza de Aro. Mientras se movía se fue desvaneciendo poco a poco.

Aro estaba de pie en el umbral de su vivienda y me dedicó la mirada que un hombre le daría a una mujer embarazada si por accidente entraba en su baño y la encontraba defecando.

—*Oga* Aro —dije—. He venido a pedirte que me aceptes como tu estudiante.

Sus fosas nasales se dilataron como si hubiera olido algo podrido.

—Por favor. Tengo dieciséis años. No se arrepentirá.

Siguió sin hablar. Mis mejillas enrojecieron y sentí como si alguien hubiera picado con un dedo mis ojos.

—Aro —dije en voz baja—. Usted me enseñará —no dijo nada—. Usted me... —mi diamante voló de mi boca. Grité con tanta fuerza como pude—: ¡ENSÉÑEME! ¿POR QUÉ NO QUIERE? ¿QUÉ LE PASA? ¿QUÉ LE PASA A *TODO EL MUNDO*?

El desierto se tragó deprisa mis gritos y eso fue todo. Caí de rodillas. Al mismo tiempo llegué a aquel lugar al que había ido cuando me circuncidaron. Lo hice sin pensar. Desde lejos me oí a mí misma gritar, pero eso no me importó. En este lugar espiritual yo era la depredadora. Instintivamente volé hacia Aro. Sabía cómo y dónde atacarlo porque *lo conocía*. Era una luz ardiente decidida a quemar su misma alma desde dentro. Sentí su conmoción.

Olvidé el propósito de mi visita. Desgarraba, arañaba y quemaba. El olor del cabello que ardía. El gemido satisfactorio del dolor de Aro. Y entonces sentí una dura patada en el pecho. Abrí los ojos. Estaba de nuevo en mi cuerpo físico, volando hacia atrás. Aterricé con un golpe y me deslicé algunos metros sobre el suelo. La arena raspó la piel de las palmas de mis manos y la parte trasera de mis tobillos. Mi rapa se desató, exponiendo mis piernas.

Quedé de espaldas, mirando al cielo. Por un momento tuve una visión que no podría haber tenido. Yo era mi madre, a cientos de kilómetros al oeste, diecisiete años antes. De espaldas. Esperando morir. Mi cuerpo, el cuerpo de ella, era un nudo de dolor. Lleno de semen. Pero vivo.

Entonces volví a la arena. Cerca, una de las cabras de Aro baló, un pollo cloqueaba. Yo estaba viva. *Protegerme es un esfuerzo inútil*, pensé. De alguna manera debía encontrar al hombre que había hecho daño a mi madre, que me estaba cazando. Yo debía cazarlo a él. *Y cuando lo encuentre*, pensé, *lo mataré.*

Me incorporé. Aro estaba tendido en el suelo delante de su choza.

—Ahora entiendo —dije en voz alta. De algún modo vi mi diamante. Lo levanté y, sin pensar o quitarle la arena, lo volví a poner bajo mi lengua—. ¡Usted... usted no enseña a niñas o muchachas porque nos tiene *miedo*! ¡Le-le tiene miedo a nuestras emociones! —solté una carcajada histérica y luego me puse seria—. ¡Ésa *no* es una buena razón!

Me puse de pie. Aro sólo gruñó. Ni medio muerto quería hablar conmigo.

—¡Maldita sea tu madre! ¡Maldita sea toda tu estirpe! —dije. Giré hacia un lado y escupí. La saliva salió roja de sangre—. ¡Moriría antes de dejar que me enseñes!

De pronto sentí que algo me agarraba la garganta. Hice una mueca. La culpa había llegado. No había querido matarlo. Había querido aprender de él. Ahora había quemado aquel puente. Volví a atar mi rapa y caminé a casa.

Mwita lo encontró una hora después, aún tendido en donde yo lo había dejado. Mwita fue corriendo a la Casa de Osugbo para llevar a los ancianos. Gracias a las "paredes delgadas" de la Casa, en cuestión de horas la noticia de lo que yo le había hecho a Aro se sabía en todo Jwahir. Mis padres estaban en su habitación cuando escuché que llamaban a la puerta. Sabía que era Mwita. Dudé antes de abrir. Cuando lo dejé entrar, me agarró de la mano y me arrastró a la parte trasera de la casa.

—¿Qué hiciste, mujer? —siseó. Antes de que yo pudiera responder, me empujó con fuerza contra la pared y me retuvo allí—. Cállate —murmuró con aspereza—. Aro podría estar muriendo —ante mi sorpresa, asintió—. Sí. Siente esa culpa. ¿Por qué eres tan *estúpida*? ¿*Qué te pasa*? ¡Eres un peligro para ti y para todos nosotros! ¡A veces me pregunto si no deberías matarte! —me soltó y retrocedió—. ¿Cómo pudiste?

Me quedé allí, frotando la pequeña cicatriz de mi frente.

—Él es lo más cercano a un padre que voy a tener —dijo Mwita.

—¿Cómo puedes llamar a ese hombre tu padre? —repuse.

—¿Qué sabes *tú* de *verdaderos* padres? —escupió él—. ¡Nunca has tenido uno! Sólo tienes un cuidador —se dio vuelta para irse—. ¿Sabes lo que nos harán si muere? —preguntó, mirándome por encima del hombro—. Vendrán por nosotros. Vamos a morir como murieron mis padres.

Esa noche, a las once en punto, el ojo carmesí volvió a aparecer. Lo miré, desafiante, retándolo a que intentara algo. Flotó sobre mí durante un minuto, observándome. Luego desapareció. Lo mismo sucedió la siguiente noche. Y la siguiente. Había muchos rumores. Luyu me dijo que Mwita y yo éramos sospechosos de haber golpeado a Aro.

—La gente dice que te vio ir allá esa mañana —dijo—. Que te veías enojada y lista para matar.

Papá se tomaba algunos días libres del trabajo para reponerse de sus propios males y mi madre no le dijo una palabra de lo que yo había hecho. Mi madre y sus secretos. Era muy buena para guardarlos. Así, felizmente, él no supo nada de los rumores. Pero mi madre me preguntó si había algo de verdad en ellos.

—No soy irracional —le dije—. Aro es más de lo que la gente cree que es.

Las personas se lo repetían unas a otras: los niños *ewu* nacen de la violencia y por tanto es inevitable que se vuelvan violentos. Pasaron los días. Aro seguía mal. Me preparé para una cacería de brujas. *Ocurrirá el día en que Aro muera*, pensaba. Empaqué cosas en un pequeño morral, para huir más fácilmente. Y así, cuando Papá murió cinco días después, la gente ya me miraba con suspicacia.

Capítulo 17

El círculo

Aquí se cierra el círculo. Cuando hice que el cuerpo de mi padre respirara en su funeral, mi reputación se hundió a nuevas profundidades. Después de que mi madre me llevara a casa, Mwita se hizo ignorable y espió a los miembros de mi familia.

—Debimos apedrearla después de que intentara matar a Aro.

—Mi hija ya tiene pesadillas acerca de ella cada noche. ¡Y ahora esto!

—Mientras más pronto se convierta en cenizas, mejor.

En casa, dormí más en paz de lo que había dormido en años. Desperté con el dolor miserable de mi cuerpo. Ya lo entendía: Papá era cenizas. Me hice un ovillo y lloré. Me sentía como si me estuviera rompiendo una vez más. La pena me llevó a su lugar oscuro y sordo durante varias horas. Finalmente me regresó a mi cama. Me limpié la nariz con la cobija y miré mis ropas. Mi madre me había quitado mi vestido blanco y puesto en su lugar una rapa azul. Levanté mi mano izquierda, la que se había mezclado con el cuerpo de Papá. Había una costra entre mis dedos índice y medio.

—Podría convertirme en buitre y salir volando ahora mismo —murmuré. Pero si me quedaba demasiado tiempo como animal, me volvería loca. *¿Sería tan malo?*, me pregunté. *Mwita tiene razón, soy peligrosa.* Decidí salir a escondidas de la casa esa noche, antes de que la gente fuera por mí. Por el bien de mi madre, sobre todo. Ella era ahora una viuda. Su reputación era más importante que nunca. Alguien llamó a la puerta.

—¿Qué quiere? —dije. La puerta se abrió de golpe y dio con fuerza contra el muro. Me levanté deprisa de la cama, lista para enfrentarme con una turba enfurecida. Era Aro. Mi madre estaba detrás de él. Ella me miró a los ojos y luego se alejó. Él azotó la puerta al cerrarla. Tenía un moretón reciente sobre su ojo. Supe que había otras heridas y cicatrices escondidas por su ropa blanca de luto, heridas de cinco días atrás.

—¿Tienes *alguna* idea de lo que hiciste?

—¿A ti qué te importa? —grité.

—¡No *piensas*! Eres ignorante e incontrolable, como un animal —chasqueó la lengua—. Déjame ver tu mano.

Contuve el aliento mientras me acercaba. No quería que me tocara. Era *eshu*, igual que yo. Alguien con su habilidad sólo requeriría una célula de mi piel para cobrar venganza. Pero algo me hizo quedarme quieta y dejarlo tomar mis manos. Culpa, pena, fatiga: elige una. Movió mis manos en una dirección y en otra, apretó, suavemente hizo chocar mis nudillos. Me soltó, riendo para sí mismo y sacudiendo la cabeza.

—Está bien, *sha* —murmuró para sí—. Onyesonwu, te enseñaré.

—¿Qué?

—Te enseñaré los Grandes Puntos Místicos, si así se permite —dijo—. Eres un peligro para todos si no lo hago. También serás un peligro para todos si lo hago, pero al menos seré tu Maestro.

No pude evitar sonreír. Mi sonrisa vaciló.

—Tal vez esta noche vengan por mí.

—Me aseguraré de que eso no pase —dijo él simplemente—. No he muerto, así que no debería ser difícil. De quien tienes que preocuparte es de tu progenitor. Por si no lo has adivinado ya, él es un hechicero, igual que yo. Si no hubieras ido estúpidamente a tu Rito de los Once, él no sabría de ti. Agradéceme por protegerte todos estos años, pues de lo contrario hace mucho que habrías muerto.

Aquello me afectó. Aro había estado protegiéndome. Era un trago amargo. Pensé en preguntarle cómo, pero en cambio pregunté:

—¿Por qué quiere matarme?

—Porque eres un fracaso —dijo Aro, sonriendo ligeramente—. Debías haber sido un niño.

Hice una mueca.

—Ahora, te haría mudarte a mi choza, pero tu misteriosa madre te necesita —dijo—. Y está el problema entre Mwita y tú. Durante el entrenamiento, el contacto sexual te haría retrasarte.

Sentí calor en las mejillas y aparté la mirada.

—A propósito, hubiera sido egoísta salir huyendo y dejar a tu madre —dijo. Luego dejó que sus palabras se asentaran por un momento y me pregunté si podía leer mi mente—. No puedo —dijo—. Es sólo que conozco a las personas de tu tipo.

—¿Por qué habría de confiar en ti?

—¿No puedes defenderte sola? —dijo él—. ¿No me conoces y, por lo tanto, sabes lo que hace falta para destruirme?

—Sí, pero ahora tú me conoces también —dije—. Tocaste mi mano.

Una gran sonrisa se extendió por su cara.

—Entonces ya nos conocemos mutuamente. Es un buen comienzo.

—Pero tú eres el Maestro.

—¿No es prudente, entonces, convertirte en una también? ¿Por tu *propio* bien?

—Sólo si puedo confiar en que me conviertas en una.

—Sí, la confianza se gana, ¿no? —dijo.

Lo pensé.

—Está bien.

—¿Crees en Ani?

—No —dije, con naturalidad. Se suponía que Ani era compasiva y amorosa. Ani nunca habría permitido que yo existiera. Nunca había creído en ella. Era sólo una expresión que estaba acostumbrada a usar cuando estaba sorprendida o enojada.

—¿Algún creador, entonces?

Asentí.

—Es frío y lógico.

—¿Estás dispuesta a permitir a otros el derecho a sus creencias?

—Si sus creencias no lastiman a otros y, cuando sienta la necesidad, se me permita llamarlos estúpidos en mis pensamientos, entonces sí.

—¿Crees que tienes la responsabilidad de dejar este mundo en mejor situación que como estaba cuando llegaste a él?

—Sí.

Hizo una pausa y me miró más intensamente.

—¿Qué es mejor, dar o recibir?

—Son lo mismo —dije—. Uno no puede existir sin el otro. Pero si das y das sin recibir, eres un tonto.

Con mi respuesta se rio por lo bajo. Luego preguntó:

—¿Puedes olerlo?

Inmediatamente supe de qué hablaba.

—Sí —dije—. Es fuerte.

Fuego, hielo, hierro, carne, madera y flores. El sudor de la vida. La mayor parte del tiempo olvidaba aquel olor, pero siempre lo notaba cuando sucedían cosas extrañas.

—¿Puedes saborearlo?

—Sí —dije—. Si lo intento.

—¿Lo escoges?

—No. Me escogió a mí hace mucho.

Él asintió.

—Entonces, bienvenida —caminó hacia la puerta. Por encima del hombro, me dijo—: Y quítate esa maldita piedra de la boca. Su propósito es mantenerte en el suelo. A ti no te sirve.

PARTE II

Estudiante

Capítulo 18

Una visita deseada a la choza de Aro

Pasaron veintiocho días antes de que decidiera ir a su choza. Tenía mucho miedo.

En esos días, no podía dormir una noche completa. Despertaba en la oscuridad, segura de que alguien estaba conmigo en el cuarto y que no era Papá ni su primera esposa, Njeri la corredora de camellos. Con gusto los hubiera recibido a los dos. Era el ojo carmesí a punto de matarme o Aro a punto de vengarse. Sin embargo, como Aro había prometido, ninguna turba fue a buscarme. Incluso regresé a la escuela, al décimo día.

En su testamento, Papá dejó su taller a mi madre y ordenó a Ji, su aprendiz ahora graduado Maestro, que se encargara de él. Se dividirían las ganancias, ochenta por ciento para mi madre y veinte para Ji. Era un buen trato para ambos, y en especial para Ji, que venía de una familia pobre y ahora tenía el título de "Herrero Enseñado por el Gran Fadil Ogundimu". Además, mi madre tenía su dulce de cactus y otros vegetales. La Ada, Nana la Sabia y dos de las amigas de mi madre la iban a visitar todos los días. Mi madre estaba bien.

Luyu, Diti y Binta no me visitaron ni una vez, y yo juré nunca perdonárselo. Mwita tampoco fue. Pero sus acciones sí las entendía. Estaba esperando a que yo fuera a él, a la choza de

Aro. Así que durante esas cuatro semanas me quedé sola con mi pérdida y con mi miedo. Regresé a la escuela porque necesitaba distraerme.

Fui tratada como alguien con una enfermedad altamente contagiosa. En el patio, la gente se apartaba de mí. No me decían nada, ni malo ni agradable. ¿Qué había hecho Aro para evitar que la gente me hiciera pedazos? Lo que hubiera sido, no cambió mi reputación de ser la maligna muchacha *ewu*. Binta, Luyu y Diti me evitaban. Evitaban verme a los ojos mientras se alejaban. Evitaban mis saludos. Esto me enojaba.

Después de unos pocos días de esta actitud, era hora de una confrontación. Las vi en su lugar habitual cerca del muro de la escuela. Me acerqué sin miedo. Diti miró mis pies, Luyu dirigió su vista a un lado y Binta hacia mí. Mi confianza vaciló. Estaba consciente del brillo de mi piel, lo visible de mis pecas, en especial las de mis mejillas, el color arena de las trenzas que bajaban por mi espalda.

Luyu miró a Binta y la golpeó en el hombro. De inmediato Binta apartó la mirada. No cedí terreno. Quería al menos una discusión. Binta empezó a llorar. Diti espantó una mosca con irritación. Luyu me miró a la cara con tal intensidad que pensé que iba a golpearme.

—Ven —dijo, echando un vistazo al resto del patio. Tiró de mi mano—. Ya basta.

Diti y Binta nos siguieron de cerca mientras caminábamos deprisa por el camino. Nos sentamos en una banqueta, Luyu a un costado mío, Binta al otro y Diti junto a Luyu. Vimos pasar gente y camellos.

—¿Por qué lo hiciste? —preguntó Diti de pronto.

—Cállate, Diti —dijo Luyu.

—¡Puedo preguntar lo que yo quiera! —dijo Diti.

—Entonces pregunta bien —dijo Luyu—. Le hemos hecho mal. No estamos…

Diti sacudió la cabeza vigorosamente.

—Mi madre dijo…

—¿*Trataste* siquiera de verla? —dijo Luyu. Cuando se volvió hacia mí, estaba llorando—. Onyesonwu, ¿qué pasó? Recuerdo... cuando teníamos once, pero... no...

—¿Fue tu padre quien te hizo apartarte de mí? —le siseé a Luyu—. ¿Ya no quiere que su bella hija sea vista con su amiga fea y maligna?

Luyu se encogió. Había dado en el clavo.

—Lo siento —dije deprisa con un suspiro.

—¿Es malo? —preguntó Diti—. ¿No puedes ir con una sacerdotisa de Ani y...?

—¡No soy mala! —grité, agitando los puños en el aire—. ¡Al menos *eso* entiendan de mí! —hice rechinar los dientes y golpeé mi pecho con un puño, como Mwita hacía con frecuencia cuando estaba enojado—. ¡Soy lo que soy, pero *no soy MALA*!

Se sentía como si estuviera gritándole a todo Jwahir. *Papá nunca sintió que yo fuera mala*, pensé. Empecé a sollozar, sintiendo que su pérdida me golpeaba otra vez. Binta puso su brazo sobre mi hombro y me acercó hacia ella en un abrazo.

—Está bien —murmuró en mi oído.

—Está bien —dijo Luyu.

—Bueno —dijo Diti.

Y así fue como se rompió la tensión entre mis amigas y yo. Así. Incluso en ese momento lo sentí. Se me había quitado un peso. Las cuatro debimos de haberlo sentido.

Pero aún tenía que lidiar con mi miedo. Y la única forma de hacerlo era encarándolo. Fui una semana después, durante un Día de Descanso. Me levanté temprano, me bañé, hice el desayuno, me puse mi vestido azul favorito y un velo amarillo grueso sobre la cabeza.

—Mamá —dije, asomándome a la habitación de mis padres. Ella estaba tendida en la cama, por una vez, profundamente dormida. Me dio pena despertarla.

—¿Eh? —dijo. Sus ojos no estaban rojos. No había llorado durante la noche.

—Te hice estofado de batata y huevo y té para desayunar.

Se incorporó y se estiró.

—¿A dónde vas?

—A la choza de Aro, Mamá.

Volvió a acostarse.

—Bien —dijo—. Tu padre lo aprobaría.

—¿Tú crees? —pregunté, acercándome a la cama para escucharla mejor.

—Aro fascinaba a tu papá. Le fascinaba todo lo misterioso. Incluso tú y yo… aunque la Casa de Osugbo no le gustaba mucho —reímos—. Onyesonwu, tu padre te amaba. Y aunque no lo sabía con tanta fuerza como yo, sabía que eras especial.

—D-debí haberles contado a ti y a Papá acerca de mi pelea con Aro —dije.

—Tal vez. Pero ni así habríamos podido hacer nada.

Me tomé mi tiempo. Era una mañana fría. La gente apenas estaba saliendo para hacer sus tareas matutinas. Mientras caminaba, nadie me saludó. Pensé en Papá y me dolió el corazón. En los últimos pocos días, mi pena había sido tan fuerte que sentía que el mundo a mi alrededor estaba bajo el agua, como sucedió en su funeral. Lo que había pasado en el funeral podía pasar ahora. Ésta era parte de la razón por la que al fin iba con Aro. No quería lastimar a nadie más.

Mwita me recibió en la puerta de cactus. Antes de que pudiera hablar, me tomó entre sus brazos.

—Bienvenida —dijo. Me abrazó hasta que me relajé y le devolví el abrazo.

—¿Ven? —dijo una voz tras nosotros. Nos apartamos bruscamente. Aro estaba de pie tras la puerta de cactus, con los brazos cruzados sobre el pecho. Vestía un largo caftán negro hecho de un material ligero. La tela ondeaba alrededor de sus pies, movida por la brisa fresca de la mañana—. Es por esto que tú no puedes vivir aquí.

—Lo siento —dijo Mwita.

—¿Por qué? Eres un hombre y esta mujer es tuya.

—Lo siento—dije yo, mirando mis pies, sabiendo que esto era lo que él esperaba.

—Y así debe ser —dijo él—. Una vez que empecemos, debes mantenerlo lejos de ti. Si quedaras embarazada mientras aún estás aprendiendo, podrías causar la muerte de todos nosotros.

—Sí, *Oga* —dije.

—Imagino que soportas bien el dolor —dijo Aro.

Asentí.

—Al menos eso es bueno —dijo—. Pasa por la puerta.

Mientras pasaba, uno de los cactus rasguñó mi pierna. Me hice a un lado con fastidio. Aro rio por lo bajo. Mwita pasó tras de mí sin ser tocado. Él se fue hacia su choza. Yo seguí a Aro a la de él. Dentro había una silla y un tapete de rafia para dormir. Aparte de un procesador de palabras pequeño y maltratado y una lagartija en la pared, era todo lo que había. Pasamos por la puerta trasera hacia el desierto, que se abría ante nosotros.

—Siéntate —dijo, señalando unos tapetes de rafia que estaban en el suelo. Él se sentó también.

Nos quedamos allí, sentados, mirándonos el uno a la otra por un momento.

—Tienes ojos de tigre —dijo él—. Y ellos llevan décadas extintos.

—Tú tienes los ojos de un viejo —dije—. Y a los viejos no les queda mucho tiempo.

—*Soy* viejo —dijo él, levantándose. Fue al interior de su tienda y regresó con una espina de cactus entre los dientes. Volvió a sentarse. Entonces me dejó totalmente pasmada:

—Onyesonwu, lo siento.

Parpadeé.

—He sido arrogante. He sido inseguro. He sido un tonto.

No dije nada. Estaba totalmente de acuerdo.

—Me quedé conmocionado de que se me diera una muchacha, una mujer —dijo—. Pero al menos serás alta. ¿Qué sabes de los Grandes Puntos Místicos?

—Nada, Oga —dije—. Mwita no pudo decirme mucho, porque... tú no quisiste enseñarle —no podía evitar la ira de mi voz. Si estaba admitiendo sus errores, quería que los admitiera todos. Los hombres como Aro sólo reconocen lo malo una vez.

—No le quería enseñar a Mwita porque él no pasó la iniciación —dijo Aro con firmeza—. Sí, es *ewu* y eso me repelía. Ustedes los *ewu* vienen a este mundo con las almas manchadas.

—¡No! —dije, apuntando con mi dedo hacia su cara—. Puedes decir eso de mí, pero no de él. ¿No te molestaste en preguntarle sobre su vida, su historia?

—Baja tu dedo, niña —dijo Aro, y su cuerpo se puso erguido y tieso—. Es claro que eres indisciplinada. ¿Quieres aprender disciplina hoy? Te puedo enseñar bien.

Hice un esfuerzo y me calmé.

—Sé su historia —dijo Aro.

—Entonces sabes que fue hecho por amor.

Las fosas nasales de Aro se dilataron.

—Con todo, vi más allá de su... sangre mezclada. Lo dejé intentar la iniciación. Pregúntale qué pasó. Todo lo que diré es que, como todos los demás, falló.

—Mwita dijo que no lo dejaste pasar por la iniciación —dije.

—Mintió —dijo Aro—. Pregúntale.

—Lo haré —dije.

—Hay pocos hechiceros auténticos en estas tierras —dijo él—. Y no es por su elección que llegan a serlo. Por eso es que estamos plagados de muerte, dolor e ira. Primero, hay una gran pena. Luego alguien que amamos nos exige convertirnos en los que debemos llegar a ser. Lo más probable es que tu madre te haya puesto en este camino. Hay mucho en ella, *sha* —hizo una pausa, como si estuviera pensando en esto—. Ella debe haberlo exigido el día en que fuiste concebida. Sus exigencias obviamente se impusieron a las de tu progenitor. Si hubieras sido un muchacho, él habría tenido un aliado en vez de una enemiga.

"Los Grandes Puntos Místicos son medios para llegar a un fin. Cada hechicero tiene el suyo propio. Pero no te puedo enseñar a menos que pases la iniciación. Mañana. Ningún muchacho que ha venido a mí la ha pasado. Todos regresan a casa golpeados, rotos, doloridos, enfermos.

—¿Qué pasa durante la... iniciación? —pregunté.

—Tu propio ser es puesto a prueba. Para aprender los Puntos debes ser la persona adecuada. Es todo lo que puedo decirte. ¿Ya tiraste tu diamante?

—Sí.

—Te han cortado —dijo—. Eso podría ser un problema, pero ya no tiene remedio —se levantó—. Después de que el sol se ponga, no comas ni bebas nada más que agua. Tu ciclo mensual es en dos días. Eso podría ser otro problema.

—¿Cómo sabe cuándo me... cuándo es?

Sólo se rio.

—No se puede evitar. Esta noche, antes de que duermas, medita durante una hora. No le hables a tu madre después de la puesta de sol. Pero le puedes hablar a Fadil, tu padre. Ven aquí a las cinco de la mañana. Asegúrate de bañarte bien y trae ropa oscura.

Me quedé mirándolo. ¿Cómo iba a recordar todas esas instrucciones?

—Ve y habla con Mwita. Él te repetirá mis indicaciones si necesitas volver a escucharlas.

Al acercarme a la choza de Mwita me llegó el olor de salvia quemada. Él estaba sentado, meditando en silencio, sobre un tapete, dándome la espalda. Me quedé parada en la entrada y miré alrededor. Así que aquí era donde vivía. Objetos tejidos colgaban de las paredes y estaban apilados en el interior de la choza. Canastas, tapetes, platos y hasta una silla de mimbre a medio terminar.

—Siéntate —dijo él, sin volverse.

Me senté en el tapete junto a él, mirando la entrada de la choza.

—Nunca me dijiste que sabías tejer —dije.

—No es importante —dijo él.

—Me habría gustado aprender —dije.

Él acercó las rodillas a su pecho, pero no dijo nada.

—No me has contado todo —dije.

—¿Esperas que lo haga?

—Cuando es importante.

—¿Importante para quién?

Mwita se levantó, se estiró y se recargó en la pared.

—¿Comiste?

—No.

—Es mejor si comes mucho antes de que el sol se ponga.

—¿Qué sabes acerca de esta iniciación?

—¿Por qué tendría que contarte del mayor fracaso de mi vida?

—Eso no es justo —dije, poniéndome de pie—. No te estoy pidiendo que te humilles. Decirme por lo que pasaste era crucial.

—¿Por qué? —dijo él— ¿De qué te hubiera servido?

—¡Eso no importa! Me *mentiste.* No debería haber secretos entre nosotros.

Mientras me miraba, supe que Mwita estaba repasando nuestra relación. Buscaba una verdad o un secreto que pudiera exigirme. Debió darse cuenta de que nunca le había ocultado nada, pues dijo:

—Sólo te asustaría.

Sacudí la cabeza.

—Me asusta más lo que no sé.

—Está bien. Casi me morí. En realidad… No, casi. Mientras más cerca estás de completar la iniciación, te aproximas más a la muerte. Ser iniciado es morir. Yo… estuve muy cerca.

—¿Qué...?

—Es diferente para cada persona —dijo—. Hay dolor, horror... absolutos. No sé por qué Aro permite siquiera que estos muchachos locales lo intenten. Es su lado malicioso.

—¿Cuándo intentaste...?

—No mucho después de llegar aquí —dijo él. Respiró profundamente, me miró con dureza y luego sacudió la cabeza—. No.

—¿Por qué? Voy a hacer eso mañana. ¡Tengo que saber!

—No —fue todo lo que dijo, y allí terminó la conversación. Mwita podía atravesar a pie las granjas de palmeras en mitad de la noche. Había hecho esto varias veces después de pasar horas conmigo. Una vez, mientras estábamos sentados en el jardín de mi madre, una tarántula se acercó a mi pierna. Él la aplastó con su mano desnuda. Pero ahora, ante la mención de su iniciación fallida, parecía totalmente aterrorizado.

Antes de que me fuera a casa, Mwita repasó conmigo los requerimientos de mi iniciación. Me molesté y terminé pidiéndole que los escribiera.

Me arrodillé al lado de mi madre. Ella estaba en el jardín, removiendo el suelo alrededor de las plantas con las manos.

—¿Cómo estuvo? —preguntó.

—Como se podía esperar de ese loco —dije.

—Tú y Aro se parecen mucho —dijo mi madre. Hizo una pausa—. Hoy hablé con Nana la Sabia. Dijo algo de una iniciación... —se detuvo mientras examinaba mi cara. Vio lo que necesitaba ver—. ¿Cuándo?

—Mañana en la mañana —saqué la lista—. Esto es todo lo que tengo que hacer para prepararme.

Ella la leyó y dijo:

—Te haré una gran cena temprano. ¿Pollo al curry y dulce de cactus?

Sonreí de oreja a oreja.

Me di un largo baño y por un rato estuve calmada. Pero a medida que avanzaba la noche, mi miedo ante lo desconocido regresó. Para la medianoche, la deliciosa cena que había comido se revolvía en mi vientre. *Si muero durante la iniciación, Mamá se quedará sola*, pensé. *Pobre Mamá.*

No dormí. Pero por primera vez desde que tenía once años, no tenía miedo de ver al ojo carmesí. Los gallos empezaron a cantar alrededor de las tres. Me volví a bañar y me puse un largo vestido marrón. No tenía hambre y sentía un dolor sordo en el abdomen, ambas señales claras de que mi mes estaba cerca. No desperté a mi madre antes de irme. Probablemente ya estaba despierta.

Capítulo 19

El hombre de negro

—Papá, por favor guíame —dije mientras caminaba—. Porque necesito guía.

Para ser honesta, no pensaba que estuviera allí. Siempre había creído que cuando la gente muere, sus espíritus se quedan cerca o a veces vienen de visita. Aún lo creía, porque así sucedía con la primera esposa de Papá, Njeri. La sentía con frecuencia en la casa. Pero ahora no sentía a Papá a mi alrededor. Sólo la brisa fría y el sonido de los grillos me acompañaban.

Mwita y Aro me esperaban en la parte trasera de la choza de Aro. Aro me pasó una taza de té para que bebiera. Estaba tibio y sabía a flores. Después de tomarlo, el cólico ligero que sentía desapareció.

—¿Qué sigue ahora? —pregunté.

—Camina hacia el desierto —dijo Aro, envolviéndose en su propia ropa café. Me volví hacia Mwita—. Todo lo que debe importarte ahora es lo que está delante —dijo Aro.

—Ve, Onyesonwu —murmuró Mwita.

Aro me empujó hacia el desierto. Por primera vez en mi vida, me sentía reticente a ir hacia él. El sol estaba saliendo. Empecé a caminar. Pasaron minutos. Empecé a oír en mis oídos el latido de mi corazón. *Algo en el té*, pensé. *Quizás una poción chamánica.* Adonde soplara la brisa, podría escuchar claramente los granos de arena chocar unos con otros. Me tapé los oídos con las manos. Seguí caminando. La brisa se convirtió en un viento más fuerte, lleno de polvo y arena.

—¿Qué es esto? —grité, esforzándome por seguir adelante.

El sol se oscureció rápidamente. Mi madre y yo habíamos sobrevivido a tres grandes tormentas de arena cuando éramos nómadas. Excavábamos un agujero en el suelo y nos tendíamos en él, usando la tienda para protegernos. Tuvimos suerte de que el viento no nos llevara y de no quedar enterradas vivas. Ahora yo estaba en una tormenta así, sólo con mi vestido interpuesto entre ella y yo.

Decidí regresar a la tienda de Aro. Pero no pude ver nada detrás de mí. Escudé mi cara con mi brazo mientras miraba a mi alrededor. La arena me azotaba y me sacaba sangre. Pronto mis párpados quedaron llenos de arena y los granos atormentaban mis ojos. Escupí arena y mi boca se llenó de más.

De pronto, el viento cambió y empezó a soplar desde detrás de mí. Me empujó hacia una pequeña luz anaranjada. Cuando me acerqué, vi que era una tienda hecha de material fino y azul. Había un pequeño fuego en el interior.

—¡Una fogata en mitad de una tormenta de arena! —grité, riendo histéricamente. Mi cara y mis manos me picaban y mis piernas temblaron mientras intentaba que el viento no me llevara.

Me arrojé al interior de la tienda y me golpeó el silencio. Ni siquiera las paredes de la tienda temblaban a causa del viento. Nada sostenía la tienda. Su fondo era de arena. Me tendí de costado, tosiendo. Mis ojos, llorosos y doloridos, vieron al hombre más blanco que jamás hubiera visto. Llevaba un manto pesado y negro con una capucha que cubría la parte superior de su cara. Pero vi claramente la inferior. Su piel arrugada era blanca como la leche.

—Onyesonwu —dijo de pronto el hombre de negro. Di un salto. Había algo repulsivo en él. Casi esperaba que corriera alrededor de la hoguera hacia mí con la velocidad y agilidad de una araña. Pero siguió sentado, con sus largas piernas estiradas delante de él. Sus uñas afiladas estaban estriadas y amarillas. Se recargó en un codo—. ¿Ése es tu nombre?

—Sí —dije.

—Tú eres la que Aro envía —dijo él, y sus labios rosados y húmedos se curvaron en una sonrisa afectada.

—Sí.

—¿Quién te mandó?

—Aro.

—¿Qué eres tú, entonces?

—¿Disculpe?

—¿Qué eres?

—Humana —dije.

—¿Eso es todo?

—*Eshu*, también.

—¿Entonces eres humana?

—Sí.

Metió la mano entre sus ropas y sacó un pequeño frasco azul. Lo agitó y lo puso en el suelo.

—Aro me convoca aquí y una hembra está sentada delante de mí —dijo. Sus fosas nasales se dilataron—. Una que sangrará pronto. Muy, muy pronto. Ya sabes que este lugar es sagrado —me miró como si esperara una respuesta. Sentí alivio cuando levantó el recipiente. Lo agitó y lo azotó contra el suelo. Yo quería frotarme los ojos, me dolían mucho. Levantó la vista y me miró con tanta ira que mi corazón dio un vuelco—. ¡Te han cortado! —dijo—. ¡No puedes llegar al clímax! ¿Quién permitió que pasara esto?

Tartamudeé:

—Fue una… Quería dar gusto a mi… Yo no…

—Cállate —dijo él. Hizo una pausa y cuando habló otra vez su voz era más fría—. Tal vez haya remedio —dijo, más para sí mismo. Murmuró algo y luego dijo—: podrías morir hoy. Espero que estés preparada. No encontrarán tu cuerpo.

Pensé en mi madre y luego aparté su imagen de mi mente.

El hombre de negro arrojó el contenido del recipiente: huesos. Diminutos, finos, como de una lagartija u otra bestia pequeña. Estaban secos y blanqueados, y varios se desmoronaban en las puntas, revelando médula antigua y porosa. Salieron volando del recipiente y aterrizaron como si nunca más fueran a moverse. Como si estuvieran seguros. Mis ojos se sentían pesados mientras miraba los huesos dispersos. Atraían a mis ojos. Él se quedó mirando por un largo tiempo. Luego me miró, con su boca vuelta una O de sorpresa. Deseé poder ver sus ojos. Luego, él enmascaró su rostro con una expresión más controlada.

—Normalmente es aquí donde empieza el dolor. Donde me toca escuchar los gritos de los muchachos —dijo el hombre de negro. Hizo una pausa, mirando hacia abajo, a los huesos—. Pero a ti... —sonrió y asintió— ... a ti te tengo que matar.

Levantó su mano izquierda y torció la muñeca. Sentí un crujido en mi cuello y mi cabeza dio una vuelta completa. Di un quejido. Todo se oscureció.

Abrí los ojos y supe instantáneamente que no era yo misma. El sentimiento me provocaba más extrañeza que miedo. Era una pasajera en la cabeza de alguien, y sin embargo seguía siendo capaz de sentir el sudor corriendo por su cara y el insecto que mordía su piel. Intenté marcharme, pero no tenía cuerpo con que hacerlo. Mi mente estaba atascada allí. Los ojos a través de los que miraba estaban fijos en un muro de concreto.

Él estaba sentado en un bloque duro y frío de concreto. No había techo. La luz del sol brillaba, haciendo aún más incómodo aquel cuarto caluroso. Oía a mucha gente cerca, pero no pude entender exactamente qué estaban diciendo. La persona en cuyo cuerpo estaba murmuró algo y luego rio para... sí misma.

La voz era de una mujer.

—Que vengan, entonces —dijo ella. Miró hacia abajo, a su propio cuerpo, y se frotó nerviosamente los muslos. Llevaba un vestido blanco, largo y áspero. No tenía la piel tan clara como yo pero tampoco tan oscura como mi madre. Me fijé en sus manos. Sólo había leído de manos como las suyas en cuentos. Marcas tribales. Las manos de esta mujer estaban cubiertas de ellas. Círculos, curvas y espirales se entretejían formando diseños complejos que subían hasta sus muñecas.

Ella recargó la cabeza contra la pared y cerró los ojos bajo la luz y el mundo se volvió rojo por un momento. Luego alguien la agarró —nos agarró— con tal rudeza que grité en silencio. Sus ojos se abrieron. No emitió ningún sonido. No peleó. Yo quería hacerlo, desesperadamente. Miles de personas aparecieron de pronto frente a nosotras, gritando, aullando, berreando, hablando, señalando, riendo, con miradas malignas.

La gente se mantuvo, como si una fuerza invisible los empujara, a unos seis metros del agujero a donde nos arrastraban. Al lado del agujero había una pila de arena. Los hombres nos llevaron al agujero y nos arrojaron al interior. Sentí cómo el cuerpo entero de la mujer se estremecía al golpear el fondo. El suelo estaba apenas más arriba que nuestros hombros. Ella miró a su alrededor y yo tuve un bien vistazo de la turba gigantesca que esperaba la ejecución.

Los hombres echaron paladas de tierra en el agujero y pronto estuvimos enterradas hasta el cuello. En este punto, el miedo de la mujer debe haberme infectado porque de pronto me estaba partiendo en dos. Si hubiera tenido un cuerpo, hubiera pensado que mil hombres me agarraban un brazo y otros mil el otro, y ambos grupos estaban tirando. Desde atrás escuché a un hombre decir en voz alta:

—¿Quién va a echarle la primera piedra a este problema?

La primera piedra nos golpeó en la nuca. El dolor fue una explosión. Hubo muchas más. Después de un rato, el dolor de nuestra cabeza apedreada quedó en el fondo y la sensación de ser despedazada pasó al frente. Estaba gritando. Estaba muriendo. Alguien tiró otra piedra y sentí que algo se rompía. Reconocí a la muerte en el momento en que me tocó. Intenté, tanto como pude, como una nada, sostenerme.

Mamá. La estaba dejando sola. *Tengo que seguir adelante,* pensé con desesperación. *Mamá lo deseó. ¡Ella lo deseó!* Me quedaba mucho por hacer. Sentí que Papá me atrapaba y me sostenía. Olía a hierro caliente y su abrazo, como siempre, era fuerte. Me sostuvo por un largo tiempo en aquel lugar espiritual en el que todo era luz colorida, sonido, olor y calor.

Papá me sostenía con fuerza. El apretón de un abrazo. Luego me soltó y se fue. Pronto el mundo de los espíritus, un lugar que aprendería a llamar "la espesura", empezó a disolverse y a mezclarse con una oscuridad salpicada de estrellas. Pude ver el desierto. Ahí estaba, tendida en él, medio enterrada en la arena. Un camello estaba de pie junto a mí, con una mujer a su lomo. Ella vestía una camisa verde y pantalones, y estaba sentada entre las dos jorobas peludas del camello. Debo haberme movido porque el camello se sobresaltó. La mujer lo calmó con una palmada.

Instintivamente descendí y estuve en mi cuerpo. Mientras lo hacía, la mujer habló.

—¿Sabes quién soy? —preguntó.

Traté de responder pero todavía no tenía boca.

—Soy Njeri —miró hacia arriba y sonrió ampliamente, y las comisuras de sus ojos se arrugaron—. *Fui* la esposa de Fadil Ogundimu —le hablaba a alguien más. Se volvió hacia mí y rio—. Tu papá tiene mucho que aprender acerca de la espesura.

Quise sonreír.

—Conozco a los que son como tú. Yo lo era, aunque no se me dio oportunidad de aprender mi don. Podía hablar con los camellos. Mi madre fue a ver a Aro. Él me rechazó. No hubiera pasado la iniciación. Pero él podría haberme enseñado otras cosas útiles. Siempre sigue tu *propio* camino, Onyesonwu —ella hizo una pausa, como si escuchara a alguien—. Tu padre desea que te vaya bien.

Mientras la veía alejarse, sentí que cambiaba. Pude, de pronto, sentir el aire contra mi piel y los latidos de mi corazón. Hubo una extraña sensación de ganar peso, como si un lastre se fijara a cada parte de mí, peso que no era muy molesto ahora pero con el tiempo lo sería. Mi mortalidad. Estaba exhausta. Me dolía todo, las piernas, los brazos, el cuello y en especial la cabeza. Me retiré a un sueño inquieto, indefenso.

Desperté con el murmullo de Mwita, que untaba aceite sobre mi pie. Una energía estática cubría mi cuerpo, como el monitor de una computadora. El contacto de Mwita la apartaba. Se detuvo al darse cuenta de que yo estaba despierta. Me cubrió el cuerpo con mi rapa. Yo la sostuve, débilmente, sobre mi pecho.

—Pasaste —dijo. Su voz era extraña. Estaba tensa por la preocupación, pero había algo más, también.

—Lo sé —dije. Luego giré la cabeza y empecé a llorar. Él no intentó abrazarme y me alegré. *¿Por qué ella no peleó?*, pensé. *Yo hubiera peleado incluso si no había esperanza. Cualquier cosa por estar fuera de aquel agujero un poco más.*

Recordaba vívidamente la sensación de que una gran roca me aplastaba la frente. No dolía tanto como debería haber dolido. Sólo se sentía como si súbitamente yo estuviera... expuesta. Una piedra destruyó mi nariz, hizo sangrar mi oído, se incrustó en mi mejilla. Estuve consciente durante la mayor parte del tiempo. La mujer lo estuvo también. Tuve una arcada. No salió nada porque mi estómago estaba vacío. Me incorporé y masajeé mis sienes. Mwita me tendió una toalla caliente para limpiar y aliviar mis ojos. Estaba empapada en aceite.

—¿Qué es esto? Esto no va a...

—No —dijo Mwita—. Esto te ayudará a sacarlo de tu organismo. Límpiate la cara también. Lo he puesto ya sobre el resto de ti. Pronto te sentirás mejor.

—¿Dónde estamos? —pregunté, frotando el aceite sobre mis ojos. Se sentía bien.

—En mi choza.

—Mwita, me morí —susurré.

—Tenías que hacerlo.

—Estaba en la mente de una mujer y sentí…

—No pienses en eso —dijo él, levantándose. Recogió un plato de comida que estaba en la mesa—. Lo que debes hacer ahora es comer.

—No tengo hambre.

—Tu madre preparó esto —dijo Mwita.

—¿Mi madre?

—Estuvo aquí. Ayer.

—Pero si no la vi…

—Han pasado dos días, Onyesonwu.

—Ay —me incorporé despacio, tomé el plato de Mwita y comí. Era pollo con curry y judías verdes. En pocos minutos el plato estaba limpio. Me sentí mucho mejor.

—¿Dónde está Aro? —pregunté, frotándome la nuca y los costados de la cabeza.

—No sé —suspiró Mwita.

Entonces comprendí lo que había sentido en Mwita. Me sorprendió. Tomé su mano. Si no hablaba de esto ahora, nuestra amistad moriría. Ya entonces sabía que los celos que se menosprecian se vuelven venenosos con el tiempo.

—Mwita, no te sientas así —dije.

Él retiró su mano.

—No sé cómo sentirme, Onyesonwu.

—Bueno, no te sientas de esa forma —dije, con voz endurecida—. Ya hemos pasado por demasiadas cosas. Y además tu estás por encima de eso.

—¿Lo estoy?

—El que hayas nacido macho no te hace más digno que yo —me aclaré la garganta—. No actúes como Aro.

Mwita no dijo nada pero tampoco me miró a los ojos.

Suspiré.

—Bueno. El modo en que te sientas no me va a impedir…

Puso su mano sobre mi boca.

—Ya basta de hablar —murmuró, acercó su cara a la mía.

Y entonces se movió sobre mí. El aceite que me cubría suavizó sus movimientos. Mi cuerpo dolía y mi cabeza palpitaba pero por primera vez en mi vida sólo sentí placer. El *juju* de mi Rito estaba roto.

Atraje a Mwita hacia mí. La sensación era tan suculenta que llevó lágrimas a mis ojos. En cierto momento fue tan abrumador que dejé de respirar. Cuando Mwita se dio cuenta, se quedó helado.

—¡Onyesonwu! —dijo—. ¡Respira!

Cada parte de mi cuerpo era una punta fina de gozo. Era la sensación más maravillosa que hubiera tenido nunca. Cuando sólo lo miré con ojos consternados, él abrió la boca y respiró ruidosamente para mostrarme. Empecé a ver explosiones plata, rojas y azules, a medida que mis pulmones exigían aire. Apenas había experimentado la muerte, así que era fácil para mí olvidarme de respirar. Inhalé con los ojos fijos en Mwita. Luego exhalé.

—Lo siento —dijo él—. No debí...

—Acaba —suspiré, jalándolo hacia mí, mientras mi cabeza zumbaba.

Mientras nuestros cuerpos se encontraban, al fin, totalmente, completos, Mwita me recordaba respirar. Cuando se movió en mi interior, siguió recordándomelo, pero para ese momento ya no escuchaba. Era exquisito. Pronto estuve tan caliente que empecé a temblar. Pasaron minutos. La sensación comenzó a asentarse. Luego se volvió una agitación. No podía descargarme. Había sido circuncidada.

—Mwita —dije. Los dos brillábamos por el sudor.

—¿Eh? —dijo él, sin aliento.

—Yo... Tengo algo mal. Yo... —arrugué el entrecejo—. No puedo.

Dejó de moverse y la sensación terrible en mis entrañas decreció. Él me miró. Perlas de sudor caían sobre mi pecho. Me sorprendió con una sonrisa.

—Entonces haz algo al respecto, mujer *eshu*.

Parpadeé y me di cuenta de lo que intentaba decirme. Me concentré. Él comenzó a moverse en mi interior otra vez y de inmediato sentí como si me hubiera soltado de mi propio ser.

—Oooooooooh —gemí.

Desde lejos pude escuchar reír a Mwita, mientras yo me quedaba dormida con un suspiro.

El pequeño trozo de carne era la diferencia. Volver a hacerlo crecer no había sido difícil, y me complació que por una vez en mi vida obtener algo importante fuera fácil.

Capítulo 20

Hombres

Ese día regresé a casa. El sol apenas se elevaba en el cielo y el aire y la arena se estaban calentando. Mi madre gritó mi nombre al verme. Había estado sentada en los escalones de la entrada, esperando. Tenía bolsas bajo los ojos y sus largas trenzas necesitaban peinarse. Era la primera vez que escuchaba la voz de mi madre subir más allá de un murmullo. Y el sonido hizo que mis piernas flaquearan.

—¡Mamá! —grité desde el camino.

Alrededor de nosotras, el vecindario siguió como siempre. Nadie estaba enterado de lo que mi madre y yo habíamos pasado. La gente sólo volteaba a verme con cierta curiosidad. Lo más probable es que el sonido de la voz de mi madre fuera algo que se comentara aquella noche. A ninguna de las dos nos importaba lo que pensaran.

Aro no pidió mi presencia durante una semana. Y esa semana estuvo plagada de pesadillas. Una y otra vez, noche tras noche, me apedreaban hasta la muerte. Me acechaba la muerte de alguien más. Durante el día sufría terribles dolores de cabeza. Cuando Binta, Diti y Luyu llegaron a mi habitación, tres días después de mi iniciación, yo era un desastre balbuceante, escondida bajo mis cobijas, llorando.

—¿Qué te pasa? —escuché preguntar a Luyu. Me quité las cobijas de encima, sorprendida de escuchar su voz. Vi a Diti dar la vuelta y marcharse.

—¿Estás bien? ¿Es lo de tu padre? —dijo Binta, sentada a mi lado en la cama.

Me quité el moco de la nariz. Estaba desorientada y la confusión me hizo pensar en mi padre biológico en vez de en Papá. *Sí, él es mi problema,* pensé. Más lágrimas se arrastraron por mi cara. No había visto a mis amigas en días. Había dejado la escuela dos días antes de mi iniciación y no les había dicho nada. Diti regresó con una tolla humedecida en agua tibia.

—Tu madre nos pidió que viniéramos —dijo Luyu.

Diti descorrió las cortinas y abrió la ventana. La habitación se llenó de la luz del sol y aire fresco. Me limpié la cara y me soné la nariz en la toalla. Luego me recosté, enojada con mi madre por pedirles que fueran. ¿Cómo se suponía que les explicara mi estado? Había hecho que el clítoris volviera a crecerme y ya no llevaba el diamante en mi boca. Mi cadena del vientre probablemente sería de color verde.

Por un momento, se quedaron sentadas allí, mientras yo lloriqueaba. Si no hubiera sido por ellas, hubiera dejado que el moco cayera libremente por mi cara y en mis cobijas. *¿Qué importa?*, pensé. Mi humor se oscureció y extendí el brazo para alcanzar la colcha y volver a cubrirme con ella. *Las voy a ignorar. Con el tiempo se irán.*

—Onyesonwu, sólo dinos —dijo Luyu suavemente—. Nosotras escucharemos.

—Te ayudaremos —dijo Binta—. ¿Recuerdas cómo me ayudaron las mujeres durante nuestro Rito de los Once? Si esa noche no me hubieran ayudado, lo iba a matar.

—¡Binta! —exclamó Diti.

—¿De verdad? —dijo Luyu.

Binta tenía toda mi atención.

—Sí. Lo iba a envenenar... al siguiente día —dijo Binta—. Casi cada noche se emborracha. Mientras lo hace fuma su pipa. No hubiera percibido ningún sabor extraño.

Volví a limpiarme la cara.

—Mi madre dijo una vez que el miedo es como un hombre que, una vez que se quema, tiene miedo de una luciérnaga —dije vagamente.

Les conté todo salvo los detalles de mi iniciación. Desde el día de mi concepción hasta el día en que subí a mi cama y ya no quería bajar. Sus rostros se volvieron distantes cuando narré la violación de mi madre. Disfruté un poco el forzarlas a conocer los detalles. Cuando terminé, estaban tan silenciosas que podía oír pasos suaves afuera de la puerta, alejándose por el pasillo.

Mi madre había escuchado todo.

—No puedo creer que te guardaras esto durante tanto tiempo —dijo al fin Luyu.

—¿En verdad puedes convertirte en pájaro? —preguntó Diti.

—Vamos —dijo Binta, tirando de mi brazo—. Tenemos que llevarte afuera.

Luyu asintió y tomó mi otro brazo. Yo traté de soltarme.

—¿Por qué?

—Necesitas luz del sol —dijo Binta.

—Yo... no estoy apropiadamente vestida —dije, soltando por fin mis brazos. Sentí que las lágrimas volvían. La vida estaba allá afuera y la muerte también. Ahora temía a las dos.

Ellas me sacaron de la cama a tirones, abrieron mi rapa de noche y me pusieron un vestido verde por la cabeza. Salimos y nos sentamos en los escalones del frente de la casa. El sol se sentía tibio sobre mi rostro. No había ninguna niebla roja bloqueándolo, no había una alfombra de moho enfermizo en el suelo, ni humo en el aire, ni muerte pendiendo sobre nosotras. Después de un momento dije con suavidad:

—Gracias.

—Te ves mejor —dijo Binta—. La luz del sol sana. Mi madre dice que debes abrir las cortinas todos los días porque la luz mata las bacterias y cosas así.

—Hiciste respirar a tu padre —dijo Luyu, con su codo sobre mi rodilla.

—No —dije, sombría—. Papá ya había muerto. Sólo hice respirar a su cuerpo.

—Eso fue entonces —dijo Luyu.

Chasqué la lengua y aparté la vista, irritada.

—Oh —dijo Diti. Luego asintió—. Aro le enseñará.

—Eso —dijo Luyu—. Ya lo puede hacer. Sólo que no sabe cómo.

—¿Eh? —dijo Binta, con aspecto confundido.

—Onyesonwu, ¿sabes si lo puedes hacer? —preguntó Luyu.

—No sé —respondí bruscamente.

—Sí puede —dijo Diti—. Y yo creo que tu madre tiene razón. Por eso se esforzó tanto para mantenerte con vida. Intuición materna. Vas a ser famosa.

Me reí de eso. Sospechaba que sería más infame que famosa.

—¿Entonces creen que mi madre nos habría dejado morir a las dos en el desierto de no haber pensado que yo era especial?

—Sí —dijo Diti con cara seria.

—O si hubieras nacido niño —agregó Luyu—. Tu padre biológico es malo, y de haber sido niño tú lo hubieras sido también, creo. Eso es lo que él quería.

Otra vez nos quedamos calladas. Luego Diti preguntó:

—¿Entonces ya no vas a ir a la escuela?

Me encogí de hombros.

—Probablemente.

—¿Cómo te fue con Mwita? —preguntó Luyu, con una sonrisa burlona.

Fue como si el pronunciar su nombre lo convocara, porque ahí estaba él, avanzando por el camino. Luyu y Diti rieron por lo bajo. Binta me palmeó el hombro. Él llevaba pantalones de color café claro y un largo caftán a juego. Sus ropas igualaban tan bien el tono de su piel que parecía más un espíritu que una persona. Siempre había evitado usar ese color precisamente por esa razón.

—Buenas tardes —dijo él.

—No tan buenas como una noche hace poco para ti y Onyesonwu, según sé —dijo Luyu en voz baja. Diti y Binta rieron y Mwita me miró.

—Buenas tardes, Mwita —dije—. L-les he contado todo.

Mwita puso cara de disgusto.

—No me preguntaste.

—¿Debía hacerlo?

—Me prometiste discreción.

Tenía razón.

—Lo siento —dije.

Mwita miró a mis tres amigas.

—¿Se puede confiar en ellas? —me preguntó.

—Completamente —dijo Binta.

—Onyesonwu es nuestra compañera de Rito, Mwita. No debe haber secretos entre nosotras —dijo Luyu.

—Yo no respeto el Rito —dijo Mwita.

Luyu se erizó.

—¿Cómo puedes...? —dijo Diti con indignación.

Luyu levantó una mano para pedir silencio. Volteó a ver a Mwita con rostro duro.

—Así como guardamos tus secretos, esperamos que respetes a Onyesonwu como mujer de Jwahir. No me importa de qué clase de *juju* seas capaz.

Mwita subió la mirada con impaciencia.

—Hecho —dijo—. Onyesonwu, ¿cuánto les has...?

—Todo —dije—. De no haber sido por que ellas vinieron hoy, me habrías encontrado en la cama... Perdida.

—Está bien —dijo Mwita, asintiendo—. Entonces todas deben entender que ahora están conectadas con ella. No por un rito primitivo, sino por algo real —Luyu puso cara de exasperación, Diti lo miró con enojo y Binta me miró con sorpresa.

—Mwita, ya no seas tan pene de camello —dije, fastidiada.

—Las mujeres siempre han de tener compañeras —observó Mwita.

—Y los hombres siempre creen merecer más de lo que en realidad merecen —dije yo.

Mwita me dedicó una mirada torva. Se la devolví.

Luego tomó mi mano y la masajeó.

—Aro quiere que vengas esta noche —dijo—. Ya es hora.

Capítulo 21

Gadi

—¿Le contaste a tus amigas? —preguntó Aro—. ¿Por qué?

Me froté la frente. De camino a la choza de Aro, había tenido uno de mis dolores de cabeza y éste me había obligado a recargarme contra un árbol por quince minutos mientras pasaba. Ahora ya casi había desaparecido.

—Ellas me ayudaron, *Oga*. Luego preguntaron, y por eso les conté.

—Sí entiendes que ahora ellas son parte.

—¿De qué?

—Ya verás.

Suspiré.

—No debí decirles.

—Ya no hay remedio —dijo Aro—. Así que ahora, respuestas. Esta noche entenderás muchas cosas. Pero primero, Onyesonwu, he hablado de esto con Mwita y ahora hablo contigo, aunque me pregunto si estoy malgastando mis palabras. Sé lo que hicieron los dos.

Sentí calor en mi rostro.

—Tú posees tanto fealdad como belleza. Incluso a mis ojos eres confusa. Mwita sólo puede ver tu belleza. Así que no puede contenerse. Pero tú sí.

—*Oga* —dije, tratando de mantener la calma—, no soy distinta de Mwita. Los dos somos humanos, los dos debemos hacer el esfuerzo.

—No te engañes.

—No me estoy...

—Y no me interrumpas.

—¡Entonces no sigas con esas suposiciones! ¡Si me vas a enseñar, no quiero escuchar nada de eso! Dejaré de tener coito con Mwita. De acuerdo. Me disculpo. Pero él y yo haremos el esfuerzo de contenernos. ¡Como dos humanos! —ahora estaba gritando—. ¡Criaturas imperfectas, con fallas! ¡Es lo que los *dos* somos, *Oga*! ¡Es lo que somos TODOS!

Se puso de pie. No me moví. Mi corazón palpitaba con fuerza.

—De acuerdo —dijo Aro con una sonrisa—. Lo intentaré.

—Bien.

—Sin embargo, nunca me has de hablar como acabas de hacerlo. Estás aprendiendo de mí. Yo soy tu superior —hizo una pausa—. Puedes conocerme y entenderme, pero si llegamos otra vez a los golpes, te mataré primero..., fácilmente y sin dudar —volvió a sentarse—. Tú y Mwita no deben tener coito. No sólo estorbaría tu aprendizaje, sino que si quedaras embarazada, arriesgarías mucho más que tu vida y la vida de tu bebé.

"Esto le pasó, hace mucho tiempo, a una mujer que estaba aprendiendo los Puntos. Su embarazo era demasiado temprano para que su maestro lo notara. Cuando intentó un simple ejercicio, todo su pueblo fue borrado. Desapareció como si nunca hubiera existido —Aro pareció satisfecho al ver mi cara de conmoción—. Estás ahora en el camino hacia algo muy poderoso, pero inestable. ¿Has visto el ojo de tu progenitor desde que fuiste iniciada?

—No —dije. Aro asintió.

—Ahora no intentará ni siquiera mirarte. Así de potente es tu camino. Si simplemente evitas encontrártelo cara a cara, estarás a salvo —hizo una pausa—. Empecemos. Dónde comenzar depende de ti. Pregúntame qué quieres saber.

—Quiero conocer los Grandes Puntos Místicos —dije.

—Primero construye unos cimientos. No sabes nada de los Puntos, así que no estás preparada siquiera para preguntar acerca de ellos. Para obtener respuestas, debes tener preguntas adecuadas.

Pensé por un momento y encontré mi pregunta.

—La primera esposa de Papá —dije—. ¿Por qué no le enseñaste?

—Quieres que me disculpe también por mis errores del pasado —dijo él.

No quería, pero dije:

—Sí, así es.

—Las mujeres son difíciles —dijo él—. Njeri era como tú. Salvaje y arrogante. Su madre era igual —suspiró—. Fue por la misma razón que te rechacé. Fue un error negarme a enseñarle al menos algunos *jujus* menores. No hubiera pasado la iniciación.

Tuve la esperanza de que Njeri oyera sus palabras. Creo que las escuchó.

—Bueno... Está bien. Creo que mi siguiente pregunta es... ¿Quién era ella?

No me sorprendió que Aro entendiera que me refería a la mujer cuya muerte me había obligado a experimentar el hombre de negro.

—Pregúntale a Sola —replicó.

—¿El que me inició? —Aro asintió—. ¿Y quién es Sola?

—Un hechicero como yo, pero más viejo. Él ha tenido más tiempo para recolectar, absorber y dar.

—¿Por qué es tan blanca su piel? ¿Es humano?

Aro se rio fuerte, como si recordara una broma.

—Sí —dijo—. Echa sus huesos y lee tu futuro. Si tú eres digna, él te enseña la muerte. Tienes que viajar a través de la muerte para poder pasar, pero el hacerlo no significa que pases.

Eso se decide después. Casi todos los que viajan a través de la muerte pasan la iniciación. Hay unos pocos… como Mwita… a los que se les niega por alguna razón.

—¿Por qué no pasó Mwita?

—No estoy seguro. Sola tampoco.

—¿Y qué hay de ti, Aro? ¿Cómo fue para ti? ¿Cuál es tu historia?

Él me miró otra vez de esa forma, como si yo no fuera digna. No se daba cuenta de que lo hacía. No podía controlarlo. *Mi madre tenía razón*, pensé. *Todos los hombres cargan con la estupidez.* Ahora me río de esos pensamientos. Si tan sólo fuera así de simple… porque las mujeres cargan con ella también.

—¿Por qué me ves de esa forma? —dije de pronto, antes de poder controlarme.

Él se levantó y caminó hacia el desierto, un lugar que ahora tenía para mí un poco de misterio. Me levanté y lo seguí. Caminamos hasta que su choza quedó más allá de nuestra vista.

—Yo vengo de Gadi, una aldea que está en el cuarto de los Siete Ríos —dijo él.

—Es de donde venía la narradora —dije.

—Sí, pero soy mucho más viejo que ella —dijo él—. Conocí el lugar antes de que los okekes comenzaran su revuelta. Mis padres eran pescadores —se volvió hacia mí y sonrió—. ¿Debería decir que mi madre era una pescadora? ¿Te parece adecuado?

—Sí, mucho —sonreí también. Él carraspeó.

—Soy el décimo de once hijos. Todos nosotros pescábamos. Mi abuelo paterno era un hechicero. Me pegó el día en que me vio convertirme en una comadreja de río. Yo tenía diez años. Luego me enseñó todo lo que sabía.

"Yo había estado cambiando de forma desde los nueve años. La primera vez que lo hice, estaba sentado a la orilla del río, con una caña de pescar en las manos. Una comadreja de agua llegó hasta mí. Me atrapó con su mirada. No recuerdo nada más de ese momento, sólo que regresé a ser yo mismo a la mitad del río. Me hubiera ahogado si una de mis hermanas no hubiera estado cerca en su bote y me hubiera visto pataleando.

”Pasé por mi iniciación a los trece años. Mi abuelo sabía mucho pero igual era un esclavo, como todos nosotros. No, no como todos. Con el tiempo rechacé el destino que me había puesto el Gran Libro. Un día, vi que a mi madre le sacaban sangre a golpes por haberse reído de un hombre nuru que se había tropezado y caído. Corrí a ayudarla, pero antes de poder hacerlo mi padre me sujetó y me golpeó tanto que perdí la conciencia.

”Cuando volví en mí, allí mismo, me transformé en águila y me fui volando. No sé cuánto tiempo fui águila. Fueron muchos años. Cuando finalmente decidí volver a mi forma humana, ya no era un muchacho. Me convertí en un hombre llamado Aro, que viajaba y escuchaba y miraba. Éste soy yo. ¿Ves?

Yo veía. Pero había partes acerca de sí mismo que ocultaba. Como su relación con la Ada.

—Tu iniciación —dije—. ¿Qué fue lo que...?

—Vi la muerte, igual que tú. Con el tiempo te repondrás, Onyesonwu. Era algo que debías ver. Nos pasa a todos. Tememos lo que no conocemos.

—Pero esa pobre mujer —dije.

—Nos pasa a todos. No llores por ella. Ya llegó a la espesura. En vez de eso, felicítala.

—¿Espesura? —pregunté.

—Después de la muerte, el camino lleva hacia allá —dijo. Sonrió ligeramente—. A veces también antes de la muerte. Tú fuiste obligada la primera vez. El clítoris o el pene, cuando recibe tal clase de trauma, lleva allá a quienes son sensibles. Por esto me preocupaba que fueras circuncidada. Debías pasar por la espesura durante la iniciación. Te salvó tu esencia *eshu*, porque nada que se elimine de un cuerpo *eshu* desaparece permanentemente si no se ha llegado a la muerte.

Caminamos por unos minutos mientras repasaba estas cosas. Quería estar lejos de él, sentarme y pensar. Aro había insinuado que yo había hecho volver a crecer mi clítoris durante la iniciación y luego lo había removido, pues había tenido que hacerlo crecer otra vez con Mwita. Me pregunté por qué había hecho eso, removerlo de nuevo. Las costumbres de Jwahir estaban más afincadas en mí de lo que había creído.

—¿Qué te pasó ese primer día con la comadreja? —pregunté—. El día que casi te ahogaste. ¿Por qué ocurre así?

—Fui visitado. Todos lo somos.

—¿Por quién?

Aro se encogió de hombros.

—Quienquiera que nos visita para mostrarnos cómo hacer lo que podremos hacer.

—Hay cosas que no acaban de tener sentido. Hay agujeros en...

—¿Qué te hace pensar que deberías entenderlo todo? —preguntó él—. Ésa es una lección que debes aprender, en vez de estar enojada todo el tiempo. Nunca sabremos exactamente por qué somos, qué somos, y así sucesivamente. Todo lo que puedes hacer es seguir tu camino entero hasta la espesura, y luego continuar porque así debe ser.

Volvimos sobre nuestros pasos hasta la choza. Estaba contenta. Ya había tenido bastante para un solo día. No sospechaba que éste sería el día más tranquilo de todos. Este día no había sido nada.

Capítulo 22

Paz

Es un día que he rememorado muchas veces en el último año para recordarme que la vida también es buena. Fue un Día de Descanso. La Fiesta de la Lluvia dura cuatro días y durante ellos nadie trabaja. Aspersores alimentados por estaciones de acopio se colocan por todo el mercado. La gente puede cubrirse con sombrillas, ver acróbatas cantantes y comprar estofado y batata hervida, sopa de curry y vino de palma.

Este día memorable fue el primero del festival, cuando lo único que pasa es que la gente holgazanea y se pone al corriente con sus conocidos. Mi madre pasaba la tarde con la Ada y con Nana la Sabia.

Yo me hice una taza de té y me senté en los escalones del frente para ver a la gente pasar. Por una vez había dormido bien. Sin pesadillas ni dolores de cabeza. El sol se sentía bien sobre mi rostro. Mi té sabía fuerte y delicioso. Este día fue justo antes de que empezara a aprender los Puntos. Cuando aún era capaz de relajarme.

Al otro lado del camino, una pareja joven presumía su nuevo bebé a algunos amigos. Cerca, dos viejos se concentraban en un juego de warri. A un costado, una niña y dos niños dibujaban con arena coloreada. La niña parecía cerca de cumplir once... Sacudí la cabeza. No, no iba a pensar en nada parecido el día de hoy. Miré a lo lejos. Sonreí. Mwita me devolvió la sonrisa mientras su caftán café ondeaba con la brisa. *¿Por qué insiste en vestirse de ese color?*, pensé, aunque en cierto modo me gustaba. Se sentó a mi lado.

—¿Cómo estás? —dijo.

Me encogí de hombros. No quería pensar en cómo estaba. Él tocó una de mis largas trenzas, la hizo a un lado y besó mi mejilla.

—Unos dulces de coco —dijo, pasándome la caja que traía bajo el brazo.

Nos sentamos allí, tan cerca que nuestros hombros se tocaban, mientras comíamos los pastelillos suaves y cuadrados. Mwita siempre olía bien, a menta y salvia. Sus uñas estaban siempre bien cortadas. Esto se debía a su rica crianza nuru. Los hombres okeke se bañaban varias veces al día, pero sólo las mujeres cuidaban tanto su piel, uñas y cabello.

Minutos después, Binta, Luyu y Diti llegaron en el camello de Luyu. Eran un torbellino de ropas de colores brillantes y aceites perfumados. Mis amigas. Me sorprendió que no hubiera un desfile de hombres siguiendo al camello. Pero, claro, a Luyu le gustaba cabalgar deprisa.

—Llegan temprano —dije. No las esperaba sino hasta tres horas más tarde.

—No tenía nada mejor que hacer —dijo Luyu, encogiendo los hombros, mientras me pasaba dos botellas de vino de palma—. Así que fui a casa de Diti, que tampoco tenía nada mejor que hacer. Luego fuimos a ver a Binta y no tenía nada mejor que hacer. ¿Tú tienes algo mejor que hacer?

Reímos. Mwita les pasó la caja de dulces de coco y todas tomaron algunos con gusto. Jugamos una partida de warri. Para el final de juego, ya todos estábamos agradablemente achispados por el vino de Luyu. Canté algunas melodías para ellos y aplaudieron. Luyu, Binta y Diti jamás me habían oído cantar. Estaban asombradas y yo, por una vez, orgullosa. Más tarde pasamos a la casa. Hasta bien entrada la noche estuvimos hablando de cosas sin importancia. Insignificancia. Maravillosa falta de importancia.

Míranos allí y recuérdalo. Habíamos perdido la mayor parte de nuestra inocencia, era cierto. Toda ella, en mi caso, en el de Mwita y en el de Binta. Pero en ese día estuvimos todos bien, y felices. Eso cambiaría pronto. Me atrevo a decir que después de la Fiesta de la Lluvia, cuando volví a la choza de Aro, el resto de mi historia, aunque abarca más de cuatro años, empieza a transcurrir muy rápido.

Capítulo 23

Habilidades de supervivencia

—*Bricoleur*: alguien que usa lo que tiene para hacer lo que debe —dijo Aro—. En eso debes convertirte. Todos tenemos nuestras propias herramientas. Una de las tuyas es tu energía, por eso te enojas tan fácilmente. Una herramienta suplica ser utilizada. El truco está en aprender *cómo*.

Yo tomaba notas con un trozo de carbón afilado sobre un trozo de papel. Primero, él me había exigido que aprendiera todas las lecciones de memoria, pero yo aprendo mejor escribiendo las cosas.

—Otra de tus herramientas es que puedes cambiar de forma. Así que posees ya herramientas para trabajar dos de los cuatro Puntos. Y ahora que lo pienso, tienes una herramienta para el tercero. Puedes cantar. Comunicación —asintió con aspecto pensativo—. Sí, *sha*.

"Hemos venido desde lejos para esto, así que escucha —hizo una pausa—. Y deja ese carbón porque no tienes permiso de escribirlo. *Nunca* le debes enseñar esto a nadie, a menos que también haya pasado la iniciación.

—No lo haré —dije, nerviosa.

Desde luego, como te estoy diciendo todo esto, puedes ver que mentí. Entonces decía la verdad. Pero ha pasado mucho desde entonces. Los secretos ahora ya no significan tanto para mí. Pero entiendo por qué estas lecciones no se encuentran en ninguna parte, ni siquiera en la Casa de Osugbo… un lugar que —ahora lo sabía— me había expulsado usando sus fastidiosos trucos. La Casa sabía que sólo Aro podía enseñarme.

—Ni siquiera Mwita —dijo él.

—Está bien.

Aro se subió las largas mangas.

—Llevas contigo este conocimiento desde que… desde que me conoces. Puede que sirva o puede que no. Ya veremos.

Asentí.

—Todo está basado en el equilibrio —me miró para asegurarse de que lo escuchaba. Asentí—. La Regla Dorada es dejar que se posen el águila y el halcón. Que beban el camello y el zorro. Todos los lugares funcionan a partir de esta regla flexible, pero durable. El equilibrio no puede romperse, pero sí puede estirarse. Ahí es cuando las cosas salen mal. Habla para que sepa que me escuchas.

—Está bien —dije. Él quería que yo reconociera constantemente que le estaba entendiendo.

—Los Puntos Místicos son aspectos de todo. Un hechicero puede manipularlos con sus herramientas para hacer que las cosas sucedan. Esto no es la "magia" de los cuentos de niños. Trabajar con los Puntos va más allá que cualquier *juju*.

—Está bien —dije.

—Pero tiene su lógica. Lógica serena, despiadada. No hay nada que un hombre deba creer que no se pueda ver, tocar o sentir. No estamos muertos a las cosas que nos rodean o que están en nuestro interior, Onyesonwu. Si prestas atención lo puedes saber.

—Sí —dije.

Él hizo una pausa.

—Esto es difícil. Nunca había dicho esto en voz alta. Es extraño.

Esperé.

—Hay cuatro puntos —dijo él en voz alta—. Okike, Alusi, Mmuo, Uwa.

—¿Okike? —pregunté, sin poder contenerme—. Pero...

—Sólo son nombres. El Gran Libro dice que los okekes fueron los primeros en la Tierra. Los Puntos Místicos se conocían mucho antes de que existiera aquel maldito libro. Un hechicero que *creía* ser un profeta escribió el Gran Libro. Nombres, nombres, nombres —dijo, con un gesto de su mano—. No siempre se aproximan.

—Está bien —dije.

—El Punto Uwa representa el mundo físico, el cuerpo —dijo Aro—. Cambio, muerte, vida, conexión. Tú eres *eshu*. Ésa es tu herramienta para manipularlo.

Asentí con expresión concentrada.

—El Punto Mmuo es la espesura —dijo, moviendo la mano como si la desplazara por las ondas del agua—. Tu gran energía te permite planear a través de la espesura mientras llevas la carga de la vida. La vida es muy pesada. Has estado en la espesura dos veces. Sospecho que ha habido otras ocasiones en que has entrado en ella.

—Pero...

—No interrumpas —dijo—. El Punto Alusi representa fuerzas, deidades, espíritus, seres no-uwa. La mascarada que viste el día que viniste era un Alusi. La espesura está poblada por ellos. También rigen el mundo Uwa. Los magos tontos y los adivinos creen que es al contrario —rio secamente.

"Por último, el punto Okike representa Lo Creador. Este punto no se puede tocar. Ninguna herramienta puede hacer que Lo Creador se vuelva hacia aquello que ha creado —extendió las manos—. Al conjunto de las herramientas del hechicero lo llamamos 'Habilidades de supervivencia' —dejó de hablar y esperó. Yo entendí la señal para hacer mis preguntas.

—¿Cómo puedo...? Yo estuve en la espesura. ¿Significa que estuve muerta?

Aro se encogió de hombros.

—Palabras, nombres, palabras, nombres. A veces no importan —hizo chocar sus palmas y se levantó—. Te voy a enseñar algo que te va a hacer sentir mal físicamente. Mwita tiene una lección con la curandera hoy, pero no se puede evitar. Volverá pronto para cuidarte, si es necesario. Ven. Vamos a atender a mis cabras.

Una cabra negra y otra café estaban sentadas en la sombra de un cobertizo cerca de la choza de Aro. Mientras nos aproximábamos, la cabra negra se levantó y se dio vuelta. Pudimos ver claramente su ano, que se abría para dejar salir bolitas negras de excremento. Hacía que el lugar, seco y caliente, apestara mucho más a cabra, un olor punzante y almizclado. Aunque comía su carne, nunca me había gustado el olor de las cabras.

—Ah, tenemos una voluntaria —rio Aro. Condujo a la cabra, agarrándola de sus pequeños cuernos, a la parte trasera de la choza—. Sostenla —dijo, poniendo mi mano sobre uno de sus cuernos. Luego entró en su choza. Miré a la cabra que intentaba soltar su cabeza. Cuando aparté la mirada, Aro salía de la choza con un largo cuchillo.

Alcé una mano para repelerlo. Él me esquivó, agarró el cuerno de la cabra, hizo girar su cabeza y le abrió el pescuezo. Yo estaba tan preparada para la lucha que la sangre de la cabra y sus chillidos de dolor y de miedo podrían haber sido míos. Antes de entender lo que hacía, me había arrodillado junto al animal aterrorizado, apretando mi mano contra su cuello sangrante, y cerré los ojos.

—¡Todavía no! —dijo él, agarrando mi brazo y tirando de mí. Caí sentada en la arena. *¿Qué acaba de pasar?*, fue lo único que pude pensar mientras la cabra se desangraba hasta morir ante mis ojos. Sus ojos se cerraban. Se arrodilló, con patas temblorosas, mirando acusadora a Aro.

—Nunca he visto hacerlo a nadie que no supiera —dijo Aro para sí mismo.

—¿Eh? —dije, sin aliento, mirando cómo se desvanecía la vida de la cabra. Sentí comezón en las manos. Aro tocó su barba.

—Y ella lo hubiera hecho, también. Estoy seguro, *sha*.

—¿Qué?

—Shhh —dijo él, aún pensativo.

La cabra puso su cabeza sobre sus pezuñas, cerró los ojos y ya no se movió.

—¿Por qué la...? —empecé.

—¿Recuerdas lo que le hiciste a tu padre?

—S-sí —dije.

—Hazlo ahora —dijo él—. La *mmuo-a* de la cabra está todavía por aquí, confundida. Tráela de regreso y luego cura la herida como querías.

—Pero no sé cómo —dije—. Antes... sólo lo hice.

—Entonces sólo hazlo otra vez —dijo él, más exaltado ahora—. ¿Qué puedo hacer con tantas dudas, *sha*? Ah, ah —tiró de mí hacia el cadáver de la cabra—. ¡Hazlo!

Me arrodillé y puse mi mano en su cuello ensangrentado. Me estremecí de repugnancia, no por la cabra muerta, sino por el hecho de que hubiera muerto hacía tan poco. Me congelé. Podía sentir su *mmuo-a* moverse a mi alrededor. Era una luz que se desplazaba en el aire, un sonido suave y arenoso muy cercano.

—Está corriendo —dije suavemente.

—Eso está bien —dijo Aro atrás de mí. Su voz ya no sonaba frustrada. La pobre criatura estaba aterrada y confundida. Miré a Aro.

—¿Por qué la mataste así? Fue cruel.

—¿Qué les pasa a ustedes las mujeres? —dijo Aro, cortante—. ¿Tienen que llorar por todo?

Hubo una ráfaga de ira en mi interior y pude sentir que el suelo se calentaba. Luego sentí como si estuviera arrodillada sobre cientos de hormigas de metal. Se movían debajo de mí, llevaban algo a través de mí... Comprendí. Lo levanté del suelo y lo dirigí hacia mis manos. Más y más... había una reserva infinita de aquello. Me alimentaba de mi enojo contra Aro y de mi propia reserva de poder. Y también del poder del propio Aro. Hubiera tomado de Mwita si hubiera estado allí.

—Ahora —dijo Aro con suavidad—. Lo ves.

Lo veía.

—Esta vez contrólalo —dijo él.

Todo lo que veían mis ojos era el cuerpo muerto de la cabra. Pero su *mmuo-a* corría en círculos a mi alrededor. Lo sentí junto a mí, con su pezuña sobre mi pierna mientras observaba lo que yo hacía. Bajo mi mano, el corte de su cuello... se estremecía. Los bordes de la herida se unían por sí mismos. Verlo me dio náuseas.

—Ve —le dije al *mmuo-a*. Un minuto después, levanté la mano, giré la cabeza y vomité violentamente. No vi a la cabra levantarse y sacudir la cabeza. Hacía demasiado ruido al vomitar para escuchar su grito de alegría o sentir que apoyaba su cabeza en mi muslo, agradeciéndome. Aro me ayudó a levantarme. Durante la corta caminata a la choza de Mwita volví a vomitar. La mayor parte era heno y hierba. Mi aliento tenía el gusto del olor de la cabra viva y eso me hizo volver a vomitar.

—La siguiente vez será mejor —dijo Aro—. Pronto, devolver a la vida apenas tendrá efectos físicos sobre ti.

Mwita regresó tarde. Aro no era un buen cuidador. Se aseguró de que no me ahogara en mi propio vómito, pero no tuvo palabras de consuelo. No era esa clase de hombre. Esa misma noche, Mwita rasuró los pelos de cabra que crecían en el dorso de mi mano. Me aseguró que no volverían a crecer, pero ¿qué me importaba? Estaba muy enferma. Él no me preguntó qué me había puesto tan mal. Supo desde el día en que comencé a aprender que habría una parte de mí a la que él no tendría acceso.

Mwita sabía más que el mejor curandero de Jwahir. Incluso la Casa de Osugbo lo consideraba digno de sus libros, pues devoraba cuantos tratados de medicina encontraba allí. Como era tan experto en el cuerpo humano, fue capaz de calmar el mío. Pero había cosas por las que yo sufría que venían de la espesura. Contra ellas, él no podía hacer nada. Así que sufrí mucho esa noche, pero no tanto como podría haber sufrido.

Así viví durante tres años y medio: conocimiento, sacrificios y dolores de cabeza. Aro me enseñó a conversar con las mascaradas. Eso me dejó oyendo voces y cantando extrañas melodías. El día que aprendí cómo planear por la espesura, quedé ignorable durante una semana. Mi madre apenas podía verme. Quizá varias personas creyeron que yo había muerto después de ver lo que, pensaron, era mi fantasma. Incluso después de esa experiencia, fui propensa a vivir momentos de no estar del todo ni aquí ni allá.

Aprendí a usar mis habilidades *eshu* no sólo para convertirme en animales sino para hacer crecer y modificar partes de mi cuerpo. Me di cuenta de que podía cambiar un poco mi rostro, alterando mis pómulos y labios, y si me cortaba podía curar la herida. Luyu, Binta y Diti me observaban mientras aprendía. Temían por mí. Y a veces guardaban su distancia, pues temían por ellas mismas.

Mwita se volvió más cercano y más distante. Era mi curandero. También era mi compañero, porque aunque no pudiéramos tener coito, podíamos acostarnos en los brazos del otro, besar nuestros labios, amarnos mucho. Sin embargo, se le tenía vedado comprender que me estaba convirtiendo en algo que a él le producía maravilla y envidia, al mismo tiempo.

Mi madre permitía lo que debía pasar. Mi padre biológico aguardaba.

Mi mente evolucionaba y prosperaba. Pero todo era por una razón. El destino se preparaba para la siguiente fase. Después de que te cuente, podrás decidir si estaba lista para ella.

Capítulo 24

Onyesonwu en el mercado

Tal vez fue por la posición del sol. O por la forma en que aquel hombre revisaba una batata. O la manera en la que aquella mujer observaba un tomate. O por aquellas mujeres que se reían de mí. O aquel anciano que me veía con enojo. Como si ninguno tuviera nada más de que ocuparse. O tal vez fue la posición del sol, alto en el cielo, brillante, candente.

Sea lo que haya sido, algo me puso a pensar en mi última lección con Aro, que me había enfurecido especialmente. El propósito era que yo aprendiera a ver lugares lejanos. Era temporada de lluvias, así que colectar agua no era muy difícil. Llevé agua al interior de la choza de Aro y me concentré en ella, enfocándome con fuerza en lo que intentaba ver. Tenía en la mente las noticias de la narradora de años atrás.

Esperaba ver a gente okeke esclavizada por los nurus. Esperaba ver a gente nuru haciendo sus cosas como si fuera algo normal. Debo haberme conectado con la peor parte del oeste. El agua de lluvia me mostró carne desgarrada y supurante, penes erectos y sangrientos, tendones, intestinos, fuego, pechos agitados, cuerpos gimoteantes entregados al mal. Sin pensar, mi mano apartó de un golpe el plato de barro. Fue a dar contra la pared y se partió en dos.

—¡Todavía está pasando! —grité a Aro, que estaba afuera atendiendo a sus cabras.

—¿Pensabas que ya no sucedía? —preguntó. Yo *sí* lo había pensado. Al menos por un tiempo. Incluso tenía que negarlo *un poco* para poder vivir mi vida—. Es algo que va y viene —dijo.

—Pero ¿por qué? ¿Qué es lo que...?

—Ninguna criatura o bestia es feliz cuando está esclavizada —dijo Aro—. Los nurus y los okekes intentan vivir juntos, luego pelean, luego intentan vivir juntos, luego pelean. Hay muy pocos okekes en la actualidad. Pero tú recuerdas la profecía de la que habló la narradora.

Asentí. Esas palabras se habían quedado conmigo por años. En el oeste, había dicho ella, un vidente nuru profetizó que un hechicero nuru llegaría y cambiaría lo que estaba escrito.

—Va a suceder —dijo Aro.

Yo caminaba por el mercado, frotándome la frente, con el sol cayendo sobre mí como para provocarme, cuando las mujeres rieron. Me di vuelta. La risa venía de un grupo de jóvenes mujeres. Mujeres de mi edad. De unos veinte años. De mi antigua escuela. Las conocía.

—Mírenla —escuché que dijo una de ellas—, demasiado horrible para casarse.

Sentí que algo tronaba en mi interior, en mi mente. Aquello era la gota que derramaba el vaso. Ya estaba harta. Harta de Jwahir, cuya gente era tan desmesurada y complaciente como la Dama de Oro.

—¿Pasa algo? —pregunté en voz alta a las mujeres.

Me miraron como si *yo* las molestara a *ellas*.

—Baja la voz —dijo una—. ¿No te educaron apropiadamente?

—Apenas la educaron, ¿recuerdan? —dijo otra.

Varias personas interrumpieron sus negocios para escuchar.

Un viejo me miró con desprecio.

—¿Qué les pasa a ustedes? —dije, dándome vuelta para dirigirme a todos los que me rodeaban—. ¡Nada de esto es importante! ¿Qué no ven? —hice una pausa para recobrar el aliento y esperando, de hecho, que se reuniera más público—. Sí, estoy hablando, vengan a escuchar. ¡Déjenme responder *todas* las preguntas que han tenido sobre mí por tanto tiempo! —me reí. La multitud ya era más grande que la magra cantidad que se había reunido aquella noche a escuchar a la narradora—. ¡Sólo a ciento cincuenta kilómetros al oeste, miles de okekes están siendo exterminados! —grité, sintiendo que mi sangre fluía con más fuerza—. Y sin embargo, aquí estamos, viviendo cómodamente. Jwahir le muestra su gordo trasero a todo aquello. Tal vez ustedes incluso esperan que nuestra gente finalmente se muera para dejar de oír esas noticias. ¿Dónde está su *pasión*? —ahora estaba llorando e igual seguía sola. Siempre había sido así. Por eso había decidido decir las palabras que Aro me había enseñado. Me había advertido no hacerlo. Me había dicho que no tenía ni de lejos la edad necesaria para decirlas. *Les voy a abrir los malditos oídos*, pensé mientras las palabras se derramaban de mis labios, suaves y sencillas como la miel.

No te voy a decir las palabras. Ten noticia solamente de que las dije. Entonces hinché las fosas nasales y me alimenté de la ansiedad, la rabia, la culpa y el miedo que se arremolinaban a mi alrededor. Lo había hecho sin darme cuenta en el funeral de Papá, y a sabiendas con la cabra. Había pasado al otro lado. *¿Qué verán?*, me pregunté, asustada de pronto. *Bueno, ya no tiene remedio*. Excavé profundamente en lo que me había conformado y los llevé a lo que mi madre había experimentado.

Nunca debí haberlo hecho.

Todos nosotros estábamos allí, sólo ojos, mirando. Éramos unos cuarenta y éramos tanto mi madre como el hombre que había ayudado a hacerme. El hombre que me vigilaba desde los once años. Lo vimos bajarse de su motoneta y mirar a su alrededor. Lo vimos mirar a mi madre. Su cara estaba velada. Sus ojos eran como los de un tigre. Como los míos.

Lo vimos asaltar y destruir a mi madre. Ella estaba debajo de él, exánime. Se había retirado a la espesura y desde allí esperaba y observaba. Siempre observaba. Tenía en ella un Alusi. Sentimos el momento en que se rompió la voluntad de mi madre. Sentimos el momento de duda y asco de sí mismo del atacante. Luego la ira que venía de su gente se apoderó de él, llenando su cuerpo de una fuerza antinatural.

Lo sentí también dentro de mí. Como un demonio enterrado bajo mi piel desde mi concepción. Un regalo de mi padre, de su genética corrupta. El potencial y el gusto por una enorme crueldad. Estaba en mis huesos, firme, estable, inmóvil. Ay, yo tenía que encontrar y matar a aquel hombre.

Había gritos por todas partes y de todos. Los hombres nuru y sus mujeres, de piel clara como el día. Y las mujeres okeke con su piel como la noche. El ruido era espantoso. Algunos de los hombres lloraban y reían y alababan a Ani mientras violaban. Las mujeres pedían ayuda a Ani, incluso algunas nurus lo hacían. Se formaban grumos de arena mezclada con sangre, saliva, lágrimas y semen.

Estaba tan estupefacta por los gritos que me tomó unos segundos darme cuenta de que también la gente del mercado comenzaba a gritar. Retiré la visión como alguien que dobla un mapa. Alrededor de mí la gente sollozaba. Un hombre se desmayó. Los niños corrían en círculos. Me di cuenta: *¡No pensé en los niños!* Alguien me agarró del brazo.

—¡Qué has *hecho*! —gritó Mwita. Tiró de mí con tal velocidad que no pude responder de inmediato. La gente a nuestro alrededor estaba demasiado sacudida y atontada para detenernos.

—¡Tienen que saber! —grité, cuando por fin pude recobrar el aliento.

Habíamos dejado el mercado y avanzábamos por el camino.

—¡Sólo porque nosotros sufrimos, no todos los demás deben sufrir! —dijo Mwita.

—¡Sí deben! —grité—. ¡Todos estamos sufriendo, lo sepamos o no! ¡Esto tiene que parar!

—¡Lo sé! —respondió Mwita, gritando—. ¡Lo sé más que tú!

—¡Tu padre *no violó* a tu madre para concebirte! ¿Tú qué sabes?

Él se detuvo y agarró mi brazo.

—¡Estás fuera de control! —siseó. Hizo a un lado mi brazo—. ¡Sólo sabes lo que has visto!

Me quedé ahí de pie. Yo era tan arrogante que no deseaba reconocer la estupidez de mi comentario ni mi falta de control.

—Te lo diré —dijo él, bajando la voz.

—¿Qué cosa?

—Camina —dijo—. Te contaré mientras avanzamos. Aquí nos ve mucha gente —caminamos por otros dos minutos antes de que él hablara—. A veces puedes ser realmente estúpida.

—Y tú tam... —me callé.

—Crees conocer toda la historia, pero no es así —dijo él. Miró hacia atrás y yo también. Nadie nos seguía. Aún—. Escucha —dijo—. Es verdad que viajé hacia el este solo hasta que encontré a Aro. Pero hubo un tiempo aquí, justo después... cuando los okekes y los nurus peleaban y yo me volví ignorable para poder escapar. No sabía cómo permanecer ignorable durante largo tiempo. Aún no lo sabía. Ya sabes cómo es.

Así era. Yo había tardado un mes en mantenerme así durante diez minutos. Requería concentrarse en serio. Mwita había sido muy joven: me sorprendió que siquiera fuera capaz de lograrlo.

—Salí de la casa, de la aldea, me alejé de la verdadera pelea —siguió Mwita—. Pero en el desierto fui capturado rápidamente por rebeldes okeke. Tenían machetes, arcos y flechas, algunas pistolas. Me encerraron en una cabaña con niños okeke. Teníamos que luchar por su bando. Mataban a cualquiera que intentara escapar.

"El primer día vi a una muchacha ser violada por uno de los hombres. A las jóvenes les iba peor porque no sólo las golpeaban para que obedecieran, como a nosotros, también las violaban. A la siguiente noche vi cómo le disparaban a un muchacho que intentaba escapar. Una semana después, forzaron a un grupo de nosotros a matar a golpes a un chico por haber pretendido escapar —hizo una pausa y una mueca—. Yo era *ewu*, así que me golpeaban con más frecuencia y me vigilaban más de cerca. Incluso con la brujería que ya conocía, tenía demasiado miedo para intentar huir.

"Nos enseñaron cómo disparar flechas y usar machetes. A los pocos que demostramos tener buena vista nos enseñaron a disparar con pistolas. Yo era muy bueno con ellas. Pero dos veces traté de suicidarme con la que me dieron. Y dos veces me golpearon por ello. Meses después, nos llevaron a pelear contra los nurus.

"Yo había sido criado para vivir como familia con aquella gente. Maté a muchos —Mwita suspiró, y continuó—: un día me enfermé. Habíamos acampado en el desierto. Los hombres cavaban tumbas masivas para quienes habían muerto durante la noche. Eran muchos, Onyesonwu. Me echaron allí con los cadáveres cuando vieron que no podía levantarme.

"Estaba enterrado vivo. Ellos se fueron. Después de unas horas, cedió la fiebre y logré salir. De inmediato fui a buscar plantas medicinales para curarme. Y así fue como fui capaz de viajar al este. Había pasado dos meses con aquellos rebeldes. Si no hubiera fingido mi muerte, estoy seguro de que *habría* muerto. Ésas son tus 'víctimas inocentes' okeke.

Nos detuvimos.

—No es tan simple como crees —dijo—. Hay enfermedad en ambos bandos. Ten cuidado. Tu padre también ve las cosas en blanco y negro. Okekes malos, y nurus buenos.

—Pero es culpa de los nurus —dije en voz baja—. Si no hubieran tratado a los okekes como basura, los okekes no se comportarían así.

—¿No pueden los okekes pensar por sí mismos? —dijo Mwita—. Saben bien qué se siente ser esclavizado, ¡y mira lo que le hacen a sus propios hijos! ¡Mi tía y mi tío no eran asesinos, Onyesonwu! ¡*Cayeron* a manos de asesinos!

Estaba profundamente avergonzada.

—Ven —dijo, tendiendo su mano. La miré y por primera vez distinguí una cicatriz muy tenue en su dedo índice derecho. *¿Del gatillo de un arma caliente?*, me pregunté.

Media hora después estaba afuera de la choza de Aro. Me había negado a entrar.

—Entonces quédate aquí —dijo Mwita—. Le contaré.

Mientras Mwita y Aro hablaban, me alegré de estar sola porque... estaba sola. Golpeé el muro de la choza con mi talón y me senté. Agarré un poco de arena y la dejé resbalar entre mis dedos. Un grillo negro saltó sobre mi pierna y un halcón chilló desde algún sitio en el cielo. Miré hacia el oeste, donde el sol se pondría y aparecerían las estrellas de la tarde. Inspiré profundamente y mantuve mis ojos abiertos. Me quedé muy quieta. Mis ojos se secaron. Sentí alivio cuando acudieron mis lágrimas.

Me levanté, me quité la ropa, me convertí en buitre y me elevé en el aire caliente de la tarde hacia el cielo.

Regresé una hora después. Me sentía mejor, más calmada. Mientras volvía a ponerme la ropa, Mwita se asomó desde el interior de la choza de Aro.

—Apúrate —dijo.

—Iré cuando yo quiera —murmuré. Me alisé la ropa.

Mientras los tres hablábamos, me descubrí otra vez enfureciéndome.

—¿Quién va a detenerlo? —pregunté—. No va a acabar una vez que los nurus hayan matado a todos los okekes en lo que llaman su tierra, ¿verdad, Aro?

—Lo dudo —dijo Aro.

—Bueno, he decidido algo. Esta profecía se cumplirá, y

quiero estar allí cuando suceda. Quiero verlo y quiero ayudarlo a tener éxito en lo que sea que vaya a hacer.

—¿Y tu otra razón para ir? —preguntó Aro.

—Matar a mi padre —dije, sin ambages. Aro asintió.

—Bueno, de todas maneras no te puedes quedar aquí. Pude impedir que la gente se fuera contra ti la vez anterior, pero ahora clavaste las uñas en una parte sensible del alma de Jwahir. Además, tu padre te está esperando.

Mwita se levantó y, sin decir una palabra, se fue. Aro y yo lo vimos marcharse.

—Onyesonwu —dijo Aro—, éste va a ser un viaje muy duro. Debes estar preparada para…

No escuché el resto, porque uno de mis dolores de cabeza empezó a pulsar en mis sienes, más fuerte con cada latido. En un segundo, sentí como siempre terminaba por sentir: como piedras que golpeaban mi cabeza. Era la mezcla de que Mwita dejaría la choza, saber que me iría de Jwahir, las imágenes de violencia que aún daban vueltas en mi mente y la cara de mi padre biológico. Todo ello concatenó una sospecha súbita.

Me puse de pie de un salto y miré a Aro. Sentía tanto dolor, estaba tan desconcertada que por segunda vez en mi vida olvidé cómo respirar. Mi dolor se intensificó y todo se inundó de un color rojo resplandeciente. La mirada en el rostro de Aro me asustó más. Era serena y paciente.

—Abre la boca y toma aire antes de que te desmayes —dijo—. Y siéntate.

Cuando finalmente me senté, empecé a sollozar.

—¡No puede ser, Aro!

—Todos los iniciados deben verlo —dijo él. Sonrió tristemente—. La gente teme a lo desconocido. ¿Qué mejor manera de quitarle el miedo de la muerte que mostrarle cómo será?

Apreté mis sienes.

—¿Por qué me odiarán tanto? —de algún modo acabaría encarcelada y luego me lapidarían hasta matarme y muchas personas estarían felices por ello.

—Lo sabrás, ¿no es así? —dijo Aro, solemne—. ¿Por qué estropear la sorpresa?

Fui a ver a Mwita. Aro me había instruido acerca de varias cosas, incluyendo cuándo pensaba que debía marcharme. Tenía dos días. Mwita estaba sentado en su cama, con la espalda contra la pared.

—No piensas, Onyesonwu —dijo, mirando hacia delante sin expresión alguna.

—¿Lo sabías? —pregunté—. ¿Sabías que lo que vi era mi propia muerte?

Mwita abrió la boca y volvió a cerrarla.

—¿Lo sabías? —volví a preguntar.

Él se levantó, me tomó entre sus brazos y me abrazó con fuerza. Cerré los ojos.

—¿Por qué te lo dijo? —preguntó, con sus labios cerca de mi oído.

—Mwita, olvidé cómo respirar. Estaba muy aturdida.

—No debió haberte dicho —dijo él.

—No lo hizo —respondí—. Sólo... me di cuenta.

—Entonces debió haberte mentido —dijo Mwita.

Nos quedamos de pie, así, por un rato. Absorbí el olor de Mwita, y noté que era una de las últimas veces en que sería capaz de hacerlo. Me aparté y tomé sus manos.

—Voy contigo —dijo él antes de que yo pudiera decir cualquier cosa.

—No —dije—. Yo conozco el desierto. Puedo convertirme en buitre cuando haga falta y...

—Yo lo conozco tan bien como tú, si no es que mejor. También conozco el oeste.

—Mwita, ¿tú qué viste? —pregunté, ignorando sus palabras por un momento—. Viste... viste la tuya también, ¿no?

—Onyesonwu, el fin de uno es el fin de uno, y eso es todo —dijo él—. No vas a ir sola. Ni mucho menos. Ve a casa. Iré por ti mañana en la tarde.

Llegué a casa alrededor de la medianoche. Mis planes no sorprendieron a mi madre. Había oído de lo que hice en el mercado. Todo Jwahir hablaba de eso. Los chismes no llevaban detalles: sólo la idea cruel de que yo era mala y debía ser encarcelada.

—Mwita se va conmigo, Mamá —dije.

—Bien —dijo ella luego de un momento.

Mientras me alejaba para ir a mi habitación, mi mamá sollozó. Me volví.

—Mamá, yo…

Ella levantó una mano,

—Soy humana pero no soy estúpida, Onyesonwu. Vete y duerme.

Me acerqué a ella y le di un largo abrazo. Ella me empujó hacia mi habitación.

—A la cama —dijo, limpiándose las lágrimas.

Para mi sorpresa, dormí profundamente durante dos horas. No hubo pesadillas. Más tarde esa noche —o debería decir esa mañana—, como a las cuatro, Luyu, Binta y Diti llegaron hasta mi ventana. Las ayudé a subir a mi habitación. Una vez dentro, las tres se limitaron a quedarse de pie. Me tuve que reír. Era lo más cómico que había visto en todo el día.

—¿Estás bien? —preguntó Diti.

—¿Qué pasó? —preguntó Binta—. Necesitamos oírlo de ti.

Me senté en mi cama. No sabía por dónde comenzar. Me encogí de hombros y suspiré. Luyu se sentó a mi lado. Olía a aceite perfumado y un poco de sudor. Normalmente, Luyu jamás dejaría que el olor del sudor se mantuviera en su piel. Ella miró por tanto tiempo el costado de mi cara que me volví hacia ella, irritada:

—¿Qué?

—Yo estaba allí hoy, en el mercado —dijo ella—. Vi… lo vi todo —sus ojos se llenaron de lágrimas—. ¿Por qué no me dijiste? —bajó la mirada—. Pero *sí* nos dijiste, ¿cierto? ¿Fue… tu madre?

—Sí —dije.

—Muéstranos —dijo Diti suavemente—. Queremos... verlo, también.

Hice una pausa.

—Está bien.

No fue tan desconcertante para mí la segunda vez. Escuché atentamente las palabras en nuru que él le gritó a mi madre, pero por mucho que lo intenté no conseguí entenderlas. Aunque hablaba un poco de la lengua nuru, mi madre no, y aquella visión estaba tomada de su experiencia. *Hombre vil, violento, cruel*, pensé. *Voy a hacer que deje de respirar.*

Más tarde, Binta y Diti se quedaron en silencio, aturdidas. Sin embargo, Luyu sólo se veía más cansada.

—Me voy de Jwahir —dije.

—Entonces yo quiero irme contigo —dijo Binta de pronto. Sacudí la cabeza.

—No, sólo Mwita va conmigo. Tu lugar está aquí.

—Por favor —me rogó—. Quiero ver lo que está allá afuera. Este lugar, es... Tengo que alejarme de mi papá.

Todas lo sabíamos. Incluso después de las intervenciones, el padre de Binta seguía sin poder controlarse. Aunque ella intentaba ocultarlo, Binta se enfermaba con mucha frecuencia. Era a causa del abuso de su padre, a causa del dolor que ella soportaba por eso. Fruncí el ceño al darme cuenta de algo perturbador: si el dolor sólo llegaba cuando una mujer se excitaba, ¿eso quería decir que el contacto de su padre la excitaba a ella? Me estremecí. Pobre Binta. Encima de todo, estaba marcada como "la muchacha tan encantadora que ni su padre podía resistírsele". Mwita me contaba que, por lo mismo, ya había una competencia creciente por ella entre los muchachos.

—Yo también me quiero ir —dijo Luyu—. Quiero ser parte de esto.

—Ni siquiera sé lo que vamos a hacer —tartamudeé—. Ni siquiera...

—Yo también voy —dijo Diti.

—Pero ya estás comprometida —dijo Luyu.

—¿Eh? —dije yo, mirando a Diti.

—El mes pasado, el padre pidió su mano en nombre del hijo.

—¿El padre de quién? —pregunté.

—El de Fanasi, claro —dijo Luyu.

Fanasi había sido el amor de Diti desde que eran muy jóvenes. Él era quien se había sentido tan insultado por los gritos de dolor de Diti que durante años se había negado a hablarle. Supongo que le tomó todos esos años convertirse en hombre y aprender que podía tomar lo que deseara.

—Diti, ¿por qué no me dijiste? —pregunté. Ella se encogió de hombros.

—No parecía importante. No para ti. Y a lo mejor no lo es ahora.

—Claro que lo es —dije.

—Bueno... —dijo Diti—, ¿estarías dispuesta a hablar con Fanasi?

Y así fue como Mwita, Luyu, Binta, Diti, Fanasi y yo terminamos en la sala de mi casa al siguiente día, mientras mi madre iba al mercado a comprarme provisiones. Diti, Luyu, Binta y yo teníamos diecinueve. Mwita veintidós y Fanasi veintiuno. Todos éramos muy ingenuos y, como me daría cuenta después, tendíamos a ser demasiado optimistas.

Fanasi había crecido con los años. Era media cabeza más alto que Mwita y yo, una cabeza entera más alto que Luyu y Diti y aún más alto que Binta, la más pequeña de nosotros. Era un joven de hombros anchos con piel oscura y lisa, ojos penetrantes y brazos poderosos. Me miraba con mucha suspicacia. Diti le contó su plan. Miró a Diti, luego a mí, y sorprendentemente no dijo nada. Una buena señal.

—No soy lo que dicen que soy —dije.

—Yo sé lo que Diti me cuenta —dijo, en su voz grave—. Pero sólo eso.

—¿Vienes con nosotras? —pregunté.

Diti había insistido en que Fanasi era un librepensador. Que había sido parte del público de la narradora en aquella ocasión, tantos años atrás. Pero también era un hombre okeke, así que no confiaba en mí.

—Mi padre tiene una panadería que yo voy a heredar —dijo.

Entrecerré los ojos, preguntándome si su padre era aquel hombre cruel que le había gritado a mi madre cuando llegamos por primera vez a Jwahir. Quise gritarle a él: "¡Entonces los nurus vendrán y te harán pedazos, violarán a tu esposa y crearán a otro como yo! ¡Eres un tonto!". Pude sentir a Mwita, a mi lado, deseando que me mantuviera callada.

—Que ella te muestre —dijo suavemente Diti—. Y luego decides.

—Esperaré afuera —dijo Luyu antes de que Fanasi respondiera. Se levantó deprisa. Binta la siguió de inmediato. Diti tomó la mano de Fanasi y apretó los párpados. Mwita simplemente se quedó de pie a mi lado. Nos llevé a todos al pasado por tercera vez. Fanasi reaccionó con llanto balbuceante y sonoro. Diti tuvo que consolarlo. Mwita tocó mi hombro y salió de la sala. Mientras Fanasi se calmaba, su dolor fue reemplazado por ira. Ira rugiente. Sonreí. Él golpeó su muslo con su gran puño.

—¡Cómo es posible! Yo… Yo no… ¡No puedo…!

—Jwahir está muy lejos —dije.

—Onye —dijo él. Fue el primero en llamarme así—. Lo siento mucho. Realmente lo siento. La gente de aquí… ¡No tenemos idea!

—Está bien —dije—. ¿Vendrás?

Asintió. Y entonces fuimos seis.

Capítulo 25

Y así se decidió

Saldríamos en tres horas. Y como las personas lo sabían, me dejaban en paz. Sólo sus miradas, mientras pasaba a su lado, mostraban lo ansiosas que estaban de que me fuera, de poder olvidar otra vez.

Con Aro, estuve de pie ante el desierto. Desde allí iríamos al suroeste, rodeando Jwahir, y luego al oeste. A pie, no en camellos. Yo no monto camellos. Cuando mi madre y yo vivíamos en el desierto, conocí camellos salvajes. Eran criaturas nobles cuya fuerza me rehusaba a explotar.

Aro y yo caminamos, subiendo por una duna. Una fuerte brisa hacía volar mis trenzas.

—¿Por qué me quiere ver? —pregunté.

—Tienes que dejar de hacer esa pregunta —replicó Aro.

De nuevo llegó la tormenta de arena. Sin embargo, esta vez no fue tan dolorosa. Una vez que estuve en la tienda, me senté mirando a Sola. Como antes, su capucha negra cubría su rostro blanco hasta su estrecha nariz. Aro se sentó al lado de él y le estrechó la mano de forma peculiar, con un apretón en el que sus dedos se entrelazaban.

—Buen día, *Oga* Sola —dije.

—Has crecido —dijo él, con su voz de papel.

—Ella pertenece a Mwita —dijo Aro. Me miró, y agregó—: *si es que* le pertenece a algún hombre.

Sola asintió con aprobación.

—¿Entonces sabes cómo va a acabar esto? —dijo.

—Sí —dije.

—Los que van contigo —dijo Sola—, ¿entiendes que algunos de ellos pueden caer en el camino?

Me quedé callada. Me había pasado por la cabeza.

—¿Y que todo es tu responsabilidad? —agregó Aro.

—¿Se puede… evitar? —pregunté a Aro.

—Tal vez —dijo él.

—¿Qué es lo que debo hacer? ¿Cómo puedo… encontrarlo?

—¿A quién? —preguntó Sola, ladeando la cabeza—. ¿A tu padre?

—No —dije. Sospechaba que nos encontraríamos la una al otro—. Aquel de quien habla la profecía. ¿Quién es?

Se quedaron en silencio por un momento. Sentí que intercambiaban palabras sin mover los labios.

—Hazlo así entonces, *sha* —murmuró Aro. Se veía agotado.

—¿Qué sabes de ese hombre nuru? —preguntó Sola.

—Todo lo que sé es que un vidente nuru profetizó que un hombre nuru alto sería hechicero y vendría para cambiar las cosas de algún modo. Que reescribiría el libro.

Sola asintió.

—Conozco al vidente —dijo—. Debes perdonarnos a todos nuestras debilidades, a mí, a Aro, a todos los que somos viejos. Aprenderemos de esto. Aro te rechazó por ser una hembra *ewu*. Yo casi hice lo mismo. Este vidente, Rana, guarda un documento precioso. Por esto fue que se le dio la profecía. Se le dijo algo y no lo pudo aceptar. Su estupidez te dará una oportunidad, creo.

Suspiré y levanté las manos.

—No entiendo qué quieres decir, *Oga*.

—Al parecer, Rana no creyó lo que se le dijo. No se le aconsejó que buscara a un hombre nuru. Era a una mujer *ewu*

—dijo. Él rio—. Al menos dijo la verdad sobre una cosa: sí eres alta.

Caminé a casa como en una niebla. No quise que Mwita caminara a mi lado. Lloré todo el camino. ¿Qué importaba que alguien me viera? Me quedaba menos de una hora en Jwahir. Cuando entré, mi madre me esperaba en nuestra sala. Me entregó una taza de té mientras me sentaba a su lado en el sofá. El té era muy fuerte: exactamente lo que yo necesitaba.

Es suficiente por hoy. Sé lo que va a pasar aquí en dos días... tal vez. Puedo tener esperanzas, ¿no? ¿Qué más puedo tener para mí y para la niña que crece en mi interior?

No pongas esa cara de sorpresa.

Ya basta. Me alegra que los guardias te hayan dejado pasar y espero que tus dedos hayan sido lo bastante rápidos. Y si te quitan esa computadora y la hacen pedazos contra el suelo, espero que tu memoria sea buena. No sé si te dejarán volver a entrar aquí mañana.

¿Escuchas a todos allá afuera? ¿Cómo se reúnen para mirar? Esperan poder lapidar a quien puso de cabeza su pequeño mundo. Primitivos. Muy distintos de los de Jwahir, que son muy apáticos, pero muy civilizados.

Dos guardias afuera de esta celda han estado escuchando. Al menos lo han intentado. Afortunadamente no saben hablar okeke. Si te es posible regresar aquí, si puedes pasar entre estos cabrones arrogantes, odiosos, tristes, confundidos, otra vez, te contaré el resto. Y cuando termine, veremos qué me pasa, ¿no?

No te preocupes por mí y el frío esta noche. Hay muchas piedras, así que tengo maneras de calentarme. También tengo maneras de mantenerme con vida. Protege esa computadora cuando salgas. Si no regresas, lo entenderé. Haz lo que puedas y el resto déjalo en los fríos brazos del Destino. Cuídate.

PARTE III

Guerrera

Tuve una mala noche.

Otro hombre más morirá por causa mía. Bueno, por él mismo. Llegó a mi celda esta mañana, antes de que saliera el sol. Esperaba volverse famoso. No soy como mi madre en este aspecto. No me pude quedar ahí, acostada. Él era un hombre nuru que llevaba el nombre de su padre. Tenía una esposa, cinco hijos, y era un talentoso pescador de río. Se introdujo aquí con el valor de un idiota. Nunca me tocó. Soy cruel. Le puse en la mente la visión más horrible, y él salió corriendo, silencioso como un fantasma y triste, roto, como un esclavo okeke.

Desconecté todos los circuitos importantes de su cerebro. Estará bien durante dos días, demasiado avergonzado para hablar de su intento de violación. Y luego morirá, súbitamente. No compadezco a su esposa o a sus hijos. Lo que siembras es lo que debes cosechar. Una esposa escoge a su marido y hasta un hijo escoge a sus padres.

De todas formas, me alegra verte, pero ¿por qué te arriesgas a venir? Tienes una razón, ¿no es así? Ningún hombre nuru haría esto sin una razón más allá de la curiosidad. No tienes que decirme. No tienes que decirme nada.

Me van a apedrear mañana. Así que hoy te daré el resto de mi vida. La niña en mi interior se llama Enuigwe; es una palabra antigua que significa "los cielos", el hogar de todas las cosas, incluso los okekes y los nurus. Cuento esta historia para ti y para ella. Ella debe conocer a su madre. Debe comprender. Y debe ser valiente. ¿Quién teme a la muerte? Yo no, y ella tampoco le temerá. Escribe rápido porque hablaré de esa manera.

Capítulo 26

El dolor de las piedras y la rabia por lo que aún tenía que hacer amenazaban con enterrarme. Sentí la primera pulsación cuando cruzamos los límites de Jwahir. Llevábamos sólo nuestras grandes mochilas a la espalda y nuestras ideas en la mente.

—Vayan directo al oeste —habían indicado Aro y Sola. La tierra se abrió pronto ante nosotros: dunas con algún grupo ocasional de palmeras o un poco de pasto seco.

—¿Entonces basta con ir en esa dirección? —preguntó Binta, entrecerrando los ojos al caminar. Estaba extremadamente alegre para ser una chica que había envenenado a su padre apenas unas horas antes. Sólo a mí me contó de cómo había echado el extracto de raíz de corazón —de acción lenta— en el té matutino de él. Ella lo había visto beberlo y luego había salido a escondidas de la casa, sin dejar siquiera una nota. Para la noche el hombre estaría muerto.

—Se lo merecía —murmuró en mi oído, con una sonrisa—. Pero no le digas a los demás —la miré, consternada por su temeridad, pensando: *Tal vez* sí *está dispuesta a hacer este viaje.*

—Al oeste, sí —dijo Luyu, dando vueltas a su *talembe etanou* en el interior de su boca—. Vamos en esa dirección, ¿por cuánto tiempo? ¿Cuatro, cinco meses?

—Depende —dije yo, frotando mis sienes.

—Bueno, sea cual sea el tiempo que tome, llegaremos allá —dijo Binta.

—Los camellos hubieran sido mil veces más rápidos —dijo Luyu una vez más.

Puse cara de impaciencia y miré hacia atrás. Mwita y Fanasi caminaban varios metros detrás de nosotras, silenciosos y pensativos.

—Cada paso que damos es lo más lejos que he estado jamás de casa —dijo Binta. Rio y corrió hacia delante, abriendo los brazos como si tratara de volar, con la mochila rebotando sobre su espalda.

—Al menos alguien de nosotros empieza el viaje con felicidad —murmuré.

Para el resto de nosotros la partida era difícil. El padre de Fanasi sí resultó haber sido el panadero que nos gritó a mi madre y a mí en nuestro primer día en Jwahir. Él y la madre de Fanasi habían corrido hasta la choza de Aro cuando estábamos reunidos allí para partir. Pero no pudieron cruzar la puerta de Aro. Fanasi y Diti debieron salir a verlos.

La madre de Fanasi empezó lamentándose a gritos:

—¡A mi hijo se lo está llevando una bruja!

Su padre intentó intimidarlo para hacer que se quedara, amenazándolo con desterrarlo y posiblemente pegarle. Cuando Fanasi y Diti volvieron, él estaba tan molesto que se alejó para estar solo. Diti comenzó a llorar. Había pasado por aquello con sus propios padres antes, aquel mismo día.

Los padres de Luyu también la habían amenazado con el destierro. Pero si había una forma de que Luyu hiciera lo que uno no quería que hiciera, era amenazándola. Luyu siempre estaba dispuesta a pelear. Con todo, después de la partida, ella también guardó silencio.

Cuando Mwita se despidió de Aro, vi un lado de él que no conocía. Mientras el resto de nosotros comenzaba a caminar hacia el desierto, él se quedó paralizado. Sin palabras, sin expresión.

—Vamos —dije, tomando su mano e intentando jalarlo. Pero no quería moverse—. Mwita.

—Adelántense —dijo Aro—. Déjenme hablar con mi muchacho.

Caminamos un kilómetro sin Mwita. Me negué a mirar atrás para ver si venía. Pronto escuché pasos no muy lejos de nosotros. Se acercaban cada vez más hasta que allí estuvo él, caminando a mi lado. Sus ojos estaban enrojecidos. Supe que debía dejarlo en paz por un tiempo.

Para mí, abandonar mi casa fue casi insoportable. Hasta aquel momento había sido inevitable. Todos los eventos de mi vida conducían a este viaje. Hacia el oeste, sin vueltas, sin curvas, en línea recta. No estaba destinada a vivir mis días como mujer en Jwahir. Pero tampoco estaba preparada para dejar a mi madre. Hablamos mientras terminábamos de tomar juntas nuestras tazas de té fuerte. Nos abrazamos. Bajé los escalones. Luego volví a subirlos, corriendo, y me arrojé a sus brazos. Ella me sostuvo, calmada y en silencio.

—No te puedo dejar sola —dije.

—Lo harás —dijo ella en un murmullo. Respondió a mi abrazo—. No me trates como a una debilucha. Ya has llegado demasiado lejos. *Termina* lo que empezaste. Y cuando encuentres a… —enseñó los dientes—. Si no vas por ninguna otra razón, ve por *eso*. Por lo que él me hizo —no me había hablado directamente del tema desde que yo tenía once años—. Tú y yo —dijo— somos una. Sin importar lo lejos que vayas, siempre será así.

Dejé a mi madre. Bueno, ella me dejó primero. Simplemente se dio media vuelta, entró en la casa y cerró la puerta. Cuando, diez minutos después, seguía sin abrirla, me fui a casa de Aro a ver a los demás.

Mientras caminaba, me frotaba las sienes, que me pulsaban, y también la nuca. Los dolores de cabeza, tan pronto después de dejar Jwahir... parecían algo ominoso. Dos días después el dolor estaba en su cúspide. Debimos detenernos dos días y durante el primero ni siquiera estuve consciente de que hubiéramos parado. Todo lo que sé de ese primer día es lo que los demás me contaron. Mientras estaba en mi tienda, retorciéndome de dolor y gritándole a fantasmas, los otros estaban nerviosos. Binta, Luyu y Diti se quedaron a mi lado, intentando calmarme. Mwita pasó mucho de su tiempo con Fanasi.

—Ya le ha pasado antes —le dijo a Fanasi mientras se sentaban ante una fogata afuera de mi tienda. Mwita había hecho un fuego con piedras: una pila de rocas calientes. Es un *juju* simple. Dijo que Fanasi se había quedado tan fascinado por aquello que accidentalmente se había quemado, al tratar de sentir cómo se propagaba el calor desde la pila de piedras que brillaban suavemente.

—¿Cómo puede hacer este viaje si está tan enferma? —preguntó Fanasi.

—No está enferma —dijo Mwita. Sabía que mis dolores de cabeza estaban ligados a mi muerte, pero no le había contado los detalles.

—La puedes curar, ¿cierto? —preguntó Fanasi.

—Haré mi mejor esfuerzo.

Para el siguiente día, mi dolor de cabeza estaba cediendo. No había comido nada desde nuestra parada. Mi hambre abrió mi cerebro a una claridad extraña.

—Te levantaste —dijo Binta, entrando en mi tienda con un plato de carne ahumada y pan. Sonreía—. ¡Te ves mucho mejor!

—Todavía duele, pero el dolor está regresando por donde vino.

—Come —dijo Binta—. Le diré a los demás.

Sonreí mientras ella salía dando gritos alegres. Me revisé. Necesitaba bañarme. Casi podía ver el olor de la suciedad desprenderse de mi cuerpo. La claridad que experimentaba hacía que el mundo se viera nítido y claro. Cada sonido del exterior parecía estar justo al lado de mi oído. Podía oír ladrar a un zorro del desierto y chillar a un halcón. Casi podía escuchar los pensamientos de Mwita mientras entraba.

—Onyesonwu —dijo. Sus mejillas pecosas estaban enrojecidas y sus ojos color nuez absorbían y juzgaban cada detalle de mí—. Estás mejor —me besó.

—Continuaremos pasado mañana —dije.

—¿Estás segura? —preguntó él—. Te conozco. La cabeza aún te punza.

—Para cuando estemos listos para partir, lo habré eliminado.

—¿Qué cosa, Onyesonwu?

Nuestras miradas se encontraron.

—Mwita, tenemos un largo camino que recorrer —dije—. No importa.

Más tarde, esa noche, me levanté y salí a tomar un poco de aire fresco. Sólo había comido un poco de pan y tomado algo de agua, deseosa de mantener un poco más de tiempo la extraña claridad. Encontré a Mwita sentado en el suelo detrás de nuestra tienda, encarando el desierto, con las piernas cruzadas. Caminé hasta él e hice una pausa. Me volví para regresar a la tienda.

—No —dijo él, todavía dándome la espalda—. Siéntate. Me interrumpiste al acercarte.

Sonreí:

—Lo siento —me senté—. Te estás volviendo bueno en eso.

—Sí. ¿Te sientes mejor?

—Mucho —dije.

Se volvió a mirarme, observando mi ropa.

—Aquí no —dije.

—¿Por qué no?

—Aún me estoy entrenando —dije.

—Siempre vas a estar entrenándote. Y estamos a la mitad de ninguna parte.

Tendió la mano y empezó a desatar mi rapa. Le detuve la mano.

—Mwita —dije—. No puedo.

Suavemente tomó mis manos y las apartó. Lo dejé desatar mi rapa. El aire frío del desierto se sentía maravilloso sobre mi piel. Eché un vistazo para asegurarme de que todos siguieran en sus tiendas. Estábamos a algunos metros de distancia, en una ladera poco inclinada y estaba oscuro, pero aun así era un riesgo. Uno que estaba dispuesta a correr. Me dejé caer en el placer puro y completo de sus labios sobre mi cuerpo, mis pezones, mi vientre. Él rio cuando intenté quitarle la ropa.

—Aún no —dijo, apartando mis manos.

—Ah, aquí sólo quieres que yo no lleve ropa —dije.

—Quizá. Quiero hablar contigo. Escuchas mejor cuando estás relajada.

—No estoy relajada en absoluto.

Él sonrió.

—Lo sé. Es mi culpa —volvió a atar mi rapa y me levanté. Sin decir palabra, volteamos hacia el desierto y nos dejamos caer en un estado de meditación. Una vez que mi cuerpo dejó de gritar por Mwita, mi sangre se aquietó, mi corazón se aplacó, mi piel se enfrío. Me acomodé. Sentía que podía hacerlo todo, verlo todo, hacer que sucediera cualquier cosa, si tan sólo me mantenía inmóvil. La voz de Mwita fue como una ola muy leve sobre las más quietas de las aguas.

—Cuando regresemos a nuestra tienda, Onyesonwu, no te preocupes por lo que va a suceder.

Digerí esta información y sólo asentí.

—Esto no termina con lo que Aro te enseñó —dijo él.

—Lo sé.

—Entonces deja de tener tanto miedo.

—Aro habló de lo que sucede cuando las mujeres hechiceras conciben antes de terminar su entrenamiento.

Mwita rio con suavidad y sacudió la cabeza.

—Ya sabes cómo va a terminar. No me has dicho nada al respecto, pero por alguna razón dudo que tu vientre lleno vaya a causar la aniquilación de un pueblo entero, como el de Sanchi.

—¿Era ése el nombre de ella?
—Mi primer maestro, Daib, me contó también de ella.
—Y no temes que eso me pase a mí.
—Como dije, tú sabes que no es así como termina. Además, tienes mucho más talento que Sanchi. Tienes veinte años y ya puedes traer de vuelta a los muertos.
—No todo el tiempo y no sin consecuencias.
—Nada es sin consecuencias.
—Y por eso es que creo que debemos evitar el coito.
—Pero no lo haremos.
Aparté mis ojos de la negrura del desierto y los puse sobre Mwita. A la tenue luz del fuego de piedras en el centro de nuestras tiendas, el rostro de piel amarillenta de Mwita brillaba, y sus ojos de lobo resplandecían.
—¿Alguna vez te has preguntado... cómo se vería nuestro bebé? —pregunté.
—Se vería como nosotros —dijo.
—¿Y qué sería entonces?
—*Ewu* —dijo él.
Guardamos silencio por varios minutos. La calma volvía a suavizar las cosas.
—Deja abierta la entrada de la tienda para mí —dije.
Nos tomamos de las manos y nos separamos algunos centímetros, haciendo sonar con fuerza los dedos: el apretón de manos de la amistad. Me puse de pie y me quité la rapa y la dejé caer al suelo mientras lo miraba. Me he transformado en varios tipos de animales a lo largo de los años, pero mi favorito siempre será el buitre.
—Es de noche —dijo Mwita—. El aire no será tan suave.
Mis risas se extinguieron cuando mi garganta se desplazó y se estrechó y de mi piel brotaron plumas. Era buena al cambiar, pero cada vez exigía más esfuerzo. No es algo que simplemente dejara que sucediera. El cuerpo sabe cómo hacerlo, pero igual hay que *hacerlo*. Aun así, como pasa cuando una es buena en algo, disfruté el esfuerzo, porque, de muchas

formas... no requería esfuerzo. Extendí las alas y me elevé. Nadie supo de mí por una hora.

Volé al interior de nuestra tienda y me posé por un momento con las alas extendidas. Mwita estaba tejiendo una canasta a la luz de una vela. Siempre se ponía a tejer cuando estaba preocupado.

—Luyu te estaba buscando —dijo, mientras bajaba al suelo su canasta. Me arrojó mi rapa una vez que cambié de forma.

—¿Eh? ¿Por qué? Es tarde.

—Creo que sólo quiere hablar —dijo él—. Ha estado leyendo el Gran Libro.

—Todos lo han hecho.

—Pero está empezando a entender más.

Volví a asentir. Bien.

—Hablaré con ella mañana.

Me senté a su lado en nuestro tapete para dormir.

—¿Quieres que me lave primero? —pregunté.

—No.

—Si concibo, todos estaremos...

—Onyesonwu, hay veces en que tienes que tomar lo que se te ofrece —dijo—. Con nosotros siempre habrá riesgo. *Tú* eres un riesgo.

Me incliné hacia delante y lo besé. Luego volví a besarlo. Y después de eso, nada podría habernos detenido. Ni siquiera el fin del mundo.

Capítulo 27

Dormimos hasta tarde. Y cuando desperté, mi dolor de cabeza había desaparecido casi por completo. Parpadeé al notar la nitidez del mundo que me rodeaba. Mi estómago rugía.

—Onye —escuchamos decir a Fanasi desde afuera—, ¿podemos pasar?

—¿Estás presentable? —preguntó Luyu. Luego soltó una risita y la escuchamos murmurar—: se lo ha de estar cepillando otra vez —y más risas.

—Pasen —dije, sonriendo—. Pero apesto. Necesito lavarme.

Todos se amontonaron en el interior. Estábamos apretados. Después de mucho reír, quejarnos (sobre todo Mwita) y desplazarnos, las cosas se calmaron. Lo tomé como mi señal para hablar.

—Estoy bien —dije—. Los dolores de cabeza simplemente son algo con lo que debo aprender a vivir. He… los he tenido desde mi iniciación.

—Sólo necesita adaptarse a dejar su casa —dijo Mwita.

—Continuaremos mañana —dije, tomando la mano de Mwita.

Cuando todos estuvieron fuera de la tienda, me incorporé despacio y bostecé.

—Necesitas comer —dijo Mwita.

—Aún no —dije—. Primero quiero hacer algo.

Aún envuelta sólo en mi rapa, con la ayuda de Mwita, me levanté. El mundo hizo olas a mi alrededor y luego se asentó. Sentí que una piedra golpeaba un costado de mi cabeza desde muy lejos.

—¿Quieres que vaya contigo? —preguntó Mwita.

—¿Comiste ayer?

—No —dijo él—. No comeré hasta que tú lo hagas.

—Entonces crees que es mejor si *ambos* estamos débiles.

—¿Estás débil?

Sonreí.

—No.

—Vamos entonces.

La primera vez que fui capaz de volar a la espesura a propósito fue después de tres días de ayunar y beber sólo agua. Había pasado esos tres días en la choza de Aro y él se aseguró de mantenerme ocupada. Limpié el establo de sus cabras, lavé sus platos, barrí su casa y cociné sus comidas. Cada día que no comía, me preocupaba más de encontrar a mi padre en la espesura.

—Él ya no vendrá por ti —me aseguró Aro—. Estoy aquí y tú ya has sido iniciada. Ya no le es fácil alcanzarte. Relájate. Cuando estés lista, lo sabrás.

Estaba tomando un descanso al lado del establo de las cabras cuando la claridad descendió de pronto sobre mí. Era difícil estar cerca de las cabras de Aro. Su olor era más punzante de lo habitual y sus ojos marrón parecían ver mi profundidad. La que yo había salvado insistía en acercarse y sólo se quedaba mirándome. Un momento después, me di cuenta de que estaban esperando. La sensación comenzó entre mis piernas: un zumbido cálido. Luego un embotamiento. Cuando miré mi abdomen, casi grité. Parecía como si hubiera comenzado a convertirme en gelatina transparente. Una vez que lo vi, aquello se propagó deprisa, hacia arriba y hacia abajo, por el resto de mi cuerpo.

Luchando por mantener la calma, me incorporé. Lo único que veía sobre mi cuerpo eran colores. Millones y millones de colores, pero sobresalía el verde. Se mezclaban, se superponían, se estiraban, se contraían, se amontonaban, se derramaban. Todo se yuxtaponía con el mundo que yo conocía. Esto era la espesura. Cuando miré las cabras, vi que saltaban y balaban de alegría. Sus movimientos felices formaban nubes de un azul profundo que flotaban hacia mí. Inhalé y el olor era... agradable. Entonces me di cuenta de que todo el lugar olía a muchas cosas, pero a una en particular. Aquel aroma indescriptible.

Me quedé en la espesura por unos minutos más. Luego, la cabra que había salvado se acercó y me mordió. Caí desde una altura de varios metros y golpeé el suelo. Aturdida, regresé a la choza de Aro, donde lo encontré esperándome con una espléndida comida.

—Come —fue todo lo que dijo.

Mwita y yo dejamos el campamento. Los otros nos vieron irnos sin preguntar a dónde nos dirigíamos. A unos quinientos metros de distancia, nos sentamos. Sólo había pasado un día y medio de ayuno, pero el mundo a mi alrededor ya se había desplazado a aquel extraño nivel de claridad.

—Creo que es el ser nómada —dijo Mwita.

—¿Has hecho esto antes? —pregunté.

—Hace mucho tiempo —dijo—. Cuando... era niño. Después de haber escapado de aquellos soldados okekes.

—Ah. ¿Ayunaste?

—Durante días.

Quise preguntarle qué había visto pero no era el momento. Miré hacia el desierto árido. No había ni una porción de hierba. Aro me había dicho que, hacía mucho, la tierra no había sido así.

—No descreas por completo del Gran Libro —dijo—. Algo pasó que lo derrumbó todo. Que cambió el verde en arena. Estas tierras solían verse más como la espesura.

Con todo, el Gran Libro, en mi opinión, consistía principalmente en acertijos y mentiras mañosas. Temblé y el mundo tembló a mi alrededor.

—¿Ves eso? —preguntó Mwita. Asentí.

—En cualquier momento —dije, sin saber de qué estaba hablando, pero segura de todas formas—. Déjame guiarlo.

—¿Qué más puedo hacer? —dijo Mwita con una sonrisa—. No tengo idea de cómo guiar una visión, señorita hechicera en entrenamiento.

—Nada más llámame hechicera —dije—. Sólo hay de una clase, hombre o mujer. Y siempre estamos en entrenamiento —entonces el mundo tembló otra vez y me agarré—. Rápido, tómalo, Mwita.

Me miró, confundido, y luego hizo lo que parecía que yo deseaba que hiciera. Se asió.

—¿Qué… qué es…?

—No sé —dije.

Era como si el aire bajo nosotros se solidificara. Rápido y fuerte, nos llevó a una velocidad imposible hacia un destino que sólo él conocía. Nos movimos lejos, y a la vez nos quedamos inmóviles. Estábamos en dos lugares al mismo tiempo o quizás en ninguno. Como Aro siempre me dijo, no puedes obtener respuesta a todas tus preguntas. Quién sabe qué hubieran visto Luyu, Binta, Fanasi o Diti de haber mirado hacia nosotros. De acuerdo con la localización del sol, la visión se movió principalmente hacia el oeste, algunas veces hacia el noroeste y luego al suroeste de una manera que sólo puedo describir como juguetona. El desierto volaba debajo de nosotros. De pronto tuve una premonición terrible. Una vez había tenido un sueño así. El que me había mostrado a mi padre biológico.

—Ahora estamos en los pueblos —dijo Mwita después de un momento. Sonaba calmado, pero tal vez no lo estaba.

Nos movíamos tan deprisa sobre las aldeas y pueblos de la frontera que me era imposible ver mucho. Pero aún había un olor de carne rostizada y fuego en mi nariz.

—Sigue sucediendo —dije. Mwita asintió.

Rodeamos por el suroeste, donde edificios de piedra arenisca estaban construidos muy juntos y medían dos, tres pisos de alto. No vi a un solo okeke. Era territorio nuru. Si había okekes aquí, serían esclavos de confianza. Útiles.

Los caminos estaban aplanados y pavimentados. Abundaban palmeras, arbustos y otro tipo de vegetación. No era como Jwahir, donde había plantas y árboles que, aunque vivos, estaban resecos y crecían hacia arriba en vez de hacia fuera. Había arena, pero también zonas de un suelo extraño, de color más oscuro. Entonces vi por qué. Nunca había visto tanta agua. Tenía la forma de una serpiente gigantesca azul oscuro. Cientos de personas podrían nadar en ella y no importaría.

—Es uno de los Siete Ríos —dijo Mwita—. Quizás el tercero o el cuarto.

Redujimos la velocidad mientras nos desplazábamos sobre él. Pude ver peces blancos nadando cerca de la superficie. Acerqué la mano, la metí en el agua. Estaba fría. Me la llevé a los labios. Sabía casi dulce, como agua de lluvia. No era agua de estación de acopio, traída a la fuerza del cielo, ni tampoco de debajo de la tierra. Esta visión era realmente algo nuevo. Mwita y yo estábamos realmente *aquí*. Podíamos vernos el uno a la otra. Podíamos saborear y oler. Mientras nos aproximábamos al otro lado del río, Mwita se veía preocupado.

—Onye —dijo—. Yo nunca... ¿Puede vernos la gente?

—No sé.

Pasamos al lado de algunas personas que iban en vehículos flotantes. Botes. Ninguna pareció vernos, aunque una mujer oteó a su alrededor como si hubiera sentido algo. Una vez que estuvimos sobre tierra, aceleramos y volamos alto encima de pequeñas aldeas hasta que alcanzamos un pueblo grande. Se ubicaba donde terminaba el río y comenzaba un enorme cuerpo de agua. Apenas más allá de los edificios, entreví... ¿un campo de plantas verdes?

—¿Ves eso? —pregunté.

—¿El cuerpo de agua? Ése es el lago sin nombre.

—No, eso no —dije.

Éramos llevados entre edificios de arenisca donde mercaderes nuru vendían a la vera del camino. Pasamos sobre un pequeño restaurante abierto. Olí pimientos, pescado seco, arroz, incienso. Un niño pequeño lloraba en algún lado. Un hombre y una mujer discutían. La gente comerciaba. Vi unos pocos rostros oscuros... Todos estaban cargados de objetos y todos caminaban deprisa, con algún propósito. Esclavos.

Los nurus de aquí no eran los más ricos ni tampoco los más pobres. Llegamos a un camino bloqueado por una multitud parada ante un escenario de madera con banderas color naranja ondeando. La visión nos llevó al frente del escenario y nos dejó allí. Se sentía extraño. Al principio fue como si estuviéramos sentados en el suelo, entre piernas y pies de otros. Distraídos, se apartaban para dejarnos sitio, con la atención puesta en quienes estaban en el escenario. Entonces algo nos levantó hasta hacernos quedar de pie. Miramos a nuestro alrededor, con terror de ser vistos. Mwita me atrajo hacia sí, pasando su brazo con firmeza alrededor de mi cintura.

Miré la cara del hombre nuru que estaba a mi lado. Él miró la mía. Nos miramos. Con una estatura varios centímetros más baja que la de Mwita o la mía, parecía tener unos veinte años, tal vez un poco más. Estrechó los ojos. Por suerte, el hombre en el escenario atrajo su atención.

—¿A quién le van a creer? —gritó el hombre en el escenario. Luego sonrió, y rio, bajando la voz—. Hacemos lo que debe hacerse. Seguimos al Libro. Hemos sido siempre un pueblo pío y leal. Pero ¿qué sigue?

—¡Dínoslo! ¡Tú sabes la respuesta! —gritó alguien.

—Cuando acabemos con ellos, ¿qué? ¡Seremos el orgullo del Gran Libro! ¡Seremos el orgullo de Ani! ¡Construiremos un imperio bueno entre los buenos!

Me sentí enferma. Supe quién era aquel, igual que tú lo supiste desde el momento en que la visión me tomó. Lentamente, llevé mis ojos a los suyos, para ver primero su alta estatura y sus anchos hombros, la barba negra que bajaba por su pecho. No quería mirar. Pero lo hice. Él me vio. Sus ojos se abrieron desmesuradamente. Resplandecieron, carmesís, por un segundo. Caminó hacia mí.

—¡Tú! —gritó Mwita, mientras saltaba al escenario.

Mi padre biológico seguía mirándome, conmocionado, cuando Mwita lo atacó. Cayeron hacia atrás y la multitud gritó y avanzó.

—¡Mwita! —grité—. ¿Qué haces?

Dos guardias estaban a punto de atrapar a Mwita. Bloqueaban mi camino. Me abrí paso hasta el escenario. Podría jurar que escuché risas. Pero antes de que pudiera ver, algo tiró de nosotros hacia atrás. Mwita voló de regreso hacia mí atravesando a los dos hombres. Mi padre biológico los hizo a un lado a empujones.

—Cuando estés listo, Mwita, ven a buscarme y acabamos con esto —dijo. Su nariz sangraba, pero sonreía. Sus ojos se encontraron con los míos. Me señaló con un dedo largo y delgado—: y tú, niña, tienes los días contados.

La multitud bajo nosotros se mostraba caótica y varias peleas habían comenzado. La gente se empujaba, meciendo el templete. Varios hombres de amarillo saltaron al escenario desde los costados. Brutalmente hicieron bajar a algunos a patadas. Nadie más que mi padre biológico parecía vernos. Estuvo de pie allí, por un momento más, y luego observó a su multitud y levantó las manos, sonriendo. De inmediato, todos se calmaron. Fue inquietante.

Ahora nos movíamos rápidamente hacia atrás. Tan rápido que no podía hablar ni voltear a ver a Mwita. Sobrevolamos el pueblo, el río, otro pueblo. Todo se convirtió en un manchón hasta que estuvimos cerca del campamento. Fue como si una mano gigante nos colocara allí, sobre la arena. Nos sentamos durante varios minutos, respirando pesadamente. Miré a Mwita. Tenía un gran moretón en un costado del rostro.

—Mwita —dije, acercándome para tocarlo.

Él apartó mi mano de un golpe y se levantó, con rabia en los ojos. Me aparté, súbitamente asustada de él.

—Ten miedo —dijo. Había lágrimas en sus ojos pero sus facciones estaban endurecidas. Regresó al campamento. Lo miré entrar en nuestra tienda y me quedé donde estaba. Sentí una ligera punzada de dolor en mi frente. Mi dolor de cabeza aún persistía.

¿Cómo reconoció a mi padre biológico?, me pregunté. No podía entenderlo. *Yo* no me le parecía mucho. *¿Y por qué estaba a punto de golpearme?* El pensamiento dolió más que la pregunta. Había tenido la confianza de que, entre toda la gente del mundo, al menos Mwita y mi madre nunca me harían daño. Ahora había dejado a mi madre, y Mwita... Algo se había trastocado en su cerebro.

Y estaba la pregunta de —literalmente— qué había sucedido. Habíamos *estado* allí. Mwita había dado un golpe y le habían devuelto otro. La gente había podido vernos, pero ¿qué había visto? Tomé un puñado de arena y luego lo tiré.

Capítulo 28

Mwita y yo callamos nuestros problemas. Fue fácil, porque al día siguiente él se llevó a Fanasi a buscar huevos de lagarto.

—El pan se está ranciando. Agh —se quejó Binta mientras mordía un trozo de pan amarillo—. Necesito comida *de verdad*.

—No te comportes como una princesa —dije.

—Me urge que lleguemos a una aldea —dijo Binta.

Me encogí de hombros. No tenía ganas de llegar a otras aldeas o pueblos en el camino. Tenía una cicatriz en la frente que mostraba que las personas podían ser hostiles.

—Debemos aprender a vivir en el desierto —dije—. Nos falta un largo camino que recorrer.

—Sí —dijo Luyu—. Pero sólo encontraremos hombres frescos en pueblos y aldeas. A ti y a Diti no les importará estar lejos de ellos, pero Binta y yo también tenemos necesidades.

Diti gruñó algo. La miré.

—¿Cuál es tu problema? —le pregunté.

Ella sólo apartó la mirada.

—Onye —dijo Binta—, dijiste que, cuando eras pequeña, solías cantar y los búhos acudían a ti. ¿Aún puedes hacerlo?

—Tal vez —dije—. No lo he intentado en mucho tiempo.

—Inténtalo —dijo Luyu, animándose.

—Si quieres oír cantar, enciende el reproductor de música de Binta —dije.

—Las pilas están bajas —dijo Luyu. Sonreí.

—Es solar, ¿no?

—Vamos. Deja de ser tan delicada —dijo Luyu.

—¡De veras! —dijo Diti en tono bajo e irritado—. No todo gira alrededor de ti.

—Nunca he visto a un búho de cerca —dijo Binta.

—Yo sí —dijo Luyu—. Mi madre solía alimentar a uno cada noche afuera de su ventana. Era... —se quedó callada. Todas lo hicimos, pensando en nuestras madres.

Rápidamente empecé a cantar la melodía del desierto en una noche fría. Los búhos son nocturnos. Era una canción que les gustaría. Mientras cantaba, me llené de alegría, una emoción extraña para mí. Los vestigios de mi dolor de cabeza finalmente desaparecieron. Me levanté y alcé el volumen de mi voz, extendiendo los brazos y cerrando los ojos.

Escuché un aleteo. Mis amigas hicieron sonidos de sorpresa, se rieron, suspiraron. Abrí los ojos y seguí cantando. Uno de los búhos se posaba en la tienda de Binta. Era de color marrón oscuro con grandes ojos amarillos. Otro búho aterrizó en la tienda de Luyu. Era lo bastante pequeño para caber en la palma de mi mano. Cuando finalicé, ambos búhos ulularon en agradecimiento y se fueron volando. El grande dejó un trozo de heces sobre la tienda de Binta.

—Todo tiene consecuencias —me reí. Binta gruñó con asco.

Esa noche, me quedé acostada en nuestra tienda esperando a Mwita. Él estaba afuera, bañándose con agua extraída de una estación de acopio. Él y Fanasi habían regresado con varios huevos de lagarto, una tortuga de tierra —que ninguno de nosotros, ni siquiera Fanasi, pudo animarse a matar y cocinar— y cuatro liebres que habían matado en el desierto. Sospeché que Mwita había usado algún *juju* simple para capturar las liebres y encontrar los huevos de lagarto. Mwita no me hablaba, así que no lo sabía con certeza.

Mientras estaba allí, con mi rapa atada a mi alrededor, el miedo ocupó mis pensamientos. Esperaba que ese sentimiento fuera temporal, un extraño efecto secundario de la visión. No podía dejar de temblar. Estaba segura de que esa noche él me iba a pegar o incluso a matar. Cuando él y Fanasi regresaron y nos mostraron lo que habían cazado, Mwita me había observado de arriba abajo. Me besó ligeramente en los labios. Luego me miró a los ojos. La rabia que vi en ellos me asustó. Pero me negué a evitarlo.

Conocía formas de defensa empleando los Puntos Místicos. Podía transformarme en un animal diez veces más fuerte que Mwita. Podía llegar a la espesura, donde apenas podría tocarme. Podía atacar y rasgar su espíritu mismo, como le había hecho a Aro cuando sólo tenía dieciséis años. Pero no iba a usar nada de aquello esa noche. Mwita era todo lo que tenía.

La entrada de la tienda se abrió. Mwita hizo una pausa. Sentí un temblor en el pecho. Él había esperado que yo me quedara con Luyu o Binta. Había *querido* que lo hiciera. Me incorporé. Él sólo llevaba sus pantalones, fabricados del mismo material que mi rapa. Estaba oscuro, así que no podía ver claramente su rostro. Él cerró la entrada de la tienda y la aseguró con el cierre.

Me repetí que yo no había hecho nada malo. *Si me mata esta noche, no será mi culpa*, pensé. *Puedo vivir con eso*. Pero ¿podía? Si yo era la predestinada a arreglar las cosas en el oeste, ¿de qué servía muerta?

—Mwita —dije suavemente.

—No deberías estar aquí —dijo él—. Esta noche no, Onyesonwu.

—¿Por qué? —pregunté, intentando sonar calmada—. ¿Qué pasó que…?

—No me mires —dijo él—. Te veo —sacudió la cabeza y sus hombros se curvaron.

Dudé, pero luego me acerqué y lo tomé entre mis brazos. Se tensó. Lo abracé con fuerza.

—¿Qué *pasa*? —murmuré, pues no quería que los demás escucharan—. ¡Dime!

Hubo una larga pausa y él frunció el ceño y me miró con enojo. No me atreví a moverme.

—Acuéstate —dijo al fin—. Quítate eso y acuéstate.

Me quité mi rapa, se acostó a mi lado y me tomó entre sus brazos. Algo estaba mal en él. Pero lo dejé recordarme. Me abrazó, tomó mis trenzas entre sus manos y las olió, besó y besó y besó. Y durante todo ese tiempo, rodaron en mi rostro tantas lágrimas que quedé empapada.

—Póntela otra vez —dijo, mientras se incorporaba, y lo hice.

Pasó la mano sobre su pelo áspero. Se lo había rapado cuando nos fuimos de Jwahir pero ya estaba creciendo, igual que el vello de su cara. Todo en Mwita se volvía áspero.

—Te oí cantar desde donde estaba —dijo, sin mirarme—. Debíamos haber estado a kilómetros de distancia y de todas maneras pude escuchar tu voz. Vimos volar a un gran pájaro. Supuse que iba hacia ti.

—Canté para Luyu, Binta y Diti —dije—. Querían ver búhos.

—Deberías hacerlo más seguido —dijo él—. Tu voz te cura. Ahora te ves… mejor.

—Mwita —dije—, dime qué…

—Estoy *intentando*. Cállate. No estés tan segura de que quieres escuchar esto, Onye.

Esperé.

—No sé lo que vas a ser —dijo—. Nunca he oído de nadie que haya hecho lo que tú hiciste. Realmente estábamos *allí*. Mira mi cara. ¡Esto lo causó su *puño*! No creo que hayas visto las aldeas en los bordes del Reino de los Siete Ríos, pero yo sí las vi. Pasamos sobre algunos rebeldes okeke peleando contra nurus. Los nurus eran más numerosos que los okekes, cien a uno. Los civiles okeke también eran atacados. Todo estaba ardiendo.

—Olí el humo —dije en voz baja.

—Tu visión te protegió, pero no a mí. ¡Lo vi! —dijo Mwita, y sus ojos se abrieron desproporcionadamente—. No sé qué clase de hechicería está actuando aquí, pero me asustas. *Todo esto* me asusta.

—A mí también me asusta —dije con cautela.

—Te pareces a tu madre en casi todo, salvo en el color y quizás en la nariz. Te comportas como ella... Hay algunas otras cosas, también —dijo él—. Pero ahora puedo verlo en los ojos. Tú tienes sus ojos.

—Sí —dije—. Es todo lo que tenemos en común —*Y la habilidad para cantar*, pensé.

—Tu padre fue mi maestro —dijo—. Él es Daib. Te he contado acerca de él. Él es la razón por la que mi tío y mi tía, que me salvaron y criaron, fueron asesinados.

La noticia me golpeó como si mi madre me hubiese abofeteado, como si Aro me hubiera golpeado, como si Mwita me estuviera estrangulando. Abrí la boca para poder respirar. *Mi propia madre y el hombre que amo tienen razones para odiarme*, pensé, indefensa. Todo lo que necesitan es verme a los ojos. Me sobé la nuca, esperando que mi dolor de cabeza volviera, pero no lo hizo. Mwita acercó su cara a la mía.

—¿Cuánto de esto sabías, Onye?

Frunci el ceño, no sólo por su pregunta, sino por la forma en la que la hacía.

—Nada, Mwita.

—El tal Sola, de quien me contaste, ¿él planeó...?

—No hay ninguna conspiración en tu contra, Mwita. ¿De verdad crees que soy una falsa...?

—Daib es un hechicero poderoso, muy poderoso —dijo Mwita—. Puede curvar el tiempo, puede hacer aparecer cosas que nunca debían haber existido, puede hacer que la gente piense cosas equivocadas, y tiene el corazón lleno de lo más maligno. Lo conozco bien —me acercó su cara todavía más—. Ni siquiera Aro podría impedir que Daib te matara.

—Bueno, de alguna manera lo hizo —dije.

Mwita se echó hacia atrás, frustrado.

—Está bien —dijo después de un momento—. Está bien. Pero… de todas formas, Onye, prácticamente somos hermanos.

Entendí lo que quería decir. Mi padre biológico, Daib, fue su primer amo, su maestro. Aunque Daib no le había permitido a Mwita iniciarse, él había sido su estudiante durante años. Y ser el estudiante de hechicería de alguien significaba tener una relación muy estrecha… más cercana que la que se tenía con un padre. Aro, a pesar de todos mis conflictos con él, era como un segundo padre para mí (con Papá como el primero, *no* Daib). Aro me había dado a luz en otro conducto de la vida. Temblé y Mwita asintió.

—Daib cantaba mientras me golpeaba —dijo—. Mi disciplina y mi capacidad para aprender tan rápido se deben a la mano pesada de tu padre. Siempre que hacía algo mal, o muy despacio, o sin exactitud, lo oía cantar. Su voz siempre traía lagartijas y escarabajos.

Miró en lo profundo de mis ojos y supe que estaba tomando una decisión. Yo también aproveché para decidir. Para decidir si *yo* estaba siendo manipulada. Si todos lo estábamos. Desde mis once años, me habían pasado cosas que me habían empujado en una dirección específica. Era fácil imaginar que alguien con gran poder místico manipulaba mi vida. Excepto por una cosa: la cara de asombro y casi de miedo de Daib cuando me vio. Alguien como Daib no podría fingir miedo o estar desprevenido. La expresión había sido cierta: real. No, Daib tenía el mismo control sobre todo esto que yo misma.

Esa noche, Mwita no me soltó, y a mí no me hizo falta retenerlo.

Capítulo 29

Al día siguiente nos pusimos en marcha antes del amanecer. Hacia el oeste. Teníamos una brújula y el sol a nuestro lado, no demasiado fuerte. Luyu, Fanasi, Diti y Binta empezaron un juego de adivinanzas. Yo no estaba de humor así que me quedé atrás. Mwita caminaba delante de todos nosotros. No me había dicho más que "buenos días" al levantarnos. Luyu abandonó el juego de adivinanzas para caminar a mi lado.

—Estúpido juego —dijo, ajustando su mochila.

—Estoy de acuerdo —dije.

Después de un momento, ella puso la mano en mi hombro y me detuvo.

—¿Qué les pasa a ustedes dos?

Eché un vistazo a los otros mientras seguían caminando y sacudí la cabeza. Ella frunció el ceño, molesta.

—No me dejes a oscuras. No voy a dar otro paso hasta que no me digas *algo*.

—Como quieras —empecé a caminar. Ella me siguió.

—Onye, soy tu amiga. Al menos cuéntame algo. Tú y Mwita se van a hacer pedazos si no compartes algo del peso. Estoy segura de que Mwita le cuenta algunas cosas a Fanasi —la miré—. Ellos hablan —dijo—. Ya ves cómo se alejan a veces. Puedes hablar conmigo.

Tal vez era verdad. Los dos eran diferentes: Fanasi, tradicional por crianza; y Mwita, no tradicional de nacimiento, pero a veces la diferencia lleva a la semejanza.

—No quiero que Diti y Binta sepan nada de esto —dije después de un momento.

—Por supuesto —dijo Luyu.

—Yo... —de pronto sentí ganas de llorar. Tragué saliva—, soy la estudiante de Aro.

—Lo sé —dijo ella, haciendo una mueca—. Fuiste iniciada y...

—Y eso trae consecuencias —dije.

—Los dolores de cabeza —dijo ella. Asentí—. Todos sabemos eso.

—Pero no es tan simple. Los dolores se deben a algo. Son... fantasmas del futuro —nos detuvimos.

—¿De qué en el futuro?

—De cómo muero —dije—. Parte de la iniciación es encarar tu propia muerte.

—¿Y cómo mueres?

—Me ponen ante una turba de nurus, enterrada hasta el cuello, y me lapidan hasta la muerte.

Luyu dilató sus fosas nasales.

—¿Qué... qué edad tienes cuando pasa eso?

—No sé. No pude verme la cara.

—¿Tus dolores de cabeza se sienten como si te golpearan con piedras? —asentí—. Oh, Ani —me estrechó con su brazo.

—Hay otra cosa —dije después de un momento—. La profecía estaba equivocada...

—Será una mujer *ewu* —dijo Luyu.

—¿Cómo lo...?

—Adiviné. Tiene más sentido ahora —soltó una risita—. Camino con una leyenda.

Sonreí con tristeza.

—Todavía no.

Capítulo 30

Durante las siguientes semanas, Mwita y yo tuvimos dificultades para hablarnos. Pero, cuando nos íbamos a descansar, no podíamos quitarnos las manos de encima. Todavía tenía miedo de quedar embarazada, pero nuestras necesidades físicas eran más grandes. Había muchísimo amor entre nosotros, y sin embargo no podíamos hablar. Era la única forma. Intentábamos guardar silencio, pero todos nos escuchaban. Mwita y yo estábamos tan imbuidos en nosotros mismos durante la noche, y luego durante el día en nuestros pensamientos oscuros, que aquello no nos importaba. Sólo cuando Diti me abordó, una noche fría, me di cuenta de que algo estaba pudriéndose entre nosotros.

Ella habló en voz baja, pero se veía lista para asaltarme:

—¿Cuál es tu problema? —dijo, arrodillándose a mi lado.

La miré, apartando la vista del guiso de liebre y cactus al que daba vueltas, irritada por su tono.

—Estás invadiendo mi espacio, Diti.

Ella se acercó aún más.

—¡Todos los oímos cada noche! Parecen liebres del desierto. Si no tienen cuidado, cuando lleguemos al oeste seremos más de seis. Y a nadie le va a caer bien un bebé *ewu* de padres *ewu*.

Hizo falta toda mi fuerza para no golpearla en su rostro con mi cuchara de madera.

—Aléjate de mí —le advertí.

—No —dijo, pero parecía asustada—. Lo… lo siento —tocó mi hombro y yo miré su mano. Ella la apartó—. No tendrías que presumirlo, Onye.

—¿Qué…?

—Si ya dominaste esa hechicería, ¿por qué no nos curas a nosotras? —dijo—. ¿O eres la única que tiene permitido disfrutar del coito?

Antes de que pudiera hablar, Luyu llegó corriendo.

—¡Hey! —dijo, señalando detrás de nosotras—, ¡hey! ¿Qué es *eso*?

Nos dimos vuelta. ¿Me estaban engañando mis ojos? Una manada de perros salvajes color arena corrían tan deprisa hacia nosotros que levantaban tras ellos una nube de polvo. Flanqueando a los perros había dos camellos peludos de una sola joroba y cinco gacelas con largos cuernos en espiral. Sobre ellos volaban siete halcones.

—¡Dejen todo! —grité—. ¡Corran!

Diti, Fanasi y Luyu se echaron a correr, arrastrando a una sorprendida Binta.

—¡Mwita, vamos! —grité, pues él no había salido de la tienda. Sabía que estaba tomando una siesta. Abrí la entrada: dormía profundamente—. ¡Mwita! —grité, mientras el sonido de las pezuñas ahogaba todo lo demás.

Sus ojos se abrieron. Se abrieron desmesuradamente. Me acercó hacia él en el momento en que llegaban. Nos abrazamos tan fuertemente como pudimos mientras las grandes bestias atravesaban nuestro campamento. Los perros fueron por mi guiso, arrastrando la olla lejos del fuego a pesar del calor. Las gacelas y los camellos se metían en nuestras tiendas. Mwita y yo nos quedamos callados mientras ellos husmeaban en nuestra tienda y se llevaban lo que querían. Uno de los camellos encontró mi reserva de dulce de cactus. Nos miró mientras devoraba la fruta con lo que sólo podía ser placer. Yo maldije.

Otro camello introdujo el hocico en una cubeta y se acabó toda el agua. Los halcones descendieron y se llevaron la carne de liebre que Diti y Binta habían puesto a secar. Cuando acabaron, los animales se marcharon juntos al trote.

—Regla uno de la ley del desierto —dije, mientras salía arrastrándome de la tienda—: nunca rechaces a un compañero de viaje si no está planeando comerte. Me pregunto cuánto tiempo habrán estado trabajando juntos esos animales.

—Fanasi y yo tendremos que salir de caza esta noche.

Luyu, Diti, Binta y Fanasi regresaron con caras de enojo.

—Deberíamos matarlos y comerlos a todos —dijo Binta.

—Si atacas a uno, todos te atacarán —dije yo.

Salvamos la comida que pudimos, que no era mucha. Esa noche, Fanasi, Mwita y Luyu, que insistió en acompañarlos, salieron a cazar y recolectar. Diti me evitó poniéndose a jugar una partida de warri con Binta. Yo calenté un poco de agua para un baño que me hacía mucha falta. Mientras estaba detrás de mi tienda, en la oscuridad, lavándome con el agua tibia, una mosca me picó en el brazo. Parte del *juju* de la roca de fuego era para mantener alejados a los insectos que pican, pero de vez en cuando alguno lograba meterse. Lo aplasté sobre mi tobillo. Explotó y sólo quedó una mancha de sangre.

—Agh —dije, mientras la limpiaba. La picadura se estaba poniendo de color rojo brillante. El más leve golpe o picadura siempre hacía que mi piel luciera más roja de lo normal. Era lo mismo con Mwita. La piel *ewu* es sensible. Acabé de lavarme deprisa.

Esa noche, noté que Diti dormía en la tienda de Binta. Ella y Fanasi ya no podían dormir en brazos del otro. Así de mal se había puesto.

Capítulo 31

Supe del pueblo horas antes de que llegáramos. Mientras todos dormían, volé en forma de buitre. Lo hice a lo largo de varios kilómetros, en el viento frío. Necesitaba pensar en la solicitud de Diti. Debía de haber sabido cómo romper el *juju* del Rito de los Once. Eso era la parte más frustrante. No podía pensar en un canto, combinación de hierbas o uso de objetos que pudiera servir. Aro se hubiera reído de mí e insultado mi lentitud. Pero no quería herir a mis amigas cometiendo un error.

Los vientos me llevaron al oeste y así fue como me encontré con el pueblo. Vi edificios de piedra arenisca bien construidos, brillantes, de luces eléctricas y fogatas. Una carretera pavimentada atravesaba el pueblo de sur a norte, y desaparecía en la oscuridad en una dirección y en otra. El norte estaba señalado por pequeñas colinas, y una grande en cuya punta había una casa, muy iluminada por dentro. Cuando regresé al campamento, desperté a Mwita y le conté del pueblo.

—Aquí no debería haber pueblo alguno —dijo, mirando el mapa. Yo me encogí de hombros.

—Tal vez el mapa es muy viejo.

—Ese pueblo suena que está bien establecido. El mapa no puede ser *tan* viejo —Mwita maldijo—. Creo que nos salimos de ruta. Necesitamos averiguar cómo se llama. ¿Qué tan lejos está?

—Llegaremos allá al final del día —Mwita asintió—. Mwita, no estamos listos.

—Una manada de animales nos robó toda nuestra comida.

—Sabes lo peligroso que puede ser —toqué la cicatriz en mi frente—. Deberíamos rodearlo y nunca hablar de él. Podemos encontrar comida en el camino.

—Te escucho —dijo él—. Sólo que no estoy de acuerdo contigo.

Chasqué la lengua y aparté la mirada.

—No es justo mantenerlos a oscuras —dijo él.

—¿Qué tan a oscuras has mantenido a Fanasi? —pregunté.

Él inclinó la cabeza y sonrió.

—Luyu sospecha de ti —dije. Él asintió.

—Esa muchacha tiene ojos y oídos agudos —se apoyó en sus codos—. Hace preguntas. Le contesto cuando quiero.

—¿Qué preguntas?

—Confía —dijo él—. Y suéltate un poco. Todos estamos metidos en esto.

Llegamos a kilómetro y medio del pueblo hacia el final del día. Mwita recogió rocas para hacer un fuego de piedras. Nos lavamos, comimos y nos sentamos ante el fuego antes de quedarnos callados. Fanasi y Diti se sentaron juntos uno al lado de la otra, pero Diti no dejaba de apartar el brazo de él de su cintura. Luyu habló primero.

—No tenemos que ir allá. Eso es lo que estamos pensando, ¿cierto? —Mwita me lanzó una mirada—. Hemos viajado durante semanas —siguió Luyu—. No es mucho. No sé cuánto falta para que lleguemos a… lo malo. Hemos estado diciendo que unos cinco meses, pero cualquier cosa puede pasar en el camino que nos retrase. Así que yo digo: hagámonos fuertes. Continuemos.

—Quiero comida de verdad —dijo Binta con enojo—. Como fufu y sopa de egusi, ¡y sopa de pimiento con pimiento de verdad en lugar de un cactus especiado con sabor extraño! Tarde o temprano tendremos que "hacernos fuertes" de todas maneras. En la mañana, deberíamos comprar lo que necesitamos y seguir adelante.

—Estoy de acuerdo con Binta —dijo Diti—. Sin ofender a nadie, pero no me molestaría ver algunas caras diferentes, aunque fuera por unas horas.

Fanasi la miró con enojo.

—Deberíamos continuar —dijo—. Podría haber problemas aquí y no hay necesidad de arriesgarnos.

Luyu asintió vigorosamente a lo dicho por Fanasi y los dos se sonrieron. Diti se apartó de Fanasi, murmurando algo. Él puso cara de impaciencia.

—No me molestaría ver un nuevo pueblo —dijo Mwita. Yo fruncí el ceño—. Pero tendremos muchas oportunidades de hacerlo en el futuro —siguió—. Y sí, podría ser peligroso. Especialmente para Onye y para mí. Pronto estaremos tan lejos de casa que hasta el aire mismo que respiremos será nuevo. La cosa sólo va a volverse más peligrosa... Para todos nosotros. Pero esto les diré: no hay ningún pueblo mencionado aquí en mi mapa, así que o nos salimos de ruta o mi mapa está equivocado. Propongo que Fanasi y yo vayamos a averiguar el nombre del pueblo y regresemos de inmediato.

—¿Por qué ustedes? —preguntó Diti—. Llamarán demasiado la atención. Iremos Fanasi y yo.

—Ustedes dos no parecen llevarse demasiado bien —dije.

Diti me miró como si quisiera morderme.

—Está bien, que sean Luyu y Fanasi.

—Yo digo que vayamos TODOS —exigió Diti.

—Sería estúpido no hacerlo —agregó Binta.

Todos me miraron a mí. Si yo votaba por ir, sería un empate.

—Yo digo que nos saltemos el pueblo.

—Claro que sí —siseó Diti—. Estás acostumbrada a vivir como animal en la arena. Y *tú* puedes dejar que Mwita te caliente en la noche.

Sentí que la sangre subía a mi rostro. Me pregunté cómo se había vuelto tan estúpida. Estaba acostumbrada a que Luyu, Diti y Binta tuvieran, si no respeto, una especie de miedo de mí. Eran mis amigas y me querían, pero había algo en mi persona que las hacía callarse cuando era debido.

—Diti —dije cuidadosamente—, estás metiéndote en un terreno pe...

Ella se levantó de un salto, tomó un puñado de arena y me lo echó a la cara. Levanté las manos a tiempo para proteger mis ojos. Mwita me había enseñado cómo calmar mis emociones. Aro me había enseñado cómo controlar y concentrarme en mis emociones. Podía sentir ira y hasta furia, pero nunca usaría a ciegas lo que Aro me había enseñado. Al menos, eso era lo que me había enseñado. Aún estaba en entrenamiento. Sin pensar, y antes de que Mwita pudiera detenerme, me lancé hacia Diti y la golpeé en plena espalda mientras se volvía para huir. Sólo usé fuerza física para derribar a mi amiga. Aro y Mwita me habían instruido bien.

Ella gritó y siguió intentando apartarse, pero la sujeté con fuerza. La volteé. Ella volvió a chillar mientras me abofeteaba. Yo la abofeteé de regreso, aún con más fuerza. Le tomé las manos y me senté en su pecho. Sostuve sus dos manos con mi mano derecha y procedí a abofetearla, desde un lado y desde el otro, con la izquierda.

—¡Puta imbécil! ¡Pito de cabra enferma! ¡Estúpida, idiota, niñita pocaschichis...!

Brotaron lágrimas de mis ojos. Alrededor de mí, el mundo parecía sumergido. De pronto, Fanasi me apartaba de ella a tirones mientras gritaba:

—¡Detente! ¡*Detente*!

Mi atención se enfocó en él. Era más alto y más fuerte, pero yo también era alta y fuerte. Físicamente no estábamos tan desiguales.

Mi rabia se arremolinaba en mi pecho, lista para atacar otra vez. Estaba harta de que esos sentimientos salieran incluso de aquellos a quienes amaba. Todo lo que hacía falta era hacerlos enojar. Esto es lo que hacía a Mwita y a mi madre distintos de todos los demás, incluso de Aro. En lo más profundo de su enojo, nunca habían salido de sus bocas insultos semejantes. Jamás.

Fanasi me arrojó al suelo. Mwita sujetó mi brazo antes de que pudiera saltar hacia él. Me arrastró lejos. Lo dejé hacerlo. Su contacto me había quitado el ánimo. Necesitaba muchísimo a Mwita en ese viaje.

—Cálmate —dijo, mirándome desde arriba con desagrado.

Aún respirando pesadamente, me di vuelta y escupí arena de mi boca.

—¿Y si no quiero? —jadeé—. ¿Y si no sirve de nada?

Se arrodilló a mi lado.

—Entonces sigue —dijo. Hizo una pausa—. Esto es lo que nos hará diferentes. Diferentes del mito de los *ewu*, diferentes de lo que vamos a enfrentar en el oeste. Control, pensamiento, *entendimiento*.

Escupí más arena y lo dejé ayudarme a ponerme de pie. Fanasi se llevó a Diti a su tienda. Pude escucharla sollozar y a Fanasi hablarle suavemente. Binta se sentó afuera de la tienda, escuchando y mirando con tristeza sus manos en su regazo.

—Sabes por qué Diti está tan enojada —dijo Luyu, caminando hacia mí.

—No me interesa —dije, apartando la vista—. ¡Hay cosas más importantes!

—Debería interesarte, si es que quieres que lleguemos a donde vamos —dijo Luyu con enojo.

—Luyu —dijo Mwita—, el estado de tu clítoris es poca cosa comparado con esto —pasó la mano sobre su rostro—. Imagina estar marcada así. Sin importar a donde vayamos, esas tonterías que Diti dijo sobre estar acostumbrados a "vivir como animales", esos pensamientos están en la mente de todos, okekes o nurus. Nos odian tanto como al desierto.

Luyu bajó la mirada y murmuró:

—Ya lo sé.

—Entonces actúa como si lo supieras —dijo Mwita bruscamente.

El resto del día fue tenso. Tan tenso que Fanasi y Luyu pensaron que sería mejor que fueran al pueblo al día siguiente por la mañana. No era el mejor momento para dejarnos a mí, Binta y Diti a solas, sólo con Mwita para terminar una pelea. Pero era el mejor plan.

Pasó una hora. Diti y Binta permanecían juntas, lavando y cosiendo ropa. Fanasi y Mwita se sentaron en el centro de las tiendas, para mantenernos vigiladas a nosotras, mujeres locas. Mwita le daba a Fanasi lecciones de la lengua nuru. También se había ofrecido a enseñar a Diti, Binta y Luyu. Sólo Luyu había terminado por aceptar. Ella no se había apartado de mí desde la pelea.

—Debes practicar —dije. Nos sentamos afuera de mi tienda, mirando hacia el pueblo. Intentaba enseñarle a meditar.

—No creo que sea capaz de limpiar mi mente de todo pensamiento —dijo.

—Eso es lo que yo pensaba también —dije—. ¿Alguna vez te has despertado y por unos segundos no has sabido quién eres?

—Sí —dijo Luyu—. Eso siempre me ha asustado.

—No recuerdas porque te encuentras en un estado temporal en el que has limpiado todo y lo que queda eres tú. Piensa en cómo te haces recordar a ti misma cuando eso pasa.

—Recuerdo cosas —dijo ella—. Como qué se supone que debo hacer ese día o qué quiero hacer.

Asentí.

—Sí. Llenas tu cabeza de pensamientos. Aquí va algo inquietante: si no te reconoces a ti misma, entonces ¿quién es la que te recuerda quién eres?

Luyu me miró sin expresión. Frunció el ceño.

—Eso. ¿Quién es?

Sonreí.

—No pude dormir por una semana después de que Mwita me hizo reconocer eso.

—¿Alguna idea de cómo curarnos de nuestra castidad forzada? —preguntó ella después de un momento.

—No.

Otra vez guardamos silencio.

—Lo siento —dijo Luyu después de un rato—. Estoy siendo egoísta.

Suspiré.

—No, no es así —sacudí la cabeza—. Todas estas cosas son importantes.

—Onye, lo siento. Siento lo que Diti te dijo. Siento que tu padre…

—Me niego a llamarlo mi padre —dije, mirándola.

—Tienes razón. Lo siento —dijo Luyu con cuidado. Hizo una pausa—. Él… él lo grabó. Debe de haberlo conservado.

Asentí. No lo dudaba en absoluto. Nunca lo había dudado.

Cenamos en silencio y fuimos a la cama cuando el sol aún se estaba poniendo. Mwita me miró mientras yo desataba mi cabello largo y espeso. Estaba cubierto de arena a causa del estúpido ataque de Diti. Planeaba cepillarlo y hacer una sola trenza gruesa hasta que tuviera ocasión de volverlo a arreglar en las muchas trenzas pequeñas que yo prefería.

—¿Te lo cortarás alguna vez? —preguntó Mwita, mientras me cepillaba.

—No —dije—. Tampoco te cortes el tuyo.

—Ya veremos —dijo. Tiró del pelo en su cara—. La barba me gusta.

—A mí también —dije—-. Todos los hombres sabios se la dejan crecer.

No pude dormir. “Estás acostumbrada a vivir como animal en la arena”, había dicho Diti. Sus palabras ardían en mi interior como bilis regurgitada. Y luego el modo en que Binta había ido tras ella. Binta no me había hablado desde la pelea. Delicadamente, aparté el brazo de Mwita de mi cintura y me hice a un lado. Volví a atar mi rapa y dejé la tienda. Pude escuchar a Luyu roncar en su tienda y la profunda respiración de Fanasi en la suya. No escuché nada cuando me acerqué a la tienda de Diti y Binta. Miré el interior. Se habían ido. Maldije.

—Sólo dejemos nuestras cosas aquí mientras vamos por ellas —dijo Luyu.

Me puse en cuclillas cerca de las rocas que se enfriaban, meditando. ¿Realmente habían pensado que podrían irse a escondidas y volver antes de que las echáramos de menos? O tal vez no habían tenido intención alguna de volver. *Estúpidas, estúpidas, mujeres idiotas*, pensé.

Fanasi estaba de pie, dándonos la espalda. Así como yo estaba enojada, él estaba preocupado. Había renunciado a tantas cosas por Diti y ella ni siquiera había pensado en él.

—Fanasi —dije, levantándome—. La encontraremos.

—Aún es temprano —dijo Mwita—. Empacamos todo, incluyendo las cosas de Diti y Binta, y vamos a buscarlas. Cuando las encontremos, seguimos adelante, sea la hora que sea.

Fanasi insistió en cargar la mayor parte del equipaje de Diti, al menos lo que había dejado. Se había llevado su mochila y algunos objetos pequeños. Mwita cargó la tienda, enrollada, de Binta. Usamos la luz del pueblo para ver nuestro camino por las colinas bajas. Mientras caminábamos, yo cantaba suavemente a la brisa. Dejé de cantar.

—Shhh —dije, levantando una mano.

—¿Qué? —murmuró Luyu.

—Espera.

—Tengo mi linterna a la mano —dijo Mwita.

—No, sólo espera —hice una pausa—. Nos están siguiendo. Sin ruido. Relájense —volví a escucharlo. Pasos suaves. Justo detrás de mí—. Mwita, la luz —dije.

En el momento en que la encendió, Luyu chilló y corrió hacia mí. Se tropezó y cayó sobre mí con tanta fuerza que me tiró.

—Es... es... —balbuceó, retorciéndome sobre mí mientras miraba hacia atrás.

—Sólo son camellos salvajes —dije, empujándola y poniéndome de pie.

—¡Me lamió la oreja! —gritó ella, frotándose vigorosamente su oreja y su cabello, que estaban muy mojados.

—Sí, porque sudas todo el tiempo y necesitas un baño —dije—. Les gusta la sal.

Eran tres. El más cercano a mí gruñó desde lo profundo de su garganta. Luyu se acuclilló cerca de mí. No podía culparla después del ataque de la tribu de animales que habíamos sufrido.

—Sostén la luz en alto —le dije a Mwita.

Cada camello tenía dos grandes jorobas y su piel era gruesa y polvorosa. Estaban sanos. El más cercano a mí gruñó un poco más y dio tres pasos agresivos en mi dirección. Luyu gritó y se escondió a mis espaldas. Me mantuve en mi sitio. Mi canto los había atraído.

—¿Qué quieren? —dijo Fanasi.

—Shhh —dije. Despacio, Mwita se puso delante de mí. El camello se le acercó, poniendo su cara suavemente contra la de él mientras olfateaba. Los otros camellos hicieron lo mismo. Mwita acababa de establecer su relación conmigo ante los camellos y ellos entendían: el macho protege a la hembra. Es con quien se debe negociar. Admito que fue bueno tener a alguien que me protegiera, para variar.

—Tienen la intención de acompañarnos en el viaje —dijo Mwita.

—Eso pensaba —dije.

—¡Pero mírenlos! —dijo Luyu—. Están sucios y... son salvajes.

Oí que Fanasi gruñía, asintiendo.

Resoplé.

—Y por eso yo no creo que estemos listos para visitar un pueblo. Cuando estás en el desierto, debes *estar* en el desierto. Aceptas la arena en la ropa, aunque no en el cabello. No te molesta bañarte a la intemperie. Llevas una cubeta de agua adicional para otras criaturas que quisieran beber. Y cuando alguien, de *cualquier* clase, quiere viajar contigo, no lo rechazas a menos de que sea cruel.

Seguimos adelante, esta vez con un trío de camellos tras nosotros. Alcanzamos la carretera pavimentada antes de llegar al pueblo. Me detuve, pues experimentaba un ligero *déjà vu*.

—Tenía seis años cuando vi una carretera pavimentada por primera vez —dije—. Pensaba que las hacían gigantes. Como las del Gran Libro.

—Tal vez así era —dijo Mwita, mientras se me adelantaba.

Los camellos no parecían tener la menor curiosidad al respecto. Pero una vez que cruzamos, se detuvieron. Todos caminamos varios pasos antes de darnos cuenta de que no iban a venir. Los camellos gruñeron con fuerza mientras se sentaban.

—Vamos —les dije—. Sólo vamos en busca de nuestras compañeras.

Los camellos no cedieron.

—¿Crees que presientan algo malo? —preguntó Mwita.

Me encogí de hombros. Amaba a los camellos, pero no siempre entendía su comportamiento.

—Tal vez nos esperen —dijo Fanasi.

—Espero que no —dijo Luyu.

—Quizá —dijo Mwita. Caminó hacia un camello y cuando estuvo delante de los tres, éstos le rugieron. Mwita se hizo atrás de un salto.

—Vámonos —dije—. Si no están aquí cuando regresemos, que así sea.

Capítulo 32

Como vi cuando sobrevolé la noche previa, en un lado del pueblo el terreno era montañoso. Entramos por el lado más plano donde había tiendas en las que vendían pinturas, esculturas, brazaletes y vidrio soplado junto con las cosas habituales.

—Onyesonwu, cúbrete con tu velo —dijo Mwita. Él se había anudado el suyo en la cabeza, dejando que la gruesa tela verde cayera sobre su rostro.

—Espero que no piensen que estamos enfermos —dije, haciendo lo mismo con mi velo amarillo.

—Mientras la gente se mantenga alejada de nosotros —dijo Mwita. Cuando vio la molestia en mi rostro, añadió—: Diremos que somos personas sacras —nos acercamos a un grupo de edificios grandes. Miré a través de una ventana y vi libreros.

—Debe de ser su hogar de libros —le dije a Luyu.

—Sí, bueno, si lo es, entonces tienen dos —contestó ella.

El edificio a nuestra izquierda también estaba lleno de libros.

—Ah, ah —dijo suavemente Mwita, sus ojos estaban bien abiertos—. Hay gente ahí adentro, incluso a esta hora. ¿Creen que estén abiertos al público?

El pueblo se llamaba Banza, un nombre que me resultaba vagamente familiar. Y aparecía en el mapa de Mwita. Estábamos fuera de nuestro rumbo, habíamos viajado hacia el noroeste en lugar de hacia el oeste.

—Debemos poner más atención —dijo Mwita al tiempo que observábamos su mapa.

—Más fácil decirlo que hacerlo —dijo Luyu—. Caminar se vuelve tan monótono que uno va a la deriva. Entiendo por qué nos ocurrió.

Algunas personas nos observaban con un interés moderado mientras pasaban, pero eso fue todo. Me relajé un poco. De cualquier forma, resultaba obvio que no éramos de ahí. Mientras que nuestras ropas consistían en pantalones, vestidos y velos largos y fluidos, estas personas usaban ropa más ajustada y una tela amarrada con fuerza alrededor de sus cabezas. Las mujeres usaban anillos plateados en su nariz y largos y apretados medios vestidos que se acampanaban en la parte baja, llamados faldas. También llevaban blusas sin mangas, mostrando brazos y hombros. La mayoría de las faldas, blusas y telas de la cabeza de las mujeres eran de colores llamativos, con estampados. Los hombres usaban pantalones, igual de justos y llamativos, con apretados caftanes. Buscamos durante una hora y nos encontramos en el mercado central. Estaba abarrotado sin importar el hecho de que pasaban de las diez de la noche.

Banza era un pueblo okeke regido por el arte y la cultura. No era viejo como Jwahir. Las heridas de Banza eran frescas. Conforme los años pasaban, Banza había aprendido a usar lo malo para crear lo bueno. Los fundadores del pueblo transformaron su dolor en arte, cuya creación y venta se convirtió en el centro de la cultura de Banza.

—¿Acaso duerme este pueblo? —preguntó Luyu.

—Sus mentes son muy activas —dije.

—Creo que todos aquí están locos—dijo Mwita.

Preguntamos por Diti y Binta. Bueno, Fanasi y Luyu hicieron las preguntas. Mwita y yo nos paramos detrás de ellos, intentando esconder nuestras caras *ewu*.

—¿Muy hermosas y vestidas como mujeres santas? —le preguntó un hombre a Fanasi—. Las he visto. Están por aquí, en algún lado.

—Niñas tontas —le dijo una mujer a Fanasi. Entonces se rio—. Compraron un poco de mi vino de palma. Alrededor de diez hombres las estaban siguiendo.

Aparentemente Diti y Binta estaban pasando un buen rato. Adquirimos algo de pan, especias, jabón y carne seca. Le pedí a Luyu que comprara un saco de sal para mí.

—¿Para qué? —me preguntó— Tenemos suficiente.

—Para los camellos, si es que siguen aquí —le respondí.

Luyu entornó los ojos:

—Es poco probable.

—Lo sé —dije.

También le pedí que consiguiera dos tantos de hoja amarga. A los camellos les gustan las cosas saladas y amargas. Mwita hizo que Fanasi me regalara una rapa azul. Y Fanasi le compró a Diti un mondadientes que estaba hecho con el hueso de alguna criatura. Luyu compró algo que me hizo sentir escalofríos en la columna. Me acerqué justo cuando ella terminaba de regatear con la anciana que vendía el pequeño objeto plateado. La mujer tenía una canasta llena de ellos.

—Te lo venderé por ese precio sólo porque me agradas —dijo la mujer.

—Gracias—respondió Luyu con una sonrisa.

—No eres de aquí, ¿cierto? —preguntó la mujer.

—No —contestó Luyu—. Somos del lejano este. Jwahir.

La mujer asintió:

—Hermoso lugar, según he oído. Pero usan tanta tela.

Luyu se rio.

—¿Sabes cómo usar un portátil?

Luyu sacudió la cabeza:

—Por favor, enséñeme.

Observé mientras la mujer explicaba cómo reproducir un archivo de audio del Gran Libro en el portátil, y cómo hacerlo predecir el clima. Pero cuando presionó un botón en el fondo y la lente de una cámara apareció de repente, tuve que preguntar:

—¿Para qué estás comprando esto, Luyu?

—Dame un minuto —dijo Luyu, palmeando mi mejilla.

La vieja mujer me echó una mirada de desconfianza.

—¿Ha visto a dos chicas vestidas como nosotras? —le preguntó rápidamente Luyu a la anciana.

Los ojos de la mujer se quedaron posados en mí por un momento más:

—¿Ella viaja contigo? —preguntó señalándome.

—Sí —respondió Luyu. Lanzó una sonrisa hacia mí—, es mi amiga más cercana.

El rostro de la mujer se oscureció:

—Rezaré a Ani por ti, entonces. Por ambas. No sé ella, pero tú pareces una chica buena y limpia.

—Por favor —insistió Luyu—, ¿dónde vio a esas dos chicas?

—Debí saberlo. Esas chicas atraían a los hombres como si fueran imanes —me observó y parecía que quisiera escupir. Sostuve su mirada—. Intenten en la Taberna de la Nube Blanca.

—Una anciana como ella debería saber más —mascullé hacia Luyu mientras seguíamos a Fanasi y Mwita más allá del mercado hacia el edificio cuyo interior refulgía con luz.

—Olvídala—dijo Luyu.

Desplegó el mapa del portátil.

—Anda, mira —insistió.

Presionó un botón en un lado y el aparato pitó dulcemente. Le dio la vuelta y una pequeña puerta en su inferior se deslizó para revelar una pantalla

—Mapa —dijo Luyu. El portátil pitó de nuevo—. Mira, mira.

Ella lo detuvo sobre la palma de su mano donde proyectó la imagen blanca de un mapa. Éste giró para mantener la dirección correcta cada vez que ella lo movía. Si este mapa era preciso, y yo creía que lo era, entonces era por mucho más fiel que el de Mwita.

—¿Ves la línea naranja? —preguntó Luyu—. La mujer la programó para que el mapa nos muestre el camino de Jwahir hacia el oeste. Estamos unos cinco kilómetros fuera de rumbo. ¿Y ves aquí? Si presionas este botón, nos empieza a rastrear. Pitará cuando nos desviemos de la ruta.

La línea cruzaba con el Reino de los Siete Ríos, en particular con un pueblo del quinto río llamado Durfa. Fruncí el ceño. La villa de mi madre no estaba lejos de ahí. ¿Habría estado ella consciente de estar viajando de forma tan directa al este?

—¿Quién crees que haya hecho el mapa? —pregunté.

Luyu alzó los hombros.

—La señora no lo sabía.

—Bueno, espero que no haya sido un nuru —dije—. ¿Te imaginas que supieran la ubicación exacta de tantos pueblos okeke?

—Ellos nunca abandonarían sus preciosos ríos —dijo Luyu—. Ni siquiera para esclavizar, violar y matar más okekes.

No estoy tan segura de eso, pensé.

Las vimos tan pronto entramos en la taberna. Binta sentada en el regazo de un joven, una copa roja de vino de palma en la mano, la parte superior de su vestido abierta a la mitad. El hombre le estaba susurrando al oído, con una mano le pellizcaba su pezón izquierdo expuesto. Binta alejó la mano de él, luego cambió de parecer y la volvió a poner sobre ella. Otro hombre le dedicaba una apasionada serenata con una guitarra. Sí, la tímida Binta. Diti estaba sentada entre siete hombres, prendados de cada una de sus palabras. Ella también tenía una copa de vino de palma.

—Venimos de lejos e iremos aún más lejos —decía Diti, arrastrando las palabras—. No permitiremos que nuestra gente siga muriendo. Lo detendremos. Somos muy hábiles para el combate.

—¿Ustedes y qué ejército? —preguntó un hombre. Todos se rieron—. ¿Acaso tienen un líder, hermosas criaturas?

Diti sonrió, ladeándose un poco:

—Una horrible mujer *ewu* —dijo. Luego rio con fuerza.

—Así que dos niñas siguen a una prostituta al oeste para salvar al pueblo okeke —se rio uno de los hombres—. Ah, ah, ¡estas niñas de Jwahir son aún mejores que aquella narradora de historias de grandes pechos!

—¡Diti! —gritó Fanasi, dando zancadas.

Diti intentó pararse, pero cayó en cambio en los brazos de uno de los hombres. Él la ayudó a levantarse, poniéndola al alcance de Fanasi:

—Entonces, ¿esto te pertenece? —preguntó el hombre.

Fanasi tomó el brazo de Diti:

—¿Qué estás haciendo?

—¡Pasar un buen rato! —gritó ella, alejando su brazo.

—Íbamos a regresar en la mañana —dijo Binta, cerrando rápidamente la parte alta de su vestido. Yo estaba tan enojada que di media vuelta y salí.

—No te alejes demasiado —me dijo Mwita. Sabía que no era conveniente seguirme.

Salí hacia la noche, la brisa empujó mi velo hacia atrás, quedando de frente a un grupo de hombres jóvenes. Estaban fumando algo que olía como un fuego dulce. Cigarros de savia de cactus café. En Jwahir, eran muy mal vistos: desviaban tu moral, aceleraban tus pies y dejaban un aliento espantoso. Atrapé mi velo y lo regresé a su lugar.

—Enorme mujer *ewu* —dijo el más cercano a mí. Era el más alto de los cuatro, casi de mi altura—. Nunca te había visto antes.

—Nunca había estado aquí antes —repliqué.

—¿Por qué estás ocultando tu cara? —preguntó otro, mientras se acomodaba. Sus pantalones se veían demasiado apretados para sus piernas gordas. Los cuatro dieron un paso hacia mí, curiosos. El alto que me había llamado enorme se recargó en la pared a mi lado, interponiéndose entre la puerta de la taberna y yo.

—Esto es lo que prefiero usar —le dije.

—Pensé que las mujeres *ewu* preferían no usar ropa —el que lo dijo llevaba su cabello en largas trenzas negras—. Que ustedes y el sol son hermanos.

—Ven y sé mi entretenimiento —dijo el alto tomándome del brazo—. Eres la mujer más alta que he visto.

Parpadeé, frunciendo el ceño:

—¿Qué cosa?

—Te pagaré, por supuesto. No necesitas preguntarlo. Sabemos el trato.

—Me puedes entretener después —éste no parecía mayor de dieciséis.

—Yo estaba aquí antes que ustedes dos —dijo el gordo—. Ella me entretiene a mí primero —me miró—. Y yo tengo más dinero.

—Le diré a tu esposa si no me dejas ser el primero —dijo el joven.

—Dile —ladró enojado el gordo.

En Jwahir, la gente *ewu* era marginada. En Banza, las mujeres *ewu* eran prostitutas. No había mejoría sin importar a dónde fuera.

—Soy una mujer santa—aseguré, manteniendo mi voz firme—. No entretengo a nadie. No he sido tocada, y así permaneceré.

—Respetamos eso, señora —dijo el alto—. No tiene que ser penetración. Puedes usar tu boca y permitirnos tocar tus pechos. Te pagaremos bien por...

—¡Calla! —solté—. No soy de aquí. No soy una prostituta. Déjenme en paz.

Una serie de palabras no dichas pasaron entre ellos. Hicieron contacto visual y sus labios se curvaron en sonrisas traviesas. Sus manos dejaron sus bolsillos, donde estaba su dinero. *Oh, Ani, protégeme*, pensé.

Los cuatro brincaron al mismo tiempo. Peleé, pateando a uno en la cara, agarrando los testículos de otro y apretándolos tan fuerte como pude. Sólo necesitaba llegar a la puerta para que los otros pudieran verme.

El alto me agarró. Había demasiado ruido dentro de la taberna y me había quedado sin aliento antes de que pudiera gritar. Pegué, arañé y pateé. Me recompensaron con gruñidos y maldiciones cada que lograba hacer contacto. Pero eran cuatro. El de las trenzas sujetó mi gruesa trenza y me tiró hacia atrás. Entonces empezaron a llevarme lejos de la puerta. Sí, incluso el joven. Miré ansiosamente a mi alrededor, agarrando mi trenza. Había otras personas cerca.

—¡Eh! —le grité a una mujer que estaba parada ahí, mirando—. ¡Auxilio! ¡Ayúdeme, *o*!

Pero no lo hizo. Había otras personas haciendo lo mismo, sólo observando. En este precioso pueblo de arte y cultura, la gente no se metía cuando una mujer *ewu* era arrastrada a un callejón oscuro para ser violada.

Esto es lo que le pasó a mi madre, pensé. *Y a Binta. E incontables mujeres okeke. Mujeres. Las muertas vivientes.* Y me empecé a enojar.

Era *bricoleur*, una que usaba lo que tenía para hacer lo que debía, y así lo hice. Mentalmente abrí mi bolsa de habilidades de supervivencia y consideré los Puntos Místicos. El punto Uwa, el mundo físico. Había una ligera brisa.

Presionaron mi rostro contra el suelo, rompieron mis ropas y liberaron sus penes. Yo estaba concentrada. El viento aumentó.

—Hay consecuencias por cambiar el clima —Aro me había enseñado—. Incluso en los lugares pequeños.

De momento, no me importaba. Cuando estoy realmente enojada, cuando me colma la violencia, todas las cosas son simples y sencillas.

Los hombres notaron el viento y me soltaron. El chico gritó, el alto se quedó con la mirada fija, el gordo intentó cavar un hoyo para meterse en él y el de las trenzas se jaló el cabello con terror. El viento los presionó contra la tierra. Lo más que me hizo fue levantar mi gruesa trenza y soltar mis ropajes. Me incorporé, mirándolos. Recogí el viento, gris y negro en mis manos, y lo presioné, estirándolo en un embudo. Y lo habría encajado en cada uno de ellos, tal como querían encajarme sus penes.

—¡Onyesonwu! ¡No! —la voz de Mwita resonó como si me la hubiera arrojado.

Miré hacia arriba.

—¡Mírame! —le grité—. ¡Mira lo que quisieron hacerme!

El viento mantenía a Mwita alejado.

—Recuerda—gritó—. Esto no es lo que somos. ¡Sin violencia! Eso es lo que nos distingue.

Empecé a temblar al tiempo que mi furia se dispersaba y la claridad se imponía. Sin la ceguera de la rabia, entendí claramente que quería matar a esos hombres. Se encogían con miedo en el suelo. Aterrados por mí. Vi a las personas que se habían reunido alrededor. Miré a Binta, Luyu, Diti y Fanasi, todos ahí parados. Me negué a ver a Mwita. Apunté mi lanza de viento negro y silbante al más joven.

—Onyesonwu —rogó Mwita—, confía en mí. Sólo *confía* en mí. ¡Por favor!

Presioné mis labios. Pensé en la primera vez que vi a Mwita. Cuando me dijo que saltara del árbol después de haberme convertido inadvertidamente en pájaro. No había visto su rostro, no sabía quién era e, incluso así, confié en él. Aventé la lanza y ésta hizo un gran hoyo al lado del más joven. Entonces me llegó la idea. Me transformé. En el Gran Libro existe la criatura más terrorífica. Sólo habla con acertijos y, en las historias, aunque nunca mata, la gente le teme más que a la muerte.

Me transformé en una esfinge. Mi cuerpo era el de un gato del desierto robusto y gigante, pero mi cabeza seguía siendo la mía. Era la primera vez que usaba una figura que conocía, cambiaba su tamaño y conservaba por igual una parte mía.

Los hombres me vieron y gritaron. Se agazaparon aún más contra el suelo. Los curiosos que nos observaban también gritaron y corrieron en todas las direcciones.

—La próxima vez que quieran atacar a una mujer *ewu* piensen en mi nombre: Onyesonwu —rugí al tiempo que azotaba mi gran cola hacia ellos—, y teman por su vida.

—¿Onyesonwu? —preguntó uno de los hombres, con los ojos muy abiertos—. ¡Eeeeh! ¿La hechicera de Jwahir que puede levantar a los muertos? ¡Lo sentimos! ¡Lo sentimos! —presionó su cara contra la tierra. El hombre joven empezó a llorar. Los otros hombres tartamudearon disculpas.

—No lo sabíamos.

—Fumamos demasiado.

—¡Por favor!

Fruncí el ceño, transformándome de nuevo:

—¿Cómo saben de mí?

—Los viajeros hablaron de ti, *Ada-m* —dijo uno de los hombres.

Mwita dio un paso al frente:

—Todos ustedes, ¡lárguense antes de que los mate yo mismo! —estaba temblando tanto como yo. Una vez que los hombres huyeron, Mwita corrió hacia mí—. ¿Dónde te hirieron?

Me quedé parada ahí mientras Mwita juntaba mis ropas y tocaba mi rostro. Los otros se agruparon a nuestro alrededor en silencio.

—Disculpa —dijo una mujer. Era aproximadamente de mi edad y, como muchas mujeres, tenía un anillo plateado en la nariz. Me pareció vagamente conocida.

—¿Qué? —pregunté sin entonación.

La mujer dio un paso atrás y sentí una enorme satisfacción.

—Yo... bueno, quería... quería disculparme... por eso —dijo.

—¿Por qué? —me enfurruñé al darme cuenta de dónde la había visto—. Te quedaste ahí parada, justo como todos los demás. Te vi.

Ella dio otro paso atrás. Quería escupirle y arrancarle la cara a arañazos. Mwita apretó su brazo alrededor de mi cintura con firmeza. Luyu chasqueó la lengua de forma ruidosa y murmuró algo, y escuché a Fanasi decir:

—Vámonos.

Binta eructó.

—Lo siento—dijo la mujer—. No sabía que era Onyesonwu.

—Entonces, si fuera cualquier otra mujer *ewu*, ¿habría estado bien?

—Las mujeres *ewu* son prostitutas—dijo en forma realista—. Tienen un burdel en el Centro llamado Cabello de Cabra. El Centro es la parte residencial de Banza, donde todos vivimos. Vienen ahí desde el oeste. ¿Nunca has escuchado sobre Banza?

—No —dije. Hice una pausa, sintiendo de nueva cuenta que había escuchado sobre Banza antes. Suspiré, disgustada con el lugar.

—Te lo suplico. Ve a la casa en la colina —la mujer me dijo, mirándome primero y luego a Mwita—. Por favor. No es así como quiero que todos ustedes recuerden Banza.

—No nos interesa lo que quiera —dijo Mwita.

La mujer miró al piso y siguió suplicando:

—Por favor. Onyesonwu es respetada aquí. Vayan a la casa en la colina. Ahí pueden curar sus heridas y...

—*Yo* puedo sanar sus heridas —respondió Mwita.

—¿En la colina? —pregunté, mirando en su dirección.

El rostro de la mujer se iluminó.

—Sí, en la cima. Estarán contentos de verte.

Capítulo 33

—No tenemos que hacer esto —dijo Diti.

—Cállate —le solté.

Hasta donde me concernía, lo que me había pasado era tanto culpa de ella y de Binta como de esos hombres.

Regresamos al mercado. Era cerca de la una de la madrugada y las personas empezaban al fin a guardar sus cosas. Por fortuna, una mujer que vendía rapas seguía con su puesto abierto. La noticia de lo que había pasado viajó rápido. Cuando llegamos al mercado, todos sabían quién era yo y lo que le había hecho a los hombres que intentaron hacerme una "propuesta" de "entretenimiento".

La mujer de las rapas me dio una adorable, gruesa y multicolor que había sido tratada con gel térmico, por lo que permanecería fresca en el calor. Rechazó mi dinero, insistiendo en que ella no quería problemas. También me dio un *top* a juego del mismo material. Me puse el magnífico atuendo y me deshice de mis ropajes rotos. Como era el estilo de Banza, ambas piezas me quedaban pegadas, acentuando mis pechos y caderas.

¿Cómo sabía esta gente que podía traer cosas de vuelta a la vida? Diti, Luyu y Binta podrían haber adivinado que tenía potencial para hacerlo, pero ellas no conocían los detalles. Ni siquiera le había contado a Mwita acerca del día que reviví a la cabra. Tampoco le había dicho sobre cómo Aro me hizo revivir a un camello recientemente muerto.

Después de eso, Aro me cargó hasta la choza de Mwita. Me encontraba en un coma parcial. El camello llevaba muerto una hora, lo que significó que tuve que perseguirlo por un largo camino antes de traer de vuelta su espíritu. Mwita nunca me contó lo que le dijo a Aro después de verme ni lo que tuvo que hacer para traerme de vuelta. Pero después de que me recuperé, Mwita se negó a hablarle a Aro por un mes.

Desde entonces, había traído de vuelta un ratón, dos pájaros y un perro. Cada vez había sido más fácil. En cualquiera de esos casos, alguien pudo haberme visto, en particular con el perro. Lo encontré tirado en el camino. Una cosa pequeña de piel café. Aún estaba caliente, así que no había tiempo para llevarlo a un lugar privado. Lo curé ahí mismo. Se levantó, lamió mi mano y corrió, supongo, a casa. Luego fui a casa y vomité pelo y sangre de perro.

Para cuando llegamos al punto más alto de la colina, estábamos exhaustos. La casa de dos plantas era grande y sencilla. Conforme nos acercamos, olí incienso y escuché a alguien cantando.

—Gente santa —dijo Fanasi.

Fanasi llamó a la puerta. El canto cesó y escuchamos pasos. La puerta se abrió. Recordé dónde había escuchado el nombre Banza tan pronto vi su rostro. Luyu, Binta y Diti debieron darse cuenta también, pues se quedaron sin aliento.

Era alto y de piel oscura, justo como la Ada. La mitad del oscuro secreto de la Ada:

—Ellos nunca han venido a verme —habría dicho ella.

—Fanta —pronuncié. Oh, sí, aún recordaba el nombre del gemelo de la Ada—. ¿Dónde está tu hermana Nuumu?

Me miró por un largo momento.

—¿Quién eres? —me preguntó.

—Mi nombre es Onyesonwu —dije.

Sus ojos se abrieron enormes y, sin dudarlo, tomó mi mano y me jaló hacia dentro. Dijo:

—Ella está por acá.

La mujer que nos había dicho que fuéramos a la casa en la colina era una cabra egoísta. No nos envió ahí por compasión. Como sabes, los gemelos traen buena suerte. Banza era pequeño y tenía sus fallas, pero era relativamente feliz y próspero. Pero ahora, una de los gemelos estaba enferma. Fanta nos guio a través de la habitación principal que olía como el pan dulce y los niños que lo habían comido.

—Educamos a los niños aquí—dijo rápidamente Fanta—. Ellos aman este lugar, pero aman más a mi hermana.

Nos llevó hacia unas escaleras y luego por un pasillo, deteniéndose frente a una puerta cerrada, pintada con árboles. Era hermosa. Entre los árboles había ojos, algunos grandes, otros pequeños, azules, marrones, amarillos.

—Sólo ella —le indicó a Mwita.

Mwita asintió.

—Esperaremos aquí.

—Hay una habitación al final del pasillo —dijo Fanta—. ¿Ven la que tiene la luz encendida?

Fanta y yo observamos cómo se dirigían hacia la habitación. Mwita se detuvo por un momento y cruzó su mirada con la mía. Asentí.

—No te preocupes —dije.

—No lo hago —respondió Mwita—. Fanta, ven por mí si lo necesitas.

Entrar en la casa de la Ada fue como caminar hacia el fondo de un lago. Caminar dentro de la habitación de la hija de la Ada era como entrar en un bosque: un lugar que nunca había visto, ni siquiera en mis visiones. Como la puerta, las paredes estaban pintadas de techo a suelo con árboles, arbustos y plantas. Fruncí el ceño conforme me acerqué a su cama.

Algo no estaba bien en la forma en que ella estaba recostada. Podía escucharla respirar de forma superficial, dificultosamente.

—Ella es Onyesonwu, la hechicera del este, hermana —dijo Fanta.

Sus ojos se abrieron desmesuradamente y su respiración se volvió más agitada.

—Es tarde —dije—. Lo siento.

Nuumu saludó con una mano temblorosa:

—Mi nombre —susurró— es Nuumu.

Me acerqué. Se parecía tanto a la Ada como su hermano. Pero había algo muy mal con ella. Se veía como si estuviera en un lugar y sus caderas, en otro. Sonrió ante mi escrutinio, sibilando con fuerza:

—Ven.

Entendí cuando estuve más cerca. Su columna vertebral estaba torcida. Como una serpiente cuando repta. No podía respirar bien porque sus pulmones estaban aplastados por la agresiva curvatura de su columna.

—Yo... no siempre... fui así —dijo Nuumu.

—Ve y trae a Mwita —le dije a Fanta.

—¿Por qué?

—Es mejor sanador que yo —dije con brusquedad.

Me volteé hacia Nuumu después de que él se fue.

—Llegamos a tu pueblo hace horas. Estábamos buscando a dos de nuestras compañeras. Las encontramos en una taberna donde cuatro hombres intentaron violarme porque soy *ewu*. Una mujer nos suplicó que viniéramos hacia acá. Esperábamos que por comida, descanso y un trato más amable. No vine a sanarte.

—¿Acaso... te pedí... que me sanaras?

—No con esas palabras —dije. Masajeé mi frente. Todo era muy confuso. Yo estaba muy confundida.

—Yo... lo... sien... to —dijo Nuumu—. Todos... nacemos... con cargas. Al... algunos... más que... otros.

Mwita y Fanta entraron. Mwita miró las paredes y luego a Nuumu.

—Él es Mwita —dije.

—¿Puedo? —le preguntó Mwita a Nuumu. Ella asintió. Él le ayudó cuidadosamente a sentarse, escuchó su pecho y la miró de nuevo—. ¿Puedes sentir tus pies?

—Sí.

—¿Cuánto tiempo llevas así? —preguntó él.

—Desde… los trece —respondió—. Pero ha… empeorado… con el tiempo.

—Siempre ha tenido que caminar con un bastón —dijo Fanta—. La gente sabía que ella andaba doblada, pero es reciente su confinamiento a la cama.

—Escoliosis —dijo Mwita—. La curvatura de la columna vertebral. Es hereditario, pero eso no siempre lo explica. Es más común en las mujeres, pero los hombres también la pueden padecer. Nuumu, ¿siempre has sido delgada?

—Sí —respondió.

—Afecta de forma más severa a quienes tienen cuerpos delgados —explicó—. Respiras de esa forma porque tus pulmones están comprimidos.

Miré a Mwita y supe lo que necesitaba saber. Ella moriría. Pronto.

—Quiero hablar con Onyesonwu —dijo, tomando mi mano y llevándome afuera.

Una vez que estuvimos en el pasillo, me dijo suavemente:

—Está condenada.

—A menos…

—No sabes qué consecuencias traerá —dijo—. Y ¿quiénes son estas personas?

Nos quedamos ahí por un momento.

—Eres el que siempre me está diciendo que tenga fe —dije tras un momento—. ¿No crees que fuimos enviados aquí? Ellos son los hijos de la Ada.

Mwita frunció el ceño y sacudió la cabeza:

—Ella nunca tuvo hijos con Aro.

Me mofé.

—¿Qué te dicen tus ojos en este momento? Son idénticos a ella. Y ella *sí* tuvo hijos. Cuando tenía quince, algún niño estúpido la dejó embarazada. Me lo contó. Sus padres la mandaron a Banza a tenerlos. Gemelos.

Entré de vuelta en la habitación.

—Fanta, tenemos que sacarla para esto —dije.

Hizo una mueca.

—¿Qué vas a…?

—Sabes quién soy —repliqué—. No hagas preguntas. Sólo puedo hacerlo afuera.

Mwita y Fanasi ayudaron, mientras que Diti, Luyu y Binta nos siguieron, demasiado temerosas para preguntar qué ocurría. La visión de la mujer torcida era suficiente para mantenerlas en silencio.

—Recuéstala aquí —dije señalando una palmera—. Justo en el suelo.

Ella se quejó mientras la recostaban. Me hinqué a su lado. Lo pude sentir.

—Atrás —les dije a los demás. A Nuumu le dije—: Esto puede doler.

Empecé a absorber toda la energía a mi alrededor. Era bueno tener a los otros tan cerca y tan asustados. A su hermano tan preocupado y tan lleno de amor. A Mwita, concentrado exclusivamente en mi bienestar. Lo tomé todo. Reuní lo que pude del pueblo durmiente. Había unos hermanos discutiendo en las cercanías. Había cinco parejas haciendo el amor, una de ellas dos mujeres que se amaban y se odiaban a la vez. Había un infante que acababa de despertar, hambriento y quejumbroso. *¿Puedo hacer esto?*, me pregunté. *Debo hacerlo.*

Cuando tuve suficiente, la usé para desenterrar tanta energía de la tierra como me fuera posible. Siempre habría más para reemplazar la que había tomado. Sentí el calor subir por mi cuerpo, a mis manos. Las puse sobre el pecho de Nuumu.

Ella gritó y yo resoplé, mordiendo mi labio inferior, mientras luchaba por mantener mis manos quietas. Su cuerpo empezó a moverse lentamente. Pude sentir su dolor en mi propia columna vertebral. Mis ojos se llenaron de lágrimas. *¡Aguanta!*, pensé. *¡Hasta que esté hecho!* Sentí mi columna curvarse de un lado al otro. El aliento me abandonó. Y en ese punto, me llegó una revelación. *¡Sé cómo romper el* juju *del Rito de los Once de Diti, Luyu y Binta!* Archivé el conocimiento en el fondo de mi mente.

—Aguanta —susurré para mí misma. Si quitaba mis manos, una onda de conmoción explotaría desde mi ser y su columna vertebral se quedaría curvada. Mis manos se enfriaron. Era momento de quitarlas. Estaba a punto de hacerlo. Entonces Nuumu me habló. No con su voz. No necesitábamos eso. Estábamos conectadas como un mismo cuerpo. Tomó mucho valor admitir lo que se admitió a sí misma, a mí. La observé. Sus labios estaban secos y partidos, sus ojos inyectados con sangre, su piel oscura había perdido brillo.

—No sé cómo —dije, las lágrimas mojaban mi rostro. Pero lo hice. Si sabía cómo dar vida, sabía cómo quitarla. Sostuve su mirada un momento más. Y entonces, lo hice. Usé mis manos espirituales para alcanzar su interior en lugar de la tierra. *¡Verde verde verde verde!*, era lo único que podía pensar mientras jalaba el verdor de ella. *¡Verde!*

—¿Qué está haciendo? —escuché el grito del hermano de Nuumu. Pero no se acercó a nosotras. No sé qué habría pasado si lo hubiera hecho. Jalé con más fuerza hasta que sentí que algo se quebraba. Finalmente, su espíritu cedió. Salió disparado de mis manos hacia el cielo, con un agudo grito de felicidad. Fanta empezó a gritar de nueva cuenta. Esta vez vino corriendo.

El cielo era un espiral de colores, verde principalmente. La jungla. El espíritu de Nuumu viajó directamente hacia arriba. Me pregunté cuándo volvería. Algunas veces volvían, otras no. Mi padre nos dejó a mi madre y a mí por algunas semanas antes de regresar a guiarme durante mi iniciación. Incluso entonces, no se quedó mucho tiempo. Sin moverme, con el poder de mi voluntad, me arranqué de la tierra salvaje y regresé al mundo físico, justo a tiempo para que el puño de Fanta conectara con mi pecho, tirándome de espaldas. Mwita jaló a Fanta hacia atrás. Mi mano salió del pecho de Nuumu, dejando una marca de mucosidad seca.

—¡La mataste! —gritó Fanta. Miró el cuerpo de Nuumu y gimió con tal fuerza que temí que mi cuerpo se despedazaría. Diti, Binta y Luyu me ayudaron a sentarme.

—Podría haberla curado —dije sollozando—. Podría haberlo hecho.

—Entonces, ¿por qué no lo hiciste? —gritó Fanta, liberando su brazo de Mwita.

—No soy nada —lloré—. No me importa lo que me habría hecho. ¿Para qué otro propósito sirvo? ¡Podría haberla sanado!

Mis sienes palpitaron mientras piedras fantasmas golpeaban mi cabeza. Sólo mis amigos impedían que me regodease en la tierra, como la criatura inferior que sentía que era. Abyecta como los escarabajos grises de la enfermedad y la muerte en el Gran Libro que venían por los niños que habían hecho algún mal terrible.

—Entonces, ¡¿por qué no lo hiciste?! —volvió a preguntar Fanta. Se había agotado y Mwita lo dejó ir. Se agazapó sobre el cuerpo lívido y frío de su hermana.

—Ella no... ella no me lo *permitió* —susurré frotando mi pecho—. Debí curarla de cualquier forma, pero ella no me permitió pensarlo. Fue su decisión. Es todo.

Mis acciones eran una abominación para el orden natural de las cosas, aunque entienda ahora, a semanas de distancia, que fue para bien. La consecuencia inmediata de mis acciones fue un manto casi insoportable de dolor. Quería rasgarme la piel, sacarme los ojos, matarme. Sollocé y sollocé, avergonzada de mi madre, disgustada conmigo misma, deseando que mi padre biológico finalmente eliminase mi cuerpo, mi memoria y mi espíritu. Cuando pasó, fue como si un velo grueso, negro y de olor rancio se levantase.

Todos nos quedamos simplemente sentados ahí por varios minutos, Fanta llorando sobre su hermana, Mwita palmeándolo en el hombro, yo tirada en la tierra y el resto, mirando. Poco a poco, Fanta levantó su cabeza y me miró con ojos hinchados.

—Eres malvada—dijo—. Que Ani maldiga todo lo que aprecias en esta vida.

No nos pidió que nos fuéramos. Y aunque no lo discutimos entre nosotros, decidimos quedarnos por una noche. Mwita y Fanasi ayudaron a Fanta a llevar el cuerpo adentro. Fanta empezó a sollozar de nuevo cuando vio que la columna vertebral estaba derecha. Todo lo que ella tenía que hacer era dejarme ir. Ella habría vivido. Me mantuve tan lejos de Fanta como me fue posible. También me negué a entrar en la casa. Preferí dormir bajo las estrellas.

—No —le dije a Luyu, que quiso dormir afuera conmigo—. Necesito estar sola.

Binta y Diti cocinaron una gran comida en la cocina, mientras Luyu barría toda la casa. Mwita y Fanasi se quedaron con Fanta, preocupados de que intentara hacer algo imprudente. Pude escuchar a Mwita enseñándoles a cantar. No estoy segura de haber escuchado a Fanta en el cántico, pero uno no tiene que cantar para ser afectado por la canción.

Desenrollé mi tapete para dormir bajo una palmera seca. Dos palomas estaban acurrucadas en la punta del árbol. Me observaron con sus ojos naranjas cuando apunté con mi luz de palma a la copa del árbol. Normalmente, eso me habría divertido.

Moví un poco mi tapete. No quería ser bombardeada con sus heces durante la noche. El cuerpo me dolía y la jaqueca había regresado. Aunque no estaba a su máximo potencial, era suficientemente fuerte para mandar mis pensamientos hacia el oeste. ¿Qué sería yo para cuando llegáramos ahí? En la misma noche, le había perdonado la vida a los hombres que intentaron violarme y había tomado la vida de la hija de la Ada.

—Algunas veces el bien debe morir y los males más terribles deben vivir —me había enseñado Aro.

En su momento, me burlé de la idea y dije:

—Si puedo evitarlo, no.

Froté mis sienes mientras una piedra fantasma particularmente dura golpeaba dentro de mi cabeza. Casi podía escuchar mi cráneo resquebrajándose. Fruncí el ceño. El sonido de algo resquebrajándose no estaba en mi cabeza. Eran sandalias sobre la arena. Volteé. Fanta estaba parado ahí. Me levanté, lista para la pelea. Él se sentó en mi tapete.

—Siéntate —dijo.

—No —respondí—. ¿Mwita? —llamé con fuerza.

—Ellos saben que estoy aquí afuera.

Miré hacia la casa. Mwita observaba desde una de las ventanas de la planta alta. Me senté junto a Fanta.

—Estaba diciendo la verdad —dije cuando no pude soportar por más tiempo el silencio.

Él asintió, tomando un puñado de arena y dejando que se deslizara entre sus dedos. De algún lugar cercano vino el claro rumor de una estación de acopio. Fanta chasqueó la lengua.

—Ese hombre —dijo—. La gente se queja con él, pero sigue actuando de forma irrespetuosa. No sé para qué necesita agua a esta hora.

—Quizá le gusta la atención —dije.

—Quizá —respondió. Observamos la delgada columna blanca extenderse al cielo.

—Hace frío acá afuera —dijo—, ¿por qué no vienes dentro?

—Porque me odias —repliqué.

—¿Cómo te lo pidió?

—Sólo lo hizo. No, no lo pidió. Pedir implica una opción.

Él apretó los labios, tomó otro puñado de arena y lo aventó.

—Ella me lo dijo alguna vez —empezó él—. Hace meses,

después de que quedó confinada a la cama. Dijo que estaba lista para morir. Pensó que eso me haría sentir mejor —hizo una pausa—. Dijo que su cuerpo estaba...

—Haciendo sufrir a su espíritu —terminé la oración.

Me miró fijamente:

—¿Te dijo eso?

—Era como si estuviera en su mente. No tenía que decirme nada. Ella no sintió que yo pudiera curarla. Tenía que liberarse de su cuerpo.

—Yo... yo estaba... Onye, lo siento... Perdón por mis palabras, por mis acciones —atrajo sus piernas a su pecho y miró hacia abajo. Estaba temblando, intentando contener su duelo.

—No hagas eso —le dije—. Déjalo salir.

Lo sostuve como si se fuera a desmoronar. Cuando pudo hablar, estaba sin aliento como su hermana:

—Mis padres están muertos. No somos cercanos a ningún familiar —suspiró—. Estoy solo ahora.

Miró al cielo. Pensé en el espíritu verde de Nuumu, alejándose con júbilo.

—¿Por qué ninguno de ustedes se casó con alguien? —le pregunté—. ¿No querían hijos?

—No se espera que los gemelos tengan vidas normales —respondió.

Fruncí el ceño, pensando. *¿Quién lo dice?* La tradición. Oh, cómo nos limitan y dejan de lado las tradiciones a los que no somos normales.

—No estás... no estás solo —escupí—. Te reconocimos en cuando te vimos. Conocimos tu cara. Conocimos la de tu hermana.

—Sí. ¿Cómo fue eso? —preguntó extrañado.

—Conocemos a tu madre.

—¿La conocieron? ¿Estuvieron aquí hace años? Yo no...

—Escucha —dije. Inspiré profundamente—. *Conocemos* a tu madre. Está viva.

Fanta sacudió la cabeza:

—No, está muerta. La mordió una serpiente.

—Ella era en realidad tu tía abuela.

—¡¿Qué?! Pero eso… —se detuvo y arrugó el entrecejo. Después de un largo momento, dijo—: Nuumu lo sabía. Había un pequeño agujero en la pared de la habitación que compartimos cuando éramos niños. Encontramos una pintura enrollada una vez ahí, de una mujer. En la parte de atrás decía: "Para mi hijo y mi hija, con amor". No pudimos leer la firma. Teníamos cerca de ocho años. No le di importancia, pero Nuumu pensó que significaba algo. Nunca se la enseñó a nuestros padres. Nuestra madre no pintaba, tampoco nuestro padre. La pintura fue lo que llevó a Nuumu a pintar. Era muy buena para ello. Su trabajo se vendía caro en el mercado… —sus palabras se quedaron en el aire, mientras aparecía una mirada sorprendida en su rostro.

—Tu madre es la Ada de Jwahir—dije—. Es muy respetada y pinta todo el tiempo. Su nombre es Yere y está casada con Aro, el hechicero que es mi maestro. ¿Quieres escuchar más?

—¡Sí, claro!

Sonreí, contenta de darle al fin algo positivo.

—Cuando ella tenía quince, un chico estaba interesado en ella…

Le conté la historia de su madre y cualquier cosa que supiera de ella. No incluí lo del *juju* del Rito de los Once que ella le pidió a Aro que le hiciera a las niñas.

Ambos dormimos esa noche fuera, los brazos de Fanta a mi alrededor. Me pregunté qué sentiría Mwita al respecto, pero algunas cosas son más importantes que el ego de un hombre. En la mañana, Mwita mandó a Diti y a Luyu a la casa de los ancianos de Banza para informar sobre la muerte de Nuumu. La casa pronto se llenaría de gente doliente y personas dispuestas a ayudar a Fanta. Era momento de irnos.

Fanta también planeaba irse. Después de la ceremonia y la cremación de su hermana, dijo que iba a vender su casa para viajar a Jwahir a fin de encontrar a su madre.

—No queda nada más para mí aquí —dijo.

Sin su gemela, muy pronto el pueblo de Banza dejaría de pagarle. Cuando un gemelo muere, el que queda es considerado de mala suerte. Le dijimos adiós a Fanta mientras la casa se llenaba de gente. Muchas de las personas nos lanzaron miradas de rencor a Mwita y a mí, así que temí por nosotros. Habíamos llegado a este pueblo el día anterior y ahora uno de sus valiosos gemelos estaba muerto.

Tomamos un camino diferente para bajar la colina. Nos guio directamente fuera del pueblo. También nos llevó por fuera del burdel Cabello de Cabra. Era una visión que no olvidaría jamás. Aunque era temprano, ya había mujeres afuera. Estaban sentadas en el balcón de una casa de tres pisos. Su piel era brillante y usaban ropas que las hacían brillar aún más. Mwita y yo estábamos más oscuros por viajar bajo el sol, así que a mis ojos prácticamente refulgían. Estaban acomodadas en sillas y colgaban sus delicados pies por encima del balcón. Algunas usaban blusas tan escotadas que se veían sus pezones.

—¿Dónde crees que estén sus madres? —le pregunté a Mwita.

—O sus padres —susurró él.

—Mwita, dudo que cualquiera de ellos sea como tú —dije—. No tienen padres.

Una de las chicas saludó. Saludé de regreso.

—Son algo bonito, a su manera, quizás —escuché que Diti le dijo a Luyu.

—Como digas —respondió Luyu, dubitativa.

Mientras pasamos por el último edificio, escuchamos un estallido cautivador de aullidos. Las mujeres de Banza habían llegado a la casa de los gemelos. Cuidarían de Fanta, al menos por ahora. Una vez que su hermana fuera cremada, él podría desaparecer en la noche. Sentí pena por Fanta. Su otra mitad lo había abandonado, gustosa. En el fondo, el pueblo era bueno, pero algunas partes estaban infectadas. Y ahora Fanta podría tener su propia vida en lugar de ser una idea que le daba esperanza a esta gente egoísta.

Mientras caminábamos, con ese burdel no tan lejos de nosotros, sentí cómo me subía el enojo. Ser algo anormal significaba que debías servir a los normales. Y si te negabas, ellos te odiaban... y con frecuencia los normales te odiaban aun cuando *sí* les sirvieras. Mira a esas mujeres y niñas *ewu*. Mira a Fanta y Nuumu. Míranos a Mwita y a mí.

Sospeché, no por última vez, que sin importar lo que hiciera el oeste sería violento. Sin importar lo que Mwita dijera y creyera. Sólo había que ver cómo había reaccionado Mwita al ver a Daib. Era la realidad. Yo era *ewu*, ¿quién me escucharía sin amenazarme con violencia? Como esos asquerosos hombres afuera de la taberna. No me habían escuchado hasta que me temieron.

Justo antes de que llegáramos al camino, nos encontramos tres camellos. A la izquierda había una gran pila de excremento y parecía como si dos de ellos hubieran ido y regresado con bultos de pasto seco para masticar.

—Nos esperaron —dije sonriendo.

Sin pensarlo, corrí hacia el que me había amenazado y arrojé mis brazos alrededor de su greñudo y polvoso cuello.

—En el nombre de Ani, ¿qué haces? —gritó Fanasi.

El camello gruñó, pero recibió mi abrazo. Di un paso hacia atrás. El camello era grande y tal vez hembra. Incliné la cabeza. Uno de los otros dos no era tan grande. Un bebé que pronto dejaría de serlo. Posiblemente recién destetado. Me pregunté si la hembra nos dejaría ordeñarla. La leche de camello tiene vitamina C. Mi madre dijo que ella había hecho eso varias veces cuando yo era joven.

—¿Cómo deberíamos llamarlos? —pregunté—. ¿Qué tal Sandi?

Mwita rio y sacudió la cabeza. Luyu estaba observándome fijamente. Fanasi sacó la daga que había comprado en Banza. Binta parecía asqueada. Y Diti, molesta.

—Probablemente estás cubierta de liendres, ¿sabes? —dijo Diti—. Espero que estés lista para cortar ese primoroso cabello.

Resoplé:

—Sólo los camellos domésticos tienen ese problema.

—Esa cosa pudo haberte arrancado la cabeza —dijo Fanasi, aún sosteniendo la daga.

—Pero no lo hizo —dije suspirando—. ¿La guardarás?

—No —dijo.

Los camellos no eran estúpidos. Nos observaban con cuidado. Era sólo cuestión de tiempo antes de que uno de ellos escupiera o mordiera a Fanasi. Volteé de nuevo hacia el camello.

—Soy Onyesonwu Ubaid-Ogundimu, nacida en el desierto y criada en Jwahir. Tengo veinte años y soy aprendiz de hechicera del hechicero Aro, guiada por el hechicero Sola. Mwita, dile quién eres.

Dio un paso hacia ellos.

—Soy Mwita, el compañero de vida de Onyesonwu.

Fanasi chasqueó la lengua de forma ruidosa.

—¿Por qué no dices que eres su *esposo*?

—Porque soy *más* que eso —respondió Mwita.

Fanasi le dedicó una fea mirada, murmuró algo por lo bajo y procedió a ignorar a todos. Mwita volteó a ver de nuevo al camello.

—Nací en Mawu y fui criado en Durfa. Soy un prehechicero. No me fue permitido pasar mi iniciación por… razones —me echó un vistazo—. Soy también curandero, educado y aprobado por el curandero Abadie.

Los tres camellos sólo se sentaron ahí y nos miraron a los dos.

—Abrázalo —dije.

—¿Qué? —preguntó.

Diti, Luyu y Binta se rieron.

—Ani nos ampare —refunfuñó Fanasi, entornando los ojos.

Empujé a Mwita al frente. Se paró ante la gran bestia. Entonces alzó los brazos y lentamente los puso alrededor del cuello del camello. El camello gruñó con suavidad. Mwita hizo lo mismo con los otros camellos. Ellos también parecían complacidos por el gesto, gruñendo con fuerza y empujando a Mwita con la fuerza suficiente para hacerlo tambalear.

Luyu dio un paso al frente.

—Soy Luyu Chiki, nacida y criada en Jwahir —se detuvo por un momento, para mirarme primero y luego voltear al piso—. Yo... yo no tengo ningún título. Nadie me tomó como su aprendiz. Viajo para ver qué puedo observar y aprender de lo que estoy hecha... y para qué.

Abrazó lentamente la cabeza del camello. Sonreí. Ella fue a refugiarse detrás de mí en vez de abrazar a los otros.

—Huelen a sudor —susurró—. A sudor de hombre gordo.

Reí.

—¿Ves sus jorobas? Es pura grasa. No necesitan comer por días.

No miré a Diti ni a Binta. Su simple imagen aún me daba ganas de correr a ellas para empezar a abofetearlas y abofetearlas y abofetearlas como hice antes.

—Soy Binta Keita—dijo ella con suficiente fuerza para escucharse desde donde estaba—. Dejé Jwahir, mi hogar, para hallar una nueva vida... Fui marcada. Pero eso me hizo mejor, ¡y ya no estoy marcada!

—Soy Diti Goitsemedime —dijo Diti, también quedándose donde estaba—. Y él es mi esposo, Fanasi. Somos de Jwahir. Estamos yendo al oeste para ver qué podemos hacer.

—Yo voy para seguir a mi esposa —agregó Fanasi, observando con amargura a Diti.

Empezamos a ir al suroeste, usando el mapa de Luyu para regresar al camino. Hacía calor y tuvimos que caminar cubiertos con nuestros velos. Los camellos guiaban el camino, moviéndose en la dirección correcta. Esto sorprendió a todos menos a Mwita y a mí. Viajamos hasta bien entrada la noche y, cuando acampamos, estábamos demasiado cansados para cocinar. En pocos minutos, todos nos habíamos retirado a nuestras tiendas.

—¿Cómo estás? —me preguntó Mwita jalándome cerca de sí.

Sus palabras eran como una llave. Toda la emoción que había contenido, de pronto, se sintió lista para estallar fuera de mi pecho. Enterré la cabeza en su pecho y lloré. Pasaron los minutos y mi dolor se transformó en furia. Sentí una ráfaga en el pecho. Deseé con tal fuerza matar a mi padre. Habría sido como matar a mil hombres de esos que me atacaron. Habría vengado a mi madre, me habría vengado a mí misma.

—Respira —susurró Mwita.

Abrí la boca e inhalé su aliento. Me besó de nuevo y en silencio, con cariño, con cuidado, dijo la palabra que pocas mujeres han escuchado de un hombre: *Ifunanya*.

Es una palabra antigua, no existe para otro grupo de personas. No hay una traducción directa al nuru, sipo o vah. Esa palabra sólo tiene significado cuando un hombre se la dice a quien ama. Una mujer no puede usar esa palabra a menos de que sea infértil. No es *juju*. No en la forma en que lo conozco. Pero la palabra tiene fuerza. Significa un enlace si es cierta y si la emoción es correspondida. No es como la palabra *amor*. Un hombre puede decirle a una mujer que la ama cada día. *Ifunanya* se dice sólo una vez en la vida de un hombre. *Ifu* significa "mira dentro", *n* "de" y *anya* "los ojos". Los ojos *son* la ventana al alma.

Podría haber muerto cuando dijo esa palabra, porque no creí que jamás un hombre me la dijera, ni siquiera Mwita. Toda la inmundicia que esos hombres habían puesto en mí con sus despreciables acciones y sucias palabras y sucias ideas, nada de eso importaba ahora. Mwita, Mwita, Mwita, de nuevo, Destino, te agradezco.

Capítulo 34

Viajamos por dos semanas antes de que Mwita decidiera que debíamos detenernos por unos días. Algo más había pasado en Banza. Había comenzado cuando dejamos Jwahir pero ahora era más notorio. El grupo se estaba separando de diferentes formas. Había una separación entre los hombres y las mujeres. Mwita y Fanasi con frecuencia caminaban lejos juntos, a donde charlaban por horas. Una división entre sexos parecía normal. La división entre Binta y Diti, por un lado, y Luyu y yo, por el otro, era más problemática. Y luego estaba la aún más problemática división entre Fanasi y Diti.

Seguía pensando en lo que Fanasi le había dicho a los camellos, cómo él había venido principalmente para seguir a Diti. Pensé que la visión que le había mostrado de lo que pasaba en el oeste era su mayor motivación para venir. Había olvidado que Fanasi y Diti se habían amado desde la niñez. Habían querido casarse desde que aprendieron lo que era el matrimonio. El corazón de Fanasi se rompió cuando tocó a Diti y ella gritó. Por años, él había anhelado estar con ella antes de tener el valor de pedir su mano.

No iba a permitir que ella se fuera sin él. Pero, al dejar Jwahir, Diti y Binta habían conocido la vida como mujeres libres. Mientras los días pasaban, cuando Diti y Fanasi no discutían, se ignoraban mutuamente. Diti se mudó permanentemente a la tienda de Binta y a Binta no le importó. Mwita y yo podíamos escucharlas reírse por lo bajo y hablando en murmullos, a veces hasta bien entrada la noche.

Estaba segura de que podía solucionar las cosas. Esa noche, armé una fogata y cociné un estofado usando dos liebres grandes. Luego, llamé a todos a una reunión. Una vez que todos estuvieron sentados, serví el estofado en tazones de porcelana astillados, empezando con Fanasi y Diti y terminando con Mwita. Observé a todos comer por un momento. Usé sal, hierbas, repollo de cactus y leche de camello. El estofado estaba bueno.

—He notado tensiones —dije al fin. Sólo se escuchaba el golpeteo de las cucharas contra la porcelana y el sorber y el masticar—. Hemos viajado por tres meses. Estamos lejos, muy lejos de casa. Y vamos camino a un mal lugar —me detuve un momento—. Pero el mayor problema aquí mismo, justo ahora, es con ustedes dos —señalé a Fanasi y Diti. Se miraron el uno a la otra y luego hacia otro lado—. Sólo podemos sobrevivir gracias a cada uno de nosotros —continué—. Este estofado que están disfrutando está hecho con la leche de Sandi.

—¿Qué? —exclamó Diti.

—¡Ugh! —soltó Binta. Fanasi maldijo y dejó su tazón. Mwita rio mientras seguía comiendo. Luyu veía dubitativa su tazón.

—Como sea —continué—. Ustedes dos dicen que son marido y mujer y, sin embargo, no duermen en la misma tienda.

—¡Es ella la que huyó! —dijo de repente Fanasi—. Se comportó como una horrible prostituta *ewu* en aquella taberna.

Ahí estaba de nuevo. Presioné mis labios, concentrándome en lo que intentaba decir.

—Cállate —reventó Diti—. Los hombres siempre piensan que cuando una mujer disfruta lo que hace, *debe* ser una prostituta.

—¡Cualquiera de ellos podría haberte tenido! —dijo Fanasi.

—Quizá, pero ¿tras quién fueron en cambio? —comentó Diti, con una mirada diabólica dirigida a mí.

—Oh, Ani, ayúdanos —suplicó Binta mirándome. Me levanté.

—Vamos, entonces —dijo Diti incorporándose—. Sobreviví bien tu última golpiza.

—¡Eh! —exclamó Luyu, poniéndose entre Diti y yo—. ¿Qué les ocurre?

Mwita simplemente estaba sentado, observando.

—¿Qué *me* ocurre? —la cuestioné—. ¿Preguntas qué pasa *conmigo*?

Solté una sonora carcajada. No me volví a sentar.

—Diti, ¿tienes algo que decirle a Onye? —preguntó Luyu.

—Nada —dijo Diti, mirando a otro lado.

—*Sé cómo romperlo*—dije con fuerza, apenas capaz de respirar gracias al enojo—. Quiero *ayudarte*, insípida cabeza dura. Me di cuenta de cómo hacerlo cuando estaba sanando a Nuumu.

Diti se limitó a mirarme.

Inhalé profundamente.

—Luyu, Binta, no hay nadie allá afuera, pero quizás en alguna de esas villas o pueblos que atravesamos… no sé. Pero puedo romper el *juju* —me di media vuelta y fui hacia mi tienda. Ellas tendrían que venir a mí.

Mwita vino una hora después con un tazón de estofado.

—¿Cómo lo harás? —preguntó. Tomé el tazón. Estaba muerta de hambre, pero era demasiado orgullosa para salir y tomar un poco del estofado que había cocinado.

—No les gustará —respondí mientras mordía un pedazo de carne—. Pero funcionará.

Mwita lo meditó por un minuto. Entonces sonrió.

—Sí —dije.

—Luyu te dejará, pero Binta y Diti… va a ser necesario un poco de persuasión.

—O lo que queda de vino de palma —dije—. Ahora debe estar tan fermentado que no distinguirán sus cabezas de sus *yeyes* tras dos copas, *si* acepto hacerlo. Binta, quizá, pero Diti… no sin un millón de disculpas —vi a Mwita mientras se daba vuelta para salir de la tienda—. Asegúrate de decirle a Fanasi mis palabras exactas —dije con una sonrisa de satisfacción.

—Planeaba hacer justo eso.

Fanasi vino conmigo esa noche. Recién me había acomodado en los brazos de Mwita tras una hora de dar vueltas como buitre en vuelo.

—Lamento molestarte —dijo Fanasi, gateando hacia dentro.

Me senté, jalando mi rapa cerca de mí. Mwita puso nuestra cobija sobre mis hombros. Apenas podía distinguir a Fanasi con el brillo de la fogata de afuera.

—Diti desea…

—Entonces debe venir ella y pedirlo —respondí.

Fanasi arrugó el entrecejo.

—Esto no se trata sólo de ella, ¿sabes?

—Es sobre ella primero —dije. Callé por un momento y suspiré—. Dile que venga a hablar conmigo.

Volteé a ver a Mwita antes de salir. Estaba sin camisa y yo tenía la cobija. Extendió una mano hacia mí y dijo:

—Que no te tome demasiado.

Afuera estaba más frío. Enrollé la cobija con mayor fuerza a mi alrededor y caminé hacia la moribunda fogata. Alcé mi mano e hice girar el aire a su alrededor hasta que el fuego creció y calentó de nuevo. Mandé un poco de aire tibio hacia mi tienda.

Fanasi puso una mano en mi hombro.

—Controla tu temperamento —dijo.

Fue a la tienda de Binta y Diti.

—Siempre y cuando ella lo haga —rezongué. Miré las piedras brillantes mientras Diti salía. Fanasi fue a su tienda y cerró la entrada. Como si Diti y yo de verdad necesitáramos un poco de privacidad.

—Mira —dijo—. Sólo quería…

Alcé mi mano y sacudí la cabeza:

—Discúlpate primero. De otra forma, regresaré a mi tienda a dormir tranquila y sin culpas.

Arrugó el entrecejo mientras me observaba por un buen rato.

—Yo…

—Y borra esa mirada de tu cara —dije, interrumpiéndola—. Si soy tan desagradable para ti, entonces debiste quedarte en casa. Merecías esa golpiza. Eres suficientemente estúpida para provocar a alguien que puede partirte a la mitad. Soy más alta, más grande y estoy mucho más *enojada.*

—¡Lo siento! —gritó Diti.

Vi a Luyu asomarse desde su tienda.

—Yo… este viaje —dijo Diti—. No es lo que esperaba. *Yo* no soy lo que esperaba —limpió su frente. Estaba caliente ahora por el fuego, apropiado para la conversación—. Nunca había salido de Jwahir. Estoy acostumbrada a buenas comidas, pan recién horneado y pollo especiado, no liebre del desierto en estofado y leche de *camello*. La leche de camello es para los bebés y… ¡*camellos* bebés!

—No eres la única que nunca había dejado Jwahir, Diti —le respondí—. Pero eres la única que actúa como una idiota.

—¡Tú nos enseñaste! —dijo ella—. Tú nos enseñaste el oeste. ¿*Quién* podría quedarse sentado después de haberlo visto? No podía simplemente vivir felizmente con Fanasi. Tú cambiaste todo eso.

—¡Oh, no te atrevas a culparme! —respondí con acidez—. ¡Ninguno de ustedes se *atreva* a culparme! Cúlpense a ustedes por su ignorancia y su complacencia.

—Tienes razón —dijo en voz baja ella—. Yo… yo no sé qué ha estado pasando conmigo —sacudió la cabeza—. No te odio… pero odio lo que eres. Odio que cuando sea que te mire… Es difícil para nosotros, Onye. Once años de creer que la gente *ewu* es sucia, violenta, de baja calaña. Entonces los conocimos a Mwita y a ti. Ambos son las personas más extrañas que hayamos conocido.

—Pronto tú también entenderás lo que es ser vista como algo vil —dije—. Pronto entenderás lo que siento *donde sea* que vaya —pero me sentía en conflicto. Diti y Binta estaban pasando por algo, tal como yo, tal como todos. Y tenía que respetar eso. A pesar de todo—. ¿Viniste a pedirme algo?

Diti volteó hacia la tienda de Fanasi.

—Quítamelo. Si puedes. ¿Lo harías?

—No te va a gustar lo que debo hacer —respondí—. A mí tampoco.

Diti hizo un gesto. Se transformó en una mirada de asco.

—No.

—Sí —respondí.

—¡Ugh!

—Ya sé.

—¿Dolerá del mismo modo? —preguntó.

—No sé. Pero cuando se trata de hechicería, nunca recibes sin dar algo.

Luyu salió de su tienda.

—Yo también —dijo—. No me importa que pongas tus manos en mí. Lo que sea para disfrutar del sexo otra vez. No tengo tiempo para el matrimonio.

Binta vino dando traspiés.

—¡También yo! —dijo.

Todo lo que sentí fue duda.

—De acuerdo —dije—. Mañana en la noche.

—¿Así que sabes exactamente qué hacer? —preguntó Luyu.

—Creo que sí —respondí—. Es decir, nunca he hecho esto antes, obviamente.

—¿Qué es lo que crees que… harás? —presionó Luyu.

Pensé un momento.

—Bueno, algo no puede salir de la nada. Incluso un pequeño pedazo de carne. Una vez, Aro arrancó la pata de un insecto, lanzó a un lado la pata y me dijo: “Haz que camine otra vez”. Pude hacerlo, pero no les puedo decir cómo. Hay un punto que me lleva a que yo haga algo a algo que trabaja a través de mí y hace lo que debe hacerse.

Fruncí el ceño considerando esto. Cuando curé al bicho, no fui yo completamente. Si no había sido yo, ¿quién más lo había hecho? Es como ese momento que le dije a Luyu, cuando despiertas y no sabes quién eres.

—Una vez le pregunté a Aro qué pensaba que había pasado cuando él sanó y me dijo que tenía que ver con el tiempo —dije—. Uno manipula el tiempo para traer de vuelta la carne.

Las tres me contemplaron. Alcé los hombros y renuncié a explicarles.

—Onye—dijo repentinamente Binta—, lo siento tanto. No debimos haber ido ahí —se lanzó hacia mí, tumbándome—. ¡No deberías haber estado ahí!

—Está bien —dije, intentando sentarme. Ella aún se aferraba a mí y ahora estaba llorando con fuerza. Puse mis brazos alrededor suyo, susurrando—: está bien, Binta. Estoy bien.

Su cabello olía a jabón y aceite aromático. Había trenzado su cabello afro en miles de pequeñas trenzas el día previo a nuestra partida de Jwahir. Desde entonces, las trenzas habían crecido y ella aún no las había deshecho. Me pregunté si había decidido dejárselo *dada*. Dos de los camellos refunfuñaron desde detrás de la tienda de Luyu, donde intentaban descansar.

—Por todos los cielos —dijo Fanasi saliendo de su tienda—. Mujeres.

Mwita salió de su tienda también. Noté a Luyu contemplando su pecho desnudo y no estuve segura de si era la curiosidad normal de la gente ante los cuerpos de las personas *ewu* o era algo más carnal.

—Entonces está decidido—dijo Mwita—. Eso es bueno.

—Sin duda—dijo Fanasi animado.

Diti le lanzó una mirada molesta.

Capítulo 35

Pasé gran parte del día siguiente como buitre, volando, relajándome. Luego regresé al campamento, vestida, y caminé casi un kilómetro hacia el lugar que elegí mientras volaba. Me senté bajo un árbol de palma, me puse el velo en la cabeza y resguardé mis manos bajo mis ropas, para cuidarlas del sol. Despejé mi cabeza de pensamientos. No me moví por tres horas. Regresé al campamento justo antes de la puesta de sol. Los camellos me recibieron primero. Estaban bebiendo de una bolsa de agua que Mwita detenía para ellos. Me dieron un golpecito suave con sus hocicos mojados. Sandi incluso lamió mi mejilla, oliendo y sintiendo el viento y el cielo en mi piel.

Mwita me besó.

—Diti y Binta te han preparado un festín —me dijo.

Disfruté en particular la liebre de desierto asada. Tenían razón en querer que yo comiera. Necesitaba mi fuerza. Después, tomé una cubeta de agua, fui a la parte trasera de nuestra tienda y me bañé a conciencia. Mientras vertía agua sobre mi cabeza, escuché a Diti gritar:

—¡No!

Me detuve, a la escucha. No podía distinguir bien por el sonido de agua goteando. Temblé y terminé mi baño. Me vestí con una camisa suelta y mi vieja rapa amarilla. Para esa hora, el sol ya se había puesto. Pude escuchar cómo se juntaban. Era el momento.

—Elegí un lugar—dije—. Está a un kilómetro de distancia. Hay un árbol. Mwita, Fanasi, quédense aquí. Verán nuestro fuego —me topé con los ojos de Mwita, esperando que entendiera mis palabras entre líneas: *Mantén prestos tus oídos.*

Tomé una talega llena de piedras y las cuatro nos fuimos. Cuando llegamos al árbol, tiré las piedras y las calenté hasta que sentí que mis articulaciones se aflojaban. La noche estaba muy fría. Aunque los días eran calientes, las noches se habían vuelto tremendamente heladas. Rara vez hacía frío en las noches en Jwahir.

—¿Quién quiere ser la primera? —pregunté.

Se miraron las unas a las otras.

—¿Por qué no hacerlo en el orden de nuestro Rito? —sugirió Luyu.

—¿Binta, tú y luego Diti? —pregunté.

—Hagámoslo a la inversa esta vez—insistió Binta.

—De acuerdo —dijo Diti—. No vine acá para asustarme.

Su voz temblaba.

—Escupan sus piedras *talembe etanou* —le dije.

—¿Por qué? —preguntó Luyu.

—Creo que están encantadas también —respondí—. Pero no estoy segura de cómo.

Luyu escupió la suya en su mano y la guardó en un pliegue de su rapa. Diti escupió la suya en la oscuridad. Binta dudó.

—¿Estás segura? —preguntó.

Sacudí mi mano en su dirección.

—Haz lo que quieras —respondí.

No escupió su piedra.

—De acuerdo —dije—. Ah, Diti, tienes que...

—Lo sé —dijo ella, quitándose la rapa. Luyu y Binta voltearon a otro lado.

Sentí náuseas. No por miedo, sino por un profundo sentimiento de incomodidad. Tendría que abrir sus piernas. Pero, incluso peor, debería poner mis manos en la cicatriz que quedó de ese preciso corte nueve años atrás.

—No tienes que verte así —dijo Diti.

—¿Cómo esperas que me vea? —pregunté molesta.

—Nosotras... ah... caminaremos por allá —dijo de pronto Luyu, tomando la mano de Binta y alejándose—. Llámennos cuando estén listas.

—¿Está suficientemente tibio el fuego? —le pregunté a Diti.

—¿Puedes calentarlo más?

Lo hice.

—Tendrás que... hacer lo que hiciste... antes —dije, arrodillándome al lado de las rocas. Miré al cielo mientras ella se acostaba a mi lado y abría las piernas. Inhalé profundamente y puse mis manos sobre las de ella. Enfoqué mi mente inmediatamente, ignorando la humedad del *yeye* de mi amiga. Me concentré en jalar a manos llenas de lo que fuera que hubiera en abundancia. Tomé fuerza del miedo y la excitación de Luyu y Binta. Jalé desde la inquietud de los camellos, la preocupación a medias de Mwita en el campamento y la confusa ansiedad y excitación de Fanasi.

Pude sentir su cicatriz, pero pronto sentí calor y una brisa empujándome desde atrás. Diti sollozaba. Luego, lloraba. Luego, gritaba. Mantuve mis ojos cerrados, a pesar de que pude sentir la misma quemazón, el rompimiento, tejiéndose entre mis piernas. Sus gritos habían alcanzado a Mwita y Fanasi. Me mantuve entera. El momento había llegado. Alejé mis manos. Instintivamente, las sumergí en la arena y las tallé como si ésta fuera agua. Usé la rapa de Diti para limpiarlas.

—Está hecho —dije con voz grave. Mis manos picaban—. ¿Cómo te sientes?

Se limpió las lágrimas de la cara y me lanzó una mirada enojada.

—¿Qué me hiciste? —dijo con voz ronca.

—Cállate —le solté—. Te dije que dolería.

—¿Quieres que vea si funcionó? —me dijo sarcásticamente.

—No me importa lo que hagas —respondí—. Ve por Luyu.

Una vez de pie, Diti pareció estar mejor. Me miró por un momento y luego empezó a alejarse lentamente. Tallé mis manos que me picaban con más arena.

—Todo tiene consecuencias —murmuré para mí.

Las tres gritaron.

—Déjenme aquí —dije cuando terminé con Binta. Me sentía sin aliento y estaba sudorosa, aun tallando mis manos con arena. Podía percibir el olor de las tres en mí y me sentía nerviosa. Tallé con más fuerza—. Regresen al campamento.

Ni ellas ni yo necesitamos revisar si lo que hice había funcionado. Sí sirvió. Entendí que no había razón para dudar de mí misma con algo tan sencillo.

—Puedo hacer mucho más —me dije—. Pero ¿qué sufriré?

Me reí. Las manos me escocían tanto que quería ponerlas sobre las piedras calientes. Las sostuve sobre la luz del fuego.

—Oh, Ani, ¿qué me hiciste cuando me creaste? —susurré. Mi piel estaba descascarada. Jalé una punta de ella. Un pedazo tan largo como el dorso de mi mano se zafó. Lo tiré en la arena. Justo frente a mis ojos, la piel nueva empezó a secarse y despellejarse. También podría arrancarla. La cubrí con arena. Capa tras capa se cayó. La picazón siguió. Había una pila de mi piel en la tierra y aún estaba pelándome cuando Mwita habló detrás de mí.

—Felicidades —dijo, recargándose contra el árbol de palma, poniendo sus brazos alrededor de su pecho—. Has hecho felices a tus amigas.

—No... no puedo detenerlo —dije frenéticamente.

Mwita frunció el ceño y puso más atención ante la tenue luz.

—¿Eso es piel? —preguntó. Se hincó a mi lado—. Déjame ver.

Sacudí mi cabeza poniendo las manos tras mi espalda.

—No. Es horrible.

—¿Cómo te sientes?

—Terrible. Caliente, con comezón.

—Tienes que comer —dijo. Trajo un pedazo de dulce de cactus rojo envuelto en una tela. Estaba justo como me gustaba, pegajoso y maduro.

—No tengo hambre —dije.

—No importa. Toda esa piel necesita energía y creación tuyas, con *juju* o sin ella. Necesitas comer para reemplazarla.

—No quiero tocarlo. No quiero tocar nada con ellas.

Puso el dulce de cactus a un lado.

—Déjame ver, Onyesonwu.

Maldije y le di mis manos. Siempre era tan humillante. Yo hacía algo y siempre necesitaba que Mwita pusiera las cosas otra vez en orden. Como si no tuviera control de mis habilidades, de mis facultades, de mi cuerpo.

Observó mis manos por un largo rato. Tocó la piel. Peló un poco, observó cómo la piel nueva se hacía vieja y caía de nuevo. Tomó mis manos entre las suyas.

—Están calientes —dijo.

Lo envidié. Yo era la hechicera, pero él entendía mucho más que yo. Aún le estaba prohibido aprender los Puntos Místicos, pero tenía los modos de un hechicero.

—Bien —se dijo a sí mismo tras un rato.

Cuando no dijo nada más, pregunté:

—¿Bien, qué?

—Shhh —dijo, recordándome a Aro. Sola, también. Los tres tenían el hábito de escuchar una voz o voces que yo no podía oír.

—Bien —dijo de nuevo. Esta vez me estaba hablando a mí—. No puedo curar esto.

—¿Qué?

—Pero tú puedes.

—¿Cómo?

Mwita parecía molesto.

—Deberías saberlo.

—Bueno, obviamente, no lo sé —le dije de golpe.

—Deberías —dijo, riendo amargamente—. Ah, deberías

saber cómo hacer esto. Tienes que *practicar* más, Onye. Empieza a enseñarte a ti misma.

—Lo sé —dije, mirándolo molesta—. Por eso te dije que deberíamos ser más cuidadosos cuando tengamos sexo. No soy...

—Esa oportunidad es mejor tomarla —dijo Mwita. Se detuvo, mirando al cielo—. Sólo Ani sabe por qué te hizo hechicera a ti y no a mí.

—Mwita, sólo dime lo que debo hacer —dije, tallando mis manos con arena.

—Todo lo que debes *hacer* es lavar tus manos en la espesura —dijo—. Usaste tus manos para manejar tiempo y carne y ahora están llenas de carne y tiempo. Llévalas a la espesura donde no haya tiempo ni carne y se detendrá —se levantó—. Hazlo para que podamos regresar.

Tenía razón, no había estado aprendiendo ni practicando. Desde que nos fuimos, sólo había utilizado mis habilidades cuando las necesitábamos. Intenté ir a la espesura. No pasó nada. Me *faltaba* práctica y no había ayunado. Intenté con más fuerza y nada ocurría. Me calmé y me concentré en mi interior. Permití que mis pensamientos se descascararan como la piel de mis manos. Gradualmente, el mundo a mi alrededor cambió y se onduló. Observé los colores por un rato mientras varios haces de color rosa dieron vueltas alrededor de mi cabeza.

En la distancia, lo vi: el ojo carmesí. No lo había visto desde que tenía dieciséis años, en la iniciación. Me levanté rápidamente. Era *eshu*, lo que significaba que podía transformarme en los cuerpos de otras criaturas y espíritus. Aquí era azul. Salvo mis manos que lucían un marrón opaco. Miré con decisión al ojo.

—Cuando estés listo —le dije. Daib no respondió. Fingí ignorarlo. Mantuve mis manos arriba. Inmediatamente atrajeron varios espíritus libres, felices. Dos rosáceos y uno verde pasaron entre mis manos. Cuando las bajé, eran de un intenso color azul, como el resto de mi ser. Me senté y con alivio volví al mundo físico. Miré mis manos. Aún estaban cubiertas de piel resquebrajada. Pero cuando la quité, sólo hubo piel estable y agradable al tacto. Miré a Mwita. Estaba sentado en la base del árbol, mirando al cielo.

—Daib me estaba observando —dije.

Se volteó a verme.

—Oh, volviste —hizo una pausa—. ¿Intentó algo?

—No —respondí—. Era sólo ese ojo carmesí —suspiré—. Mis manos están mejor. Pero siguen un poco calientes, como si tuvieran fiebre, y la piel está sensible.

Las sostuvo para observarlas.

—Puedo ayudarte —dijo—. Regresemos.

Cuando estuvimos cerca del campamento, escuchamos gritos. Caminamos más rápido.

—¿Es eso lo único en lo que puedes pensar, Fanasi? —Diti gritaba.

—¿Qué clase de esposa eres? Ni siquiera dije nada acerca de…

—¡No me quedaré contigo esta noche! —gritó Diti.

—¿Podrían callarse? —exclamó Luyu.

—¿Qué ocurre? —pregunté a Binta que sólo estaba parada ahí, llorando.

—Pregúntales a ellos —sollozó.

Fanasi me dio la espalda.

—No es de tu incumbencia —gruñó Diti, poniendo sus brazos alrededor de su pecho.

Me fui a mi tienda, molesta. Detrás de mí, escuché a Fanasi decirle a Diti:

—Jamás debí venir contigo. Debí dejarte ir y terminar con esto.

—¿Acaso te pedí que vinieras *por mí*? —dijo Diti—. ¡Eres tan egoísta!

Abrí la tapa de mi tienda y me arrastré dentro. Deseé que sólo Mwita y yo hubiéramos ido, que ellos se hubieran quedado en casa. *¿Qué pueden hacer ellos cuando lleguemos al oeste?* Me pregunté. Mwita entró.

—Se suponía que mejoraría las cosas —siseé.

—No puedes arreglarlo todo —dijo. Extendió un tazón hacia mí—. Anda, come.

—No —dije, poniéndolo a un lado.

Me lanzó una mirada molesta y se fue. Todos nos estábamos desmoronando, de acuerdo. Nos estábamos desmoronando desde que nos fuimos pero cuando rompí ese *juju*, las grietas se hicieron más permanentes. No era mi culpa, lo sabía, pero en ese entonces sentí que todo lo era. Yo era la elegida.

Todo era mi culpa.

Capítulo 36

Me sentí enferma esa noche. Estaba tan enojada y decepcionada con todos los pleitos que me negué a comer y me fui a dormir con el estómago vacío. Mwita había estado fuera casi toda la noche, intentando hacer entrar en razón a Fanasi. Si hubiera estado ahí conmigo, me habría obligado a comer antes de que me durmiera. Cuando regresó justo antes del amanecer, me halló hecha ovillo, temblando y murmurando sin sentido. Me tuvo que dar cucharadas de sal y luego del caldo del estofado de la noche previa. Yo no podía sostener siquiera la cuchara.

—La próxima vez no seas tan necia e inconsciente —dijo, molesto.

Estaba muy débil para viajar, pero pronto pude levantarme y alimentarme sola. El campamento se sentía tenso. Binta y Diti se quedaron en su tienda. Fanasi y Mwita se fueron a conversar. Luyu se quedó conmigo. Nos quedamos en mi tienda practicando nuru juntas.

—¿Qué piensa problema de Diti? —preguntó Luyu en muy mal nuru.

—Es estúpida —respondí en nuru.

—Yo… —Luyu hizo una pausa. Preguntó en okeke—: ¿cómo dices *libertad* en nuru?

Le respondí.

Pensó por un segundo y dijo en nuru:

—Creo yo... Diti probas libertad y ahora no puede sin.

—Creo que es estúpida —dije de nuevo en nuru.

Luyu regresó al okeke.

—Viste lo feliz que era cuando estaba en la taberna. Algunos de esos hombres *eran* adorables... Ninguna de nosotras podía ser tan libre en Jwahir.

Me reí:

—*Tú* lo eras.

Se rio también.

—Porque aprendí a tomar lo que no me era dado.

Más tarde, esa noche, mientras estaba recostada junto a Mwita, seguí pensando en la estupidez de Diti. Mwita respiraba suavemente, sumergido en sus sueños. Escuché unos pasos suaves afuera. Estaba acostumbrada al movimiento de los camellos que solían salir en busca de alimento o a aparearse. Estos pasos no eran tan grandes ni tantos. Cerré los ojos y escuché con más atención. *No es un zorro del desierto*, pensé. *Ni una gacela*. Contuve el aliento, escuchando atenta. *Humano*. Los pasos estaban yendo a la tienda de Fanasi. Escuché susurros. Me relajé. Diti al fin había entrado en razón.

Por supuesto que seguí escuchando. ¿No lo habrías hecho tú? Escuché a Fanasi susurrar algo. Entonces... arrugué el entrecejo. Puse más atención. Hubo un suspiro y un movimiento leve seguido de un gemido bajo. Casi desperté a Mwita. Debí despertarlo. Esto estaba mal. Pero ¿qué derecho tenía yo de impedir a Luyu ir a la tienda de Fanasi? Pude escuchar su respiración rítmica. Siguieron así cerca de una hora. A la larga me dormí, así que quién sabe si Luyu regresó a su tienda.

Empacamos las cosas antes del amanecer. Diti y Fanasi no se hablaban. Fanasi intentó no mirar a Luyu. Ésta actuaba completamente normal. Me reí cuando empezamos a caminar. ¿Quién diría que podría haber tanto drama en un grupo tan pequeño a la mitad de la nada?

Capítulo 37

Entre la ignorante arrogancia de Diti, el atrevimiento de Luyu y las emociones confundidas de Fanasi, las siguientes dos semanas fueron todo menos aburridas. Ellos eran la distracción de mis pensamientos más oscuros. Luyu montaba su tienda a un lado de la de Fanasi y se escabullía ahí entrada la madrugada cada tres noches. Ambos estarían agotados al día siguiente y pasaban la jornada sin mirarse. Debo decir que montaban un buen espectáculo.

Mientras tanto, practiqué el entrar y deslizarme en la espesura. Cada vez que lo hacía, veía el ojo carmesí en la distancia, observándome. Sorprendí a Mwita al llegar detrás de él disfrazada de zorro del desierto. Corté y curé mi piel una y otra vez, hasta que cortarme y curarme se volvió una tarea fácil. Empecé incluso un ayuno de tres días, intentando evocar la visión del viajero. Si Daib quería espiar, entonces yo podría espiarlo.

—¿Por qué no te comiste tu desayuno? —preguntó Mwita.

—Estoy tratando de tener una visión. Creo que podré controlarla con el tiempo. Quiero ver qué planea.

—Es una mala idea —dijo, sacudiendo la cabeza—. Te matará.

Se fue y regresó con un plato de potaje. Comí, sin hacer preguntas.

Me estaba preparando para lo que vendría. Aun así, no podía ignorar la bomba de tiempo que estaba por estallar en nuestro campamento. Una tarde, fui a alcanzar a Luyu, que estaba lavando sus ropas en una cubeta.

—Tenemos que hablar —le dije.

—Habla, entonces —respondió mientras exprimía su rapa.

Me incliné más cerca de ella, ignorando las gotas de agua que golpeaban mi cara.

—Lo sé.

—¿Sabes qué?

—Acerca de ti y Fanasi.

Se quedó congelada, sus manos bien metidas en el agua de la cubeta.

—¿Sólo tú?

—Hasta donde sé.

—¿Cómo?

—Los escuché.

—Oh, pero si no somos ruidosos como tú y Mwita.

—¿Por qué estás haciendo esto? —dije—. ¿No sabes que…?

—Los dos lo deseamos —respondió Luyu—. No creo que a Diti le importe.

—Entonces, ¿por qué mantenerlo en secreto?

No dijo nada.

—Si Diti se entera…

—No lo hará —arremetió Luyu, mirándome con rudeza.

—Oh, no se lo voy a decir. Lo harás tú. Luyu, estamos tan cerca como si viviéramos uno encima del otro. Fanasi y Mwita hablan. Si Mwita no lo sabe aún, lo sabrá pronto. O Diti o Binta te atraparán. ¿Qué ocurre si te embarazas? Sólo hay dos hombres aquí que podrían ser padres.

Nos miramos la una a la otra y entonces soltamos una carcajada.

—¿Cómo acabamos aquí? —pregunté una vez que nos controlamos.

—No lo sé —respondió—. Es maravilloso, Onye. Puede ser porque soy mayor, pero, ¡oh!, lo que me hace sentir.

—Luyu, escúchate. Es el marido de Diti.

Chasqueó la lengua y entornó los ojos. Más tarde esa noche, me desperté brevemente para escuchar a Luyu escabulléndose en la tienda de Fanasi. Pronto estaban de nuevo juntos. Esto sólo podía terminar mal.

Capítulo 38

Llegamos a otro pueblo y decidimos ir por suministros.

—¿Papa Shee? ¿Qué clase de nombre es ése? —preguntó Luyu.

Estaba parada muy cerca de Fanasi. O tal vez Fanasi estaba muy cerca de ella. Él parecía estar siempre a unos cuantos pasos de distancia de Luyu en los últimos días. Se estaban relajando.

—Recuerdo este pueblo —dijo Mwita. No parecía que fuera un buen recuerdo. Miró el mapa de Luyu mientras ella sostenía el portátil en la mano. Era difícil de ver en la luz del sol—. No estamos lejos de la frontera del Reino de los Siete Ríos. Éste es el último de los pueblos que encontraremos que no será… hostil con los okekes.

No lejos de nosotros, una caravana viajaba al pueblo también. Varias veces al día escuchamos el sonido de sus motonetas. En un momento los camellos se agitaron, rugiendo y sacudiendo sus polvosos traseros. Se habían estado comportando extrañamente en fechas recientes. La noche anterior me despertaron cuando empezaron a rugirse entre ellos. Permanecieron arrodillados, pero se veían molestos. Estaban peleando. Cuando llegamos al pueblo, se negaron a acercarse. Debimos dejarlos a un kilómetro de distancia mientras fuimos al mercado.

—Hagamos esto rápido —dije, jalando mi velo sobre la cabeza. Mwita hizo lo mismo.

Había todo tipo de vestimentas y escuché varios dialectos de sipo y okeke y, sí, incluso nuru. No había tantos nurus, pero sí los suficientes. No pude evitar mirarlos fijamente, con su cabello negro lacio, la piel marrón-amarillenta y la nariz afilada. Sin mejillas pecosas ni labios gruesos u ojos de colores extraños, como los de Mwita y los míos. Me sentí un poco confundida. Nunca imaginé a los nurus caminando con libertad entre los okekes, en paz.

—¿Ésos son nurus? —preguntó Binta en voz demasiado alta. La mujer que estaba con quien probablemente era su hijo adolescente miró a Binta, frunció el ceño y se alejó. Luyu le dio un codazo a Binta para que se callara.

—¿Tú qué crees? —me preguntó Mwita, inclinándose hacia mi oreja.

—Consigamos lo que necesitamos y salgamos de aquí —le dije—. Esos hombres por allá están observándome.

—Lo sé. Mantente cerca —Mwita y yo, ambos, estábamos atrayendo una audiencia.

Un saco de semillas de calabaza, pan, sal, una botella de vino de palma, una nueva cubeta de metal; nos las arreglamos para comprar casi todo lo que necesitábamos antes de que empezaran los problemas. Había bastante nómadas, así que no fue nuestro estilo de vestir o nuestra forma de hablar. Fue lo que siempre era. Estábamos viendo carne seca cuando escuchamos un grito salvaje a nuestras espaldas. Mwita instintivamente me sostuvo y Luyu se paró a su lado.

—*Eeeeeeeewuuuuuuu* —gritó un hombre okeke con una voz muy, muy profunda—. ¡*Eeeeeewuuuuuuu*!

Su voz vibró en mi cabeza de una forma antinatural. Usaba pantalones negros y un caftán negro. Varias plumas de águila, blancas y marrón, estaban entretejidas en su larga y gruesa cabellera dada. Su piel oscura brillaba por sudor o aceite. La gente a su alrededor se apartó.

—Déjenlo pasar —dijo un hombre.

—Abran paso —gritó una mujer.

Sabes lo que pasa después. Lo sabes porque ya me has oído hablar de un incidente similar. Aún tengo la cicatriz en la frente por ello. ¿Era éste el mismo pueblo? No, pero bien podría haberlo sido. No había cambiado mucho desde que mi madre tuvo que huir conmigo, una infante, de una multitud que le arrojaba piedras.

No sé en qué momento empezaron a lanzarnos piedras a Mwita y a mí. Estaba demasiado concentrada en el momento, mirando al hombre salvaje que puso su voz en mi cabeza. Una piedra me pegó en el pecho. Enfoqué mi enojo en ese hombre, ese médico brujo que tuvo el coraje de no reconocer a un verdadero hechicero. Lo ataqué de la misma forma en que embestí a Aro años atrás. Jalando y rasgando. Escuché a la multitud contener el aliento y alguien gritó. Observé al hombre que lo había iniciado. Él no tenía idea de lo que le estaba pasando porque no conocía los Puntos Místicos. Todo lo que sabía eran *jujus* de niños, juegos de bebés. Mwita podría haber acabado con él sin siquiera parpadear.

—¿Qué están haciendo? —escuché que gritó Binta. Eso me trajo de vuelta a mí misma. Caí de rodillas—. ¿Saben acaso quién *es*?

Binta le gritó a la multitud. Enfrente de nosotros, el médico brujo se desplomó. La mujer a su lado chilló.

—¡Han matado a nuestro sacerdote! —gritó un hombre, de su boca salía baba.

Lo vi navegar por el aire. Estaba azorada. ¿Quién tendría la audacia de lanzarle un ladrillo a una niña tan hermosa que ni su padre podía resistirse a ella? ¿Con tan perfecta puntería? El ladrillo se estrelló en la frente de Binta. Pude ver el blanco. Su cráneo se hundió, dejando masa cerebral al descubierto. Se cayó. Grité y corrí hacia ella. Aún no estaba lo suficientemente cerca. La multitud se abalanzó. Gente corriendo, aventando más ladrillos, piedras. Un hombre vino hacia mí y lo pateé, agarré su cuello y empecé a apretarlo. Entonces Mwita me jaló y me alejó.

—¡Binta! —grité.

Incluso desde donde estaba, veía a la gente patear su cuerpo tirado y entonces miré a un hombre tomar otro ladrillo y… oh, esto es demasiado horrible para describirlo. Grité las palabras que había dicho en el mercado de Jwahir. Pero no quise enseñarle a estas personas lo peor del oeste. Quería enseñarles la oscuridad. Todos ellos estaban enceguecidos y eso fue lo que les causé. Un pueblo entero. Hombres, mujeres, niños. Tomé la habilidad que ellos eligieron no usar. Casi todos guardaron silencio. Algunos se tocaron los ojos. Otros extendieron las manos intentando ser agresivos contra lo que fuera que pudieran alcanzar. Los niños lloraban. Algunas personas gritaban: "¿Qué es este mal?" o "¡Ani, sálvame!".

Bastardos. Que se caigan en la oscuridad.

Nos abrimos paso entre la gente ciega y confundida hacia Binta. Estaba muerta. Habían aplastado su cráneo, punzado su pecho, deshecho su cuello y las piernas. Me arrodillé y puse mis manos en ella. Busqué, escuché.

—¡Binta! —grité. Algunas de esas estúpidas personas ciegas me respondieron, mientras daban tumbos hacia mí. Las ignoré—. ¿Dónde estás? ¿Binta? —agucé un poco más mi oído para encontrar su aterrado y confundido espíritu. Pero se había ido.

—¿Dónde está? —grité, el sudor resbalaba por mi cara. Seguí buscando.

Se había ido. ¿Por qué se había ido cuando sabía que podía traerla de vuelta? Me pregunté si entendía que traerla de vuelta y curarla probablemente me habría matado.

Poco después Fanasi me hizo a un lado y la levantó, Mwita le ayudó con el peso. Dejamos al pueblo tan ciego como siempre había sido. Deben de haber escuchado rumores del famoso Pueblo de los Sin Vista. No es una leyenda. Vayan a Papa Shee. Vean por ustedes mismos.

Cuando los camellos nos vieron cargando el cuerpo de Binta, rugieron y golpearon el piso con sus patas. La recostamos y ellos se sentaron a su alrededor, formando un círculo de protección. Los siguientes días fueron borrosos y confusos. Sé que de alguna forma logramos reagruparnos lo suficiente para alejarnos de Papa Shee. Sandi aceptó cargar el cuerpo de Binta. Sé que para ese punto, pasamos un día cavando un agujero de dos metros de profundidad en la arena. Usamos nuestras ollas y cazuelas. Enterramos a nuestra querida amiga ahí, en el desierto. Luyu leyó una oración del archivo electrónico del Gran Libro en su portátil. Entonces cada uno tomó turno para decir unas palabras sobre Binta.

—¿Saben? —dije cuando fue mi turno—. Antes de irse, ella envenenó a su padre. Puso raíz de corazón en su té y lo vio beberlo. Se liberó a sí misma antes de irse de casa. Ah, Binta. Cuando regreses a estas tierras, dominarás el mundo.

Todos me miraron, aún conmocionados por su muerte.

Mis jaquecas regresaron después de que la enterramos, pero qué más daba. Binta había tenido el mismo destino, muerta por lapidación. ¿Qué me hacía tan especial? Mientras caminábamos, tomé el hábito de volar por lo alto y regresar cuando fuera que decidiéramos detenernos. Sandi cargaba mis cosas. En lo único en que podía pensar era en que Binta nunca conoció la caricia amorosa de un hombre. Lo más cercano que había estado fue esa noche en la taberna de Banza, cuando se había comportado tan descaradamente. Y luego por mi culpa, por haberme defendido, había muerto.

Capítulo 39

Hay una historia en el Gran Libro acerca de un niño destinado a ser el jefe más grande de Suntown. Ustedes conocen bien la historia. Es la favorita de los nurus, ¿cierto? Ustedes se la cuentan a sus hijos cuando son demasiado jóvenes como para percatarse de cuán terrible es. Esperan que las niñas anhelen ser Tia, la joven mujer buena, y que los niños quieran ser como Zoubeir el Grande. En el Gran Libro, su historia era una de triunfo y sacrificio. Se supone que debe hacerlos sentir a salvo. Se supone que debe recordarles que las grandes cosas siempre serán protegidas y que la gente destinada a la grandeza en verdad está destinada a la grandeza.

Tia y Zoubeir nacieron el mismo día en el mismo pueblo. El nacimiento de Tia no fue ningún secreto y cuando salió niña, su comienzo no fue nada especial. A la hija de dos campesinos le fue dado un baño caliente, muchos besos y una ceremonia de nombramiento. Fue la segunda hija en su familia; el primero había sido un niño saludable, así que fue bienvenida.

Zoubeir, por otro lado, nació en secreto. Once meses antes, el jefe de Suntown había visto a una mujer bailando en una fiesta. Esa noche la poseyó. Incluso este jefe, que ya tenía cuatro esposas, no podía saciarse de una mujer como aquélla, así que la buscó y la poseyó una y otra vez hasta que ella se embarazó. Entonces le dijo a sus soldados que la mataran. Había una ley que decretaba que el primer hijo que naciera fuera del matrimonio del jefe debería sucederlo. El padre del jefe había evitado esta regla casándose con cada mujer con la que se había acostado. Cuando murió, tenía más de trescientas esposas.

Sin embargo, su hijo, el jefe actual, era arrogante. Si él deseaba a una mujer, ¿por qué debería casarse con ella? Honestamente, ¿no era acaso este jefe el hombre más estúpido en la tierra? ¿Por qué no podía ser feliz con lo que tenía? ¿Por qué no podía pensar en otras cosas que no fueran sus necesidades carnales? Era el jefe, ¿cierto? Tendría que haber estado ocupado. De cualquier forma, esta mujer tenía tres meses de embarazo cuando escapó de los soldados que habían sido enviados para matarla. Con el tiempo, llegó a un pequeño pueblo donde dio a luz a un hijo que nombró Zoubeir.

El día en que Zoubeir y Tia nacieron, la matrona corrió de un lado a otro entre las cabañas de las madres. Nacieron exactamente a la misma hora, pero la matrona eligió quedarse con la madre de Zoubeir porque tuvo el presentimiento de que el hijo de esta mujer iba a ser varón y el de la otra, fémina.

Nadie, salvo Zoubeir y su madre, sabía quién era él. Pero el pueblo notó algo en su persona. Creció alto como su madre y de voz potente, como su padre. Zoubeir era un líder nato. Incluso de joven, sus compañeros de clase lo obedecían felizmente. Tia, por otro lado, tenía una vida callada y triste. Su padre con frecuencia le pegaba. Y conforme creció, se convirtió en una joven hermosa y su padre empezó a mirarla. Así que Tia creció siendo lo opuesto de Zoubeir, pequeña y silenciosa.

Los dos ya se conocían, vivían en la misma calle. Desde el día en que se vieron, se creó una extraña química entre ellos. No fue amor a primera vista. No podría siquiera llamarse amor. Sólo química. Zoubeir compartía su comida con Tia si se encontraban de camino a casa tras la escuela. Ella le tejía camisas e hilaba anillos de fibra de palma coloreada. Algunas veces se sentaban juntos y leían. Los únicos momentos de quietud y silencio de Zoubeir era cuando los pasaba con Tia.

Cuando ambos tenían dieciséis, llegaron noticias de que el jefe de Suntown estaba muy enfermo. La mamá de Zoubeir supo que habría problemas. A la gente le gustaba chismear y especular cuando se atisbaba un potencial cambio en el poder. Noticias de que posiblemente Zoubeir fuera un hijo bastardo del jefe pronto llegaron a oídos de él. Si tan sólo Zoubeir hubiera bajado un poco su cabeza o mantenido un perfil más tranquilo, podría haber regresado tranquilamente a Suntown cuando el jefe muriese. Habría sido fácil para él reclamar el trono.

Los soldados llegaron a la casa de Zoubeir antes de que su madre pudiera prevenirlo. Cuando encontraron a Zoubeir, estaba sentado bajo un árbol al lado de Tia. Los soldados eran cobardes. Se escondieron a metros de distancia y uno de ellos sacó su pistola. Tia percibió algo. Y justo en ese momento, levantó la mirada y vio a los hombres detrás de los árboles. Entonces simplemente lo supo. *Él no*, pensó. *Él es especial. Él hará que las cosas sean mejores para todos nosotros.*

—¡Abajo! —gritó ella, y, aventándose, lo cubrió con su cuerpo. Por supuesto que ella recibió la bala y Zoubeir, no. La vida de Tia fue arrancada por cinco balas más mientras Zoubeir se ocultaba tras ella. Él la empujó y corrió tan rápido como las largas piernas de su madre lo habían hecho cuando ella tenía diecisiete años. Una vez que empezó a correr, las balas no pudieron alcanzarlo.

Ustedes saben cómo termina la historia. Él escapó y se convirtió en el jefe más grandioso que Suntown haya tenido nunca. Nunca construyó un altar o un templo o incluso una choza en nombre de Tia. En el Gran Libro, su nombre jamás se menciona otra vez. Él nunca reflexionó acerca de ella o siquiera preguntó dónde fue enterrada. Tia era virgen. Era hermosa. Era pobre. Y era niña. Era su deber sacrificar su vida por la de él.

Siempre me ha desagradado esa historia. Y desde la muerte de Binta, he llegado a odiarla.

Capítulo 40

Su muerte mantuvo a Luyu fuera de la tienda de Fanasi por dos semanas. Y entonces cierta noche, ya tarde, los escuché disfrutándose mutuamente otra vez.

—Mwita —dije tan bajo como pude. Volteé el rostro hacia él—. Mwita, despierta.

—¿Mmm? —dijo con los ojos aún cerrados.

—¿Escuchas? —dije.

Escuchó, luego asintió.

—¿Sabes quién es?

Asintió.

—¿Hace cuánto que lo sabes? —pregunté.

—¿Qué importa?

Suspiré.

—Es un hombre, Onye.

Arrugué el entrecejo.

—¿Y? ¿Qué hay con Diti?

—¿Qué con ella? No la veo escabulléndose en la tienda.

—No es tan simple. Ya ha habido suficiente dolor.

—El dolor apenas comenzó —dijo Mwita, cada vez con mayor gravedad—. Deja que Luyu y Fanasi encuentren placer mientras puedan.

Tomó mi trenza en su mano.

—Así que si tú y yo peleamos —dije—, ¿acaso tú…?

—Es diferente con nosotros —replicó.

Escuchamos un rato más y entonces oí algo más. Maldije. Mwita y yo nos levantamos. Salimos de la tienda justo a tiempo para verlo ocurrir. Diti se estaba poniendo su rapa roja, agarrando con fuerza el nudo lateral, al tiempo que daba pasos hacia la tienda de Fanasi. Caminaba rápidamente. Demasiado rápido como para que Mwita o yo la atrapáramos y al menos evitáramos que viera la escena completa de Luyu, sudorosa y desnuda, montando a un también desnudo Fanasi. Él sostenía a Luyu mientras succionaba su pezón.

Cuando Fanasi vio a Diti por encima del hombro de Luyu, se sorprendió tanto que clavó los dientes en su pezón. Ella gritó y Fanasi liberó de inmediato los dientes, aterrado de haber lastimado a Luyu y horrorizado de que Diti los estuviera viendo. El rostro de Diti se retorció de un modo que jamás había visto. Luego se lo agarró, clavando sus uñas en las mejillas y gritando de una forma terrible. Los camellos pegaron un brinco para levantarse rápidamente y salieron corriendo.

—¿Qué...? ¡Mírense! ¡Binta está muerta! Yo estoy muerta. Todos vamos a morir, y ¿ustedes hacen esto? —gritó Diti.

Cayó de rodillas, sollozando. Fanasi le dio cuidadosamente una rapa a Luyu para que se cubriera, tocando brevemente su seno para ver el daño que le había hecho. Jaló una rapa alrededor de su cintura y con cuidado observó a Diti mientras salía de la tienda. Luyu lo siguió rápidamente. Le dediqué una mirada de enojo. Ayudé a Diti a levantarse y la llevé lejos de todos.

—¿Desde hace cuánto?

—Semanas. Antes... Papa Shee.

—¿Por qué no me dijiste, eh? —se sentó en la arena y sollozó.

—Esto es la vida —dije—. No siempre sale como quieres.

—¡Ugh! ¿Los viste? ¿Los *oliste*? —se levantó—. Vamos de regreso.

—Espera un momento —contesté—. Cálmate.

—No *quiero* calmarme. ¿Acaso ellos se veían calmados? —me dirigió una mirada rápida. Viendo lo que estaba pensando reflejado en sus ojos, levanté un dedo.

—Contén tu lengua —dije firmemente—. Contén tu reproche, ¿eh?

Cuando las cosas se volvían insoportables, siempre me echaba la culpa. Mis sienes punzaron. Me levanté. Justo enfrente de ella, sin que me importara lo que ella viera, me convertí en buitre. Salté fuera de mis ropas, vi el rostro de conmoción de Diti, le grazné y volé lejos. Llegó una brisa del oeste. La monté, exaltada. Hacía tanto viento que por un momento me pregunté si vendría una tormenta de arena.

Rebasé a un búho. Estaba volando tan rápido hacia el sureste, peleando contra el viento, que apenas me dirigió una mirada. Abajo, localicé los camellos. Pensé en descender para saludarlos, pero al parecer tenían una discusión privada. Volé por tres horas. Nunca pregunté exactamente qué se dijo cuando Diti volvió con los demás. No me importaba. Aterricé donde había dejado mis ropas, contenta de que Diti no se las llevara. Habían volado varios metros.

La primera cosa que noté al regresar al campamento fue que sólo un camello había regresado. Sandi.

—¿Dónde están los otros? —le pregunté. Ella sólo me miró. Los demás estaban sentados alrededor de una fogata, excepto Mwita, que estaba de pie con mirada molesta. Los ojos de Diti se veían enrojecidos y vidriosos. Luyu se mostraba petulante. Fanasi estaba sentado cerca de ella, deteniendo un pedazo de tela húmedo a un lado de su rostro. Fruncí el ceño.

—¿Ya lo han arreglado? —dije.

—Soy el testigo —dijo Mwita—. Diti ha dirigido las palabras de divorcio a Fanasi... después de intentar arrancarle la cara.

—Si fuera un hombre, estarías muerto —gruñó Diti a Fanasi.

—Si fueras hombre, no estarías en esta situación —gritó él de regreso.

—Tal vez... tal vez no debí permitir que ninguno de ustedes viniera —dije. Todos voltearon a verme—. Quizá debimos ser sólo Mwita y yo, ninguno de los dos tenemos nada que perder. Pero todos ustedes... Binta...

—Bueno, claro, es muy tarde, ¿no crees? —replicó molesta Diti.

Apreté mis labios pero no aparté la mirada.

—Diti... —dijo Mwita. Se tragó sus palabras y miró a otro lado.

—¿Qué? —ladró Diti—. Vamos, di lo que deseas por una vez.

—¡Cállate! —gritó Mwita por encima del gemir del viento. Diti se quedó sin aliento, realmente sorprendida—. ¿Qué pasa contigo? —continuó Mwita—. Este hombre te siguió... ¡hasta acá! No tengo *idea* de por qué. Eres una niña. Consentida y mimada. ¡Sus actos no significan nada especial para ti! Tienes la audacia de *esperarlos*. Bien. Pero entonces decides rechazarlo. De alguna forma te las ingenias para presumirle otros hombres en su cara. Y cuando él decide que no quiere ser tratado así y acepta a otra mujer bella y fuerte, empiezas a desgarrarte las vestiduras como un malvado espíritu enojado...

—¡*Yo* soy la que fue traicionada! —dirigió su mirada hacia mí cuando lo dijo.

—Sí, sí, te hemos escuchado gimotear sobre la traición por horas ya. Mira lo que le hiciste al rostro de Fanasi. Si sus heridas se infectan, culparás a Onyesonwu o a Luyu. Tanta estúpida, *estúpida* pelea infantil. Vamos en camino al lugar más horrible de la tierra. Ya hemos conocido la fealdad. ¡*Perdimos* a Binta! Viste lo que le hicieron. ¡Mantén la perspectiva! Diti, si quieres a Fanasi y Fanasi te quiere, vayan y tengan felices relaciones. Háganlo seguido, con pasión y con júbilo. Luyu, también. Si quieres disfrutar a Fanasi, ¡hazlo, por el amor a Ani! Resuelvan algo mientras pueden. Onyesonwu estaba intentando *ayudar* cuando rompió el *juju*. Ella sufrió para *ayudarlas*. ¡Sean agradecidas! Y bien, somos horribles para ustedes, los educaron para pensar así. Sus mentes están divididas entre vernos como sus amigos o vernos como extraños. Así son las cosas. Pero *aprendan a controlar sus lenguas*. Y *recuerden*, recuerden, recuerden por qué estamos aquí —dio media vuelta y se alejó, respirando sonoramente. Ninguno de nosotros tuvo nada más qué agregar.

Esa noche, Diti la pasó sola, aunque dudo que haya dormido algo. Y para Luyu y Fanasi fue su primera noche completa pero tranquila, juntos, en la tienda de Fanasi. Y Mwita y yo hallamos consuelo en el cuerpo del otro ya bien entrada la noche. Al llegar la mañana, el sol estaba cubierto con una pared de arena que se estaba acercando.

Capítulo 41

Fui la primera en despertar. Cuando salí de la tienda, Sandi estaba parada ahí, esperándome. Gruñó, fue un sonido profundo que provenía de su garganta, mientras me inclinaba hacia ella, inhalando la frescura de su piel.

—Dejaste a los tuyos para quedarte con nosotros, ¿no es así? —pregunté. Bostecé y miré hacia el oeste. Mi estómago se fue al piso—. ¡Mwita! ¡Ven acá *ahora mismo*!

Salió de la tienda y miró el cielo.

—Tendría que haberlo sabido —dijo—. Lo supe, pero estuve distraído.

—Todos lo estuvimos —respondí.

Empacamos y aseguramos nuestras cosas, usando las tiendas y las rapas para proteger nuestra piel. Cubrimos nuestras caras y ojos con ropa y velos. Entonces, cavamos en la arena y nos amontonamos con las espaldas al viento, uniendo nuestros brazos como eslabones y sujetándonos al pelo de Sandi. La tormenta de arena pegó con tal fuerza que no pude decir en qué dirección se movía el viento. Parecía como si la tormenta hubiera caído directamente del cielo.

La arena golpeó y desgarró nuestras ropas. Yo había envuelto el hocico y los ojos de Sandi con una rapa gruesa, pero me preocupaba su trasero. Al lado de mí, Diti sollozaba y Fanasi intentaba consolarla. Mwita y yo nos inclinamos para estar cerca una del otro.

—¿Has escuchado acerca de la Gente Roja? —dijo Mwita en mi oído.

Sacudí la cabeza.

—Gente de la arena. Son sólo historias... viajan en una tormenta de arena gigante —sacudió su cabeza. Había demasiado ruido como para hablar.

Pasó una hora. La tormenta permanecía. Mis músculos empezaron a acalambrarse por el esfuerzo de mantenernos sujetados. Ruido, un viento que punzaba y ningún rastro del final a la vista. Las tormentas no duraban ni remotamente lo que ésta cuando estaba con mi madre. Llegaban rápidas y fuertes y se iban de igual manera. Sin embargo, pasó otra media hora.

Entonces, finalmente, el viento y la arena cesaron. Así, sin más. Tosimos y maldijimos en el repentino silencio. Rodé hacia un lado; las partes expuestas de mi piel estaban al rojo vivo y mis músculos extenuados. Sandi gruñó, incorporándose con lentitud. Se sacudió la arena del trasero, salpicándola a todos lados. Nos quejamos débilmente. El sol brilló por debajo del túnel marrón de arena y viento. El ojo de la tormenta. Su ancho debía medir varios metros.

Llegaron y nos rodearon, vestidos de pies a cabeza en ropas de un rojo profundo, igual que sus camellos. Lo único que podía ver eran sus ojos. Uno de ellos se acercó en su camello. Montaba con un niño pequeño en el frente, una infante. La niña rio.

—Onyesonwu —dijo la persona con una voz profunda. Una mujer.

Mantuve mi barbilla en alto.

—Soy yo —me levanté lentamente.

—¿Quién de ustedes es su esposo, Mwita? —preguntó en sipo.

No se molestó en discutir acerca del título.

—Soy yo —dijo Mwita.

La niña pronunció algo que podría haber sido dicho en otro idioma o sólo un balbuceo de bebé.

—¿Saben quiénes somos? —preguntó la mujer.

—Son la Gente Roja, los vah. En el oeste escuché muchas historias sobre ustedes —respondió Mwita.

—Hablas más como alguien del este.

—Crecí en el oeste, luego en el este. Actualmente vamos de regreso al oeste.

—Sí, eso me han dicho —dijo la mujer, volteando hacia mí.

Un hombre detrás de ella habló en una lengua que no pude entender. La mujer respondió y todos los demás se movieron, alejándose, bajando de sus camellos y descargando sus bolsos. Se quitaron los velos. Vi por qué les llamaban la Gente Roja. Su piel era del tono del aceite de palma. Su cabello castaño rojizo estaba cortado casi al ras, excepto en los niños más jóvenes que llevaban la cabellera en largas y espesas rastas.

La mujer se retiró el velo. A diferencia de los demás, traía un anillo dorado en la nariz, dos más en las orejas y uno en la ceja. La niña se retiró el suyo también, exponiendo sus rastas. Noté que la pequeña lucía un anillo dorado en la ceja.

—¿Quiénes son ustedes? —preguntó la mujer a los otros mientras desmontaba del camello.

—Fanasi.

—Diti.

—Luyu.

Ella asintió y miró a Sandi. Sonrió.

—A ti te conozco.

Sandi hizo un sonido que no le había escuchado antes. Una especie de ronroneo gutural. Talló su hocico contra la mejilla de la mujer, quien soltó una risita.

—Te ves bien, también—dijo ella.

—¿Quiénes son ustedes? —preguntó Luyu—. Mwita sabe de ustedes, pero yo no.

La mujer miró a Luyu de arriba abajo y Luyu la miró de

regreso. Me recordó cómo se opuso a la Ada durante el Rito. Luyu jamás había respetado la autoridad.

—Luyu —dijo la mujer—, soy la Jefa Sessa. Aquél de allá es el otro, el Jefe Usson —señaló a un hombre que también se adornaba con anillos, de pie al lado de su camello.

—¿El otro qué? —preguntó Luyu.

—Preguntas las cosas incorrectas —dijo la Jefa Sessa—. Nos conocieron en un buen momento. Aquí nos quedaremos hasta que la luna esté embarazada —miró hacia la pared de polvo y sonrió—. Son bienvenidos a quedarse... si gustan —se alejó, dejándonos para que decidiéramos.

Alrededor de nosotros, los vah levantaron tiendas más amigables que las nuestras. Estaban confeccionadas de brillante piel de cabra estirada y eran mucho más grandes y altas. Vi estaciones de acopio, pero ninguna computadora.

—¡La siguiente "luna embarazada" es en tres semanas! —dijo Luyu.

—¿Qué ocurre con esta gente? —preguntó Fanasi—. ¿Por qué se ven así? Como si comieran, bebieran y se bañaran en aceite de palma y dulce de cactus. Es extraño.

Mwita chasqueó la lengua, molesto.

—¿Quién sabe? —dijo Luyu—. ¿Qué tal con su "amiga" la tormenta de arena?

—Viaja con ellos —respondió Mwita.

—¿Por qué?

Se encogió de hombros.

—¿Por qué son rojos?

Luyu gritó y brincó al tiempo que un gorrión blanco y marrón le picoteaba la parte trasera de la cabeza. El pájaro cayó al suelo, se levantó y se quedó parado, confundido.

—Déjalo en paz —dijo Mwita—. Estará bien.

—No planeaba hacer nada —dijo Luyu, mirando al pájaro.

—No podemos quedarnos aquí —dijo Diti.

—¿Tenemos opción? —le solté—. ¿Acaso *tú* quieres intentar atravesar la tormenta?

Alzamos nuestras tiendas donde habían estado antes de que llegara la tormenta. Salvo por Luyu. Ella se quedaría con Fanasi.

Durante las primeras horas, los vah levantaron sus casas como los nómadas expertos que eran. El sol se estaba poniendo y el desierto, incluso en el ojo de la tormenta, estaba enfriándose, pero me contuve de hacer una fogata. ¿Quién sabría cómo reaccionaría esta gente al *juju*?

Nos mantuvimos reservados y, aun entre nosotros, guardamos silencio. Diti se ocultó en su tienda, tal como hicieron Fanasi y Luyu. Mwita y yo, en cambio, nos sentamos al frente de la nuestra, buscando no vernos antipáticos. Pero mientras los vah se acomodaban, incluso los niños nos ignoraron.

Cuando oscureció, la gente empezó a socializar. Me sentí tonta. Cada tienda que pude ver brillaba con la luz del fuego de piedra. La Jefa Sessa, el Jefe Usson y un hombre viejo se acercaron a saludarnos. El rostro del anciano estaba surcado con arrugas causadas por la edad y el viento. No me sorprendería encontrar granos de arena atrapados para siempre en los pliegues de esas arrugas. Me observó con escrutinio. *Él* me puso más nerviosa que la mirada del silencioso y aparentemente enojado Jefe Usson.

—¿No puedes verme a los ojos, niña? —preguntó el anciano con voz ronca y grave.

Había algo en él que me causaba agitación. Antes de que pudiera responder, la Jefa Sessa dijo:

—Vinimos a invitarlos a nuestro festín de asentamiento.

—Es una invitación y una orden —dijo con firmeza el anciano.

La Jefa Sessa prosiguió:

—Usen sus mejores ropas, si es que las tienen —hizo una pausa, señalando al anciano—. Él es Ssaiku. Sin duda llegarán a conocerlo bien conforme pasen los días. Bienvenidos a Ssolu, nuestra aldea en movimiento.

El Jefe Usson nos dedicó una mirada prolongada cargada

de enojo, y el viejo Ssaiku nos observó fijamente, primero a mí y después a Mwita, antes de dejar nuestro campamento.

—Estas personas son tan raras —dijo Fanasi, cuando los tres se hubieron ido.

—No tengo nada decente para usar —se quejó Diti.

Luyu entornó los ojos.

—¿Acaso todos sus nombres deben iniciar o terminar con *s*? Uno pensaría que son descendientes de las serpientes —dijo Fanasi.

—Es el sonido que viaja mejor, el de la *sss*. Viven dentro del ruido de la tormenta de arena, así que es lógico —dijo Mwita, entrando en nuestra tienda.

—Mwita, ¿notaste al anciano? —pregunté mientras lo acompañaba—. No puedo recordar su nombre.

—Ssaiku —dijo Mwita—. Deberías recordarlo.

—¿Por qué? ¿Crees que será problemático? —pregunté—. No me agrada.

—¿Y el Jefe Usson? —preguntó Mwita—. Se veía bastante enojado.

Sacudí la cabeza:

—Quizá siempre está enfurruñado. Es el anciano quien me desagrada.

—Porque es un hechicero como tú, Onye —respondió Mwita. Se rio con amargura y refunfuñó algo para sí mismo.

—¿Eh? —pregunté, frunciendo el ceño—. ¿Qué dijiste?

Volteó a verme y ladeó la cabeza.

—¿Cómo, en nombre de Ani, puede ser que yo me dé cuenta y tú no? —hizo una pausa—. ¿Cómo es eso...? —maldijo y dio media vuelta.

—Mwita —dije alto, tomando su brazo. No se alejó, a pesar de que clavé mis uñas en su piel—, termina tu idea.

Acercó su rostro al mío.

—*Yo* debería ser el hechicero, *yo* debería ser el sanador. Así es como ha sido siempre entre un hombre y la mujer.

—Bueno, *no* eres tú —siseé intentando mantener bajo el

tono de mi voz—. No eres aquel que tuvo una madre, en medio de la desesperación, suplicando a los poderes de la tierra que hicieran hechicera a su hija. No eres quien nació de una *violación*. Vienes del amor, ¿recuerdas? ¡*TÚ* no eres al que la Pitonisa Nura profetizó que haría algo tan drástico que sería *arrastrado ante una multitud de nurus gritones, enterrado hasta el cuello y lapidado a muerte*!

Me tomó por los hombros, su ojo izquierdo palpitaba.

—¿Qué? —murmuró—. Tú...

Nos miramos el uno al otro.

—Ése es... mi destino —dije. No era mi intención decírselo de esa manera. Para nada—. ¿Por qué *escogería* eso? He estado peleando desde el día que nací. Y, sin embargo, hablas como si te hubiera arrebatado algo precioso.

—Oye, ¿Onye? —llamó Luyu desde su tienda—. Deberías usar la rapa y la blusa que te dio esa mujer en Banza.

—Es una buena idea —dije, todavía mirando a Mwita.

Escuché a Fanasi decir:

—Ven aquí.

Luyu rio.

Mwita salió de nuestra tienda. Asomé la cabeza para llamarlo. Pero caminó rápido, pasando entre la gente sin saludar; su cabeza iba sin velo y con la barbilla pegada al pecho.

Todas esas viejas creencias acerca de la valía y el destino de hombres y mujeres eran lo único que no me gustaba de Mwita. ¿Quién era él para creerse el centro de las cosas sólo por ser hombre? Eso había sido un problema desde que nos conocimos. De nuevo, pienso en la historia de Tia y Zoubeir. Detesto esa historia.

Capítulo 42

Me desperté dos horas después, con lágrimas secas en la cara. Sonaba música en algún lado.

—Levántate —dijo Luyu, sacudiéndome—. ¿Qué te pasa?

—Nada —murmuré adormilada—. Cansada.

—Es hora del festín —estaba usando su mejor rapa morada, con una blusa azul. Estaban un poco maltratadas, pero había rehecho sus trenzas en una espiral y se había puesto aretes. Olía a los aceites perfumados en los que ella, Diti y Binta se sumergían en casa. Me mordí el labio, pensando en Binta.

—¡No te has vestido! —dijo Luyu—. Traeré agua y un paño. No sé dónde se bañan estas personas... siempre hay gente alrededor.

Me senté lentamente, intentando sacudirme el sueño tan profundo en el que había caído. Toqué mi larga trenza. Estaba llena de arena de la tormenta. La estaba deshaciendo cuando regresó Luyu con una olla de agua caliente.

—¿Vas a dejarte suelto el cabello?

—Podría hacerlo —dije—. No hay tiempo para lavarlo.

—Despierta —dijo, palmeando con suavidad mi mejilla—. Esto será divertido.

—¿Has visto a Mwita?

—No —respondió.

Me puse el atuendo de Banza, completamente consciente de que tantos colores atraerían una atención para la que no me sentía de humor. Cepillé mi larga y gruesa cabellera y usé algo de agua caliente para mantenerla controlada. Cuando salí de mi tienda, Luyu estaba ahí para rociarme con aceite aromático.

—Listo —dijo—. Te ves *y* hueles maravillosamente —pero noté que sus ojos repasaban mi rostro y mi cabello lleno de arena. La nacida *ewu* siempre sería *ewu*.

Fanasi usó los pantalones marrones y la camisa blanca manchada que le había visto usar casi a diario, pero se había afeitado rostro y cabeza. Esto resaltaba sus pómulos y su largo cuello. Diti usó una rapa y una blusa azules que no le había visto antes. Quizá Fanasi se las había comprado en Banza. Había cepillado su gran cabellera afro y la acomodó en un círculo perfecto. Inspiré profundamente cuando noté a Fanasi luchando por no mirar a Diti y lanzando miradas hambrientas a Luyu. Era el hombre más confundido que jamás había visto.

—Bien —dijo Luyu, guiando el camino—. Vamos.

Conforme caminábamos, me pregunté desde hacía cuánto existía esta tribu nómada. Supuse que por mucho, mucho tiempo. Montaban sus tiendas en cuestión de horas y no eran menos cómodas que casas, incluso tenían pisos elaborados con pieles de algún animal marrón.

Cargaban sus plantas en grandes sacos de un fragante material llamado barro. Y hacían uso de la menor cantidad de *juju* para construir hogueras, alejar insectos y cosas similares. Los vah también tenían escuelas. Lo único que no poseían eran muchos libros. Eran demasiado pesados. Pero sí tenían algunos para la enseñanza de la lectura. Eso fue un poco de lo que pude ver de camino al festín. Pero lo demás lo aprendí durante nuestra estadía.

Había una gran multitud, con un enorme banquete al centro. Una banda tocaba guitarras y cantaba. Todos estaban vestidos con sus mejores galas. El estilo era sencillo: pantalones y camisas rojos para los hombres y mezclas de vestidos rojos para las mujeres. Algunos de los vestidos tenían pedrería cosida en los remates y los puños, otros estaban cortados para verse desiguales y cosas parecidas.

Para este punto de mi vida, me veía a través de los ojos de Mwita. Era hermosa. Ése era uno de los más grandes regalos que Mwita me había dado. Nunca me habría podido ver a mí misma hermosa sin su ayuda. Sin embargo, cuando observaba a esta gente, jóvenes, ancianos, hombres, mujeres, niños, con su piel marrón rojiza, sus ojos castaños y sus movimientos gráciles, sabía que eran el pueblo más hermoso que jamás había visto. Se movían como gacelas, incluso los ancianos. Los hombres no eran tímidos. Hacían contacto visual directo y sonreían con facilidad. Hermoso, hermoso pueblo.

—Bienvenida —dijo un joven, tomando la mano de Diti. Ella sonrió ampliamente.

—Bienvenida —dijo otro joven, abriéndose paso hacia Luyu.

Ambas fueron recibidas por varios hombres jóvenes. Fanasi fue acogido por varias mujeres jóvenes, pero estaba muy ocupado observando a Diti y Luyu. Cuando la gente simplemente inclinaba la cabeza hacia mí, manteniendo su distancia, me pregunté si incluso este pueblo, aislado y protegido, satanizaba a los nacidos *ewu*.

Me obligué a desechar esta idea cuando llegamos a nuestros asientos. Ahí estaba Mwita, sentado al lado de una mujer vah. Demasiado cerca, para mi gusto. Ella dijo algo y él sonrió. Incluso sentada pude ver que ella tenía las piernas más largas que jamás había visto: largas y definidas; piernas aptas para correr como las de la madre de Zoubeir en aquella vieja historia. Mi corazón dio un vuelco. En casa había escuchado rumores sobre Mwita en tratos con mujeres mayores. Jamás le había preguntado si eran ciertos, pero sospechaba que había algo de verdad en ellos. Esta mujer debía de tener quizá treinta y cinco años. Y como todo el pueblo vah, era hermosísima.

Me sonrió, y se le marcaron profundos hoyuelos en cada mejilla. Cuando se levantó, era más alta que yo. Mwita se levantó junto con ella.

—Bienvenida, Onyesonwu —dijo ella, pegándose en el pecho. Me miró. La observé. Sentí la misma irritación que experimenté con Ssaiku. Esta mujer era también una hechicera. *Pero es una aprendiz*, me di cuenta de que lo sabía. *La aprendiz de Ssaiku.* Llevaba un vestido sin mangas, dejando ver sus brazos tonificados. Un escote bajo enseñaba sus grandes senos. Había símbolos trazados en ambos bíceps y donde los senos se ensanchan.

—Gracias —dije. A mi espalda, los otros eran recibidos y se les indicaba dónde sentarse.

—Soy Ting —dijo ella.

El Jefe Usson se colocó al centro del círculo y la música se detuvo de inmediato.

—Ahora que han llegado nuestros invitados, entremos en orden —dijo.

Sin el ceño fruncido, el Jefe Usson era muy agradable. Poseía una de esas voces que capturan la atención de la gente.

Ting tomó mi mano:

—Siéntate —dijo. La uña de su dedo pulgar rozó la palma de mi mano. Medía casi dos centímetros de largo, era filosa y con la punta pintada de negro azulado. Se sentó a mi lado y Mwita, al otro.

—Por favor demos la bienvenida a nuestros invitados: Diti, Fanasi, Luyu, Mwita y Onyesonwu —los murmullos se levantaron entre la multitud—. Sí, sí, todos hemos oído noticias de esta mujer, la mago-mujer, y su hombre —el Jefe Usson nos hizo la indicación de que nos levantáramos.

Ante tantos ojos, sentí que me ruborizaba. *¿Mago-mujer?*, pensé. *¿Qué clase de título es ése?*

—Bienvenidos —dijo de forma grandilocuente el Jefe Usson.

—Bienvenidos —murmuraron los demás. Entonces, desde

algún sitio, alguien empezó a sisear. El siseo se extendió entre la multitud. Volteé a ver a Ting, preocupada.

—Está bien —dijo ella.

Era una especie de ritual. La gente sonreía mientras siseaba. Me relajé. La Jefa Sessa se levantó y se colocó al lado del Jefe Usson. Juntos recitaron algo en un lenguaje que desconocía. Las palabras tenían muchas *s* y sonidos *ah*. Fanasi tenía razón. Si una serpiente pudiera hablar, sonaría así. Cuando terminaron de recitar, la gente saltó para ponerse en pie, con telas en las manos.

—Tomen —dijo un niño, dándonos a los cinco telas similares. Eran delgadas, pero estaban tiesas a causa de algún tipo de gel. La banda empezó a tocar.

—Vengan —dijo Ting, tomando mi mano y la de Mwita. Dos hombres jóvenes se acercaron a Diti y otros dos a Luyu, llevándolas hacia el enorme banquete. Dos mujeres tomaron las manos de Fanasi, también. Era un caos feliz, mientras la gente se empujaba para alcanzar la comida y llenar con ella sus telas. Parecía una clase de juego, ya que había muchas risas.

Una mujer me empujó y tocó accidentalmente mi brazo. Una pequeña chispa de luz azul brotó de mi cuerpo y la mujer chilló, brincando a un lado. Otras personas se detuvieron a mirarme. La mujer no parecía molesta, pero no se atrevió a sostener mi mirada, mientras murmuraba: "Disculpa, Onyesonwu, disculpa", y se alejaba.

Miré a Ting con los ojos muy abiertos:

—¿Qué…?

—Permíteme —dijo ella, tomando mi tela.

—No, yo puedo…

—Sólo espera aquí —dijo con firmeza—. ¿Comes carne?

—Claro.

Asintió y fue al banquete con Mwita. Mientras esperaba, dos hombres pasaron muy cerca de mí. De nuevo hubo pequeños chispazos y ellos parecieron sentir una pequeña punzada de dolor.

—Perdón —dije levantando las manos.

—No —dijo uno de ellos, dando un paso hacia atrás, pensando que lo iba a tocar de nuevo—. Nosotros lo sentimos —fue a la vez extraño y molesto.

Cuando regresamos a nuestro sitio, Diti y Luyu tenían más hombres a su alrededor. Eran todos tan atentos que parecía que el rostro de Luyu se rompería por el tamaño de su sonrisa. Un hombre con grandes labios estaba alimentando a Diti con trozos de conejo rostizado. Fanasi también estaba rodeado, las mujeres peleaban por su atención. Estaba tan ocupado contestando cientos de preguntas que no podía ni comer ni ver lo que Diti y Luyu hacían.

Aunque nadie se sentó con Mwita, muchas mujeres, jóvenes y mayores, lo miraban abiertamente e incluso le abrieron paso en el banquete. Cada hombre se detuvo y lo saludó con calidez, algunos incluso estrecharon su mano. Hombres y niños sólo me dirigían miradas cuando pensaban que no los veía. Y las mujeres y las niñas abiertamente me evitaban. Pero hubo una que no pudo resistirse.

—Ella es Eyess —dijo Ting sonriendo, mientras la chiquilla venía corriendo hacia mí y trató de tomar mi mano. Intenté alejarla antes de que me pudiera tocar, pero fue más rápida. Atrapó mi mano, haciendo que casi tirara mi tela con comida. Grandes chispas saltaron. Pero ella únicamente se rio. La pequeña niña que había montado con la Jefa Sessa parecía inmune a lo que fuera que me afectara. Dijo algo en el lenguaje vah.

—Ella no sabe ssufi, Eyess —le dijo Ting—. Habla en sipo u okeke.

—Te ves extraña —dijo la pequeña niña en okeke.

Me reí:

—Lo sé.

—Me gusta —dijo—. ¿Tu mamá es un camello?

—No, mi mamá es humana.

—Entonces ¿por qué tu camello me dice que ella te cuida?

—Eyess puede escucharlos —me explicó Ting—. Nació con esa habilidad. Por eso se expresa tan bien para tener sólo tres años. Ha hablado toda su vida con absolutamente todo.

Algo atrapó la atención de la chiquilla.

—Regreso —dijo mientras se alejaba corriendo.

—¿De quién es ella? —pregunté.

—De la Jefa Sessa y el Jefe Usson —respondió Ting.

—¿Entonces la Jefa Sessa y el Jefe Usson están casados?

—Cielo santo, no —dijo Ting—. Dos jefes no pueden estar casados. El de allá es el esposo de la Jefa Sessa —señaló con la mano a un hombre que le estaba entregando a Eyess un pequeño paquete de comida. La chiquilla lo tomó, besó sus rodillas y desapareció entre las piernas de la gente.

—Oh —dije.

—Ella es la esposa del Jefe Usson —señaló a una llamativa mujer sentada entre otras. Tomamos asiento y desenrollamos nuestra comida. Mwita ya estaba comiendo. Parecía que había tomado los modos de los vah cuando se trataba de comida porque llenaba a puños su boca y masticaba con la boca abierta. Desenrollé mi tela y miré lo que Ting había conseguido. Todo estaba mezclado y al verlo perdí el apetito. Nunca en la vida me había gustado mezclar mis alimentos. Elegí un pedazo de huevo frito de lagarto mientras empujaba con mi dedo una rebanada de cactus verde.

—Así que… ¿dónde está tu maestro? ¿Acaso no come? —pregunté después de un rato.

—¿Tú comes? —respondió ella, mirando mi tela aún llena.

—No estoy muy hambrienta.

—Mwita parece a gusto.

Ambas lo miramos. Había terminado todo lo que había en su tela y se estaba levantando para ir por más. Cruzó la mirada con la mía.

—¿Quieres que te traiga algo más? —me preguntó.

Sacudí la cabeza. Eyess vino y se tiró a mi lado. Sonrió y desenrolló su comida, comiendo con apetito voraz.

—¿Entonces es cierto? —preguntó Ting.

—¿Qué cosa?

—Mwita no me quiso decir nada. Dice que debo preguntarte —dijo—. El rumor dice que cubriste con una bruma negra a un pueblo cuando intentaron lastimarte. Que convertiste el agua en bilis. Y que en realidad eres un fantasma enviado a nuestras tierras para alejar los males.

Me reí.

—¿Dónde escuchaste todo eso?

—Los viajeros —dijo—. En algunos pueblos que visitamos para obtener suministros. En el viento.

—Todos lo saben —añadió Eyess.

—¿Tú qué opinas, Ting? —pregunté.

—Creo que son tonterías... en su mayoría —me guiñó un ojo.

—Ting, ¿por qué tu gente no puede tocarme? —sonreí—. Más allá de ti y de Eyess.

—No te ofendas.

Continué mirándola, esperando que dijera algo más. Cuando no lo hizo, me alcé de hombros. No estaba ofendida. No en realidad.

—¿Qué son ésas? —pregunté, cambiando el tema. Señalé las marcas en su bíceps y donde se ensanchaban sus senos. Las de sus senos eran unos círculos con aros y giros dentro de ellos. En su bíceps izquierdo lucía lo que parecía ser la sombra de algún tipo de ave de caza. En el derecho mostraba una cruz rodeada por pequeños círculos y cuadrados.

—¿Puedes leer vah, bassa, menda y nsibidi? —preguntó.

Sacudí la cabeza.

—Sé algo del nsibidi. Un edificio de Jwahir estaba decorado con él.

—La Casa de Osugbo —dijo ella, asintiendo—. Ssaiku me contó acerca de ella. No son decoraciones. Lo sabrías si hubieras sido aprendiz por más tiempo.

—Bueno, eso no pudo evitarse, ¿cierto? —respondí, molesta.

—Supongo que no —dijo ella—. Yo misma me otorgué estas marcas. Hacer escritos es mi centro.

—¿Centro?

—Para lo que soy hábil —respondió—. Se vuelve más claro alrededor de los treinta años. No te puedo revelar exactamente lo que significan mis marcas, no con palabras. Cambiaron mi vida, cada una a su manera. Ésta es un buitre, eso sí te lo puedo decir —se topó con mis ojos mientras mordisqueaba un hueso de conejo.

Decidí cambiar de tema:

—¿Cuánto tiempo has estado en entrenamiento?

La banda empezó a tocar una canción que aparentemente Eyess amaba.

Se paró de un brinco y corrió hacia los músicos, pasando entre la gente con la habilidad de una gacela. Cuando llegó a la banda, empezó a bailar alegremente. Ting y yo la observamos por un momento, sonriendo.

—Desde que tenía ocho años —respondió Ting volteando a verme.

—¿Pasaste tu iniciación tan joven? —pregunté.

Asintió.

—Así que sabes cómo...

—Moriré como una mujer anciana y satisfecha, no muy lejos de aquí —dijo.

La envidia es una emoción poderosa.

—Lo siento —me dijo—. No es mi intención presumir.

—Lo sé —dije con la voz tensa.

—El destino es frío y cruel.

Asentí.

—Tu destino está en el oeste, lo sé. Ssaiku lo sabe más —me dijo—. Normalmente no viene al festín. Te llevaré con él cuando Mwita y tú hayan terminado su cena.

Mwita volvió cargando tres telas. Me tendió una. La desenrollé. Era conejo asado. Me dio otra llena de dulce de cactus. Le dediqué una sonrisa.

—Siempre —dijo él, sentándose a mi lado, su hombro rozó el mío.

—Ah, eres extraña —dijo Ting cuando empecé a comer.

—No has visto nada aún —dije con la boca llena.

Pasó su mirada de mí hacia Mwita y entrecerró los ojos.

—¿No has completado tu entrenamiento, entonces?

Sacudí la cabeza, negándome a verla a los ojos.

—No te preocupes por tu campamento —dijo al fin Mwita.

—¿Cómo puedo estar segura? —preguntó—. Ssaiku no me permite estar a solas con un hombre. Ambos deben saber de la mujer que...

—Lo sabemos —dijimos al unísono.

Después de comer, dejamos a Diti, Luyu y Fanasi atrás. No lo notaron. La tienda de Ssaiku era grande y ventilada. Estaba hecha de un material negro, que permitía entrar la brisa. Ssaiku estaba sentado en una silla extraña, con un pequeño libro entre las manos.

—Ting, tráeles vino de palma —dijo, poniendo a un lado su libro—. Mwita, ¿no tenía yo razón? —preguntó mientras nos hacía señas de que nos sentáramos.

—Mucha —dijo él, yendo a una esquina de la tienda y trayendo dos tapetes para sentarnos—. Sin duda ha sido la comida más deliciosa que he probado.

Miré a Mwita y fruncí el ceño, sentándome en el tapete que me había puesto.

—Dormirán bien esta noche —dijo Ssaiku.

—Agradecemos su hospitalidad —expresó Mwita.

—Como ya te dije, es lo menos que podemos hacer.

Ting regresó con copas de vino de palma en una bandeja. Sólo había tocado las copas con la mano derecha. Casi me reí. Ting era la última persona que habría tomado por tradicional. Pero de nuevo, Ssaiku era su Maestro y si era de alguna forma similar a Aro, él no habría esperado menos. Ella se sentó a mi lado, con una pequeña sonrisa dibujada en su rostro, como anticipando una discusión interesante.

—Mírame, Onyesonwu —dijo él—. Quiero ver bien tu rostro.

—¿Por qué? —pregunté, pero lo miré. No respondió. Soporté su inspección:

—¿Trenzas tu cabello?

Asentí.

—Suéltalo —dijo él—. Amárralo con un pedazo de fibra de palma o cuerda, pero no lo trences más de ahora en adelante —se sentó de nuevo—. Ambos son tan inusuales de ver. Conozco el nuru y conozco el okeke. Los nacidos *ewu* no tienen sentido para mis ojos. Eh, Ani me está probando de nuevo.

Ting soltó una risita disimulada y Ssaiku le dedicó una mirada fiera.

—Lo siento, *Ogasse* —dijo ella, aún sonriente—. Lo estás haciendo de nuevo.

Ssaiku se veía muy enojado. Ting no le tenía miedo. Como he dicho, la relación con un maestro es más cercana que la que se tiene con un padre. Si no hay un estira y afloja, si no se ponen a prueba los nervios de ambas partes, no hay un verdadero aprendizaje.

—Me pediste que te lo dijera cuando lo hicieras, *Ogasse* —continuó Ting.

Ssaiku inspiró profundamente.

—Mi pupila tiene razón —dijo finalmente—. Entiendan, nunca creí que sería el que enseñaría a esta chica de… piernas largas. Pero estaba escrito. Desde entonces prometí reducir mis prejuicios. Nunca ha existido un hechicero *ewu*. Pero se ha pedido. Y no es porque Ani nos esté probando, sino simplemente porque así es.

—Bien dicho —dijo Ting, complacida.

—Lo que tiene sentido no es necesariamente lo que debe ser —dijo Mwita, mientras terminaba su vino de palma y me miraba. Luché para no entornar mis ojos.

—Cierto. Mwita, eres el que mejor me entiende aquí —dijo Ssaiku—. Ahora, no es un accidente que estén aquí. Me fue dicho que los encontrara y los recibiera. Soy un hechicero más anciano de lo que parece. Provengo de un largo linaje de guardianes elegidos, guardianes de esta aldea en movimiento, Ssolu. Yo mantengo la tormenta de arena que la protege.

—¿La estás manteniendo justo ahora? —pregunté.

—Es simple *juju* para mí, como lo será para Ting —dijo—. Ahora, como mencioné, se me reveló que te encontraría. Hay una parte de tu entrenamiento que debe completarse. Necesitarás ayuda.

Arrugué el entrecejo.

—¿Quién… quién te dijo que me encontraras?

—Sola —respondió.

Abrí los ojos desmesuradamente. Sola, el hombre de piel blanca vestido de negro con el que me había encontrado dos veces en la tormenta de arena. Aún podía escuchar sus palabras de aquella primera vez que nos encontramos durante mi iniciación: "Debería hacer que *te* mataran". Y entonces me enseñó mi muerte.

Me estremecí.

—¿Lo *conoces*? —pregunté.

—Claro.

Jamás se me había ocurrido que estaba todo conectado. Todos los ancianos. Pensé cómo la última vez que me encontré con Sola, justo antes de dejar Jwahir, Aro lo sentó a su lado en mi lugar, como si Sola fuera su hermano y yo, la hija de Aro.

—¿Qué hay con Aro? —pregunté.

—Conozco bien a Aro. Lo conozco desde hace mucho, mucho tiempo.

—¿Te habló de mí? —pregunté. Mi corazón se aceleró.

—No. No te mencionó. ¿Es acaso tu Maestro?

—Sí —dije decepcionada. No había notado cuánto extrañaba a Aro.

—Ah, es más claro ahora —dijo, asintiendo—. Había tenido problemas para decir exactamente qué era —miró a Mwita. Ting miró a Mwita también, como intentando entender qué había comprendido su Maestro—. Y *tú* eres su otro hijo —dijo Ssaiku.

—Supongo que puede decirse eso —respondió Mwita—. Pero antes fui aprendiz de alguien más.

—¿Aro no te preguntó nada sobre nosotros? ¿Dijo algo? —pregunté, confundida.

—No —hubo un aleteo en la tienda mientras un gran loro marrón voló dentro y se posó en una silla. Graznó y sacudió la cabeza.

—Pájaros mareados —dijo Ting—. Siempre se dejan caer en Ssolu.

—Regresen a la celebración —nos dijo Ssaiku—. Disfruten. En diez días, las mujeres tendrán el Conversatorio con Ani. Onyesonwu, irás con ellas.

Casi suelto una risa. No había ido al Conversatorio con Ani desde que era niña. No creía en Ani. Contuve mi cinismo, sin embargo. En realidad, no tenía importancia. Cuando volvimos a la celebración, las cosas habían escalado. La banda estaba tocando una canción cuya letra todos conocían. Eyess bailó ante la audiencia mientras cantaba a todo pulmón. Pensé que yo habría sido como ella de no haber nacido como una paria.

—¿Qué crees que pasará? —me preguntó Mwita mientras nos acomodábamos entre la gente que cantaba. Eché un vistazo a Luyu, colocada en el otro lado del círculo al lado de dos hombres. Ambos tenían sus brazos alrededor de su cintura. No logré ver a Diti o a Fanasi.

—Ni idea—respondí—. Iba a preguntarte lo mismo, ya que claramente debes saberlo todo.

Suspiró con fuerza y entornó los ojos.

—No escuchas —dijo.

—¡Onyesonwu! —gritó Eyess. Brinqué ante el sonido de mi nombre. Todos voltearon—. ¡Ven a cantar con nosotros!

Sonreí, un poco apenada, sacudiendo mi cabeza y levantando las manos.

—Está bien —dije dando unos pasos hacia atrás—. No... no conozco ninguna de sus canciones.

—Por favor, ven a cantar —rogó Eyess.

—¿Por qué no cantas una de tus propias canciones, entonces? —dijo Mwita a todo volumen.

Lo miré con odio y él sonrió, engreído.

—¡Sí! —exclamó Eyess—. ¡Canta para nosotros!

—Fui criada en Jwahir —dije, cuando me di cuenta de que no podría escabullirme—. Pero soy del desierto. Ése es mi hogar —hice una pausa—. Canto esto para la tierra cuando está contenta.

Abrí la boca, cerré los ojos y canté la melodía que había aprendido del desierto cuando tenía tres años. Todos lanzaron un "oooh" y "aaah" cuando el loro marrón, que había visto en la tienda de Ssaiku, se posó en mi hombro. Seguí cantando. El dulce sonido y la vibración que provenían de mi garganta se irradiaron por el resto de mi cuerpo. Calmó mis ansiedades y mi tristeza. Por un momento. Cuando finalicé, los demás guardaban silencio.

Entonces la gente siseó y aplaudió a modo de alabanza. El sonido aturdió al ave en mi hombro, que se fue volando. Eyess lanzó sus brazos alrededor de mi pierna, mirándome con admiración. Salieron chispas de sus brazos y algunas personas brincaron hacia atrás, lanzando algunas exclamaciones. Los músicos tocaron de nuevo y rápidamente dejé el centro del círculo.

—Hermoso —decían las personas conforme yo pasaba.

—¡Dormiré bien esta noche!

—Que Ani te bendiga mil veces.

Si tocaban mi cuerpo, sentían dolor; sin embargo, me alababan como si fuera la hija del jefe perdida tiempo atrás.

—¡Oh! —exclamó Eyess, escuchando que la banda empezaba con una tonada que no pudo resistir. Corrió de regreso al círculo donde se sacudió con un baile que hizo reír a todos. Mwita puso su brazo alrededor de mi cintura. Fue una sensación agradable.

—Eso fue... divertido —dije, mientras íbamos camino a nuestra tienda.

—Funciona siempre —dijo Mwita. Tocó mi cabello espeso—. Este cabello.

—Lo sé —dije—. Usaré una larga pieza de fibra de palma y lo amarraré . No será muy diferente a trenzarlo.

—No es eso —dijo él. Esperé, pero no dijo más, lo cual estaba bien. No debía hacerlo. Lo sentía, también. Lo percibí en cuanto Ssaiku me dijo lo que quería que hiciera. Como si yo estuviera... cargada. Algo iba a pasar en cuanto fuera a ese retiro.

Cuando llegamos a nuestro campamento, sólo encontramos a Fanasi. Estaba ante un fuego de piedra moribundo, mirando las piedras brillando. Una botella de vino de palma reposaba entre sus piernas.

—¿Dónde está...?

—No tengo idea, Onye —dijo, arrastrando las palabras—. Ambas me han abandonado.

Mwita lo palmeó en uno de los hombros y se dirigió a nuestra tienda. Me senté al lado de Fanasi. Apestaba a vino de palma.

—Regresarán, estoy segura —le dije.

—Tú y Mwita —dijo después de un rato—. Ustedes son algo real. Nunca tendré eso. Sólo quería a Diti, algo de tierra, bebés. Mírame ahora. Mi padre me escupiría.

—Regresarán —dije otra vez.

—No puedo tenerlas a las dos —contestó—. Y parece que ni siquiera puedo tener a una. Soy un estúpido. Nunca debí haber venido. Quiero regresar a casa.

Lo miré, molesta.

—Este lugar está lleno de bellas mujeres que estarían contigo sin dudarlo —dije, mientras me incorporaba—. Ve, encuentra a una que llevar a tu cama y deja de lamentarte.

Mwita estaba en nuestra tienda, recostado sobre su espalda, cuando entré.

—Buen consejo —dijo—. Todo lo que necesita es otra mujer que enrede aún más su cabeza.

Resoplé.

—No debería haber elegido a Luyu —solté—. ¿No dije esto? A Luyu le gustan *los hombres*, no uno solo. No podría haber sido más predecible.

—¿Lo culpas ahora? Diti lo rechazó aun después de que el *juju* se rompió.

—¿Qué quieres decir con "aun después"? ¿Sabes cómo era el dolor de ese *juju*? ¡Es horrible! Y hemos sido criadas para creer que está mal abrir las piernas, aunque queramos. No fuimos criadas para ser tan libres como… como son *ustedes* —hice una pausa—. Cuando estuviste con todas esas mujeres mayores, mujeres como Ting, ¿alguien te criticó?

Mwita entornó los ojos.

—Esa primera vez habrías abierto las piernas felizmente para mí si no fuera por el *juju*. No había reglas para mujeres de Jwahir *deteniéndote*.

—No cambies el tema.

Mwita rio.

—¿Te acostaste con Ting?

—¿Qué?

—Te conozco y creo conocerla.

Mwita sólo sacudió la cabeza, se recostó y puso las manos detrás de su cabeza. Me quité la ropa de celebración y me envolví en mi vieja rapa amarilla. Dejaba atrás la tienda cuando sentí que jalaban mi rapa, casi arrebatándomela.

—Espera —dijo Mwita—. ¿A dónde vas?

—A lavarme —dije.

Habíamos ocupado la tienda de Luyu a fin de colocar un lugar para bañarnos. No habíamos tenido corazón para ocupar la de Binta.

—¿Lo hiciste? —pregunté al fin—. ¿Con esas mujeres antes de mí?

—¿Acaso es importante?

—Sólo importa. ¿Lo hiciste?

—No eres la primera mujer con la que he tenido coito.

Suspiré. Lo sabía. En realidad no era importante. Mi preocupación era por Ting.

—¿A dónde fuiste cuando saliste de aquí? —pregunté.

—A caminar. La gente me recibió en sus casas. Un grupo de hombres me pidió que me sentara y quisieron saber todo sobre nosotros y nuestros viajes. Les conté algunas cosas, no todo. Conocí a Ting y ella me llevó a la tienda de Ssaiku donde todos conversamos —hizo una pausa—. Ting es, como todos los demás aquí, hermosa, pero la pobre mujer bien podría tener el *juju* del Rito de los Once dentro de ella. No tiene permitido tener intimidad con nadie. Y... Onye, conoces la palabra que te dije.

Ifunanya.

—Aplica para alma *y* cuerpo —dijo Mwita, jalando de nuevo mi rapa, consiguiendo que quedara debajo de mis senos.

—Lo siento —dije.

—Deberías —respondió Mwita. Sacudió su mano—. Ve y lávate.

Capítulo 43

Ni Diti ni Luyu regresaron esa noche. Fanasi se sentó toda la noche mirando las cenizas del fuego de piedras. Estaba aún ahí cuando me levanté a la mañana siguiente a preparar algo de té.

—Fanasi —dije. Mi voz lo desconcertó. Quizás estaba dormido con los ojos abiertos—. Vete a dormir.

—No han regresado —me dijo.

—Están bien. Vete a dormir.

Se dirigió a su tienda dando tumbos, se arrastró dentro de ella y dejó de moverse, con las piernas aún afuera. Yo estaba en la tienda de baño, a medio camino de enjuagarme el jabón, cuando escuché que una de ellas regresó. Me detuve.

—Qué bueno que hayas podido regresar —escuché decir a Mwita.

—Oh, basta —oí que decía Diti.

Silencio.

—No intentes hacerme sentir culpable —añadió Diti.

—¿Cuándo he dicho que no deberías gozar? —preguntó Mwita.

Diti gruñó:

—¿Él estuvo aquí toda la noche?

—Las esperó a ambas toda la noche —dijo Mwita—. Apenas se fue a dormir.

—¿A ambas? —se mofó ella.

—Diti…

Escuché cómo ella se iba a su tienda.

—Déjame en paz. Estoy cansada.

—Como gustes —dijo Mwita.

Luyu regresó tres horas después. Diti dormía para descansar lo que tuviera que descansar, quizás una combinación de sexo y vino de palma. Luyu se veía fresca, escoltada por un hombre aproximadamente de nuestra edad.

—Buenos días —dijo ella.

—Tardes —corregí. Había pasado la mañana meditando. Mwita se había ido a algún lado. Supuse que a encontrarse con Ssaiku o con Ting.

—Él es Ssun —nos presentó ella.

—Buenas tardes —dije.

—Bienvenida —respondió él—. Anoche, tu canto me brindó buenos sueños.

—Cuando finalmente te *pudiste* dormir —agregó Luyu. Se sonrieron el uno al otro.

—Él estuvo esperándote toda la noche —dije, señalando hacia la tienda de Fanasi.

—¿Es el esposo de Diti? —preguntó Ssun, alzando la cabeza, intentando verlo.

Casi me reí.

—Espero que no le haya importado que mi hermano haya tomado a Diti por la noche —dijo él.

—Quizás un poco —dijo Luyu.

Arrugué el entrecejo. *¿Qué clase de normas y reglas tiene esta gente?*, me pregunté. Todos parecían tener sexo con todos. Incluso Eyess tenía otra sangre que no era la del esposo de la Jefa Sessa. Mientras Luyu y Ssun hablaban, caminé, en silencio, hacia Fanasi y pateé con fuerza una de sus piernas. Gruñó y rodó sobre sí mismo.

—¿Eh, qué pasa? —dijo—. Estaba durmiendo a gusto.

Luyu me echó una mirada, molesta. Le sonreí.

—Fanasi —dijo Ssun, caminando hacia él—. Poseí a tu Luyu por la noche. Me dice que quizá lo tomes como una ofensa.

Fanasi se puso de pie en un santiamén. Se tambaleó un poco, pero con su estatura, se veía más alto e imponente que Ssun. Instintivamente, Ssun dio un paso atrás. Diti se asomó desde su tienda, con una sonrisa en el rostro.

—Tómala por el tiempo que quieras —dijo Fanasi.

—Ssun —dije. Tenía la intención de estirar la mano para tocarlo, pero lo pensé mejor—. Fue bueno conocerte. Ven —caminé con él alejándome del campamento. Él mantuvo su distancia unos cuantos centímetros de mí.

—¿Acaso mi hermano y yo hemos causado problemas? —me preguntó.

—Nada que no estuviera ahí —respondí.

—En Ssolu seguimos nuestros impulsos. Lo siento, omitimos considerar que ustedes no son de aquí.

—Está bien —dije—. Puede ser que hayan acomodado las cosas entre nosotros.

Esa tarde, Luyu se regresó de nueva cuenta a su tienda y nos vimos obligados a usar la de Binta para bañarnos.

Los días que antecedieron al retiro fueron lo peor para nosotros cinco. Diti, Luyu y Fanasi se negaban a hablar entre ellos. Y tanto Luyu como Diti desaparecían continuamente durante las tardes y las noches.

Fanasi se hizo amigo de algunos hombres y pasó las tardes hablando con ellos, bebiendo, alimentando camellos y especialmente cocinando pan. No sabía que Fanasi era tan buen panadero. Debí saberlo. Era hijo de un panadero. Fanasi hizo algunas variedades de pan y pronto las mujeres le pidieron que les enseñara cómo hacerlo. Pero cuando estaba en nuestro campamento, se mantuvo aparte. Me preguntaba cosas sobre los tres. En la superficie, ellos parecían estar bien, pero sólo Luyu parecía *estar* bien.

Vivir con el pueblo vah era inusual. Fuera de que nadie me tocaba, amaba a estas personas. Era bienvenida aquí. Llegué a conocer nombres y personalidades. Había una pareja que vivía en una tienda cerca de nosotros, Ssaqua y Essop, que tenían cinco hijos, cuyos padres eran diferentes. Ssaqua y Essop eran una pareja animada que conversaba y analizaba cada tema. Nos llamaban con frecuencia a Mwita y a mí para aclarar disputas. Una de las discusiones que me pidieron que aclarara fue acerca de si el desierto tenía más áreas de costra endurecida o de dunas de arena.

—¿Quién puede responder eso? —dije—. Nadie ha estado en todos lados. Incluso los mapas son limitados y viejos. ¿Y quién puede decir que todo *es* desierto?

—¡Ja! —dijo Essop, picando a su esposa en el estómago—. ¿Ves? ¡Tenía razón! ¡Yo gano!

Los niños de la aldea de Ssolu corrían desbocados, en el mejor sentido. Siempre estaban en algún lugar ayudando o aprendiendo de alguien. Todos les daban la bienvenida. Incluso a los más pequeños. Siempre que un bebé pudiera caminar, era responsabilidad de la comunidad. En una ocasión vi a una niña de unos dos años ser alimentada por su madre y luego salir corriendo a explorar. Horas más tarde, la observé sentada comiendo con otra familia en el extremo opuesto de la aldea. Luego esa misma tarde, la encontré con Ssaqua y Essop y dos de sus hijos, ¡probando la cena!

Claro, Eyess me visitaba con frecuencia. Compartíamos varias comidas. Le gustaba mi sazón, diciendo que usaba "muchas especias". Era lindo tener una pequeña sombra, pero siempre se molestaba cuando Mwita llegaba y se robaba mi atención.

Lo que hacía de Ssolu algo agradable era lo que los distinguía de cualquier otra sociedad. Aquí todos podían construir una hoguera de piedra, sabían cómo hacerlo. Y cuando canté, la gente se sintió complacida y entretenida sobre todo en el momento en el que el pájaro se posó en mi hombro. La idea de que mi canto los tranquilizara no les causaba molestia.

Los vah no eran hechiceros. Sólo Ssaiku y Ting conocían los Puntos Místicos. Pero el *juju* era parte de su forma de vida.

Era tan conocido que no sentían la necesidad de comprenderlo. Nunca les pregunté si conocían esos pequeños *jujus* instintivamente o si se los habían enseñado. Pensé que era una pregunta grosera, como indagar sobre el momento en el que habían aprendido a controlar sus orines.

Mi madre había sido como los vah en su manera de aceptar lo que no se podía responder y acerca de lo místico. Pero cuando llegamos a Jwahir, la civilización, se debía ocultar. En Jwahir, sólo era aceptable que los mayores —como Aro, la Ada o la Sabia Nana— supieran del *juju*. Para cualquier otro, era una abominación.

¿Cómo habría sido si hubiera crecido aquí?, me preguntaba. No tenían problemas los *ewu*. Habían aceptado a Mwita como uno de los suyos. Lo abrazaban y le tendían la mano, le palmeaban la espalda, dejaban que sus hijos estuvieran cerca de él. Era bienvenido.

Sin embargo, no podían *tocarme*. Incluso en Jwahir la gente me jalaba el cabello en el mercado. Cuando era joven, por ello me golpeaba con otros niños. Éste era el único problema que tenía con el pueblo nómada de Ssolu.

Capítulo 44

Cuando no avanzo en dirección a mi destino, él viene por mí. Esos días que nos conducían al retiro en realidad se convirtieron en el inicio del proceso que Ssaiku nos dejó entrever. Apenas llevábamos tres cortos días en el Pueblo Rojo. Cuatro días más para retirarnos. No era suficiente tiempo para que nos pudiéramos relajar.

Sin embargo, desperté tranquila, contenta, descansada. El brazo de Mwita rodeaba mi cintura. Afuera escuchaba el eco de la tormenta de Ssaiku. Sobre el ruido, podía escuchar a la gente charlando mientras iniciaban el día, el balar de las cabras y el llanto de un bebé. Suspiré. Ssolu significaba un hogar de distintas formas.

Cerré los ojos pensando en mi madre. Estaría afuera de la casa, cuidando de su jardín. Quizá visitaría a la Ada más tarde o se detendría en la tienda de mi padre para ver cómo se desempeñaba Ji. La extrañaba tanto. Extrañaba no tener que… viajar. Me senté y llevé mi cabello hacia atrás. La fibra de palma que había usado ya se había desamarrado. Mis manos empezaron a trenzarlo en automático. Entonces recordé las palabras de Ssaiku acerca de no trenzarme el cabello.

—Ridículo —murmuré, buscando la fibra.

—¿Qué…? —susurró Mwita, con su rostro vuelto hacia el tapete.

—Perdí mi...

Una cabecita blanca con un pequeño moco de pavo rojo colgando de su pico se asomaba en nuestra tienda. Silbó con suavidad. Me reí. Una gallina de Guinea. En Ssolu, las dóciles aves de corral rondaban tan libremente como los niños y sabían que no debían acercarse a la tormenta. Me envolví en mi rapa y me senté. Me quedé impávida. Advertí ese peculiar olor, el que siempre estaba presente cuando algo mágico ocurría. El pájaro sacó su cabeza de mi tienda.

—Mwita —susurré.

Se levantó rápidamente, envolviendo su rapa alrededor de su cintura y tomó mi mano. Parecía que lo había percibido también. O al menos, sintió algo extraño.

—¡Onye! —gritó Diti desde fuera—. Será mejor que vengas aquí.

—Hazlo lentamente —añadió Luyu. Las dos se escuchaban a varios metros de la tienda.

Olfateé el aire, el extraño aroma de otro mundo llenaba mi nariz. No quería abandonar la tienda, pero Mwita me empujó, presionando desde atrás:

—Ve —susurró—. Enfrenta lo que sea. Es lo único que puedes hacer.

Fruncí el ceño, dando un paso hacia atrás.

—No *tengo* que hacer nada.

—No seas cobarde —resopló Mwita.

—¿O qué?

—No es por lo que salimos de casa —me dijo—. ¿Lo recuerdas?

Resoplé, el miedo apretaba mis pulmones.

—Ya no sé por qué dejamos nuestra casa. Y no sé lo que hay allá afuera... esperándome.

Mwita me miró de forma cínica.

—Sabes lo que tienes que hacer.

No estaba segura de cuál de mis pensamientos me respondería.

—Ve —dijo, empujándome otra vez.

Seguí pensando en retirarme, en cómo algo así podría acontecer en ese lugar. Nuestra tienda significaba seguridad —ahí estaban Mwita y nuestras pocas pertenencias; eran un escudo ante el mundo. *Oh, Ani, quiero quedarme aquí*, pensé. Pero entonces la imagen de Binta se dibujó en mi mente. Mi corazón palpitó fuertemente. Avancé al frente. Cuando empujé, casi me doy de bruces. Miré arriba y abajo.

Estaba frente a nuestra tienda. Tan alta como un árbol de edad mediana. Tan ancha como tres tiendas. Una mascarada, un espíritu de la espesura. Distinto del espíritu violento con garras de aguja que había cuidado la choza de Aro el día que lo ataqué, éste aguardaba cual piedra. Estaba compuesto de hojas muertas, pegadas entre sí por la humedad y miles de picos de metal que sobresalían. Tenía una cabeza de madera con una cara de ceño fruncido tallada en ella. Un humo grueso y blanco sobresalía de la cima. Este humo era lo que producía el olor. Alrededor suyo, cerca de diez gallinas de Guinea se pavoneaban. La volteaban a ver, ladeando las cabezas, silbando interrogantes. Dos de ellas se sentaron a su derecha y una a su izquierda. *¿Un monstruo atrae bellas e inofensivas aves?*, me pregunté. *¿Y luego qué?*

La mascarada me miró mientras yo me incorporaba lentamente y Mwita justo detrás de mí. A unos metros de distancia estaban Diti y Fanasi y una multitud creciente de espectadores. Fanasi rodeaba la cintura de Diti mientras ella se abrazaba a él con desesperación. Una aterrada Luyu se escondía tras su tienda, justo a mi derecha. Quise reír. Luyu se contuvo, Diti y Fanasi se acobardaron.

—¿Qué crees que quiera? —susurró Luyu como si la criatura no estuviera justo ahí. Gateó más cerca—. Quizá si le damos lo que quiere, se irá.

Depende de lo que quiera, pensé.

De repente, la criatura descendió a la tierra, su cuerpo de rafia se empacó en sí mismo. Las aves de corral sentadas a su lado se movieron medio metro a los lados, antes de asentarse. La mascarada dejó de descender. Estaba sentada. Me senté frente a ella. Mwita se sentó detrás de mí. Luyu se mantuvo cerca, también. Ella no tenía ni un hueso mágico en su cuerpo y eso hacía que su valentía ante lo desconocido fuera más sorprendente.

Con su cabeza más cerca del suelo, el humo de olor extraño aumentó a nuestro alrededor. Mis pulmones me picaron y me esforcé por no toser. Hubiera sido grosero, lo sabía. Algunas de las gallinas de Guinea *sí* tosieron. La mascarada parecía tenerles sin cuidado. Lancé una mirada a Luyu y asentí. Ella asintió de vuelta.

—Diles a todos que se alejen —le indiqué.

Sin asomo de duda, se fue hacia donde estaba la gente.

—Dice que se alejen —les dijo Luyu.

—Es una mascarada —respondió sin más una mujer.

—No sé lo que sea —dijo Luyu—. Pero...

—Vino a hablar con ella —contravino un hombre—, sólo queremos observar.

Luyu volteó hacia mí. Al menos ahora sabía lo que quería. El Pueblo Rojo seguía asombrándome con su instintivo conocimiento de lo místico.

—Háganse hacia atrás —dije sin entonación—, es una charla privada.

Se movieron a una distancia segura, aparentemente. Miré cómo Fanasi y Diti empujaban a la multitud y desaparecían. Entonces la mascarada habló conmigo.

Onyesonwu, dijo. *Mwita*. La voz provenía de cada parte de la criatura, salía de su cuerpo cual humo. Viajaba en todas direcciones. Las aves de corral detuvieron sus silbidos y las que estaban de pie, se sentaron. *Los saludo*, dijo. *Saludo a sus ancestros, espíritus y* chis. Conforme hablaba, la espesura surgió a nuestro alrededor. Me pregunté si Mwita podía verla. Colores brillantes, túbulos ondulantes se extendían al suelo. Parecían árboles de la espesura.

Eché un vistazo alrededor buscando el ojo de mi padre. Percibía su brillo, pero estaba bloqueado por el grosor de la mascarada. Era la única indicación de que podía confiar en esta poderosa criatura.

—Te saludamos, *Oga* —dijimos Mwita y yo.

—Extiende tu mano, Onyesonwu.

Volteé a ver a Mwita. Sus ojos estaban entrecerrados con un fulgor intenso, su mandíbula apretada, los labios presionados, sus narinas palpitaban, el ceño fruncido. De repente se paró.

—¿Qué harás? —preguntó a la criatura.

Siéntate, Mwita, dijo. *No puedes tomar su lugar. No puedes salvarla. Tú tienes tu propio papel.* Mwita se sentó. De una manera tan sencilla, la criatura había leído su mente, saltándose sus preguntas y argumentos y atendiendo el tema central del corazón de Mwita. *Tócala si quieres, pero no interfieras*, dijo.

Mwita tocó mi hombro. Susurró en mi oído:

—Haré lo que desees hacer.

Escuché la súplica en su voz. Rogando que me rehusara. Que actuara. Que huyera. Pensé en mi Rito, cuando se me presentó una opción similar. Si hubiera escapado, mi padre no me habría visto tan pronto. Yo no estaría aquí. Pero *estaba* aquí. Y sin importar nada, algo ocurriría en cuatro días cuando me dirigiera al retiro. El destino es frío. Es cruel.

Lentamente, extendí mi mano. Mantuve los ojos abiertos. Mwita sujetó con fuerza mi hombro y se presionó contra mí. No sé qué esperaba, pero no estaba preparada para lo que ocurrió después. Su capa de hojas mojadas se levantó al mismo tiempo que dejaba expuestas sus miles de agujas. Se inclinó hacia mí y se sacudió con un ligero siseo. Di un paso hacia atrás y parpadeé. Cuando abrí los ojos, vi que estaba cubierta con gotas de agua… y con las agujas de la mascarada.

Mi rostro, brazos, pecho, estómago, piernas. Las agujas incluso habían encontrado su camino a mi espalda. Sólo las partes cubiertas por el cuerpo de Mwita estaban libres de agujas. Mwita gritó, deseando tocarme y no tocarme a la vez.

—¿Estás…? —brincó, mirándome y después a las agujas—. ¿Qué es…? Onye, ¿qué…?

Sollocé mientras me miraba, al borde de los gritos, sorprendida de que siguiera consciente y sintiéndome bien. ¡Parecía un puercoespín! ¿Por qué no estaba sangrando? ¿Dónde estaba el dolor? ¿Y por qué me había dicho que extendiera la mano si iba a hacer esto? ¿Era acaso una broma cruel?

La mascarada empezó a reír, un sonido profundo y gutural que sacudió sus hojas húmedas. Sí, era la idea de esta criatura de lo que era una broma.

Se levantó, salpicándonos con humedad y humo. Dio la vuelta y empezó a caminar hacia la tienda de Ssaiku mientras dejaba un rastro en forma de humo. Las aves de corral la siguieron en fila india. Algunas personas la siguieron también. Alguien trajo una flauta, alguien más un pequeño tambor. Tocaron para la mascarada mientras caminaba, aún riendo.

Cuando la perdimos de vista, Mwita y yo nos miramos.

—¿Te *sientes*... bien? —me preguntó.

Empezaba a sentirme... rara. Enferma. Pero no quise asustarlo.

—Estoy bien.

Después de un momento, ambos sonreímos y reímos. Una aguja se cayó. Mwita la señaló y rio con más fuerza, lo que hizo que yo riera con más fuerza aún. Más agujas cayeron. Luyu vino corriendo a nosotros. Gritó cuando me vio de cerca. Mwita y yo reímos todavía más. Estaba dejando caer agujas ahora.

—¿Qué les pasa? —preguntó Luyu, calmándose al ver que las agujas se caían—. ¿Qué hizo esa cosa contigo?

Sacudí mi cabeza, aún riendo.

—No sé.

—¿Acaso...? —se arrodilló para ver el resto de las agujas en mi espalda—. ¿Era una mascarada de verdad?

Asentí, sintiendo una oleada de náusea. Suspiré y me senté. Cuando Luyu intentó tocar una de las agujas que sobresalían de mi mejilla, una chispa del tamaño de una nuez kola brotó. Luyu brincó sosteniendo su mano, silbando con dolor.

Ahora era una paria para todos, excepto para Mwita.

Capítulo 45

Al día siguiente, estaba enferma. La sola visión de la comida, incluso una sencilla cabra en curry, me revolvía el estómago. Y cuando lograba poner alimento en mi boca, sabía a metal y creaba chispas en mis dientes, una sensación muy desagradable. Sólo lograba beber agua y comer trozos de pan. Dos días más tarde, seguía enferma.

La mascarada había introducido algo en mi cuerpo. Sus agujas estaban infectadas de veneno. ¿O era medicina? Quizás ambos. O ninguno. Veneno o medicina implicaban que tenía algo que ver conmigo. Lo opuesto a que yo fuera parte de un plan mayor.

No sólo me sentía con náuseas, incapaz de comer y alérgica ante todos, salvo Mwita (resultó que tampoco era alérgica a Ssaiku o Ting), sino que cada determinado tiempo me invadía una hiperconciencia. Era capaz de escuchar a una mosca volando o ver un grano de arena en el suelo como si fuera del tamaño de un pedrusco. De repente tenía la visión de un halcón, o era poseedora de una fuerza superior u olía la mortandad de casi todos. Era lodosa y mojada y yo apestaba a ella.

Sabía lo que esta claridad inducida por el hambre significaba. Era una versión más fuerte de lo que nos había enfrentado cara a cara con mi padre a Mwita y a mí meses atrás. Pero sería capaz de controlarla esta vez. *Tenía* que hacerlo, de otra forma quizá sí *fuera* peligrosa. Para sumarle a mis problemas, la espesura siguió intentando invadir mi espacio.

—Estoy viva —murmuré mientras caminaba por las afueras de Ssolu—. Así que déjame en paz.

Pero la espesura no cedía, por supuesto. Miré alrededor, mi corazón latía con velocidad. Quería reír. Mi corazón palpitaba mientras mantenía un pie en el mundo espiritual y uno en el físico. Absurdo. Era parte energía azul y parte cuerpo físico. Mitad viva y mitad algo más. Era la quinta vez que esto pasaba y, como hice antes, volteé a ver el ojo enfadado de mi padre. Le escupí, ignorando la temblorosa aprensión que sentía cuando lo veía. Estaba siempre ahí, observando, esperando… pero ¿qué cosa?

Estaba parada cerca de la tienda de una familia. Una madre, un padre, dos niños y tres niñas. Quizás algunos de los niños eran de otros padres. Quizá los dos "padres" eran amantes o amigos. Uno nunca sabía con los vah. Pero una familia era una familia, y envidiaba lo que veía y extrañé a mi madre otra vez.

Estaban cenando. Podía oler la sopa de okra y fufu como si estuviera ante ella. Percibí el brillo en los ojos del hombre mientras veía a la mujer y supe que la deseaba, pero no la amaba. Casi pude sentir la dureza de las largas rastas de los niños. Si alguno de ellos volteaba hacia mí, ¿qué vería? Quizás una versión de mí misma que parecía moldeada en agua. Quizá nada. Me recargué contra la energía azul de un árbol de la espesura, intentando protegerme de la mirada fiera de mi padre. El árbol se sentía suave y fresco. Me hundí, esperando regresar completamente de vuelta al mundo físico.

En cuando cerré los ojos, algo me sujetó. Mi cuerpo entero se entumeció mientras dos ramas del árbol de la espesura se enredaban con firmeza alrededor de mi brazo izquierdo y mi cuello. Agarré la que estaba en mi cuello y tiré de ella. Inhalé dolorosamente mientras ésta me presionaba con más fuerza. La rama era tan fuerte.

Pero yo era más fuerte. Mucho más fuerte. Mientras la rabia me invadía, mi energía azul refulgió. Tomé la rama de mi cuello y la arranqué. El árbol gritó en un tono alto, pero eso no me detuvo. Trocé la otra rama, y agarré y arranqué otra que intentaba sujetar mi pierna. Entonces me levanté, lista para rugir, los puños en alto, las piernas ligeramente dobladas, los ojos grandes. Iba a destrozar el árbol entero... y fue ahí cuando la espesura se alejó de mí. El momento en que mi cuerpo y mi ser se acomodaron por completo en el mundo físico, toda la fuerza me abandonó y me senté en el suelo, jadeando en silencio, asustada de tocar mi adolorido cuello.

Una de las niñas pequeñas que estaban cenando con la familia volteó. Me vio y saludó. Saludé débilmente de regreso, intentando sonreír. Me levanté con calma, pretendiendo que nada había pasado.

—¿Quieres comer con nosotros? —me preguntó con su voz de niña inocente. Ahora todos me veían.

Sonreí y sacudí la cabeza.

—Gracias, pero no tengo hambre —dije, moviéndome tan rápido como mi cuerpo herido pudo llevarme. Esa gente parecía tan normal, tan pura, tan prístina. No había forma de que me sentara a su mesa.

Cuando regresé a mi tienda, Fanasi estaba sentado frente a la suya, taciturno. No estaba de humor, así que no me molesté en preguntarle qué le pasaba. Pero era obvio: Diti y Luyu no estaban en ningún sitio. Tampoco Mwita, y mientras me recostaba, me sentí feliz de que no estuviera ahí. No quería que supiera que estaba tan... enferma. No quería que *nadie* supiera. Los vah ya me trataban como si tuviera algún padecimiento. Y de cierto modo, era así. No podía acercarme a ninguno de ellos sin lanzar chispas y causarles dolor. Sentí que era suficiente con ser una paria sin anunciar que, encima de todo, tampoco me sentía bien.

Le conté todo a Luyu. Pero sólo porque resultó ser la que vino a mi tienda una hora después, cuando estaba de nuevo mitad en el mundo físico, mitad en la espesura. Estaba tan exhausta que sólo podía permanecer sentada. Cuando la espesura finalmente se alejó, ahí estaba Luyu en mi tienda, observándome abiertamente.

Esperaba que se fuera, pero, de nuevo, Luyu me sorprendió. Se quedó, se sentó y sólo me miró. Me recosté y esperé sus preguntas.

—Entonces, ¿qué es eso? —preguntó al fin.

—¿Qué? —suspiré.

—Eras como… agua —dijo ella—. Hecha de agua sólida… como si el agua fuera piedra, pero agua.

Me reí.

—¿Lo era?

Asintió.

—Justo como lo que pasó durante el Rito —inclinó la cabeza—. ¿Es eso cuando vas… al mundo de los muertos?

—No a los muertos, a la espesura —dije—. El mundo de los espíritus.

—Pero no puedes estar viva ahí —dijo ella—. Así que es el mundo de los muertos.

—Yo… —suspiré de nuevo y recité una de las lecciones de Aro—. Sólo porque algo no está vivo, no significa que esté muerto. Tienes que estar vivo primero para estar muerto —cerré los ojos y me recosté—. La espesura es otro lugar. No hay ni carne ni tiempo.

—Entonces, ¿por qué pasó durante nuestro Rito? —preguntó.

Me reí.

—Es una larga historia.

—Onye, ¿qué pasa contigo? —preguntó después de un momento—. No te has visto bien desde… desde que esa mascarada hizo eso contigo —se acercó cuando no le contesté—. ¿Recuerdas lo que hablamos hace tiempo cuando dejamos nuestro hogar?

Simplemente la miré.

—Quedamos en compartir la carga, tú y yo —dijo. Tomó mi mano y apareció una gran chispa. Una mirada de dolor cruzó su rostro mientras bajaba mi mano. Sonrió pero no intentó volver a tomar mi mano—. Habla. Dime.

Miré hacia otro lado, reprimiendo mis ganas de llorar. No quería que nadie cargara con esto. Volteé hacia ella, notando su piel marrón oscuro, sin imperfecciones aun con todo lo que habíamos pasado. Sus labios gruesos estaban firmemente presionados. Sus grandes ojos almendrados veían profundamente dentro de los míos, sin alejarse. Me senté.

—Bien —dije—. Ven a caminar conmigo.

Caminamos por las afueras de Ssolu, en ese medio kilómetro entre la tormenta y al final de las tiendas. Sólo el ganado se juntaba ahí. Las gallinas de Guinea y los pollos mantenían su distancia. Así que entre camellos y cabras, hablé y Luyu escuchó.

—Deberías decirle a Mwita —me dijo cuando acabé.

Interrumpí mi narración, me doblé hacia el frente mientras una ola de fatiga, inducida por el hambre, me sobrecogía.

—No quiero...

—No se trata sólo de ti —dijo ella. Dio un paso para ayudarme a levantarme. Rápidamente dio un paso atrás—. ¿Estás bien?

—No.

—¿Puedo...?

—No —lentamente me incorporé—. Anda. Di lo que ibas a decir.

—Bien, algo está... —se detuvo, mirándome directo a los ojos—. En unos días tendrás este retiro. Pienso, bueno, que probablemente ya lo sabes.

Asentí.

—Algo va a ocurrir, pero no sé qué.

—Mwita puede hacerte sentir mejor, creo —dijo ella.

—Quizá —murmuré.

Cayó a mis pies. Un lagarto amarillo con una gran cabeza escamosa. Se volteó y empezó a caminar lentamente. Me reí, asumiendo que había sido barrido por la tormenta de arena y arrojado a Ssolu como tantas otras criaturas. Todo lo que quería hacer era sentarme en el suelo arenoso y verlo marcharse.

Otra ola de hiperconciencia me invadió. Miré a Luyu. Me estaba observando fijamente. Podía ver cada célula de su rostro.

—¿Ves eso? —pregunté. Febrilmente apunté hacia el lagarto mientras se alejaba de nosotros. Quería cambiar el foco de atención de Luyu. Estaba a punto de salir corriendo a buscar a Mwita, simplemente lo sabía.

Luyu arrugó el entrecejo.

—¿Ver qué?

Sacudí la cabeza, mi mirada seguía al lagarto. Me hundí en la arena. Estaba tan débil.

Otra ola de conciencia me golpeó y escuché un suave gemido. No estaba segura de si había venido de mí o de la espesura que empezaba a abrirse paso otra vez a mi alrededor. Había un árbol de la espesura justo al lado de Luyu. Entonces las cosas titilaron y estaba de nuevo sólo el mundo físico. Quería vomitar.

—Quédate donde estás. Voy por Mwita —dijo Luyu—. Acabas de ponerte transparente otra vez.

Estaba muy débil para responder. El lagarto ahora caminaba lentamente hacia mí y me mantuve concentrada en él mientras Luyu corría.

—Déjala ir —dijo una voz. Era una voz femenina, pero baja y fuerte como la de un hombre. Provenía del lagarto. Algo sobre su voz me era vagamente familiar.

—No pretendía detenerla —dije con una risa débil—. ¿Quién eres? —me pregunté si estaba imaginando esa voz. Sabía que no. Estaba sufriendo una enfermedad que me había pasado un gran espíritu de la espesura. Había venido sólo para infligírmela. Luego se había ido a ver a Ssaiku, me dijo

Ting más tarde. Nada de lo que sucedió tras mi encuentro con la mascarada era producto de mi imaginación.

—Has llegado lejos —me dijo, ignorando mi pregunta—. Te llevaré aún más lejos.

—¿De verdad estás aquí? —pregunté.

—Muy de verdad.

—¿Me traerás de regreso?

—¿Alguien podría alejarte de Mwita?

—No —dije—. ¿A dónde me llevarás? —ahora sólo estaba hablando. No me interesaban las respuestas. Necesitaba algo que me mantuviera tranquila mientras el lagarto empezaba a crecer y cambiaba de colores.

—Te llevaré a donde necesitas ir —dijo ella. Su voz se volvía más sonora, como si fueran tres voces en una—. Te enseñaré lo que necesitas ver, Onyesonwu.

Así que me conocía. Entrecerré los ojos.

—¿Qué sabes de mi destino? —pregunté.

—Lo mismo que tú sabes.

—¿Qué de mi padre biológico?

—Es un hombre malvado, realmente malvado.

Olvidé el resto de mis preguntas. Olvidé todo. Ante mí se levantaba lo que sólo podía llamar *Kponyungo*, una escupidora de fuego. Del tamaño de cuatro camellos, lucía el brillante tono del fuego. Su cuerpo era enjuto y fuerte como el de una serpiente, su cabeza redonda poseía largos cuernos que se curvaban y afilados dientes cubrían su magnífica mandíbula. Sus ojos eran dos pequeños soles. Exudaba un delgado humo y olía a arena tostada y vapor.

Cuando mi madre y yo éramos nómadas, durante las horas más calientes del día nos sentábamos en nuestra tienda y ella me contaba historias sobre estas criaturas:

—A las *Kponyungo* les gusta amistarse con los viajeros —me decía—. Vienen a la vida en el momento más caliente del día, justo como ahora. Se levantan de la sal de los océanos muertos. Si una se hace tu amiga, jamás estarás sola.

Mi madre era de las únicas personas que conocía que hablaba de los océanos como si de verdad hubieran existido. Siempre me contaba historias sobre ellos cuando algo me asustaba, como la vista de un camello pudriéndose o cuando el cielo estaba muy nublado. Para ella, las *Kponyungo* eran benévolas, majestuosas. Pero muchas veces, encontrarse con algo en la vida real no es como encontrarlo en las historias. Así fue en ese momento.

No tenía palabras. Sabía por qué estaba aquí. Parada frente a mí, mientras todos en Ssolu se ocupaban de sus asuntos a medio kilómetro de distancia. Los transeúntes podrían haberme visto, pero no se habían detenido. Era intocable para ellos, una extraña, una hechicera, incluso aunque les agradara. ¿Podrían ver a la *Kponyungo* parada ante mí? Tal vez. Tal vez no. Si podían, quizá por costumbre, me dejaban a mi destino.

Sentí una familiar sensación, una especie de desapego y luego una profunda movilidad. Me estaba yendo "lejos" de nuevo. Esta vez pasaba cerca de un pueblo, sin Mwita a mi lado. Me encontraba sola y esta criatura me estaba llevando. Mientras flotaba, la *Kponyungo* volaba a mi lado. Podía sentir su calor.

—Una criatura como yo no es tan diferente de un ave —dijo con su extraña voz—. Cambia.

¿Podría cambiarme cuando estaba "viajando" como ahora? Jamás lo había considerado. Pero estaba en lo cierto. Me había cambiado en un lagarto alguna vez y no era tan diferente de un gorrión o incluso un buitre. Intenté alcanzar la rugosa piel de la *Kponyungo*. De inmediato alejé mi mano, repentinamente asustada.

—Adelante —me dijo.

—¿Estás… estás caliente?

—Descúbrelo —me dijo. Su rostro no lo expresaba, pero sabía que estaba divertida. Lentamente estiré mi mano y toqué una escama. De verdad escuché y olí mi piel crepitar.

—¡Ah! —grité, sacudiendo mi mano. Aun así, ella me llevó

cada vez más alto. Estábamos unos cincuenta kilómetros por encima de Ssolu ahora.

—¿Estoy...? —miré mi mano. No parecía quemada ni dolía tanto como debería.

—Eres tú incluso cuando estás en la espesura —me dijo—. Pero tus habilidades y las mías nos protegen.

—¿Puedo morir así?

—Sí, de cierto modo —dijo ella—. Pero no lo harás —dijo al mismo tiempo que yo dije:

—Pero no lo haré. Bien —murmuré. Estiré la mano de nuevo. Esta vez, soporté el dolor, el sonido y el olor de mi piel quemándose. Rompí una de sus escamas. Salió humo de mi mano y quise gritar, pero a través del humo pude ver que no me había herido.

Como estábamos subiendo más y más alto, era difícil concentrarse. A pesar de ello, con la escama en la mano, transformarme en una *Kponyungo* era medianamente difícil. Estiré mi nuevo y delgado cuerpo, disfrutando de mi propio calor. Resistí la urgencia de volar hacia abajo y hundirme al fondo de la arena derretida en vidrio. Me reí. Aunque quisiera, no podría. No era quien controlaba este viaje, era la *Kponyungo*. Me pregunté si podría hacer crecer mi cuerpo, tan grande como el de ella. Sólo pude estirarlo a tres cuartas partes de su tamaño.

—Bien hecho —dijo ella cuando terminé—. Ahora permíteme que te lleve a un lugar que no has visto antes.

Nos acercamos a la tormenta y nos hundimos en ella. Salimos del otro lado en menos de un segundo. La posición del sol me indicó que estábamos volando al oeste. Volamos en medio círculo y nos dirigimos al este.

—Ahí está Papa Shee —dijo, un minuto después.

Apenas lancé un vistazo al malvado lugar donde la gente había arrebatado brutalmente la vida a Binta, razón por la que padecerían ceguera perpetua. Generación tras generación. Había maldecido a Papa Shee y todo el que naciera en ese pueblo. Lo maldije otra vez mientras pasamos.

—Ahí está tu Jwahir.

Quise bajar la velocidad para ver mejor, pero ella me jaló para seguir avanzando. Sólo logré atisbar un borrón distante de edificios. Sin embargo, aunque pasamos tan rápido como un suspiro, sentí mi hogar llamándome, intentando llevarme de vuelta. Mi madre. Aro. Nana la Sabia. La Ada. ¿Había llegado ya su Fanta a Jwahir para sorprenderla?

La *Kponyungo* y yo volamos sobre tierras vastas; la sequía que siempre había conocido. Arena. Cortezas. Árboles muertos. Pasto seco y muerto. Nos movimos demasiado rápido para que pudiera distinguir al camello ocasional, al zorro de arena o al halcón que seguramente pasamos. Me pregunté a dónde íbamos. Y si debía estar espantada. Era imposible saber cuánto tiempo había transcurrido o qué tan lejos estábamos yendo. No sentía hambre ni sed. No había necesidad de orinar o de defecar. No había necesidad de dormir. No era humana, no era una bestia física.

Miraba a sus ojos cada determinado tiempo. Era un enorme lagarto de luz y calor, pero también era más que eso. Tenía esa sensación. ¿Quién era ella? Me miraba de regreso, como si supiera lo que me estaba preguntando. Pero no dijo nada.

Un largo tiempo y una larga distancia después, la tierra abajo empezó a cambiar. Los árboles que pasábamos eran más altos. Volamos más rápido. Tan rápido que pude ver la luz marrón. Luego más oscura. Luego... verde.

—Observa—dijo finalmente, bajando la velocidad.

¡Veeeeeerde! Como nunca había visto. Y como nunca había *imaginado*. Esto hacía que aquel campo verde que había visto cuando me había ido "lejos" con Mwita la primera vez, se viera nimio. De horizonte a horizonte la tierra estaba viva con una gran cantidad de árboles totalmente cubiertos de hojas. *¿Es esto posible?*, me pregunté. *¿En serio existe este lugar?*

Me topé con los ojos de la *Kponyungo* y éstos brillaron con un fulgor amarillo-naranja más profundo.

—Lo es —dijo.

El pecho me dolió, pero era un buen dolor. Un dolor de... hogar. Este lugar estaba demasiado lejos para llegar a él. Pero quizás algún día no lo estaría. Tal vez, algún día. Su vastedad hizo que la violencia y el odio entre los okeke y los nurus se empequeñecieran. Este sitio seguía y seguía. Volamos tan bajo que podíamos tocar las copas de los árboles. Acaricié la hoja de una extraña palmera.

Un enorme pájaro parecido a un águila voló cerca de un árbol. En otro florecían brillantes flores rosas cubiertas de grandes mariposas azules y amarillas. En otras copas se asentaban bestias peludas con largos brazos y ojos curiosos. Nos miraban volar. Una brisa hizo moverse las hojas como ondas en estanques de agua. Hizo un sonido susurrante que jamás olvidaré. ¡Tanto verde, vivo y lleno de agua!

La *Kponyungo* nos detuvo y quedamos flotando encima de un gran árbol. Sonreí. Un árbol iroko. Justo como el que había encontrado por mí misma la primera vez que mis habilidades *eshu* se manifestaron y me transformé en gorrión. Este árbol también tenía esas frutas de olor amargo. Aterrizamos en una de sus enormes ramas. No sé cómo, pero aguantó nuestro peso.

Una familia de esas bestias peludas se sentó en el otro extremo de la copa del árbol, mirándonos, inmóvil. Era casi cómico. ¿Qué habrán entendido con sus ojos? ¿Habrán visto dos grandes lagartos que brillaban como el sol y olían a humo y vapor? Lo dudaba.

—Te mandaré de regreso en un momento —dijo ella, ignorando a las peludas criaturas que parecían monos, que seguían sin moverse—. Por ahora, observa este lugar, mantenlo cerca de ti. Recuérdalo.

Lo que más recuerdo de él es la profunda sensación de esperanza en mi corazón. Si un bosque, un bosque realmente vasto, aún existía en algún lado, aunque fuera muy, muy lejos, entonces no todo terminaría mal. Significaba que había vida *fuera* del Gran Libro. Era como ser bendecida, purificada.

Sin embargo, cuando la *Kponyungo* me regresó a Ssolu, después de que volviera a mi cuerpo humano de nuevo, tuve que esforzarme para recordar todo esto. Tan pronto como regresé a mi propia piel, la enfermedad me carcomió como mil escorpiones enviados por mi padre.

Capítulo 46

Pero eso no tenía nada que ver con mi padre y todo que ver con la visita de la mascarada. O, por lo menos, eso fue lo que el hechicero Ssaiku dijo. Cuando regresé a mí misma después de mi visita al lugar verde, Ssaiku, Ting y Mwita estaban esperándome. Estábamos en mi tienda. El incienso ardía, Ssaiku canturreaba alguna tonada triste y Mwita me miraba. Apenas me posé sobre mi cuerpo, él sonrió, asintió y dijo:

—Ya regresó.

Le devolví la sonrisa, pero de inmediato me encogí porque me di cuenta de que cada músculo de mi cuerpo se estaba contrayendo.

—Tómate esto —dijo Mwita acercando una taza hacia mis labios. Lo que sea que haya contenido hizo que mis músculos se relajaran en menos de un minuto. Sólo cuando Mwita y yo estuvimos a solas pude contarle todo lo que había visto. Nunca supe qué pensó acerca de ello porque tan pronto como terminé de relatar mi historia me escurrí hacia la espesura, lo cual significaba que para él prácticamente desaparecía. Cuando me deslicé de vuelta al mundo físico, mis músculos estaban otra vez dolorosamente acalambrados.

No se trataba del tipo de enfermedad que te hace vomitar, arder en fiebre o sufrir accesos de diarrea. Era espiritual. La comida me causaba repulsión. La espesura y el mundo físico se disputaban por la prominencia a mi alrededor. Mi conciencia fluctuaba entre la agudeza y el embotamiento. Prácticamente no salí de mi tienda durante los días que precedieron al retiro.

Fanasi y Diti echaban un vistazo de vez en cuando. Fanasi me trajo pan, que no me comí. Diti trató de iniciar conversaciones conmigo que yo no conseguía terminar. Parecían ratones esperando el momento justo para huir. La aparición de la mascarada debió de haberles dejado claro que yo no era una hechicera cualquiera, sino que estaba en contacto con fuerzas a la vez misteriosas y a la vez peligrosas.

Luyu permanecía conmigo siempre que Mwita no podía. Se sentaba conmigo cuando yo desaparecía y cuando reaparecía en el mismo lugar, ella seguía allí. Parecía aterrada, pero allí permanecía. Nunca me hacía preguntas y cuando conversábamos me contaba sobre los hombres con los que se había acostado y otras cosas mundanas. Ella era la única que podía hacerme reír.

Capítulo 47

La mañana del décimo día, Mwita tuvo que despertarme. Yo no había conseguido dormir sino hasta la hora anterior. Seguía sin poder comer y estaba demasiado hambrienta para dormir. Mwita hacía lo que podía para agotarme. Aun en mi estado, su tacto era más reconfortante que la comida o el agua. De todos modos no podía dejar de pensar en cuántas personas morirían si yo concebía. Tampoco podía dejar de pensar que algo malo iba a suceder cuando me fuera al retiro.

—Puedo escucharlos cantar —dijo Mwita—. Ya se han congregado.

—Hmmm... —dije con los ojos todavía cerrados. Había estado escuchándolos desde hacía una hora. Su canto me recordaba a mi madre. Ella entonaba esa canción a menudo, aunque se rehusaba a ir con las mujeres jwahir a Conversar.

—Mi madre no ha ido desde que yo fui concebida —murmuré mientras abría mis ojos—. ¿Por qué tendría que hacerlo yo?

—Levántate —dijo suavemente Mwita, besando mi hombro desnudo. Él se puso de pie, envuelto en su rapa verde alrededor de su cintura, y salió. Regresó con una taza de agua. Buscó entre mi montón de ropa y sacó mi blusa azul.

—Ponte esto —dijo—. Y... —encontró una rapa azul—. Esto.

Me incorporé. Las sábanas que me cubrían se resbalaron. Mientras el aire fresco tocaba mi cuerpo, un sentido de alerta me inundó. Quería sollozar. Me envolví en la rapa azul. Él me tendió agua.

—Sé fuerte —dijo—. Levántate.

Cuando puse un pie fuera me quedé estupefacta al ver a Diti, Luyu y Fanasi sentados allí, completamente vestidos, comiendo pan fresco. El aroma del pan provocó que mi estómago gruñera.

—Comenzábamos a pensar que estabas demasiado... cansada como para ir —dijo Luyu guiñándome un ojo.

—¿Quieren decir que escucharon todo en el campamento? —pregunté.

Fanasi lanzó una risa amarga. Diti desvió la mirada.

—Yo llegué tarde, pero sí —dijo Luyu con una sonrisa socarrona.

Para cuando me aseé y vestí, el grupo de mujeres se estaba yendo. Se movía con lentitud. Fue fácil alcanzarlas. Ninguna parecía darle importancia a Mwita y a Fanasi, los únicos hombres del grupo. Ting estaba ahí también.

—En representación de Ssaiku —dijo, y noté un intercambio de miradas entre ella y Mwita.

No era una larga marcha hasta el borde de la tormenta de arena por el lado oeste, alrededor de dos kilómetros. Pero caminábamos a un ritmo tan lento que nos tomó casi una hora llegar. Cantamos canciones de Ani, algunas de las cuales conocía y otras no. Para cuando nos detuvimos yo moría de hambre y me sentía aliviada de poderme sentar. Todo era ventoso, ruidoso y algo siniestro. Podías ver exactamente en dónde la ventisca se convertía en tormenta, apenas unos metros más allá.

—Deja su cabello suelto —le dijo Ting a Mwita. Él desató el cordel de fibra de palma y mi cabello se meció con el viento. Todos guardaron silencio. Rezando. Algunos se arrodillaron, inclinando su cabeza hacia la arena, mirando el polvo.

Diti, Luyu y Fanasi permanecieron de pie, mirando la tormenta de arena. Luyu y Diti provenían de familias que sólo ocasionalmente le rezaban a Ani. Sus madres nunca habían ido a retiros ni tampoco ellas. Yo no podía sacar de mi mente a mi propia madre y todo lo que le había sucedido, cómo había estado rezando, precisamente como estas mujeres, cuando llegaron las motonetas. Ting estaba detrás de mí. Podía sentir cómo hacía cosas en mi cuello. Estaba demasiado débil para detenerla.

—¿Qué estás haciendo? —le pregunté.

Se inclinó hacia mi oído.

—Es una mezcla de aceite de palma, lágrimas de una vieja moribunda, lágrimas de un infante, sangre menstrual, la leche de un hombre, la piel de la pata de un galápago y arena.

Sentí escalofríos, repulsión.

—No conoces el nsibidi —dijo—. Es un *juju* escrito. Marcar cualquier cosa con ello es provocar un cambio: le habla directamente a los espíritus. Te he marcado con el símbolo de una encrucijada en el que todos tus seres han de encontrarse. Arrodíllate. Pídele a Ani. Ella te lo concederá.

—Yo no creo en Ani —contesté.

—Arrodíllate y reza de cualquier modo —contestó, empujándome hacia abajo.

Apoyé fuertemente mi frente contra la arena, con el sonido del viento en mis oídos. Los minutos pasaron. *Estoy tan hambrienta,* pensé. Comencé a sentir que algo me mantenía agachada. Miré hacia el cielo. Vi cómo el sol se ponía, regresaba y volvía a ponerse. Transcurrió un tiempo muy largo y eso es todo lo que importa.

De pronto caí sobre la arena. Me succionó como si fuera el hocico de una bestia. Lo último que recuerdo antes de que el mundo explotara fue una niña diciendo:

—Está bien, Mwita, lo está soltando. Hemos esperado este momento desde que llegó.

Cada parte de mí que era yo. Mi largo cuerpo *ewu*. Mi mal temperamento. Mi mente impulsiva. Mis recuerdos. Mi pasado. Mi futuro. Mi muerte. Mi vida. Mi espíritu. Mi destino. Mi fracaso. Todo fue destruido. Estaba muerta, rota, desperdigada y asimilada. Fue mil veces peor que la primera vez que me transformé en ave. No recuerdo nada porque yo no era nada.

Y entonces fui algo.

Podía sentirlo. Estaba siendo ensamblada de nuevo, pieza por pieza. ¿Quién o qué estaba haciendo esto? No. No era Ani. No era una diosa. Era frío si es que *eso* podía ser frío. Y frágil, si *eso* podía ser frágil. Lógico. Controlado. ¿Me atrevería a decir que fue el Creador? ¿Eso Que No Puede Ser Tocado? ¿Que no teme ser tocado? ¿El cuarto punto que ninguna hechicera se atrevería a considerar? No. No puedo afirmarlo porque ésa sería la peor blasfemia de todas. Por lo menos eso es lo que Aro diría.

Pero mi espíritu y mi cuerpo estaban completamente aniquilados... ¿Acaso no fue eso mismo lo que Aro advirtió que sucedería cuando una criatura cualquiera se encuentra con el Creador? Así como Eso se me asemejaba, Eso me reorganizó en un nuevo orden. Un orden que tenía más sentido. Recuerdo el momento en que la última de mis piezas regresó a mí.

—¡Ahhhhhhhhhhhhhhhhh! —respiré. Alivio, mi primera emoción. Recordé mi tiempo en el árbol iroko. Cuando mi cabeza era como una casa. Entonces era como si las puertas de esa casa estuvieran abriéndose —puertas de acero, madera, piedra. Pero en esta ocasión todas esas puertas *y* las ventanas estallaron.

Estaba cayendo de nuevo. Golpeé el piso con fuerza. El viento en mi piel. Me estaba congelando. Estaba empapada. *¿Quién soy yo?*, me preguntaba. No abrí los ojos. No podía recordar cómo. Algo golpeó mi cabeza. Y otra cosa más. Por mero instinto abrí los ojos. Me encontraba dentro de una tienda.

—¿Cómo que está muerta? —gritaba Diti—. ¿Qué ha sucedido?

Entonces todo me vino de golpe. Quién era yo, por qué era yo, cómo era yo, cuándo era yo. Cerré los ojos con fuerza.

—No la toques —dijo Ssaiku—. Mwita, habla con ella. Está regresando. Ayúdale a completar su viaje.

Una pausa.

—Onyesonwu —su voz sonaba extraña—. Regresa. Has estado fuera por siete días. Entonces caíste del cielo como si fueras una de las criaturas perdidas de Ani, en el Gran Libro. Si estás viva de nuevo abre tus ojos, mujer.

Abrí los ojos. Estaba acostada. Mi cuerpo dolía. Él tomó mi mano. Yo me aferré a la suya. En ese momento me llegaron más recuerdos. Más acerca de quién era ahora. Sonreí y después reí a carcajadas.

Fue un momento de locura y arrogancia del cual no puedo culparme sólo a mí. El poder y la habilidad que ahora formaban parte de mí eran avasalladores. Era más fuerte y tenía más control del que jamás había imaginado. Yo podía ser. Y tan pronto como volví me apagué. No había probado alimento en siete días. Mi mente estaba clara. Yo era tan, tan fuerte. Pensé en adónde quería ir. Y allí me dirigí. Un minuto estaba en la tienda, al siguiente estaba volando, como mi propio yo, como un espíritu azul.

Iba en busca de mi padre.

Volé a través de la tormenta de arena. Sentí su tacto hiriente. Emergí de su pared hacia el cálido sol. La mañana. Volé sobre kilómetros enteros de arena, aldeas, dunas, un pueblo, árboles secos, más dunas. Volé sobre sobre un pequeño campo verde, pero estaba demasiado concentrada como para que me importara. Hacia Durfa. Directo hacia una gran casa con una puerta azul. A través de la puerta y hacia arriba, a una habitación que olía a flores, incienso y libros polvorientos.

Él estaba sentado ante su escritorio, dándome la espalda. Me hundí aún más en la espesura. Se lo había hecho a Aro cuando me lo negó una vez más. Y se lo había hecho al médico brujo en Papa Shee. Pero en esta ocasión era todavía más fuerte. Sabía bien dónde rasgar y morder y destruir, dónde atacar. Enterrado debajo de múltiples capas, podía ver su espíritu a través de su espalda. Era de un azul profundo, como el mío. Esto me desconcertó por un momento, pero no me detuvo.

Me abalancé como lo debió haber hecho un tigre hambriento hace años al encontrar a su presa. Estaba tan impaciente para darme cuenta de que su cuerpo podía estar dándome la espalda, pero su espíritu, no. Me había estado esperando. Aro nunca me había dicho qué sintió cuando lo ataqué. El médico brujo de Papa Shee simplemente había muerto, sin ninguna marca física en su cuerpo cuando se desplomó. Ahora, en este momento con mi padre, tuve la respuesta.

Era el tipo de dolor que la muerte no detiene. Mi padre me lo infligió con toda su fuerza. Cantaba mientras rasgaba, se atracaba, apuñalaba y torcía partes de mí que ni siquiera sabía que estaban ahí. Se sentó en su escritorio, con la espalda vuelta. Cantaba en nuru, pero yo no podía escuchar las palabras. Yo soy como mi madre, pero no por completo. No puedo escuchar y recordar al mismo tiempo que sufro.

Algo en mí se activó. Un instinto de supervivencia, una responsabilidad y un recuerdo. *Éste no es mi fin*, pensé. De inmediato arrastré lo que quedaba de mí lejos de ahí. Mientras me retiraba, mi padre se puso de pie y se dio la vuelta. Miró directo hacia mis ojos y tomó mi brazo. Traté de zafarme. Él era demasiado fuerte. Viró la palma de mi mano derecha, enterró su uña en ella y dejó marcado una especie de símbolo. Soltó mi brazo y dijo:

—Regresa a las arenas de las que saliste y muere ahí.

Hice mi viaje de vuelta, durante lo que se sintió como una eternidad, sollozando, dolida, debilitada. Mientras me acercaba a la tormenta de arena, el mundo comenzó a brillar con espíritus y del desierto brotaron esos extraños y coloridos árboles de la espesura. Me desvanecí por completo sin poder recordar nada.

Después Mwita me dijo que morí por segunda vez. Dijo que me puse transparente y que desaparecí por completo. Cuando volví a aparecer en el mismo lugar yo era carne de nuevo, mi cuerpo sangraba por todas partes, mi prendas estaban empapadas de sangre. Él no me podía despertar. No tuve pulso por tres minutos. Sopló aire en mi pecho y usó *juju* bueno. Cuando nada de esto funcionó se sentó a esperar.

Al tercer minuto comencé a respirar. Mwita ahuyentó a todos de la tienda y pidió a dos niñas que estaban esperando ahí que le trajeran un cubo de agua tibia. Me bañó de pies a cabeza, limpiando la sangre, vendando mis heridas, frotando para reactivar la circulación en mi piel y compartiéndome buenos pensamientos.

—Tenemos que hablar —repetía una y otra vez—. Despierta.

Abrí los ojos dos días más tarde para encontrar a Mwita sentado junto a mí, tarareando mientras tejía un cesto. Me incorporé con lentitud. Mire a Mwita, pero no podía recordar quién era. *Me gusta*, pensé. *¿Qué es él?* Mi cuerpo dolía. Me quejé. Mi estómago retumbó.

—No querías comer —dijo Mwita poniendo su cesto en el suelo—. Por lo menos sí pudiste beber, de otro modo estarías muerta... una vez más.

Yo lo conozco, pensé. Entonces, como si me lo hubiera sido susurrado por los vientos afuera, escuché la palabra que me había dicho: *Ifunanya*.

—¿Mwita? —pregunté.

—El mismo —respondió mientras venía hacia mí. A pesar de los dolores de mi cuerpo y de los vendajes en mis piernas y mi torso, lo abracé.

—Binta —dije apoyada en su hombro—. ¡Ah! ¡Daib! —me aferré a Mwita aún más fuerte, apretando los dientes—. ¡El hombre no es un hombre! Él... —los recuerdos inundaron mis sentidos. Mi viaje hacia el oeste, mirando su rostro, su espíritu. ¡El *dolor*! Mi corazón se encogió. Había fallado.

—Shhh —dijo él.

—Él me habría matado —susurré. Aun después de haber sido recreada por Ani, no podía derrotarlo.

—No —dijo Mwita, tomando mi cara con sus manos. Intenté apartar mi rostro avergonzado, pero él se mantuvo firme. Y entonces me dio un beso largo y pleno. La voz en mi cabeza que estaba gritando sobre el fracaso y la derrota disminuyó, aunque no detuvo su mantra. Mwita se separó y nos miramos a los ojos.

—Mi mano —murmuré. La alcé. El símbolo tenía la forma de un gusano enroscado. Era negro y ríspido y dolía cuando trataba de formar un puño. *Fracaso*, dijo la voz en mi cabeza. *Derrota. Muerte.*

—No había visto eso —dijo Mwita frunciendo el ceño mientras él acercaba mi mano a sus ojos. Cuando lo tocó con su dedo índice, la retiró de un tirón, con un silbido.

—¿Qué pasa? —pregunté débilmente.

—Es como si estuviera cargado. Como meter mi dedo en una toma eléctrica —dijo frotando su mano—. Tengo la mano adormecida.

—Él puso eso ahí —dije.

—¿Daib?

Asentí. La expresión de Mwita se oscureció.

—¿Pero fuera de eso te sientes bien?

—Mírame —dije, aunque no quería que me observara en lo absoluto—. ¿Cómo puedo sentir…?

—¿Por qué tuviste que hacer eso? —dijo sin poder contenerse más.

—Fue porque…

—No estabas contenta de estar viva. ¡No estás siquiera aliviada de vernos de nuevo! ¡Tu nombre verdaderamente te describe, *o*!

¿Qué podía decir ante eso? La verdad es que ni siquiera fue algo que haya pensado. Fue puro instinto. *Y aun así fallaste*, susurró la voz en mi cabeza.

Ssaiku entró. Estaba vestido como si hubiera estado de viaje, portando un largo caftán y pantalones completamente cubiertos con una larga y gruesa toga verde. En cuanto vio que estaba despierta su expresión solemne se suavizó. Extendió sus manos de manera ostentosa.

—Heeeeey, por fin se ha despertado para concedernos su gracia. Bienvenida de vuelta. Te extrañamos.

Yo traté de sonreír. Mwita se mofó.

—Mwita, ¿cómo está ella? —preguntó Ssaiku—. Reporte.

—Ella está... sufrió una golpiza. Ya ha sanado la mayoría de las heridas abiertas, pero no puede sanarlo todo con sus habilidades *eshu*. Debe tener algo que ver con la manera en la que se le infligieron. Muchas heridas profundas. Es como si algo se hubiera ensañado con su pecho. Tiene quemaduras en la espalda... por lo menos así es como se manifiestan. Tiene un tobillo y una muñeca torcidos. No hay huesos rotos. Por lo que ella me ha contado, sospecho que respirar le será doloroso. Y cuando le llegue la menstruación este mes también le va a doler.

Ssaiku asintió mientras Mwita continuaba.

—Le apliqué a todas las heridas tres ungüentos distintos. No debe apoyar el tobillo y debe evitar usar la muñeca por algunos días. La menstruación siguiente será muy espesa, por lo que deberá alimentarse con una dieta de hígados de liebre del desierto. De hecho, esa siguiente menstruación vendrá hoy en la noche por las lesiones. Ting ya pidió a algunas mujeres que recogieran algunos hígados e hicieran un potaje.

Hasta entonces noté lo verdaderamente exhausto que se veía Mwita.

—Hay una cosa más —dijo tomando mi mano—. Esto.

Ssaiku examinó la palma de mi mano, mirando muy de cerca la marca que tenía en ella. Hizo un chasquido de disgusto con los dientes.

—Ah, esto se lo puso *él*.

—¿Cómo supiste que fue... él? —pregunté.

—¿A dónde más habrías de ir con tanta prisa? —contestó. Se irguió.

—¿Qué es eso? —preguntó Mwita.

—Tal vez Ting lo sepa —contestó—. A los dos años esa niña ya podía leer okeke, vah y sipo. Ella será capaz de leerlo —Ssaiku le dio una palmada a Mwita en el hombro—. Ojalá tuviéramos a alguien como tú aquí. Es un don muy raro ser tan versado en lo físico y en lo espiritual.

Mwita negó con la cabeza.

—No tan versado en lo espiritual, *Oga*.

Ssaiku soltó una risita mientras daba palmadas a Mwita en el hombro una vez más.

—Regresaré —dijo—. Mwita, tómate un descanso. Ella está viva. Ve y atiéndete como si tú lo estuvieras también.

Segundos después de que Ssaiku se fuera, Diti, Luyu y Fanasi entraron corriendo. Diti gritó, plantándome un beso en la frente. Luyu rompió a llorar y Fanasi simplemente se quedó de pie, observándome.

—¡Ani es grande! —balbuceó Diti—. Debe amarte mucho.

Hubiera podido carcajearme ante esa declaración.

—Nosotras también te amamos —dijo Luyu.

Sin decir una palabra, Fanasi se volvió y salió de la tienda. Casi se tropezó con Ting, quien lo rodeó y vino hasta mí.

—Déjame ver —dijo, haciendo a Luyu y Diti a un lado.

—¿Qué? —dijo Luyu, tratando de ver por encima del hombro de Ting.

—Shh —la regañó Ting mientras tomaba mi mano—. Necesito silencio.

Acercó su rostro a la palma de mi mano y la examinó por un buen rato. Tocó el símbolo y de inmediato apartó su mano siseando, mirando a Mwita.

—¿Qué es? —Mwita y yo preguntamos al mismo tiempo.

—Es un símbolo nsibidi. Vagamente. Sin embargo, es muy, muy antiguo —respondió Ting—. Significa "veneno lento y cruel". Miren, las líneas ya han comenzado a mostrarse. Se expandirán a lo largo de tu brazo hasta llegar al corazón para estrangularlo y matarlo.

Mwita y yo miramos mi mano con atención. El símbolo seguía negro como siempre, pero ahora también se veían unos filamentos delgados creciendo desde el borde.

—¿Y si usamos raíz de agu y penicilina de moho? —preguntó Mwita—. Si se comporta como una infección quizá...

—Tú conoces la respuesta, Mwita —dijo Ting—. Esto es *juju* —hizo una pausa—. Onye, intenta transformarte.

Aun con mis heridas la idea sonaba tentadora. Podía sentirlo. No sería capaz de transformarme en nuevas criaturas, pero podría convertirme, por ejemplo, en un buitre sin miedo a perderme, no importa cuánto tiempo me quedara así. Realicé el cambio. Todo comenzó terso, fácil... hasta que llegó el turno de la mano que había sido marcada con el símbolo. No cambió. Lo intenté con más decisión. ¿Cómo me habrán visto Diti y Luyu, especialmente Luyu, quien nunca antes me había visto transformarme?

Cojeé alrededor de los vendajes, que se habían caído de mi cuerpo: era toda un buitre, excepto por un ala, que era una mano.

Grazné enojada, desprendiéndome de mis prendas. No podía volar con sólo una mano. Luché contra un pánico claustrofóbico e intenté con otra forma: una serpiente. Mi cola era una mano. No pude siquiera transformarme parcialmente en un ratón. Intenté con un búho, un halcón, un zorro del desierto. Entre más formas intentaba, mi mano se ponía más y más caliente. Me rendí y me transformé de nuevo en mí misma. Mi mano desprendía un humo maloliente. Me cubrí con mi rapa.

—No lo intentes más —advirtió Ting rápidamente—. No sabemos las consecuencias. Sólo tenemos veinticuatro horas, sospecho. Necesito dos para hacer una consulta a Ssaiku —se irguió.

—¿Veinticuatro horas antes de qué? —pregunté.

—Antes de que te mate —respondió Ting saliendo apurada.

Me estremecí de odio.

—Viva o muerta, destruiré a ese hombre —*Fracasarás una vez más,* susurró la voz en mi cabeza.

—Mira lo que sucedió cuando lo intentaste —me recordó Mwita.

—No estaba pensando —dije—. La próxima vez yo...

—Tienes razón: no estabas pensando —me interrumpió—. Luyu, Diti, vayan a conseguirle algo de comer.

Se levantaron de un salto, aliviadas de tener algo en que ocuparse.

—No mezclen nada —advirtió Mwita.

—Lo sabemos —respondió Luyu—, no eres su único amigo.

—¿Cómo es que puedo hacer eso? —pregunté a Mwita una vez que hubieron salido—. Aro nunca mencionó nada sobre mi habilidad para viajar.

Mwita suspiró, abandonando su enojo contra mí y me sorprendió al decir:

—Creo que sé por qué.

—¿Eh? —dije—. ¿De verdad?

—Ahora no es el momento —respondió.

—Me quedan veinticuatro horas de vida —dije con enojo—. ¿Cuándo planeas decírmelo?

—Dentro de veinticinco horas —respondió.

Capítulo 48

Le tomó tres horas a Ting regresar. Durante ese tiempo los filamentos habían crecido ocho centímetros más y mi mano había comenzado a escocer muchísimo. El Jefe Usson y la Jefa Sessa me hicieron una visita junto con su hija Eyess. Ella saltó a mi regazo. Me aguanté el dolor y la dejé que me plantara un gran beso en los labios.

—¡Tú nunca te vas a morir! —exclamó.

Otras personas también vinieron para desearme lo mejor, trajeron comida y aceites. Me dieron fuertes abrazos y estrecharon mi mano, la que no tenía el símbolo, por supuesto. Así es, ahora que había "liberado" eso que había estado creciendo en mí, pero había sido lentamente envenenada por mi padre biológico, ya no era intocable. También trajeron pequeñas figuras humanas hechas de arena. Si las sostenías junto a tus oídos podías escuchar una música dulce.

Lo que había sucedido la primera vez que morí había cuajado al fin. El mundo a mi alrededor se había vuelto más vibrante. Cada que Mwita me tocaba yo me estremecía. Y cuando la gente me abrazaba yo podía escuchar latir sus corazones. Un viejo me abrazó y el suyo sonaba lleno de viento. Tuve el ansia de tocarlo. Podía sanarlo sin sufrir demasiado, pero acaté las advertencias de Ting de no intentar nada. Era muy duro estar sentada sin actuar. *Y a pesar de todas mis habilidades, Daib vive y yo muero*, pensé.

—Espera algunas horas más —dijo Mwita—. Si te levantas ahora no te vas a reponer nunca.

—Tendremos que arriesgarnos —dijo Ssaiku, mientras entraba en la tienda. Detrás de él venía Ting, seguida de, a juzgar por su atuendo, la sacerdotisa y el sacerdote locales de Ani.

—Tal vez pueda detener el efecto del veneno —dijo Ting.

Mwita y yo nos tomamos de la mano, pero de inmediato él retiró la suya.

—Odio esa cosa —dijo mirando el símbolo en mi mano.

—Lo siento —dije.

—No será fácil —explicó Ting—. Y cualquier cosa que suceda, será permanente.

De pronto tuve ganas de romper a carcajadas. Cuando ella dijo *permanente*, algo se acomodó. Comprendí una parte del rompecabezas. Cuando vi a mi yo del futuro en esa celda de concreto, esperando a ser ejecutada, había mirado mis manos. Estaban cubiertas de símbolos... nsibidi.

—Serás tú quien lo haga, ¿verdad? —le pregunté.

Ella asintió.

—Ssaiku me supervisará. Los sacerdotes rezarán durante todo el proceso. Palabra combate palabra —hizo una pausa—. Tu padre es *muy* poderoso.

—Él no es mi padre —contesté.

Me puso una mano en el hombro.

—Lo es, pero jamás habría podido criarte.

Como preparación para el proceso tenía que darme un baño primero. Mwita consiguió una gran bañera de fibra de palma. Estaba recubierta con gel térmico, así que era tan firme como si fuera de metal o de piedra. Mwita y varias personas más fueron por agua, la hirvieron y la vertieron en la bañera. Mis heridas punzaban mientras, lentamente, me metía al agua. El símbolo en mi mano escocía tanto que tuve que reprimir el impulso de arrancarme la piel.

—¿Cuánto tiempo tengo que estar aquí? —me quejé. El agua tenía un olor dulce por las hierbas que Ting me había dado.

—Treinta minutos más —respondió Mwita.

Cuando finalmente salí del baño mi cuerpo había enrojecido por el calor. Observé tres arañazos profundos en mi pecho. Justo entre mis senos. Era como si Daib hubiera querido dejar un recordatorio permanente a Mwita de su presencia. *Si es que sobrevivo*, pensé.

Odiaba a Daib.

Cuando Mwita y yo regresamos a la tienda de Ssaiku, todos estaban preparados. Los sacerdotes habían comenzado a rezarle a Ani. Yo me sentía molesta, pensando acerca del Creador que me había recreado y en que Ani era una idea diluida de Él. Me mordí la lengua y recordé la Regla de Oro de las Habilidades de Supervivencia: deja que el águila y el halcón se posen en su percha. Ssaiku cerró la puerta de la tienda detrás de nosotros y pasó su mano por ella. De inmediato todos los ruidos del exterior cesaron. Ting se sentó en una estera, con un tazón lleno de una pasta muy negra junto a ella. Había otras dos esteras con símbolos dibujados en ellas.

—Siéntate aquí —dijo—. Onye, no te podrás levantar hasta que haya terminado.

Era como sentarse encima de arañas metálicas escurridizas. Quería gritar y si no hubiera sido por Mwita, lo habría hecho.

—Son los símbolos. Están tan vivos como cualquier otra cosa —explicó Ting—. Dame tu mano —la examinó con atención—. Se está extendiendo. *Ogasse*, necesito dos horas de protección.

—Las tendrás —respondió Ssaiku.

—¿Protección contra qué? —pregunté.

—Contra una infección —dijo Ting—. Cuando te marque.

—Si ya no puedes continuar te lo advertiré —dijo Ssaiku—. Ya previne a todos los demás. Creo que algunas personas agradecerán la oportunidad de explorar un poco sin la tormenta.

Ssaiku no podía protegerme y mantener la tormenta al mismo tiempo.

—Esto va a doler —me advirtió Ting. Hizo una pausa, parecía nerviosa—. Si funciona, ya nunca podrás volver a sanar con tu mano derecha.

—¿Qué? —exclamé.

—Tendrás que utilizar siempre la mano izquierda para realizar curaciones —explicó Ting—. No… no sé qué podría pasar si usas la derecha. Está llena de odio —tomó a Mwita de la mano—. Sostenla —dijo.

Mwita rodeó mi cintura con su brazo izquierdo y puso su mano derecha sobre mi hombro. Besó mi oreja. Yo me preparé. Ya había pasado por mucho, pero me mantuve firme. Ting tomó mi mano derecha y pinchó el dorso usando su larga uña del pulgar. Hubo una erupción feroz de dolor. Grité al tiempo que me forzaba a centrar mi atención en su rostro. Ting hundió su uña en la pasta y comenzó a dibujar.

Fue como si Ting cayera en un trance y hubiera sido poseída por otra entidad. Sonreía mientras trabajaba, disfrutando cada bucle, cada espiral, cada línea, ignorando mis gruñidos y mi respiración pesada. El sudor se condensó y cayó de su frente. De mi mano comenzó a emerger una columna de humo y la tienda empezó a oler a flores quemadas. El símbolo se estaba defendiendo.

Volteó mi palma y empezó a dibujar cerca del símbolo. Cuando bajé la mirada me horroricé. El símbolo se retorcía, se enroscaba tratando de alejarse lentamente de los dibujos. Era repugnante. Pero no tenía hacia dónde escapar. Mientras los dibujos lo rodeaban, el símbolo comenzó a desvanecerse. Cada centímetro de mi mano estaba cubierto. El símbolo de Daib desapareció, finalmente. Ting dibujó un nuevo símbolo en el lugar en el que había estado el anterior: un círculo con un punto en el centro. Los ojos de Ting se aclararon y ella se recostó.

—¿Ssaiku? —preguntó mientras se limpiaba el sudor del rostro con el dorso de la mano.

Él no respondió. Tenía los ojos bien cerrados. Su cara estaba tensa y sudaba profusamente, dos grandes manchas oscuras se asomaban en el caftán por sus axilas.

Comencé a sentir un picor en la mano izquierda. Ting soltó una maldición en cuanto vio el pánico en mi rostro. Los sacerdotes interrumpieron sus plegarias.

—¿Ha funcionado? —preguntó la sacerdotisa.

Ting levantó mi mano izquierda. El símbolo estaba ahora ahí.

—Saltó como si se tratara de una araña —dijo—. Dame tres minutos. Mwita, consigue vino de palma.

Él se levantó de un brinco y trajo una botella y un vaso para Ting. Las manos de ella estaban temblando.

—Hombre malvado —susurró, luego dio un trago—. Esta cosa que puso en tu mano... no lo entenderías —tomó mi mano—. Mwita, agárrala muy fuerte. No dejes que corra. Tendré que perseguirla ahora.

Comenzó a dibujar de nuevo. Yo apreté los dientes. Cuando había perseguido al símbolo y lo atrapó en el centro de mi palma sucedió algo que había hecho que quisiera saltar y salir corriendo de la tienda como si mi vida dependiera de ello. El símbolo se hundió muy dentro de mi palma y emitió una carga eléctrica tal que, por un momento, no pude controlar mis músculos. Todos los nervios de mi cuerpo aullaron.

—Detenla—dijo Ting sosteniendo mi mano con todas sus fuerzas, con los ojos bien abiertos mientras dibujaba. Mwita me abrazaba mientras yo me sacudía y gritaba. De algún modo Ting consiguió completar el último círculo. El símbolo, repelido, saltó de mi mano y aterrizó con un *clac* en el suelo. Le brotaron patas de la espalda y corrió.

—¡Sacerdote! —gritó Ssaiku mientras se desplomaba en el suelo y suspiraba agotado. La compuerta de la tienda se abrió por sí sola. El ruido del exterior inundó el interior. El sacerdote dio un salto hacia delante y corrió detrás del símbolo. Dio un par de saltos y, finalmente, *¡smack!*: lo aplastó con fuerza con su sandalia. Cuando levantó de nuevo su pie, sólo quedaba una mancha carbonizada.

—¡Ja! —exclamó Ssaiku triunfante, todavía respiraba con pesadez. Ting se recostó de nuevo, exhausta. Yo permanecí tirada en el suelo, jadeando, la estera que estaba debajo de mí todavía se sentía como arañas de metal. Me rodé y miré hacia el techo.

—Intenta transformar tu mano —dijo Ting.

Fui capaz de transformar mi mano en el ala de un buitre. Sin embargo, en lugar de plumas negras estaba salpicada con rojas y negras. Reí y me recosté sobre el suelo.

Capítulo 49

Mwita y yo pasamos la noche en la tienda de Ssaiku, quien tenía una reunión importante que atender y no volvería hasta la mañana siguiente.

—¿Qué sucede con la tormenta de arena? —Mwita le preguntó a Ting—. ¿Sigue en marcha?

—Escucha por ti mismo —respondió ella. Yo podía escuchar el distante rugir del viento—. Ssaiku puede controlar el viento mientras viaja, no es nada para él. Creo que la gente disfrutó de un buen rato cuando no había tormenta, siempre le digo que debería suspenderla de vez en cuando —se dirigió a la salida—. Alguien les traerá comida pronto.

—No puedo probar bocado —me quejé.

—Tú también necesitas comer, Mwita —Ting me miró—. La última vez que comió algo fue la misma vez que lo hiciste tú, Onye.

Miré alarmada a Mwita. Él se encogió de hombros.

—He estado ocupado —explicó.

Caímos rendidos a los pocos minutos de que Ting saliera. Pasada la medianoche Luyu nos despertó.

—Ting dijo que necesitan comer —dijo dándome una palmada cariñosa en la mejilla. Desplegó una merienda gigantesca compuesta de conejo rostizado, un gran tazón de potaje de hígados de conejo, dulce de cactus, una botella de vino de palma, té hirviendo y algo que yo no había probado desde que estaba en el desierto con mi madre.

—¿En dónde encontraron el aku? —preguntó Mwita, tomando uno de esos insectos fritos y echándoselo a la boca. Yo esbocé una amplia sonrisa e hice lo mismo.

—Unas mujeres me dieron estos platillos, pero éste me inquieta, parecen...

—Lo son —le dije—. Los aku son termitas. Las fríes en aceite de palma.

—Puaj —dijo Luyu.

Mwita y yo comimos con voracidad. Él se aseguró de que me terminara el potaje de hígado.

—Comí demasiado —me quejé cuando nos acabamos todo.

—Quizá, pero es un riesgo que vale la pena tomar —dijo Mwita.

Luyu se sentó con las piernas estiradas mirándonos mientras daba unos sorbos al vino. Yo me recosté en el suelo.

—¿En dónde están Diti y Fanasi? —pregunté.

Luyu se encogió de hombros.

—Por ahí, supongo —gateó hasta donde yo estaba—. Déjame ver tus manos.

Las extendí. Eran como una de las obras de arte de la Ada. Los dibujos eran perfectos. Círculos perfectos, líneas rectas, declives y corrientes elegantes. Mis manos parecían salidas de las páginas de un libro antiguo. Los símbolos de mi mano derecha eran más pequeños y más cercanos entre sí que los de la izquierda. Parecían más imperiosos. Flexioné mi mano derecha, no dolía. La falta de dolor significaba que no había infección. Sonreí. Estaba muy, muy contenta.

—Podría quedarme viéndolas todo el día —dijo Mwita.

—Pero esta mano es inútil —dije mientras hacía un puño con mi mano derecha—. O tal vez debería decir "peligrosa".

—¿Y para cuándo crees que podamos marcharnos? —preguntó Luyu.

—No creo poder caminar pronto —respondí.

—Podrás más pronto de lo que crees, te conozco —dijo—. Yo no tengo ninguna prisa, me gusta aquí. Pero de algún modo sí la tengo. Yo... estuve conversando con algunos hombres. Me contaron cosas sobre cómo es el oeste —hizo una pausa—. Sé que algo te sucedió a ti —tomó una gran bocanada de aire y se contuvo—. Rezo. Le rezo a Ani, le advierto a Ani que tú debes ser la verdadera, que debes ser aquella que fue profetizada —hizo otra pausa mirando con los ojos muy abiertos hacia Mwita y después hacia mí—. ¡Lo siento! No quise...

—No te preocupes —la tranquilicé—. Ya le he contado todo.

Mwita ladeó la cabeza mirándome.

—¿Le contaste a ella antes que a mí?

—No tiene importancia —dijo Luyu—. Lo único que importa es que tiene que ser verdad por todo lo que ha sucedido; eso que te espera al final es parte de la maldad más antigua. Solía pensar que era el nurus. Ellos nacieron deformes y superiores... pero esto es más profundo que cualquier cosa humana —se restregó los ojos para limpiarlos—. No podemos quedarnos aquí por mucho tiempo. ¡Tenemos cosas que hacer!

Mwita tomó la mano de Luyu y la estrechó.

—Yo no podía haberlo dicho mejor.

La tienda de Ssaiku era cálida y agradable. Los platos vacíos estaban dispersos alrededor nuestro. Estábamos con vida. Estábamos en donde necesitábamos estar en ese momento. Aparté las crecientes dudas que me asolaban y extendí mi mano para tomar las de Mwita y Luyu. Bajamos la cabeza y por instinto nos pusimos a rezar los tres.

Luyu nos soltó.

—Voy a... convivir. Si me necesitan estaré en la tienda de Ssun y de Yaoss —esbozó una sonrisa socarrona—. Pero llamen antes de entrar.

Pronto me sumí en un cálido y reparador sueño. Me despertó el sol en los ojos, que entraba a través de la puerta de la tienda.

Mi cuerpo se dolió a modo de saludo. El brazo de Mwita me rodeaba como si fuera una tenaza. Estaba roncando ligeramente. Cuando traté de moverme, su abrazo me apretó aún más. Bostecé e icé mi mano derecha. La puse contra la luz y le ordené que le salieran plumas. Sucedió con gran facilidad. Me volteé hacia Mwita y me encontré con sus ojos abiertos.

—¿Ya han pasado veinticinco horas? —pregunté.

—¿Puedes esperar una más? —contestó mientras metía su mano entre mis piernas. Su decepción se hizo evidente cuando sus dedos se mancharon de sangre. Mi menstruación había llegado. Como si hubiera sido producto de la vista de la sangre, un dolor invadió mi vientre y sentí náuseas.

—Recuéstate —ordenó Mwita, irguiéndose y enrollándose con su rapa. Salió y regresó con un fardo de ropa y una rapa limpia.

—Ten —dijo y metió una pequeña hoja seca en mi boca—. Una de las mujeres me dio un pequeño hato de éstas.

Sabía amarga, pero me forcé a masticar y tragármela. Me levanté, me aseé y me volví a recostar. Mis náuseas ya estaban cediendo. Mwita me sirvió los restos del vino de palma en un vaso. Estaba agrio, pero mi cuerpo lo agradeció.

—¿Mejor?

Asentí.

—Ahora cuéntame la historia.

—Antes de comenzar, quisiera que tomaras en cuenta que *ambos* hemos guardado secretos el uno del otro —dijo Mwita.

—Lo sé —contesté.

—De acuerdo —hizo una pausa y se tiró de la corta barba—. Tú puedes viajar del modo en que lo haces porque tienes la habilidad de *alu*, eres…

—¿*Alu*? —interrumpí. La palabra sonaba familiar—. ¿Quieres decir Alusi?

—Sólo escucha, Onyesonwu.

—¿Desde hace cuánto lo sabes? —pregunté agitada.

—¿Saber qué? Ni siquiera sabes lo que estás preguntando.

Fruncí el ceño, pero cerré la boca y miré mis manos. *Así que "irse" se llama alu*, pensé.

—Tu madre es muy cercana a la Ada —explicó Mwita.

Volví a fruncir el ceño.

—¿Y?

Mwita me tomó de los hombros.

—Onyesonwu, guarda silencio. Déjame hablar. Escucha.

—Pero...

—Shhh —dijo.

Suspiré y cubrí mi rostro con las manos.

—Tu madre es muy cercana a la Ada —repitió con tranquilidad—. Se hablan. La Ada es la esposa de Aro. Hablan. Y tú sabes lo que es Aro para mí. Nosotros hablamos. Así es como sé de tu madre. Y qué bueno que es así porque entonces yo puedo decírtelo a *ti*.

—¿Por qué no me lo dijiste antes? —pregunté—. ¿Por qué mi madre no me lo dijo a mi?

—¿Onyesonwu?

—Termina pronto entonces —contesté.

—He pensado mucho en eso —continuó ignorándome—. Tu madre sabía exactamente lo que estaba haciendo cuando pidió que fueras hechicera en cuanto naciste mujer —Mwita me miró—. Tu madre también puede viajar, puede *alu*. La palabra para la criatura mítica que conocemos como *Alusi* proviene del término *alu*, que significa "hacer el viaje". Ella...

Levanté una mano.

—Espera —pedí.

Mi corazón latía con fuerza. De pronto todo cobró sentido. Recordé a la *Kponyungo* que me había hecho *alu*. Su voz sonaba familiar, pero no sabía por qué. Era porque pertenecía a mi madre, pero con una voz a la que no le había puesto atención. *Ella ama a las Kponyungo*, pensé. *¿Cómo no me había dado cuenta?*

—¿La *Kponyungo* era mi madre?

Mwita asintió. Otro pensamiento cruzó por mi mente: *Tal*

vez por eso yo no haya podido crecer tanto como ella cuando me llevó al alu. Tal vez al alu una no puede crecer más que sus padres.

—¿Entonces obtuve esa habilidad de ella?

—Así es —contestó—. Y... tal vez eso haya ocasionado... —negó con la cabeza—. No, ésa no es la mejor manera de expresarlo.

—No lo hagas fácil —insistí—. Sólo dímelo. Cuéntamelo todo.

—No quiero lastimarte —dijo con voz débil.

Yo me mofé.

—Por si no lo has notado, puedo soportar el dolor bastante bien.

—Está bien —dijo—. Bueno, el hecho es que tu madre pudo haber pasado el rito de iniciación. Eso es lo que Aro cree después de hablar con ella y con la Ada. Tiene algo que ver con tu abuela. ¿Sabes algo acerca de tus abuelos?

—No mucho —dije frotando mi cara. Lo que me estaba contando parecía tan irreal y a pesar de todo, tenía sentido—. Por lo menos nada como eso.

—Pues es lo que Aro cree —dijo—. ¿Recuerdas cómo te sentiste cuando conociste a Ting y a Ssaiku? ¿Recuerdas la repulsión y la atracción que sentiste? Siempre hay una energía entre los de tu tipo —hizo una pausa—. Por eso tu madre eligió vivir cuando supo que estaba embarazada de ti. Es parte de la razón de que tú y ella sean tan cercanas. Y probablemente sea la razón por la cual Daib eligió a tu madre para preñarla. Tu madre puede convertirse en dos seres: ella misma y un Alusi. Puede dividirse.

"Aro no te dijo nada porque pensó que no necesitarías más sorpresas. Además, no habías dado ninguna muestra de poder *alu* en ese entonces. Creo que nunca imaginó que tendrías esa habilidad de manera tan poderosa.

Me volví a sentar, con la boca muy abierta.

—Ya que te estoy contando todo esto —continuó Mwita—, debería contarte el resto de lo que sé acerca de tu madre.

Desearía que hubiera sido mi madre quien me contara lo que Mwita reveló a continuación. Me habría gustado escucharlo de su boca. Pero mi madre siempre fue una mujer llena de secretos. Era su lado Alusi, supongo. Incluso cuando me enseñó el lugar verde, prefirió hacerlo sin que yo supiera que era ella. En realidad, tampoco me había revelado mucho sobre mi infancia.

Todo lo que sabía era que era muy cercana a su hermano y su padre, Xabief, pero no mucho a su madre, Sa'eeda. El pueblo de mi madre era la Gente de la Sal. Su principal negocio era vender la sal que extraían de un pozo gigante que alguna vez fue un lago de agua salobre. El pueblo de mi madre era el único que sabía cómo obtener sal. Su padre solía llevarla con él y sus dos hermanos mayores en los viajes para extraerla; los viajes duraban dos semanas. Ella amaba el camino y no soportaba estar separada de su padre tanto tiempo.

De acuerdo con Mwita, la madre de mi madre, Sa'eeda, también era un espíritu libre. Y aunque amaba a sus hijos, la maternidad no fue fácil para ella. Tener la casa para ella sola, libre de niños, le favorecía. Y le favorecía a su marido también, pues la paternidad le era natural y amaba y comprendía a su esposa.

En la Ruta de la Sal mi madre aprendió a amar el desierto, los caminos, el aire libre. Solía beber té con leche y mantenía conversaciones estridentes con sus hermanos y su padre. Pero había algo más en esos viajes: siempre que estaba en el desierto su padre la incitaba a madurar más rápido.

—¿Por qué? —le preguntó a su padre la primera vez.

—Ya lo verás —respondió su padre.

Me pregunto si incluso conoció a la *Kponyungo* allí, cuando emergió de las camas de sal.

Cerré mis ojos mientras Mwita me decía estas cosas que mi madre le había relatado a Ada y no me había contado a mí.

—¿Y tenía control de eso entonces?

—Incluso Aro sentía envidia de todos los lugares que tu madre había visitado —confesó Mwita—. Sobre todo los bosques.

—Oh, Mwita, era tan hermoso.

—No puedo ni imaginármelo —dijo Mwita—. Tanta vida. Tu madre… cómo debió haberse sentido ante eso.

—Mamá es… nunca lo supe —susurré—. Pero ¿quién habrá hecho la petición? Si superó la prueba de iniciación es porque alguien debió haberlo pedido.

Mwita se encogió de hombros.

—Mi suposición es que fue su padre.

—Algo terrible debió haberle sucedido para hacer esa petición.

—Quizá —tomó mi mano—. Una cosa más: cuando dejamos Jwahir, Aro estaba considerando tomar a tu madre como su aprendiz.

—¿Qué? —me incorporé. Las heridas de mi pecho y mis piernas me pulsaban.

—Y sabes que ella dirá que sí —completó Mwita.

Capítulo 50

Durante toda la mañana me sentí extraña. Mi cuerpo dolía muchísimo por el malvado ataque de Daib. Estaba llena de dudas acerca de mis propias habilidades y mi propósito. La menstruación hacía que mi vientre se sintiera caliente, como una roca de fuego. Mis manos estaban cubiertas de dibujos *juju*. Mi mano derecha era peligrosa. Mi madre era más de lo que yo había imaginado y lo que era ella estaba también en mí. Lo mismo con mi padre biológico. Pero la vida no se detiene nunca.

—Regresaré pronto —dijo Mwita—. ¿Estarás bien?

—Estaré bien —respondí. Me sentía fatal, pero deseaba estar un tiempo a solas.

Algunos minutos después, mientras estaba estirando las piernas, Luyu entró corriendo a la choza.

—¡Se han ido! —gritó.

—¿Eh?

—Se han ido en cuanto paró la tormenta de arena —balbuceó Luyu—. Se llevaron a Sandi.

—Espera. ¿Quién?

—Diti, Fanasi —rugió Luyu—. Ya no están sus cosas. Encontré esto.

La carta estaba escrita con la letra garrapatosa de Diti sobre un pedazo de tela blanca.

Amiga Onyesonwu:

Te amo mucho, pero no quiero ser parte de esto. Me he sentido así desde que Binta fue asesinada. Fanasi también siente igual. La tormenta ha parado y para nosotros es un signo de que es tiempo de irnos. No deseamos morir igual que Binta. Fanasi y yo estamos enamorados y sí, Luyu, hemos consumado nuestro matrimonio. Regresaremos a Jwahir, si Ani quiere, y tendremos la vida que estamos destinados a tener. Muchas gracias, Onye, este viaje nos ha transformado para siempre, para mejor. Simplemente deseamos vivir, no morir como Binta. Llevaremos noticias tuyas a Jwahir y esperamos escuchar grandes historias de ti. Cuida mucho de Onye, Mwita.

Tus amigos,
Diti y Fanasi

—Sandi sintió que ellos la necesitaban más que nosotros —susurré. Lágrimas corrían por mis mejillas—. Esa dulce camello. A ella no le gustan mucho ninguno de los dos.

Mire a Luyu.

—Yo estoy contigo hasta el final —dijo ella—. A eso he venido —hizo una pausa—. Y es por lo que Binta vino también.

Ting entró corriendo.

—Ssaiku ha vuelto —dijo—. ¿Estás vestida? Bien —salió y un momento después regresó con Ssaiku y Mwita, quien estaba visiblemente nervioso. Los seguía una persona vestida con una toga negra. Sentí que mis piernas ya no me sostenían.

Capítulo 51

Luyu se escabulló mientras Sola entraba ceremoniosamente. Era mucho más alto de lo que me imaginaba. Lo había visto durante mi iniciación y justo antes de dejar Jwahir. En ambas ocasiones había permanecido sentado. Ahora se elevaba por encima de todos. No lo podría asegurar a causa de su larga y pesada toga, pero creo que era largo de piernas como Ting, quien también parecía más pequeña cuando estaba sentada.

—Onyesonwu, consíguenos vino de palma —ordenó mientras tomaba asiento.

—Aquí afuera hay —dijo Ssaiku—. Lo encontrarás fácil.

Me sentí aliviada de poder salir de ahí. Diti y Fanasi se habían marchado un día antes. Tenían a Sandi con ellos y no estaba segura de si aun ella podría mantenerlos con vida. Si alguno de ellos se enfermara... alejé ese pensamiento de mi mente. Ya sea que vivieran o murieran, ya no estaban ahí. Me negué a considerar si los volvería a ver de nuevo.

El vino de palma estaba junto a los camellos de Ssaiku, empacado con otras provisiones. Saqué dos de las botellas verdes. Cuando volví a entrar a la choza Ting se levantó para ir por vasos.

—Haz como yo —dijo en voz baja cuando pasó cerca de mí.

Le ofreció un vaso a Sola y yo vertí el vino. Después Ssaiku y después Mwita. Entonces ella sacó otro vaso y serví para ella y para mí. Nos sentamos en las esteras formando un círculo, con las piernas cruzadas. Mwita estaba a mi izquierda. Ssaiku y Sola, frente a nosotros. Durante un prolongado tiempo nos quedamos ahí sentados mirándonos y bebiendo el vino. Sola daba traguitos cortos. Como antes, la capucha de su toga había caído sobre su cabeza, escondiendo la parte superior de su rostro.

—Déjame ver tus manos —dijo finalmente en una voz seca y débil. Tomó mi mano izquierda y dudó ligeramente antes de tomar la derecha. Pasó su pulgar sobre mi piel marcada, con cuidado de no rasguñarme.

—Tu estudiante es talentosa —le dijo a Ssaiku.

—Tú lo supiste antes que yo.

Sola sonrió. Sus dientes eran blancos y perfectos.

—Es verdad. Conozco a Ting desde antes de que naciera —miró hacia mí—. Cuéntame qué fue lo que sucedió.

—¿Eh? —dije confundida—. Estábamos allá afuera, cerca del borde de la tormenta y… —hice una pausa—. *Oga* Sola, ¿puedo hacer una pregunta?

—Puedes hacer dos, puesto que ya has hecho la primera.

—¿Por qué no vino Aro?

—¿Por qué es importante para ti?

—Él es mi Maestro y yo…

—¿Por qué no mejor preguntas por qué tu madre no ha venido? Tiene más lógica, ¿cierto?

No supe qué contestar a esto.

—Aro no tiene la habilidad —respondió Sola—. Él no puede cubrir estas distancias con rapidez. No es su centro. Sus habilidades son otras. Así que alegra esa cara y deja de lloriquear. Cuéntame sobre tus torpes acciones —tronó los dedos para apurarme.

Fruncí el ceño. Es difícil relatar algo cuando alguien ya lo calificó de tontería. Le conté todo lo que recordaba, excepto mis sospechas acerca de que fue el Creador quien me trajo de vuelta la primera vez.

—¿Hace cuanto que sabes que Daib es tu padre? —preguntó.

—Algunos meses ya —dije—. Mwita y yo… algo sucedió. Lo habíamos encontrado antes. Es la tercera vez que viajo de este modo.

—La primera vez fui yo quien lo atacó —dijo Mwita—. Este hombre es… era mi Maestro.

—¿Qué? —exclamó Ssaiku—. ¿Cómo es posible?

—*Sha* —susurró Sola—. Ahora todo tiene sentido —soltó una carcajada—. Estos dos comparten el mismo "padre". Ella es la hija biológica de Daib y el otro es su estudiante. Es una especie de incesto metafórico. No podía ser más inmoral —y volvió a reír.

Ting nos miraba a Mwita y a mí con ojos fascinados.

—¿En qué se ha convertido Daib? —preguntó Mwita—. Pasé años con él. Es ambicioso y poderoso. Un hombre como él *siempre* crece.

—Ha crecido hasta convertirse en un cáncer, un tumor —dijo Sola—. Es como vino de palma para el Borracho de Vino de Palma en el Gran Libro, excepto que la intoxicación que provoca Daib lleva a los hombres a una violencia antinatural. Los nurus y okekes son iguales a sus ancestros. Si pudiera borrarlos a todos ustedes de estas tierras y dejar que la Gente Roja deambule y se multiplique por ellas, lo haría.

Me pregunté a qué pueblo pertenecería Sola y si sus miembros serían mejor que los nurus y los okekes. Lo dudaba mucho. Incluso si la Gente Roja no fuera perfecta.

—Déjenme decirles algo acerca de su "padre" —continuó Sola—. Él es quien traerá la muerte a su querido este. Está reuniendo a miles de hombres que aún están delirantes luego de haber matado a tantos okekes en el oeste. Los ha convencido de que la grandeza reside en expandirse. Daib, el Gigante Militar. Madres y padres nombran a sus primogénitos en su honor. Además es un hechicero poderoso. Es un muy mal augurio.

"Lo suyo no es una mera bravuconada. *Va* a triunfar y sus seguidores *verán* los frutos de su labor. Primero acabará con los pocos rebeldes okeke que quedan. Antes de morir ellos también serán corrompidos. Morirán malvados. Mwita puede atestiguar que esto ya está sucediendo, ¿cierto?

"Algunas de estas aldeas son valiosas. A algunas se les ha permitido administrar sus cultivos, como maíz y palmas. Los okekes que hacen estos trabajos han acumulado un poco de poder como recompensa. Lo perderán del todo muriendo o intentando escapar. Daib está haciendo eso en estos momentos, de manera gradual. Los okekes serán eliminados por completo del reino. Los únicos que quedarán son los esclavos más quebrantados. Muy pronto, puede ser en dos semanas, tal vez menos, Daib guiará a los militares nuru hacia el este para perseguir y destruir a los exiliados.

"Será, para ponerlo de manera sencilla, una revolución. Lo he visto en los huesos. Una vez que comience los grupos de niños y hombres nurus dejarán su reino, y ustedes no serán capaces de detenerlo. Llegarán demasiado tarde.

Como si pudiera detenerlo en cualquier circunstancia, pensé. ¿Acaso no había estado a punto de morir intentándolo?

Sola miró a Ssaiku.

—Lo que ustedes hacen parece ser lo correcto: moverse y esconderse —Ting parecía enojada—. Yo sé mucho sobre Daib —dijo Sola mientras se acariciaba la barbilla—. ¿Debería decírselo?

—Sí —contestó Mwita con voz tensa.

—Nació en un pueblo de los Siete Ríos llamado Durfa. Su madre era una mujer de nombre Bisi. Era una mujer nuru, pero ella nació dada, imagínense eso. Inconcebible. Su cabello era tan largo que para cuando cumplió dieciocho se arrastraba por el piso. Era un alma creativa, así que le gustaba decorar sus rastas con cuentas de vidrio. Era alta como una jirafa y escandalosa como un león. Siempre andaba gritando acerca de cómo las mujeres eran maltratadas.

"Es gracias a Bisi que las mujeres en Durfa hoy reciben educación. Ella comenzó esa escuela en la que todo mundo quiere estar. En secreto, ayudó a muchas okekes a escapar durante las revueltas okeke. Ella es una de las pocas que rechazaron el Gran Libro. Vivía para las rastas de su cabeza. Quienes nacen dada suelen ser librepensadores.

"Nadie sabe quién fue el padre, pues nadie vio a Bisi con un hombre. Se rumora que tuvo muchos amantes, pero también se rumora que no tuvo ninguno. Como haya sido, un día su vientre comenzó a crecer. Daib nació durante un día normal. No hubo una gran tormenta ni cayeron relámpagos o mazorcas de maíz ardiendo del cielo. Sé todo esto porque este hombre era y siempre será mi estudiante.

Me sobresalté como si alguien me hubiera pateado el espinazo. Junto a mí, Mwita maldijo en voz alta.

—Bisi lo trajo ante mí cuando él tenía diez años. Sospecho que pudo encontrarme porque nació con habilidades de rastreo. Nunca le pregunté, pero me imagino que cuando lo dio a luz debió haber estado preocupada por el estado en que se encontraba el Reino de los Siete Ríos. Le disgustaba la situación y deseaba hacer un cambio. Quería que él fuera un hechicero.

"Como sea, me dijo que lo había visto transformarse en un águila y que las cabras lo seguían y obedecían. Pequeñas cosas como ésas. Daib y yo tuvimos conexión de inmediato. Desde el momento en el que lo vi supe que sería mi estudiante. Por veinte años fue mi niño, mi hijo. No entraré en detalles, pero sepan que era lo correcto y que después se desvirtuó. Así que ahora lo saben. Tu padre, el maestro de Mwita, mi alumno —y entonces Sola cantó—. Tres es el número mágico, sí que lo es, tres es el número mágico —sonrió con socarronería—. Conocí bien a la madre de Daib. Tenía unas caderas hermosas y una sonrisa traviesa.

Me estremecí ante la idea de él acostándose con mi abuela. Me pregunté una vez más qué tan humano era Sola.

—¿Qué debo hacer entonces, *Oga* Sola? —pregunté.

—Reescribir el Gran Libro —contestó—. ¿Acaso no lo sabes?

—Pero ¿cómo *puedo* hacer tal cosa, *Oga* Sola? ¡No tiene sentido! ¿Y dices que tenemos apenas dos semanas? No puedes reescribir un libro que ya está escrito y es conocido por miles de personas. Y ni siquiera es el libro lo que hace que las personas se comporten como lo hacen.

—¿Estás segura de ello? —Sola preguntó con frialdad—. ¿Lo has leído?

—Por supuesto que lo he hecho, *Oga* —contesté.

—¿Entonces has comprendido las imágenes de la luz y de la oscuridad? ¿La limpieza y la suciedad? ¿El bien y el mal? ¿La belleza y la fealdad? ¿La noche y el día? ¿Okeke y nuru? ¿Has visto?

Afirmé, pero sentí que necesitaba leer de nuevo el libro para conectar todos los puntos. Tal vez podría encontrar eso que requería para derrotar a mi padre.

—No —dijo—. Deja el libro en paz por ahora. Sabes lo que debes hacer, sólo no lo has hecho consciente todavía. Por eso es que él fue capaz de humillarte, como lo hizo. Más vale que encuentres pronto el modo. Mi único consejo es éste: Mwita, evita a toda costa que haga *alu*. Eso la llevaría directo hasta Daib de nuevo y entonces él la matará de inmediato. La única razón por la que no lo hizo antes es porque quería que ella sufriera. Sea lo que sea que vaya a suceder entre ella y Daib *debe* suceder en el momento indicado, no en tiempo *alu*.

—Pero ¿cómo detenerla? —preguntó Mwita—. Cuando ella se va, simplemente se va.

—Tú eres a quien ella pertenece, encuentra el modo —dijo Sola.

Ting me dio un codazo para que mantuviera mi boca cerrada.

Sola apretó los labios.

—Ahora, mujer, has saltado una valla muy significativa. Te has desatado. Muchos envidian tus habilidades, pero si supieran el costo de ser como somos muy pocos querrían unírsenos —miró a Mwita—. Pocos —a continuación volteó a ver a Ting—. Esta mujer ha entrenado por casi treinta años. Tú, Onyesonwu, no llevas ni una década. Eres una cría y sin embargo tienes frente a ti esta tarea. Ten cuidado con tu ignorancia.

"Ting encontró su centro muy rápido. Está en los escritos *juju*. En tu caso, sospecho que lo tuyo está del lado *eshu*, transformarte y viajar. Pero careces de control. Nadie puede ayudarte con eso —tronó los dedos y pareció murmurar algo. Entonces dijo—: ya hemos acabado con este parloteo —esbozó una gran sonrisa—. No tengo hambre, pero quisiera probar la cocina vah, Ssaiku. ¿Y en dónde están las viejas del pueblo? ¡Tráelas! ¡Tráelas!

Lanzó una risa ronca y Ssaiku hizo lo mismo. Incluso Mwita parecía divertido.

—Onyesonwu, Ting, vayan a la tienda de la jefa Sessa y traigan la comida que nos ha preparado —ordenó Ssaiku—. Y digan a aquellos que aguardan que su compañía es solicitada con ansia.

Ting y yo salimos de la tienda rápidamente. Mi cuerpo protestaba por ir a este ritmo, pero a mí no me importaba: hubiera hecho lo que fuera con tal de salir de allí. Una vez en el exterior, caminamos lento mientras yo intentaba disimular mi cojera.

—Creo que desean hablar con Mwita a solas —dijo Ting.

—Sí —contesté.

—Lo sé —dijo Ting—. Son viejos y comparten el mismo problema, pero las cosas están cambiando.

Gruñí.

—Sola se rio de mi cuando acudí a él la primera vez... hasta que tiró los huesos y se llevó la sorpresa de su vida —contó Ting—. Entonces fue él quien tuvo que convencer a Ssaiku acerca de mí.

—¿Cómo encontraste a Sola?

—Un día desperté y simplemente lo supe: lo que quería y en dónde encontrarlo. Lo encontré. Sólo tenía ocho años —se encogió de hombros—. Hubieras visto su cara cuando entré en su tienda. Era como una pila de heces podridas de cabra.

—Creo que conozco esa mirada. Es tan blanco. ¿Es…? ¿Es humano?

—Quién sabe —contestó riendo.

—¿Crees que cuando llegue el momento yo sabré qué hacer? ¿Así como lo supiste tú?

—Lo descubrirás pronto —miró mi tobillo—. Tal vez deberías sentarte un momento. Yo iré por los alimentos.

Negué con la cabeza.

—Estoy bien, pero tú puedes llevar los platos más pesados.

Mwita, Ting y yo no comimos con Sola y Ssaiku. Me sentí aliviada. Sola no despegó la vista de la comida desde que se puso la mesa. Pilas y pilas de todo, incluso sopa de egusi, algo que no había visto desde que dejamos Jwahir. Los tres nos escabullimos en cuanto ellos comenzaron a comer y a hablar acerca de los senos y los traseros de las mujeres ancianas que estaban por llegar.

Nos tomó cerca de media hora regresar al campamento por culpa de mi tobillo. Yo me rehusé a apoyarme en Mwita o en Ting. Cuando llegamos nos encontramos a Luyu. Estaba sentada, sola. Pasaba el peine por su cabellera afro. Aun en su tristeza era hermosa. Me quedé congelada, mirando a Mwita, quien a su vez estaba observando el lugar en el que habían estado las carpas de Diti y de Fanasi. Una expresión de total disgusto le llenó el rostro.

—No puede ser cierto —dijo—. Se *marcharon.*

Luyu asintió.

—¿Cuándo? ¿Durante la… cuando Ting estaba salvando la vida de Onyesonwu? ¿Se *marcharon*?

—Me enteré justo después de que te fuiste —expliqué—. Y entonces llegó Sola…

—¿Cómo pudo hacerlo? —gritó Mwita—. Él sabía… le conté tantas cosas… ¿Y aun así se marchó? ¿Por causa de Diti? ¿Por esa *niña*?

—¡Mwita! —exclamó Luyu poniéndose de pie. Ting soltó una carcajada.

—Tú no sabes —dijo Mwita—. Sólo te la has pasado teniendo relaciones con él, con hombres, tú y Diti, como conejos.

—¡Hey! —dijo Luyu—. Se necesitan dos: una mujer *y* un hombre para…

—Él y yo éramos como hermanos —continuó Mwita ignorando a Luyu—. Él dijo que lo comprendía.

—Tal vez así haya sido —dije—. Pero eso no lo hace igual a ti.

—Tenía pesadillas acerca de las matanzas, la tortura, las violaciones. Decía que tenía un deber. Que valía la pena morir con tal de provocar un cambio. ¿Y ahora se escapa por culpa de una mujer?

—¿No lo harías tú? —pregunté.

Me miró directamente a los ojos, los suyos estaban rojos y húmedos.

—No —contestó.

—Pero viniste aquí por mí.

—No nos metas en esto —dijo—. Tú estás atada a *esto*, morirás con esto y yo moriría por ti. Esto no es únicamente acerca de nosotros.

Me quedé congelada.

—Mwita, ¿qué quieres decir con…?

—No —interrumpió Ting—. No digan más. Paren con esto.

Ting tomó mi rostro con sus cálidas manos.

—Escúchame —dijo. Al mirar sus ojos marrones, lágrimas comenzaron a brotar de los míos—. Ya está bien de respuestas. Éste no es el momento, Onye. Estás exhausta, estás agobiada. Descansa. Deja el asunto en paz —se giró hacia Mwita—. Ahora sólo quedan tres de ustedes. Es lo correcto. Vamos.

De alguna manera conseguí dormir esa noche. El cuerpo de Mwita estaba junto al mío y mi estómago estaba lleno gracias al pequeño festín que Ting nos había traído. A pesar de ello, fue durante este sueño que comenzaron los sueños. Sueños de Mwita volando, alejándose. Él y yo estábamos en una pequeña isla, en una pequeña casa. A nuestro alrededor había mucha, mucha agua. El suelo era suave y estaba cubierto con verdes plantas acuáticas. A Mwita le brotaban unas alas llenas de plumas marrón. Sin darme siquiera un beso, salió volando y se marchó, sin mirar atrás.

Capítulo 52

Dejamos Ssolu durante la parte más profunda de la noche. La Jefa Sessa, el Jefe Usson, Ssaiku y Ting nos acompañaron.

—Tienen todavía una hora, así que avancen con rapidez —nos advirtió Ssaiku mientras pasábamos por las tiendas por última vez—. Si los sorprende la tormenta cuando la reinicie, agáchense y sigan adelante.

Escuche un sonido de pies pequeños.

—¡Eyess! —dijo la Jefa Sessa—. ¡Vuelve a la cama!

—Pero mami, ella ya se va —gritó Eyess con los ojos llenos de lágrimas. El tono de su voz era tan elevado que despertó a varias tiendas a la redonda. Ting maldijo para sí misma.

—Todos vuelvan a la cama, por favor —dijo el Jefe Usson, pero de cualquier modo la gente salió de sus hogares.

—¿No podemos despedirnos, jefe? —preguntó un hombre.

El Jefe Usson suspiró y asintió resignado. En menos de un minuto se reunió una gran multitud.

—Sabemos hacia dónde se dirigen, déjennos despedirlos al menos —exclamó una mujer.

—Hemos disfrutado mucho la presencia de Onyesonwu —dijo otra—. A pesar de lo rara que es.

Todos rieron. Más gente llegó, con sus pies descalzos arrastrándose sobre la arena.

—Hemos disfrutado a su hermosa amiga Luyu también —dijo otro hombre, varios de ellos asintieron y rompieron en risas. Alguien encendió una varita de incienso. Después de algunos momentos, como si hubieran recibido una señal, todos comenzaron a cantar en vah. La canción sonaba como un coro de serpientes y se acoplaba bien con el ruido de la tormenta. Nadie sonreía mientras cantaba. Me estremecí.

Eyess se abrazó a mi pierna. Sollozaba y hundía su rostro en mi cadera. Si no hubiera tenido la carga a mi espalda la hubiera levantado. En lugar de eso le puse la mano en el dorso y la apreté contra mí. Cuando la canción terminó, la Jefa Sessa tuvo que arrancar a Eyess de mi pierna. Le permitió darme un abrazo y un beso en el cuello antes de enviarla de vuelta. Luego la Jefa Sessa nos dio a cada uno un beso en la mejilla. El Jefe Usson estrechó la mano de Mwita y nos besó a Luyu y a mí en la frente. Ssaiku y Ting caminaron con nosotros hasta el borde de la tormenta.

—Mira bien —Ssaiku le dijo a Ting cuando llegamos frente a la tormenta—. Es diferente cuando estás tan cerca. Todos, pónganse de rodillas.

Alzó las manos y giró las palmas hacia la tormenta. Pronunció algunas palabras en vah y bajó las manos. El suelo tembló cuando llevó la tormenta hasta la tierra. Las manos de Ssaiku estaban tensas y por debajo de las arrugas podía ver los músculos de su cuello estirándose. Toda la arena que estaba en el aire cayó. El sonido que hizo me recordó los sonidos que la gente vah hace frecuentemente cuando hablan su lengua. *Ssssssss.* Nos cubrimos el rostro para protegerlo del polvo. Ssaiku empujó hacia delante. Un viento vino y lo dispersó todo, despejando el aire. El cielo nocturno estaba lleno de estrellas. Me había acostumbrado tanto al continuo ruido de fondo de la tormenta que el silencio se me hizo muy profundo.

Ssaiku se giró hacia Ting.

—En lugar de usar palabras, como hago yo, tú escribirás en el aire.

—Lo sé —contestó ella.

—Deberás aprenderlo una vez más —dijo Ssaiku—. Y otra más.

Miró hacia donde estaba Mwita.

—Cuida mucho de Onyesonwu.

—Siempre —respondió Mwita.

Llegó el turno de Luyu.

—Ting habla mucho de ti. En muchos sentidos tú eres como un hombre, en tu valentía y tus… otros apetitos. Me pregunto si Ani me está poniendo a prueba al poner frente a mí a una mujer como tú. ¿Comprendes *eso* en lo que te estás metiendo?

—Lo comprendo muy bien —respondió Luyu.

—Entonces cuida de este par. Te necesitan —dijo.

—Lo sé —contestó—, muchas gracias —Luyu miró a Ting—. Gracias a ambos y doy gracias también a la aldea por todo —estrechó la mano de Ssaiku y le dio un gran abrazo a Ting, quien a su vez abrazó y besó a Mwita. Ni Ting ni Ssaiku me quisieron tocar.

—Ten cuidado con tus manos —me dijo Ting—. Vigílalas en todo momento —hizo una pausa, sus ojos se llenaron de lágrimas. Luego sacudió la cabeza y dio un paso atrás.

—Ya conoces el camino —dijo Ssaiku—. No te detengas hasta llegar.

Estábamos ya a un kilómetro de allí cuando la tormenta de arena se levantó de nuevo. Se batía y giraba como si fuera una nube viviente desgarrando el cielo. Los hechiceros son ciertamente muy poderosos. La ferocidad y el poder de la tormenta eran prueba de ello. Mwita, Luyu y yo miramos al oeste y comenzamos a caminar hacia allá.

—Estamos cerca del agua —dijo Mwita.

Una vez que el sol estuvo por lo alto me cubrí el rostro con el velo. Mwita y Luyu hicieron lo mismo. El calor era sofocante, pero se trataba de otra clase de calor. Más pesado y más húmedo. Mwita tenía razón: el agua estaba cerca.

Los días que siguieron utilizamos nuestros velos todo el tiempo para permanecer frescos. Pero las noches eran agradables. Ninguno de nosotros habló mucho. Nuestras mentes estaban sumidas en una pesadez. Aproveché este tiempo para meditar sobre lo que había sucedido en Ssolu.

Había muerto, había sido reconstruida, había regresado. Mis manos seguían pareciéndome extrañas, cubiertas con símbolos oscuros y oliendo siempre a flores quemadas. Cuando Mwita y Luyu dormían yo me escabullía, me transformaba en buitre y surcaba los aires. Era el único modo de alejar la oscuridad de las dudas de mi mente.

Como buitre, el buitre que fue Aro, mi mente se sentía más nítida, tenía más confianza. Sabía que si me centraba y era audaz podría derrotar a Daib. Comprendía que yo era extremadamente poderosa ahora, que podía lograr lo imposible. Pero como Onyesonwu la Hechicera Ewu creada por Ani misma, lo único que podía pensar era en la golpiza que Daib me había propinado. Yo no había sido rival digna de él, incluso en mi nuevo estado. Debería estar muerta. Y entre más días pasaban, más crecían las ganas de arrastrarme y rendirme. Poco imaginaba que muy pronto tendría la oportunidad de hacer justo eso.

Capítulo 53

A cuatro días de haber dejado Ssolu, la tierra seguía cuarteada, seca y descolorida. Los únicos animales que vimos fueron algunos pocos escarabajos en la tierra y algún halcón surcando el cielo. Afortunadamente, al menos por el momento, teníamos suficiente comida para no tener que comer escarabajo ni halcón. El húmedo calor hacía que todo pareciera brumoso, como en un sueño.

—Miren eso —dijo Luyu. Ella iba al frente, con su portátil en la mano para mantener el rumbo.

Yo había estado caminando con la cabeza gacha, sumida en mis pensamientos sombríos sobre Daib y sobre la muerte hacia la que me estaba dirigiendo de manera voluntaria. Alcé la mirada y entrecerré los ojos. A lo lejos parecían ser altos y delgados gigantes durante una reunión.

—¿Qué es eso? —pregunté.

—Lo sabremos pronto —contestó Mwita.

Se trataba de un grupo de árboles muertos. Estaban a menos de un kilómetro de nuestra ruta hacia el Reino de los Siete Ríos. Era mediodía ya y necesitábamos una sombra, así que nos dirigimos hacia allá. De cerca eran aún más extraños. No sólo eran tan anchos como una casa, sino que parecían estar hechos más de roca que de madera. Luyu dio unos golpes a un tronco grisáceo mientras yo desdoblaba mi estera en la sombra de otro de los árboles.

—Es muy sólido —dijo.

—Conozco este lugar —dijo Mwita dando un suspiro.

—¿De verdad? —preguntó Luyu—. ¿Y eso?

Mwita se limitó a sacudir la cabeza y dar un paseo por ahí.

—Hoy está de mal humor —dijo Luyu mientras se sentaba junto a mí en la estera.

Me encogí de hombros.

—Probablemente éste fue su camino cuando llegó desde el oeste.

—Ah —fue la respuesta de Luyu, quien todavía miraba en su dirección. Yo no le había revelado mucho sobre el pasado de Mwita. Supuse que él no querría que yo anduviera contando sobre el asesinato de sus padres, su humillante aprendizaje bajo la tutela de Daib o su infancia como niño soldado.

—No puedo ni imaginar lo que debe sentir de estar de vuelta por aquí —dije.

Luego de un par de horas de descanso continuamos nuestra marcha. Llegó cinco horas después y lo hizo con furia: oscuras nubes se cernieron sobre el cielo.

—Esto no puede estar sucediendo —murmuró Mwita mientras mirábamos hacia el oeste. La tormenta se dirigía hacia el este, directamente hacia nosotros. No era una tormenta de arena, sino una tormenta ungwa: peligrosa y llena de terribles rayos y truenos, de aluviones intermitentes de lluvia. Habíamos sido afortunados hasta ese momento pues todavía era época de sequía cuando dejamos Jwahir, y estas tormentas sólo caían durante la breve temporada de lluvias. Habíamos viajado por poco menos de cinco meses. En Jwahir estas temporadas solían llegar puntuales, me imagino que aquí también. Estar a la intemperie durante una tormenta ungwa era arriesgarse a morir electrocutados por un rayo.

Fueron las únicas ocasiones en que mi madre y yo estuvimos en peligro durante nuestra época de nómadas. Mi madre había dicho que sólo gracias a la voluntad de Ani nos salvamos durante las diez tormentas ungwa que encontramos.

Ésta no estaba lejos y avanzaba rápido. Todo a nuestro alrededor era tierra plana, no había ni un árbol muerto a la vista. No es que los árboles sirvieran de mucho: estaríamos en más peligro si la tormenta nos sorprendiera junto a uno de ellos. El viento arreció, casi arrancándome el velo. Contábamos aproximadamente con media hora.

—Conozco... conozco un lugar en el que nos podemos resguardar —dijo de pronto Mwita.

—¿En dónde? —pregunté.

Hizo una pausa.

—Hay una cueva no lejos de aquí —le arrancó el portátil de la mano a Luyu y presionó un botón lateral para encender la luz.

Las nubes ya habían opacado al sol, a pesar de que eran apenas las tres de la tarde. Era como si fuera ya el atardecer.

—Está a diez minutos... si corremos.

—¡Bien! ¿En qué dirección? —gritó Luyu—. ¿Por qué...?

—También podríamos intentar aventajarla —dijo Mwita—. Si vamos hacia el noroeste y...

—¿Estás loco? —grité yo—. ¡No podemos ganarle a una tormenta ungwa!

Murmuró algo que no pude comprender a causa de un trueno.

—¿Qué?

Frunció el entrecejo. Un relámpago partió el cielo. Miramos hacia arriba.

—¿Hacia dónde queda tu cueva? —le insistí.

Siguió sin decir nada. Luyu parecía a punto de explotar. Cada segundo que permaneciéramos allí nos arriesgábamos más a ser golpeados por un rayo.

—Es sólo que... que no creo que debamos ir allá —dijo por fin, luego de un momento.

—¿Es mejor quedarnos aquí y morir? —le grité—. ¿Tienes idea de lo que...?

—¡Sí! —soltó—. ¡Yo también he pasado por esto! Pero ese refugio… ese lugar no está bien, es…

—Mwita —exclamó Luyu—. Vámonos ya. No tenemos tiempo que perder. Lidiaremos con lo que haya que lidiar allá —miró al cielo con temor—. No creo que tengamos opción.

Lo miré con atención. Era extraño ver miedo en Mwita, pero así era.

—¿Entonces no tienes problema con forzarme a ir hacia una mascarada llena de agujas y exigirme que confronte mis miedos, pero no puedes entrar en una estúpida cueva? —le grité haciendo grandes gestos—. ¿Prefieres que muramos? Pensaba que *tú* eras el hombre y *yo* la mujer.

Mis palabras le calaron hondo, pero no me importó. La lluvia comenzó a caer junto con los rayos y los truenos. Me señaló con un dedo y yo le devolví una mirada feroz. Luyu gritó cuando un trueno resonó muy fuerte. Se pegó a mí.

—Has ido demasiado lejos —dijo él.

—¡Y puedo ir mucho más lejos todavía! —le grité con lágrimas escurriendo de mis ojos y mezclándose con la lluvia.

Estábamos en medio de la nada, con una tormenta ungwa a punto de caer sobre nosotros, y nos quedamos con las miradas trabadas. Tomó mi mano y me arrastró. Miró sobre su hombro y dijo:

—¿Luyu?

—¡Voy detrás de ustedes!

No corrimos. A mí no me importó. No tenía miedo, estaba demasiado enojada. Mwita me jalaba a un ritmo lento. Luyu se sostenía de mi hombro, con la cabeza gacha. No entiendo cómo Mwita podía ver entre esa lluvia tan espesa.

No nos cayó un rayo. No era, me imagino, la voluntad de Ani. Tal vez haya sido más bien nuestra voluntad. Nos tomó quince minutos. Cuando llegamos a una larga formación de granito con una cueva que se abría en la base nos detuvimos. Luyu y yo comprendimos de inmediato por qué Mwita no había querido venir aquí.

La lluvia caía con fuerza, creando riachuelos que se introducían por la boca de la cueva. Cada rayo que caía permitía verlas con claridad. Se mecían a causa del viento de la tormenta: eran dos figuras humanas colgadas en la entrada de la cueva. Cuerpos tan antiguos que estaban resecos y marchitos a causa del calor y el sol. Más hueso que carne.

—¿Cuánto tiempo llevan ahí? —pregunté con una voz tan débil que nadie me escuchó.

Resonó un fuerte trueno luego de que un rayo golpeara la tierra no lejos de donde estábamos. Una bocanada de viento nos empujó hacia la cueva. Mwita nos guio sin soltar mi mano. Yo había exigido entrar y eso es lo que estábamos haciendo.

El agua que caía sobre la entrada de la cueva se desplomó sobre mi cabeza y hombros mientras entrábamos. Toda mi atención se concentró en los cuerpos que se balanceaban a mi derecha. Habían sido un hombre y una mujer, por lo menos eso es lo que indicaban sus prendas roídas por el sol. La mujer había llevado un vestido largo y un velo. El hombre, un caftán y pantalones. No había modo de saber si eran okeke, nuru o alguna otra cosa. Colgaban de cuerdas gruesas, enrolladas en unos anillos de cobre incrustados en el techo de la cueva. Tuvimos que apretarnos en la entrada para evitar tocarlos. Estaba demasiado oscuro como para determinar su profundidad.

—No es tan profunda —dijo Mwita apilando un par de rocas. Me puse a ayudar, luchando por ignorar el agrio, casi metálico, olor de la cueva. Necesitábamos encender un buen fuego, más por la luz que por el calor. Luyu estaba ahí sin hacer otra cosa que no fuera mirar a las dos personas muertas. No le pedí que nos ayudara: tanto Mwita como yo habíamos experimentado nuestras propias muertes, Luyu no.

—Mwita —dije en voz baja.

Él me devolvió una mirada airada.

Yo se la sostuve desafiante.

—Sostengo lo que dije.

—Por supuesto que lo sostienes —contestó.

—También tú necesitas confrontar tus miedos —dije—. Y estuviste a punto de hacer que muriéramos.

Después de unos instantes su expresión se suavizó.

—Está bien —dijo. Hizo una pausa y luego siguió—. Jamás haría que ustedes murieran, sólo necesitaba un momento para pensar —se dio la vuelta, pero tomé su mano y lo hice que girara hacia mí de nuevo.

—¿Ya estaban aquí cuando tú…?

—Sí —contestó evitando mi mirada—. Aunque se veían más… frescos entonces.

Eso quería decir que estas personas llevaban más de una década colgando allí. Quise preguntarle si tenía idea de qué es lo que habían hecho. Quise preguntarle tantas cosas, pero no era el momento.

—Luyu —dijo unos minutos después, luego de que apilamos varias rocas más—. Ven aquí. Deja de mirarlos.

Ella se dio la vuelta como si saliera de un trance. Su rostro estaba húmedo.

—Siéntate —dijo Mwita. Yo caminé hasta ella y tomé su mano.

—Deberíamos darles entierro —dijo mientras se sentaba ante la pila de piedras.

—Ya lo intenté —explicó Mwita—. No sé cómo los colgaron, no se pueden desamarrar y los huesos no pueden caer al suelo —me miró y yo comprendí: era *juju* lo que los mantenía ahí. ¿Quiénes habrán sido?

—¿Ni siquiera lo vamos a intentar? —dijo Luyu—. Quiero decir, eso no es más que una cuerda y cuando estuviste aquí sólo eras un niño. Seguro caerán de inmediato.

Mwita la ignoró mientras encendía el fuego. Lo que iluminó su luz fue suficiente como para distraer la atención de Luyu y alejarla de los cadáveres. Yo ya me sentía suficientemente inquieta; ahora lo que quería era salir corriendo hacia la lluvia y los relámpagos. En el fondo de la cueva, medio cubiertas con la arena que se había acumulado con los años, había cientos de computadoras, monitores, portátiles y libros electrónicos. Entendí de dónde provenía el olor a metal.

Los antiguos monitores tenían un centímetro de ancho, ni siquiera cercanos a los que se usan hoy, que son mucho más delgados, y la mayoría estaban estallados o cuarteados. Las computadoras de escritorio eran demasiado grandes para sostenerlas con una mano. Cosas viejas y asombrosas resguardadas en una cueva en medio de la nada, hace mucho tiempo olvidadas. Miré a Mwita, conmocionada.

El Gran Libro advertía sobre lugares como éste: cuevas llenas de computadoras. Las habían puesto ahí okekes aterrados, que intentaban librarse de la ira de Ani cuando le dio la espalda al mundo por el caos ocasionado por los okekes. Esto fue justo antes de que trajera a los nurus desde las estrellas para esclavizar a los okekes... o por lo menos eso decía el libro. ¿Significaba esto que algunas partes del Gran Libro eran ciertas? ¿Habían apiñado los okekes toda la tecnología en cuevas para esconderla de una diosa enojada?

—Este lugar está embrujado —susurró Luyu.

—Así es —respondió Mwita.

No pude decir nada. Estábamos en una tumba para humanos, máquinas e ideas, mientras una tormenta azotaba fuera.

—¿Cómo encontraste este lugar? —pregunté—. ¿Cómo acabaste aquí?

—¿Y cómo recordaste la ubicación con tanta exactitud? —agregó Luyu.

Mwita fue hasta los cuerpos que se balanceaban.

—Miren hacia arriba —dijo, señalando los aros de cobre—. ¿Quién podría incrustarlos en la piedra de ese modo? —suspiró—. Nunca sabré qué sucedió ni quiénes eran esas personas. Debí haber llegado justo después de que los colgaran porque todavía tenían... carne. Diría que tenían más o menos la misma edad que tenemos nosotros ahora.

—¿Eran okekes o nurus? —preguntó Luyu. Ni siquiera

consideraba la posibilidad de que hubieran sido *ewu* o Gente Roja.

—Nurus —respondió él y miró hacia los cuerpos—. No puedo creer que aquí sigan… pero por otro lado, claro que lo creo —luego de un momento continuó—: encontré esta cueva cuando escapé de los rebeldes okekes, cuando me dieron por muerto —señaló a su izquierda—. Me senté contra este muro, comí mis plantas medicinales y le recé a Ani para que sirvieran de algo.

Luyu se moría por conocer la historia de Mwita y a qué se refería con que lo habían dado por muerto. Afortunadamente tuvo el buen tacto de no hacer preguntas. La mejor manera de lidiar con un Mwita malhumorado era dejarlo hablar.

—Casi había perdido la razón —continuó. Alzó la mano y tocó la pierna del hombre muerto—. Había perdido a la única familia que conocí. Había perdido a mi Maestro, a pesar de haber sido un hombre cruel. Había visto cosas horribles mientras me habían obligado a pelear por los okekes; había hecho cosas terribles a pesar de que yo era *ewu*. Y tenía apenas once años.

”Tenía provisiones —siguió—. Comida y agua. No me estaba muriendo de hambre ni nada, incluso sabía cómo obtener más alimento. Fue el calor lo que me trajo aquí. Ambos estaban muertos, pero no despedían ningún olor —fue hacia la mujer—. Ella estaba toda cubierta por arañas, excepto por la cara y las manos. Trepaban unas sobre las otras, pero si las mirabas con suficiente atención, cosa que yo hice, se podía apreciar que seguían un patrón alrededor de su cuerpo. Recuerdo que las puntas de los dedos de ella eran azules, como si las hubiera sumergido en tinta.

Hizo otra pausa.

—Aun entonces comprendí que las arañas la estaban protegiendo. El patrón que seguían me recordaba uno de los símbolos nsibidi que Daib me había enseñado. El símbolo de la propiedad. Creo que permanecí aquí por veinte minutos, mirando. Sólo pensé en mis padres, a quienes nunca conocí. A ellos no los colgaron, pero sí los habían ejecutado... por concebirme a mí. Cuando estaba aquí, las arañas comenzaron a caer al suelo y a moverse hacia los extremos de la cueva. Cuando cayeron todas simplemente se quedaron ahí, como si esperaran a que yo hiciera algo.

"Intenté todo. Jalé de los cuerpos, traté de cortar las cuerdas, intenté quemarlas. Probé con quemar los cuerpos haciendo una fogata debajo de ellos; incluso hacer *juju*. Como nada funcionó, los pasé de largo y me fui a donde estaban las computadoras y me senté a llorar. Después de un tiempo las arañas regresaron al cuerpo de ella. Me quedé aquí por dos días, fingiendo que no veía ni a las arañas ni a la mujer. Cuando me recuperé, me fui de aquí.

—¿Y qué pasó con el hombre? —preguntó Luyu—. ¿Sucedió algo en particular con él?

Mwita negó con la cabeza, con la mano todavía en la pierna del cadáver.

—Eso es algo que no necesitan saber.

Silencio. Yo quería preguntar, y estaba segura de que Luyu también, qué era lo que no necesitábamos saber.

—¿Crees que eran hechiceros? —preguntó ella.

Él asintió.

—Y quienes los mataron lo eran también —hizo otra pausa, frunciendo el ceño—. Ahora son sólo huesos —dio un fuerte tirón a la pierna del hombre. La cuerda crujió y un montón de polvo cayó al suelo, pero eso fue todo. El esqueleto permaneció intacto. Me pregunté a dónde habrían ido las arañas de la mujer.

Un manto de fatalidad, tristeza y desesperanza me cubrió esa noche y se hacía más pesado a medida que la lluvia y los relámpagos azotaban la tierra. Luyu escogió un lugar al otro lado de la cueva, lo más lejos posible de los cuerpos y de las computadoras. Mwita le encendió un fuego ahí. Yo no estaba segura de si ella quería privacidad o si quería darnos a nosotros un espacio, pero funcionó igual.

Mwita y yo nos recostamos sobre nuestra estera debajo de su rapa, con nuestras prendas dobladas junto a nosotros. El fuego producía más que suficiente calor, pero no era calor ni sexo lo que yo necesitaba. Por una vez no importaba qué tan fuerte me apretara, no me gustaba estar allí. Podía escuchar el fuerte golpeteo de la lluvia afuera, el resonar de los truenos, el chirrido de los cadáveres balanceándose con el viento de la tormenta. Los hechos rondaban mi mente como si fueran murciélagos: no había manera de que yo pudiera derrotar a mi padre. Iba a provocarnos la muerte a los tres. *Él me estaba esperando*, pensé al recordar cómo se había dado la vuelta en cuanto fui a atacarlo.

Mwita y Luyu dormían a pesar de todo. Estábamos exhaustos los tres. Yo no dormí ni un poco, a pesar de tener cerrados los ojos. A pesar de Mwita y del fuego, estaba temblando.

—Onyesonwu —escuché decir a Mwita.

No sentí ganas de responderle. No quería abrir la boca ni los ojos. No quería respirar o hablar. Lo único que quería era sumergirme en mi miseria.

—Onyesonwu —repitió suavemente, apretando su brazo a mi alrededor—. Abre los ojos, pero no te muevas.

Sus palabras provocaron una descarga de adrenalina que recorrió mi cuerpo. Mi mente estaba afilada. Tal vez fuera mi miseria y el que necesitaba probarme a mí misma, pero cuando examiné los múltiples ojos de los cientos de arañas blancas que se arremolinaban frente a mí, junto con un miedo profundo, sentí… me sentí preparada.

Una de las arañas que estaban en el frente alzó una pata y la mantuvo allí.

—Así que aún permanecen aquí —dije sin moverme.

Nos quedamos quietos, como si leyéramos nuestros pensamientos. Estábamos intentando escuchar si Luyu estaba despierta, pero la tormenta sonaba demasiado fuerte.

—Están encima de mí —dijo Mwita. Su voz titubeó un poco—. Mi espalda, mis piernas, mi nuca —cualquier parte de su cuerpo que no estuviera en contacto conmigo.

—Mwita —dije en voz baja—, ¿cuál es la historia de ese hombre que no nos quisiste decir?

No respondió de inmediato y yo comencé a sentir mucho miedo.

—Estaba cubierto de mordiscos de araña —respondió—. Su rostro estaba distorsionado por el dolor —me pregunté si las arañas lo habían atacado desde antes de que sus asesinos lo hubieran colgado.

Mi mejilla estaba contra la estera. La araña aún tenía la pata levantada. Un millar de cosas atravesaron mi mente. Sospechaba que querían a Mwita. Yo *nunca* las dejaría tenerlo. La araña con la pata levantada estaba esperando. Bueno, pues yo también estaba haciendo lo mismo.

Finalmente bajó la pata. Las vi venir hacia mí. Podía olerlas, un aroma de fermentación como el de un fuerte vino de palma. Incluso con el ruido de la tormenta podía escuchar claramente el golpeteo de sus muchas patas. ¿Desde cuándo las arañas sobre la arena producen un sonido tan fuerte? ¿Como metal golpeando metal? Eso era todo lo que necesitaba saber. Por primera vez aproveché el nuevo control que tenía sobre mis habilidades y convoqué a la espesura a mi alrededor y salté.

Tanto en la espesura como en el mundo físico se veían como arañas, pero en la espesura eran mucho más grandes y estaban hechas de humo. Se atravesaban unas a las otras en su intento de atacarme en masa. Les hice lo que le había hecho a Aro el día en que se rehusó a enseñarme, una vez más. Arañé, rasgué, desmembré. Me convertí en una bestia. Destrocé a esas criaturas por completo.

Regresé de golpe al mundo físico, aplastando con mi pie a un montón de arañas que huían. Miré los ojos bien abiertos de Mwita. Todavía seguía en la estera, desnudo, cubierto con algunas arañas desafiantes. A su alrededor los cadáveres de araña tapizaban el piso. Como a una sola se le ocurriera morderlo, yo rastrearía y eliminaría a cada una de ellas en la espesura. A cada una de ellas.

Miré en dirección de Luyu. Estaba de pie, del otro lado del fuego. Negué con la cabeza, ella asintió. Bien. Afuera cayó un relámpago. Mi mente estaba afilada ahora. Yo no era la Onyesonwu con la que te sentarías a conversar. No puedo ni imaginar qué aspecto debí tener ahí, a la luz del fuego, desnuda, furiosa, salvaje. El hombre al que yo amaba estaba siendo amenazado. *Creen que las dejaré llevarse a Mwita antes de arriesgarme a que muera*, pensé y sonreí maliciosamente.

Cayó otro rayo y el trueno llegó un segundo después. La lluvia era aún más fuerte. El olor a ozono era muy fuerte. Podías sentir cómo el aire estaba cargado. Esperé. Repetí mi nombre en la mente como si fuera un mantra. Un rayo cayó justo afuera de la cueva y produjo un gran *¡BOOM!* Una ráfaga de fuego aporreó el suelo. Salté hacia Mwita, sujeté su pierna, y convoqué lo que la tormenta nos había enviado y lo tiré hacia Mwita. Cada araña de su cuerpo saltó como si fueran semillas de palma en el fuego. El olor de plumas quemadas inundó la cueva.

Las arañas que quedaron vivas se escabulleron entre las llamas de la entrada de la cueva. Nunca supe si fue un suicidio en masa o una decisión de regresar a su lugar de origen. Yo había abandonado por completo la espesura en el momento en el que el rayo cayó, así que no pude ver si habían retornado a ella.

—¿Mwita? —susurré, ignorando los cadáveres de araña que estaban a su alrededor. Mi cuerpo estaba empapado de sudor y aun así temblaba de frío. Luyu corrió a cubrirnos con una rapa.

—Estoy bien —dijo. Y me hizo una caricia en la mejilla.

—Controlé el fuego —expliqué.

—Lo sé —dijo soltando una risita—. No sentí nada.

—¿Qué eran esas cosas? —preguntó Luyu.

—No tengo idea —contesté.

Algo atrajo la atención de Mwita. Miré en esa dirección y Luyu hizo lo mismo.

—¡Oh! —dijo.

Los cuerpos habían caído por fin. Las cuerdas que los sostenían habían sido cercenadas por la descarga del rayo. Los restos ardían. Esos misteriosos hechiceros finalmente tenían la pira funeraria que merecían.

La tormenta todavía arreciaba cuando llegó la mañana. Sólo pudimos saber que ya era de día al revisar la hora en el portátil de Luyu. Mientras ella cocinaba algo de arroz con carne de cabra y especias, Mwita usó una bandeja para cavar una tumba en uno de los lados de la cueva. Insistió en hacerlo solo.

Fui hacia donde estaban los objetos electrónicos, en el fondo de la cueva. Habíamos evitado esos artefactos aún más que a los cadáveres. Eran los viejos aparatos de un pueblo condenado. Después de lo que había sucedido la noche anterior yo estaba ya de humor como para mirar al destino a los ojos.

—¿Qué estás haciendo? —me dijo Luyu—. ¿No has tenido suficiente con...?

—Déjala —dijo Mwita haciendo una pausa en su excavación—. Alguno de nosotros debe echar un vistazo.

Luyu se encogió de hombros.

—De acuerdo, pero yo no pienso acercarme a esa basura.

Me reí para mis adentros. Comprendía ese sentimiento a la perfección y seguramente Mwita también lo compartía. En cambio yo, bueno, para mí esto era una página del Gran Libro. Si habría de reescribirla entonces tenía sentido ir a ver.

El olor de alambres viejos y tarjetas de circuitos muertas era más fuerte cuanto más me acercaba. Las teclas de los varios teclados estaban esparcidas por la arena, junto a pequeños pedazos de plástico que provenían de las pantallas y las carcasas. Algunas de las computadoras tenían dibujos en el exterior, mariposas, bucles, trazos y figuras geométricas desvanecidos. La mayoría venían en negro. Un aparato que parecía un libro negro y delgado atrajo mi atención. Estaba incrustado entre dos computadoras y cuando lo extraje me sorprendí al ver que tenía una pantalla cuando lo abrí. Se veía golpeado, pero a diferencia de los otros artefactos, no era tan viejo. Era del mismo tamaño de la palma de mi mano. Su parte trasera estaba hecha con alguna sustancia dura que asemejaba a una hoja negra. La pantalla estaba intacta.

Todos los botones en el frente estaban borrados, las palabras en ellos se habían desvanecido hacía tiempo. Presioné uno y no sucedió nada. Oprimí otro y esa cosa hizo un sonido como de agua.

—¡Oh! —exclamé y casi dejé caer el aparato.

La pantalla se encendió y mostró la imagen de un lugar con vegetación: árboles, arbustos. Me quedé sin aliento. *Es justo como el lugar que mi madre me enseñó*, pensé. *El lugar de la esperanza.* Mi pecho se hinchó y me senté allí, frente a esa pila de *hardware* inútil y decadente que provenía de otra era.

La imagen circuló y se movió, como si alguien estuviera caminando y yo pudiera ver a través de sus ojos. De las pequeñas bocinas salieron sonidos de aves e insectos cantando, de hierbas y plantas y hojas siendo aplastadas por pies y siendo empujadas por manos. Entonces, un título surgió desde el fondo de la pantalla y comprendí que eso era un portátil de gran formato con un libro cargado dentro. El título era *Guía de Campo de la Selva Verdosa Prohibida* y había sido escrito por un grupo que se denominaba a sí mismo Organización de Grandes Exploradores del Conocimiento y la Aventura.

De pronto la imagen se congeló y los sonidos pararon. Oprimí más botones, pero nada sirvió. Se apagó y no importó cuántas veces presioné los botones, así se quedó.

No importaba. Lo tiré por ahí, me incorporé y sonreí. Horas después el cielo también sonrió. La tormenta finalmente había cedido. Abandonamos la cueva antes del amanecer.

A lo largo de los siguientes dos días de viaje, la tierra se volvió más montañosa. El suelo era una mezcla de arena con algunos parches de pasto seco. Encontramos lagartijas y liebres para comer, justo a tiempo, pues nuestras provisiones de carne seca se estaban terminando. Llegamos a unos árboles de tronco grueso que yo no conocía y más palmas. El clima era frío por las noches y durante el día relativamente cálido. Y, afortunadamente, no encontramos más tormentas ungwa. Pero, claro, había cosas peores.

Capítulo 54

Hay una parte del Gran Libro que la mayoría de las versiones omite. Los Papeles Perdidos. Aro había hecho una copia de ellos. Los Papeles Perdidos relatan con detalle cómo los okekes, en los siglos en los que se pudrían en la oscuridad, eran científicos locos. En los Papeles Perdidos se discutía cómo habían inventado las tecnologías de antaño, como las computadoras y los portátiles. Habían inventado formas para replicarse y mantenerse jóvenes hasta el día de su muerte. Habían hecho crecer alimentos en tierras estériles, habían curado todas las enfermedades. En esa oscuridad, los okekes habían rebosado de creatividad salvaje.

Los okekes que están familiarizados con los Papeles Perdidos se sienten avergonzados por ellos, pero los nurus los sacan a relucir cada que quieren señalar lo fundamentalmente imperfectos que son los okekes. Durante los tiempos oscuros los okekes habían sido problemáticos, pero ahora estaban peor.

Un pueblo triste y miserable, sin capacidad de reflexión, pensé mientras nos aproximábamos a la primera de las muchas aldeas que se encontraban justo antes del Reino de los Siete Ríos. Podía comprender cómo se sentían. Hacía unos pocos días yo me había sentido igual: más allá de la desesperanza. Si no hubiéramos encontrado esa cueva con cadáveres y arañas y computadoras derruidas, probablemente me les hubiera unido.

Eran aldeas de okekes demasiado temerosos como para pelear o huir. Personas de ojos taimados que serían rápidamente exterminadas una vez que mi padre viniera al este con su ejército. Caminaban con la cabeza gacha, asustadas hasta de su propia sombra. Cosechaban frágiles cebollas y tomates en tierras que traían del río. En la parte delantera y trasera de sus chozas de barro cultivaban una planta marrón cerosa que dejaban secar para fumar y provocarse el olvido. Les ponía los ojos carmesís y los dientes cafés; hacía que su piel apestara como heces y no tenía ningún valor nutricional. Por supuesto, de entre todas las plantas, esas hierbas eran lo que más fácilmente crecía por ahí.

Su progenie tenía grandes vientres y rostros aturdidos. Los perros que trotaban por ahí se veían igual de patéticos que la gente. Vimos a uno que se alimentó de sus propias heces y de vez en cuando, cuando el viento cambiaba, yo podía escuchar gritos a la distancia. Estas aldeas no tenían nombre. Era repugnante.

Todos en la aldea, incluso los niños, llevaban un arete colgante, con cuentas azules y negras, en la oreja izquierda. Era el único atisbo de cultura que esta gente mostraba.

Cruzamos por el primer grupo de chozas sin que nadie nos prestara atención. A nuestro alrededor, los okekes se arrastraban torpemente, discutían, dormían en los caminos o sollozaban. Vimos hombres con miembros cercenados. Algunos de ellos recostados contra las chozas, con sus heridas pudriéndose, muy cerca de la muerte si no es que ya muertos. Vi a una mujer embarazada riendo para sí misma con una risa histérica; estaba sentada frente a su choza mientras reunía polvo para formar un montículo. Mis manos picaban y yo me sentía agitada.

—¿Cómo estás, Onyesonwu? —preguntó Mwita tan pronto como pasamos por la última choza. Un kilómetro más adelante había otra aldea.

—El ansia de sanar no es muy fuerte en este lugar —contesté—. Me parece que estas personas no quieren sanar.

—¿No podríamos dar un rodeo? —preguntó Luyu.

Negué con la cabeza sin dar ninguna explicación. No tenía ninguna. En el siguiente grupo de chozas encontramos las mismas condiciones: gente triste, muy, muy triste. Pero este lugar estaba en la ladera de una colina y tuvimos una vista panorámica mientras caminábamos hacia allá. Cuando llegamos a la primera choza una anciana llena de heridas abiertas en el rostro se detuvo y me miró. Volteó después hacia Mwita y mostró una sonrisa grande y desdentada. Luego la sonrisa cedió.

—¿En dónde está el resto de ustedes?

Nos volteamos a ver.

—Tú —dijo señalándome. Yo retrocedí—. Aunque cubras tu rostro yo lo sé. Oh, sí que lo sé —entonces volteó hacia la aldea y gritó—: ¡Ooooonyesonwuuuuuuu!

Di un paso atrás y me agazapé, lista para pelear. Mwita me tomó y me jaló hacia su lado. Luyu se puso delante de mí y desenvainó un cuchillo. Llegaron corriendo de todas direcciones. Caras oscuras. Almas heridas. Portaban rapas andrajosas y pantalones rotos. Con ellos llegó también el olor a sangre, orines, pus y sudor.

—¡Ella está aquí, *o*!

—¿La niña que terminará con las matanzas?

—La mujer decía la verdad —continuó la anciana—. ¡Vengan y vean! ¡Vengan y vean! ¡¡¡Oooooooonyesonwuuuuuuu!!! *¡Ewu! ¡Ewu! ¡Ewu!*

Estábamos rodeados.

—¡Quítatelo! —dijo la anciana—. ¡Déjanos ver tu rostro!

Volteé a ver a Mwita. Su rostro era indescifrable. Mis manos picaban. Me retiré el velo y un resoplido recorrió a la multitud.

—*¡Ewu! ¡Ewu! ¡Ewu! ¡Ewu! ¡Ewu! ¡Ewu!* —entonaron. Un grupo de hombres a mi derecha avanzó a trompicones.

—¡Ah! ¡Ah! —dijo la mujer manteniéndolos a raya—. ¡No hemos terminado! El General debe estar aterrado. ¡Aquí está su par!

—Ese que está allí —dijo una mujer señalando a Mwita. Su cara estaba hinchada y tenía un embarazo muy avanzado—. Ése es su esposo. ¿Acaso no fue eso lo que dijo la mujer? ¿Que Onyesonwu vendría y que conoceríamos a su verdadero amor? ¿Qué puede ser más verdadero que dos *ewu* que se aman entre sí? ¿Que tienen la *capacidad* de amar?

—Cierra la boca, concubina de nurus, puta que está a punto de explotar con carroña humana —interrumpió un hombre súbitamente—. ¡Deberíamos ahorcarte y sacarte esa maldad que crece dentro de ti!

La gente guardó silencio. Luego varias voces de asentimiento aparecieron en diversos puntos de la multitud.

Aparté a Mwita y a Luyu y di un paso hacia esas voces. Todos frente a mí dieron un salto hacia atrás, incluida la anciana.

—¿Quién acaba de decir esas palabras? —grité—. Ven aquí. ¡Muéstrate!

Respondió el silencio, pero alguien lo empujó hacia el frente. Era un hombre de alrededor de treinta años, tal vez más viejo, tal vez más joven: no era posible saberlo pues la mitad de su cara había sido destruida. Me miró de arriba abajo.

—Tú eres la maldición de una mujer okeke. Que Ani ayude a tu madre quitándote la vida.

Mi cuerpo se tensó por completo. Mwita me tomó de la mano.

—Contrólate —me dijo al oído.

Me tragué las ganas de destrozar lo que quedaba de la cabeza de ese hombre. Mi voz temblaba mientras le dije:

—¿Y cuál es tu historia?

—Yo provengo de allá —dijo señalando el oeste—. Ya han comenzado de nuevo y esta vez terminarán con nosotros. Cinco de ellos violaron a mi esposa. Luego me cortaron así. En lugar de terminar de matarme nos dejaron ir a mi mujer y a mí. Reían, dijeron que me encontrarían pronto. Poco después supe que mi mujer estaba embarazada de uno de ellos. Uno de los *tuyos*. La maté a ella y al engendro que crecía dentro. Esa cosa era una monstruosidad incluso muerta —dio un paso adelante—. No somos nada para el General. ¡Escúchenme todos! —dijo levantando las manos y virando hacia la multitud—. Estamos en el final de nuestros días. ¡Mírennos! ¡Esperando que este engendro del mal nos salve! Deberíamos...

Liberé mi brazo de Mwita, tomé la mano del hombre con la mano izquierda y apreté fuerte. Él luchó, rechinó los dientes y maldijo. Sin embargo, en ningún momento intentó lastimarme. Me concentré en lo que estaba sintiendo. No era lo mismo que cuando devolvía a la vida. Estaba tomando y tomando y tomando, como una lombriz que se come la carne podrida de una pierna que sigue viva. Se sentía picor, dolor... se sentía asombroso.

—¡Todos! ¡Háganse para atrás! —murmuré con mis dientes apretados.

—¡Atrás! ¡ Atrás! ¡Muévanse! —gritó Mwita mientras apartaba a esas personas.

Luyu hacía lo mismo.

—¡Si valoran sus vidas! —gritaba—. ¡Apártense!

Relajé mi cuerpo y me arrodillé mientras el hombre se desplomaba en el suelo. Entonces contuve el aliento. Cuando nada sucedió, lo dejé salir.

—Mwita —dije con voz débil y estirándole una mano. Me ayudó a incorporarme. La gente se congregó de nuevo para observar al hombre. Una mujer se arrodilló junto a él y tocó su rostro, que ahora estaba curado. Él se incorporó.

Silencio.

—¿Ven cómo Oduwu puede sonreír de nuevo? —dijo una mujer—. Nunca lo había visto sonreír.

Sonaron más susurros mientras Oduwu se levantaba con lentitud. Me miró y dijo por lo bajo:

—Gracias.

Un hombre le ofreció a Oduwu su hombro para que se apoyara y se alejaron caminando.

—¡Ella ha llegado! —dijo alguien más—. Y el General se irá corriendo.

La gente comenzó a vitorear. Se arremolinaron a mi alrededor y les ofrecí lo que pude. Si hubiera intentado sanar a tanta gente, hombres, mujeres, niños, de enfermedades, angustia, miedo, heridas... si hubiera intentado siquiera una fracción de lo que había hecho antes con la Gente Roja, habría muerto. A todos los que acudieron a mí durante esas horas los mejoré, es verdad; yo era una mujer diferente de aquella que había dejado ciega a la gente de Papa Shee. Pero nunca me arrepentiré de eso después de lo que habían hecho con Binta.

Mwita preparó medicinas con hierbas para la gente y revisó los vientres de las mujeres embarazadas para asegurarse de que todo marchara en orden. Incluso Luyu ayudó, sentándose con los convalecientes y relatándoles historias de nuestros viajes. Estas personas estaban ya bien preparadas para diseminar la palabra de Onyesonwu la Hechicera, Mwita el Sanador y la Hermosa Luyu, los Exiliados del Este.

Un hombre corrió hacia mí cuando ya nos marchábamos. Se veía completo, pero rengueaba un poco al caminar. No me pidió que lo curara. Yo no se lo ofrecí.

—El camino —dijo señalando hacia el oeste—. Sí tú eres esa mujer, entonces debes saber que han comenzado de nuevo en las aldeas de maíz. Gadi es la que sigue, por como se ven las cosas.

Acampamos en un páramo de tierras secas no muy lejos de Gadi.

—Dijeron que una mujer okeke que nunca comía, pero parecía bien alimentada, ha estado rondando y "esparciendo las nuevas" —dijo Luyu cuando estábamos sentados en la oscuridad—. Ha predicho que una hechicera *ewu* terminará con sus sufrimientos —hacía frío, pero no quisimos atraer la atención sobre nosotros al encender un fuego—. Dicen que hablaba con voz suave y en un dialecto extraño.

—¡Es mi madre! —dije. Hice una pausa—. De otro modo hubieran acabado con nosotros.

Mi madre había estado haciendo *alu*, yendo de un lado a otro, hablando a los okekes sobre mí. Diciéndoles que me esperaran y que se regocijaran. Aro había estado enseñándole, entonces. Nos quedamos en silencio por unos momentos, considerando esta revelación. Un búho cantó cerca de nosotros.

—Se veían tan... heridos —dijo Luyu—. ¿Acaso pueden culparlos?

—Sí —respondió Mwita.

Yo estuve de acuerdo con él.

—Hablaban y hablaban del General —dijo Luyu—. Dicen que es quien está detrás de todo esto, por lo menos en los últimos diez años. Le llaman la Escoba del Concejo porque es quien se ha encargado de hacer la limpia de okekes.

—Ha tenido mucho éxito desde que yo era su estudiante —dijo Mwita con amargura—. Ni siquiera entiendo por qué me tomó bajo su tutela si pensaba hacer algo como esto.

—La gente cambia —dijo Luyu.

Mwita negó con la cabeza.

—Él ha odiado todo lo okeke desde siempre.

—Tal vez su odio no era tan grande en ese entonces —propuso Luyu.

—Pues era suficientemente grande, años antes, para violar a mi madre —dije—. Ese modo en el que... nunca se cansan. Daib debe de utilizar alguna clase de *juju* sobre ellos.

—Mira a la gente vah —dijo Luyu—. Utilizan abiertamente *juju*. Eyess nació dentro de una comunidad que piensa de este modo, así que aunque ella no llegue jamás a ser hechicera no le teme a la hechicería. Compáralo con Daib, nacido y criado en Durfa, donde todo lo que ve y aprende es que los okekes son esclavos y deben ser tratados peor que camellos.

—No —dije mientras negaba con la cabeza—. ¿Y qué hay de su madre Bisi? Ella nació y creció en Durfa, pero ayudó a muchos okekes a escapar.

—Es verdad —concedió Luyu frunciendo el cejo—. Y él *fue* aprendiz de Sola.

—Hay personas que simplemente nacen malvadas —dijo Mwita.

—Pero él no fue siempre de ese modo —dijo Luyu—. Recuerden lo que dijo Sola.

—No me interesa nada de esto —respondió Mwita con las manos apretadas en puños—. Lo único que importa es lo que es ahora y el hecho de que es imprescindible detenerlo.

Todos estuvimos de acuerdo en ello.

Esa noche volví soñar que estaba en una isla y que veía cómo Mwita se alejaba volando. Desperté y lo miré: dormía a mi lado. Di palmaditas a su cara hasta que despertó. No tuve que pedir lo que buscaba. Me lo proporcionó con mucho gusto.

En la mañana, cuando salí de nuestra tienda, casi me tropiezo con todos los cestos. Cestos llenos de tomates deformes, sal granulosa, una botella de perfume, aceites, huevos de lagartija hervidos y otras cosas.

—Trajeron lo que pudieron —explicó Luyu. Alguien debió haber traído también un delineador de ojos azul brillante, pues se había pintado los ojos y dibujado un lunar azul en la mejilla. También se había puesto dos brazaletes con cuentas verdes, uno en cada muñeca. Tomé una botella de aceite y la olfateé. Olía a flores de cactus. Froté un poco sobre mi cuello y fui hacia nuestra estación de acopio. La encendí.

—Espero que esto no atraiga a nadie —dije.

—Probablemente lo haga —dijo Luyu—. Pero todos a la redonda, quizás en todos los Siente Ríos, saben lo que hiciste ayer. Alguna u otra versión.

Asentí, mirando la gran bolsa llena de agua fresca.

—¿Es eso algo malo?

Luyu se encogió de hombros.

—Es la menor de nuestras preocupaciones. Además, tu madre ya puso las cosas en marcha.

Capítulo 55

El Reino de los Siete Ríos y sus siete grandes ciudades: Chassa, Durfa, Suntown, Sahara, Ronsi, Wa-wa y Zin; nombres muy poéticos para un lugar tan corrompido. Cada una abraza a uno de los ríos y todos ellos se encuentran en el centro para crear un lago grande, como una araña a la que le falta un apéndice. El lago no tenía nombre debido a que nadie sabía qué vivía en su fondo. Allá en Jwahir nadie creía que un cuerpo de agua de esta naturaleza fuera posible. Durfa, la ciudad de mi padre, es la más cercana a ese lago misterioso. De acuerdo con el mapa de Luyu, era la primera ciudad de los Siete Ríos que encontraríamos en nuestro camino.

Las fronteras del reino no estaban bloqueadas por medio de muros ni de *juju* ni eran definitivas. Sabías que estabas dentro cuando estabas dentro. De inmediato notabas el escrutinio, los ojos. No de parte de soldados ni nada parecido, sino de los nurus. La policía patrullaba el área, pero la población se vigilaba a sí misma.

Alguna vez existieron pequeñas aldeas okekes entre las ciudades, junto a los ríos. Cuando nosotros llegamos allá estaban prácticamente vacías. Los pocos okekes que aún permanecían allí estaban siendo expulsados. En el lado oeste de los Siete Ríos todas las aldeas habían sido invadidas. El lento éxodo continuaba en el lado este, justo cerca de Chassa y Durfa, las dos ciudades más ricas y prestigiosas. Valga la ironía, estas ciudades eran también las que más requerían de la mano de obra okeke. Con los okekes ausentes, eran los nurus de las urbes más pobres, como Zin y Ronsi, quienes tenían que ocuparse de los trabajos.

Escuchamos lo que sucedía antes de poder verlo porque tuvimos que subir una colina. Gadi, la aldea en la que Aro había nacido, estaba siendo devastada. Desde la hierba seca de la cima presenciamos acontecimientos terribles. A nuestra derecha una mujer estaba luchando contra dos hombres nuru que la patearon y rasgaron sus vestimentas. Lo mismo estaba sucediendo a nuestra izquierda. Hubo un fuerte chasquido y un hombre nuru cayó al suelo. Un nuru y un okeke rodaron por el suelo trenzados en una pelea. Eran los nuru quienes tenían el control allí. Eso era claro.

Nos miramos los unos a los otros, los ojos y las bocas bien abiertos, las fosas nasales dilatadas.

Tiramos toda nuestra carga y corrimos hacia el caos. Sí, incluso Luyu. Hay vacíos en mis recuerdos de lo que sucedió a continuación. Recuerdo a Mwita corriendo y a un nuru apuntándole con una pistola por la espalda. Me lancé hacia el hombre. Soltó su arma. Trató de dominarme. Yo le di una patada, sumergiéndome en la espesura como si fuera agua. Podía verlo golpear hacia donde mi cuerpo había estado. Mwita corrió y yo fui tras él, aún en la espesura. Así que a ese hombre, que hubiera asesinado a Mwita, yo no le di muerte.

Mwita y yo habíamos discutido antes acerca de cómo no cederíamos ni sucumbiríamos a la violencia que nurus y okekes por igual asociaban a los *ewu*, quienes éramos considerados agresivos por naturaleza. En esta ocasión tomamos el camino contrario: nos convertimos exactamente en eso que la gente creía que éramos. Pero nuestras razones para ser violentos no tenían nada que ver con ser *ewu*. Y Luyu compartía nuestros mismos objetivos. Ella, que era una mujer okeke pura, de la más dócil sangre, de acuerdo con el Gran Libro.

Recuerdo darle mis ropas a Mwita y transformarme en varias cosas, con grandes garras y dientes de tigre. Recuerdo haber serpenteado entre el mundo físico y la espesura como si fueran tierra y agua. Derribé a hombres que estaban sobre mujeres, con los penes todavía erectos y húmedos de sangre y fluidos. Luché contra hombres con cuchillos y pistolas. Había demasiados soldados nurus y muy pocos okekes. Luché contra ambos, ayudando a quien no estuviera armado. Recibí balas en mi cuerpo, las expulsé y continué mi lucha. Sané mis propias heridas de cuchillo y mordidas. Olfateé sangre, sudor, semen, saliva, lágrimas, orina, heces, arena y humo con las fosas nasales de diferentes bestias. Eso es lo poco que recuerdo.

No pudimos detener lo que ya estaba en marcha, pero conseguimos que varios okeke pudieran huir. Y yo sané a cuantos nuru pude someter. Esos hombres, entonces, se encogieron de miedo en las esquinas, en shock por lo que habían realizado apenas unos minutos antes. Casi de inmediato comenzaron a ayudar a los heridos, nuru y okeke. Apagaron los fuegos, intentaron detener a los otros nuru que mataban alegremente a okeke. Y entonces esos nuru sanados eran asesinados por sus propios sangrientos congéneres.

Cuando volví en mí, estaba arrastrando a Luyu a una choza cuyo techo estaba ardiendo. Instantes después Mwita entró corriendo. Me dio mis ropas y me vestí con gran velocidad. Tanto él como Luyu portaban armas. No lejos de ahí todo continuaba: los gritos, las luchas, las matanzas. Nuestra respiración era pesada mientras nos mirábamos entre nosotros.

—No podemos parar esto —dijo Mwita.

—Tenemos que hacerlo —respondimos Luyu y yo al mismo tiempo.

Cerré los ojos y suspiré.

Cerca de nosotros un hombre gritó y otro dio un alarido. El fuego sobre nosotros se estaba expandiendo.

—Una vez que hallemos a Daib creo que sabremos qué hacer —dije.

A partir de entonces tratamos de ir a hurtadillas. Era difícil. Los nurus habían suprimido la débil rebelión de los okekes y ahora básicamente estaban torturando gente. Los chillidos se mezclaban con las risas y los gruñidos de los torturadores, me producía náuseas. Pero de algún modo conseguimos sobreponernos y avanzar, hasta que nos encontramos con una vista espectacular.

Justo detrás del último racimo de chozas se veían unas grandes cañas de maíz. Cientos y cientos de ellas, un campo entero de maíz. No era tan asombroso como el lugar que mi madre me había enseñado, pero de cualquier modo resultaba impresionante para mis ojos nacidos en el desierto. Mi madre cultivaba maíz cuando estábamos en el desierto y había algunos jardines de esa planta en Jwahir, pero nunca tanto como aquí. Sopló una brisa que extrajo un silbido de las plantas. Era un sonido encantador. Sonaba como paz, crecimiento, recompensa y un atisbo de esperanza. Cada planta estaba llena de mazorcas de maíz, listas para ser cosechadas. El momento justo para que aparecieran los nurus a saquear. Sin ninguna duda, ése era el plan del general Daib.

Habíamos abandonado nuestro equipaje atrás. Afortunadamente Luyu no se separó de su portátil. Utilizamos sus mapas para encontrar nuestro camino a través del maizal. Durfa quedaba en el otro extremo. Nos movimos con sigilo y nos detuvimos únicamente una vez para arrancar algunas mazorcas y comérnoslas. Luego de caminar por una media hora escuchamos voces. Nos tiramos al suelo.

—Iré a ver —dije despojándome de la ropa. Mwita me tomó del brazo.

—Sé cuidadosa —dijo—. Será difícil encontrarnos en este campo.

—Pon mi rapa en la punta de las cañas —respondí y me transformé en buitre para salir volando. El maizal era enorme, pero fue fácil ubicar la procedencia de las voces. A menos de un kilómetro, en medio de las plantas, había una cabaña.

Aterricé tan silenciosa como me fue posible en el borde del techo de paja. Conté ocho hombres okekes vestidos con harapos. Dos de ellos portaban largas y aceitadas armas de fuego en la espalda.

—Aun así tenemos que ir —decía uno de ellos.

—Ésas *no* son nuestras órdenes —insistió otro que parecía frustrado.

Salté de ahí, volando alto para darme una idea de la disposición de la tierra. El maizal estaba flanqueado por las ciudades de Durfa al oeste, Gadi al este y el lago sin nombre hacia el sur. Vi todo lo que necesitaba. No había más colinas. De aquí en adelante la tierra era plana.

Gracias a la rapa encima de unas cañas fue fácil encontrar de nuevo a Luyu y Mwita.

—Rebeldes —les informé en cuanto me hube puesto la ropa de nuevo—. No están lejos. Tal vez ellos puedan decirnos en dónde está Daib.

Mwita miró a Luyu y luego de vuelta a mí con una expresión de preocupación.

—¿Qué? —preguntó Luyu.

—Deberíamos intentar llegar allá por nuestra cuenta —dijo hacia mí e ignorando la pregunta de Luyu—. Confío en los rebeldes tanto como confío en los nurus.

—¡Ah! —exclamé. Recordé la experiencia de Mwita con los rebeldes okekes—. Es verdad. No sé en qué estaba pensando.

—¿Y qué hay de mí? —dijo Luyu—. Yo podría...

—No —interrumpió—. Es demasiado peligroso. Nosotros tenemos algunas habilidades, pero tú...

—Yo tengo una pistola —dijo ella.

—Ellos tienen dos —dije—. Y además saben usarlas.

Nos quedamos reflexionando unos momentos.

—No quiero matar a nadie si puedo evitarlo —dijo Mwita y soltó un suspiro. Frotó su rostro sudado y repentinamente aventó su arma al maizal—. Odio las matanzas. Preferiría morir que seguir matando.

—Pero esto va más allá de cualquiera de nosotros —dijo Luyu, se veía conmocionada. Intentó ir a recoger el arma.

—Déjala —dijo Mwita con firmeza.

Ella se paralizó primero, luego lanzó también su propia arma.

—¿Qué tal esto? —propuse—. Mwita, nosotros nos volvemos ignorables. De este modo Luyu puede acercarse a ellos y si intentan algo, tendremos el elemento de sorpresa. Diles... diles que traes buenas nuevas sobre la llegada de Onyesonwu, algo así. Si son rebeldes entonces deben conservar por lo menos algo de esperanza.

Nos aproximamos lentamente a la choza. Mwita a la izquierda de Luyu y yo a la derecha. Recuerdo el rostro de ella: su quijada tensa, su piel negra que brillaba por el sudor, las gotitas de sangre en sus mejillas. Su afro estaba ladeado. Se veía tan diferente de la chica que conocí alguna vez en Jwahir. Pero había algo que se había mantenido igual: su audacia.

Algunos de ellos estaban sentados en bancos, otros en el suelo, tres jugaban warri. Otros estaban de pie o recargados contra las paredes de la choza. Todos habían utilizado una pasta roja para dibujar franjas en sus caras. Ninguno parecía tener más de treinta. Cuando vieron a Luyu, los dos que portaban armas le apuntaron inmediatamente. Ella no se amilanó.

—¿Quién es ésta? —preguntó uno de los soldados en voz baja y levantándose de su partida de warri. Sacó una navaja de hoja chata—. ¡Duty, *ta*! No dispares —levantó una mano. Miró más allá de Luyu—. Revisen los alrededores.

Todos menos uno de los soldados que portaban armas salieron corriendo hacia el maizal. El soldado que parecía ser el líder se mantuvo apuntando a Luyu, la miró de arriba abajo.

—¿Cuántos vienen contigo?

—Traigo buenas nuevas.

—Ya lo veremos —contestó.

—Mi nombre es Luyu —dijo ella manteniéndole la mirada—. Vengo de Jwahir. ¿Has oído hablar sobre Onyesonwu, la Hechicera?

—He oído hablar —respondió el soldado asintiendo.

—Ella está aquí conmigo. También Mwita, su compañero —dijo Luyu—. Recién hemos estado en esa villa de por allá —señaló un punto detrás de ella y cuando lo hizo, el hombre que sostenía el arma se encogió.

—¿Se ha perdido? —preguntó el líder.

—Sí —respondió Luyu.

—¿Y dónde está ella entonces? ¿Dónde?

Algunos de los hombres comenzaron a regresar para informar que no había rastros de nadie.

—¿Nos harás daño? —preguntó Luyu.

Él miró a Luyu a los ojos.

—No —su contención finalmente se rompió y una lágrima cayó de su ojo—. *Jamás* te haríamos daño —extendió su mano y dijo con voz queda—: baja el arma —el soldado obedeció la orden.

Entonces Mwita y yo nos mostramos y cuatro de los hombres gritaron y salieron huyendo. Otro de ellos perdió el conocimiento y los otros tres se arrodillaron.

—Todo lo que ustedes necesiten —prometió el líder.

Únicamente tres de ellos nos dirigían la palabra: el líder, cuyo nombre era Anai, y dos soldados llamados Bunk y Tamer. Los demás mantenían su distancia.

—Hace diez años comenzaron de nuevo, pero esta vez ejércitos enteros se están formando en Durfa —relató Anai. Volteó la cabeza y escupió—. Una embestida más. Quizá la última. Mi esposa, mis hijos, mi suegra. Los mandé a todos hacia el este.

—Yo había encendido un fuego y estábamos rostizando mazorcas de maíz.

—Pero ¿no han visto pasar ejércitos en forma? —preguntó Luyu.

Anai negó con la cabeza.

—Nuestras órdenes fueron permanecer aquí. No hemos escuchado nada de nadie en dos días.

—No creo que vuelvan a escuchar nada de nadie más —dijo Mwita.

Anai asintió.

—¿Cómo escaparon ustedes?

—Suerte —respondió Luyu, y Anai no insistió.

—¿Cómo han llegado tan lejos sin camellos? —preguntó Bunk.

—Tuvimos camellos por un tiempo, pero eran salvajes y tenían sus propios planes —respondí.

—¿Cómo? —preguntó de vuelta.

Anai y Tamer soltaron una carcajada.

—Qué extraño —dijo Anai—. Ustedes son gente extraña.

—Creo que hemos viajado por cinco meses ya —dijo Mwita.

—Te felicito —dijo Anai poniendo una mano sobre el hombro de Mwita—. Viajar tan lejos y guiando a dos mujeres al mismo tiempo.

Luyu y yo nos volteamos a ver. Entornamos los ojos, pero no dijimos nada.

—Se han mantenido sanos —dijo Bunk—. Ustedes están benditos.

—Sí, lo estamos —dijo Mwita—. Lo estamos.

—¿Y qué es lo que saben sobre el General? —pregunté.

Varios de ellos, que escuchaban nuestra conversación, me miraron aterrados.

—Es un hombre malvado —dijo Bunk—. Y ya es de noche. Es mejor no hablar de él.

—Solamente es un hombre —intervino Tamer exasperado—. ¿Qué es lo que quieren saber?

—¿En dónde lo podemos encontrar? —pregunté.

—¿Qué? ¿Están locos? —dijo Bunk horrorizado.

—¿Para qué quieren saberlo? —preguntó Anai, frunciendo el ceño e inclinándose hacia delante.

—Por favor, sólo díganos en dónde podemos encontrarlo —rogué.

—Nadie sabe en dónde vive el General o siquiera si su hogar está en este mundo —respondió Anai—. Pero hay una construcción desde la que opera. Nunca está vigilada porque él no necesita protección —hizo una pausa dramática—. Es un edificio desnudo. Vayan al Espacio de Conversación, es un lugar grande y abierto en el centro de Durfa: su edificio se ubica en el lado norte. La puerta principal es azul —se irguió—. Nosotros vamos mañana hacia Gadi, con o sin órdenes. Pueden quedarse con nosotros esta noche. Les brindaremos protección. Durfa queda cerca, apenas termina el maíz.

—¿Y podemos simplemente entrar? —preguntó Luyu—. ¿O la gente se nos echará encima?

—Ustedes dos no pueden entrar —dijo Anai dirigiéndose a Mwita y a mí—. En cuanto vean su cara de *ewu* los matarán en segundos, a menos que se vuelvan otra vez *invisibles* —se volvió hacia Luyu—. Te daremos *todo* lo que necesitarás para entrar a Durfa y no tener problema.

Capítulo 56

Insistieron en cedernos la choza por esa noche. Incluso los soldados que se rehusaron a hablar con nosotros estuvieron de acuerdo en dormir afuera. Con guardias a nuestro alrededor, nos sentimos por fin suficientemente seguros como para dormir. Por lo menos Luyu durmió. Roncaba segundos después de haberse enroscado en el suelo. Mwita y yo no dormimos por dos razones. La primera sucedió justo apenas me acosté: estaba pensando en Daib. *Todo lo que hace falta es que muera*, no podía dejar de pensar. *Hay que cortar la cabeza de la víbora.*

Mwita estiró su brazo y lo puso alrededor de mi cintura y comencé a levitar. Atravesé su brazo, con mi cuerpo insustancial.

—¿Eh? —exclamó sorprendido—. ¡No! ¡No lo hagas! —se estiró otra vez, sujetó mi cintura y me trajo de vuelta al suelo. Me volví a elevar, con mi mente centrada en Daib. Entonces, con un gran gruñido me empujó hacia el suelo, de regreso a mi cuerpo. Entonces salí del trance.

—¿Cómo...? —respiré. Daib me hubiera matado. Todo hubiera terminado así como así—. Tú no eres un hechicero —dije—. ¿Cómo es que tú...?

—¿Qué te pasa? —exclamó, haciendo un gran esfuerzo para no gritar—. Recuerda lo que nos advirtió Sola.

—No lo hice de manera intencional.

Nos volteamos a ver, paralizados ante cosas de las cuales ninguno de los dos estaba seguro.

—¿Qué clase de pareja somos? —murmuró Mwita, rodándose sobre el suelo.

—No lo sé —contesté y me incorporé—. ¿Cómo supiste hacer eso? Tú no eres…

—No lo sé ni me importa —contestó irritado—. Deja de recordarme las cosas que no soy.

Hice un fuerte ruido con mi boca y le di la espalda. Escuché que uno de los soldados susurraba algo afuera y que otro se reía para sí mismo.

—Yo… lo siento —dije. Y después de una pausa—: Muchas gracias. De nuevo me salvaste.

Escuché cómo suspiraba. Me dio la vuelta para que le diera la cara.

—Para esto estoy aquí —dijo—, para salvarte.

Tomé su rostro y lo atraje al mío. Fue como un ansia que ninguno de los dos podía saciar. Para cuando el sol se asomó de nuevo mis pezones estaban casi en carne viva a causa de los labios de Mwita. En su espalda se miraban rasguños, y mordiscos en su cuello. Nos dolimos con dulzura. Y todo ello nos llenó de energía, en lugar de agotarnos. Me abrazó fuerte y me miró fijo a los ojos.

—Desearía que tuviéramos más tiempo juntos. No he terminado contigo —dijo con una sonrisa.

—Ni yo contigo —dije sonriente.

—Una casa linda —dijo—. Allá en el desierto. Lejos de todo. Con dos pisos, muchas ventanas. Nada de electricidad. Cuatro niños. Tres niños y una niña.

—¿Solamente una niña?

—Ella será mucho más terrible que los otros tres juntos, créeme —respondió.

Se escucharon pasos afuera de la choza. Un rostro se asomó. Yo apreté la rapa contra mi cuerpo. Mwita se enrolló la suya alrededor de la cintura y salió para hablar con el soldado.

Yo me quedé allí mirando hacia el cielo todavía oscuro por la tenue luz previa al alba, que entonces me parecía un abismo.

Mwita regresó.

—Necesitan hacerle algo a Luyu antes de que partamos —dijo.

—¿Hacerme qué? —preguntó Luyu todavía adormilada.

—Nada grave —respondió Mwita—. Vístete.

Mwita se quedó detrás de Anai, quien se hincó frente a un fuego sosteniendo un atizador en las llamas. Los demás estaban empacando. Tomé a Luyu de la mano. Una brisa suave hizo que las cañas de maíz se inclinaran hacia el oeste.

—¿Qué es esa cosa? —preguntó Luyu.

—Ven aquí y siéntate —pidió Mwita.

Luyu me apretó fuerte. Mwita nos ofreció a ambas un pequeño plato con pan, maíz tostado y algo que no había probado desde que abandonara Jwahir: pollo rostizado. Estaba algo insípido pero me supo delicioso. Cuando terminamos de comer dos de los soldados, de los que se rehusaban a hablarnos, nos retiraron los platos.

—Aquí hay esclavos okekes, lo sabes —dijo Anai—. Podemos vivir libremente, pero tenemos que responder ante cualquier nuru. La mayoría de nosotros pasamos los días trabajando para ellos y algunas noches trabajando para nosotros —rio para sí—. Aunque evidentemente nos vemos muy diferentes a ellos, de todos modos sienten la necesidad de marcarnos —levantó un delgado atizador que estaba al rojo vivo.

—¡No! —exclamó Luyu.

—¿Qué? —dije yo—. ¿De verdad es necesario?

—Lo es —contestó Mwita con serenidad.

—Entre más pronto lo hagamos, menos tiempo tendrás para reflexionarlo —le dijo Anai a Luyu.

Bunk trajo un pequeño aro de metal con una cadena de cuentas negras y azules.

—Solían ser mías —explicó.

Luyu miró hacia el atizador y tomó una gran bocanada de aire.

—¡Esta bien! ¡Hazlo! ¡Hazlo!

—Relájate —susurré.

—No puedo. ¡No puedo! —dijo, pero aun así se mantuvo firme. Anai fue rápido y hundió el atizador en el cartílago de su oído derecho. Luyu emitió un agudo chillido como un pío, pero eso fue todo. Yo casi me eché a reír. Era la misma reacción que ella había tenido durante su circuncisión del Rito de los Once.

Anai le introdujo el arete. Mwita le dio a ella una hoja.

—Mastícala —le dijo. La observamos mientras lo hacía y su rostro se aliviaba del dolor.

—¿Estás bien? —preguntó Mwita.

—Lo estaré —y entonces se viró y vomitó.

Capítulo 57

Nuestra despedida fue rápida.

—Cambiamos nuestro plan —nos dijo Anai—. Vamos a rodear Gadi. Ya no hay nada allí para nosotros. Y entonces esperaremos.

—¿Esperarán a qué?

—Noticias sobre ustedes tres —respondió.

Y luego de eso nos separamos. Ellos se fueron hacia el este y nosotros al oeste, hacia la ciudad de mi padre: Durfa. Nos fuimos siguiendo un camino de exuberantes mazorcas verdes.

—¿Cómo se me ve? —preguntó Luyu ladeando la cabeza para mostrar su arete.

—De hecho, se te ve muy bien —respondí.

Mwita hizo un chasquido con la boca, pero no dijo nada. Iba algunos pasos adelante. No llevábamos con nosotros más que las ropas que nos cubrían y el portátil de Luyu. Se sentía bien. Casi liberador. Nuestras ropas estaban sucias de polvo. Anai había dicho que los okekes viajaban cubiertos de prendas harapientas y sucias, así que eso ayudaría a que Luyu se mezclara con los demás.

En donde terminaba el maíz comenzaba un camino negro y pavimentado, lleno de personas, camellos y motonetas. Muchas, muchas motonetas. Los rebeldes habían dicho que en las ciudades de los Siete Ríos las llamaban *okada*. Algunas de las okadas llevaban mujeres como pasajeras, pero no vi ninguna conducida por una mujer. En Jwahir era igual. Al otro lado del camino comenzaba Durfa. Los edificios eran robustos y viejos, como la Casa de Osugbo, pero ni de lejos tan vitales.

—¿Qué hago si alguien me pide que trabaje para él? —preguntó Luyu. Todavía estábamos escondidos entre los maizales.

—Entonces di que lo harás y sigue caminando —respondí—. Si insisten entonces no tendrás otra opción más que escabullirte.

Luyu asintió. Tomó aliento y cerró los ojos, sentándose en cuclillas.

—¿Estás bien? —pregunté y me senté junto a ella.

—Asustada —respondió, haciendo una mueca.

Puse mi mano en su hombro.

—Estaremos junto a ti en todo momento. Si alguien trata de hacerte daño lo lamentará mucho. Tú sabes de lo que soy capaz.

—Puedes echarte una ciudad entera —dijo Luyu.

—Lo he hecho antes —dije.

—No hablo bien el nuru —dijo Luyu.

—De cualquier modo asumirán que eres ignorante —la tranquilicé—. Estarás bien.

Nos incorporamos al mismo tiempo. Mwita le dio a Luyu un beso en la mejilla.

—Recuerda —me dijo a mí—, yo sólo puedo hacerlo durante una hora.

—Está bien —le dije. Yo sólo podía mantenerme oculta por cerca de tres horas.

—Luyu —dijo él—, a los cuarenta y cinco minutos busca un lugar en el que nos podamos esconder.

—Bien —respondió—, ¿listos?

Mwita y yo nos cubrimos con nuestros velos y nos preparamos. Observé mientras Mwita se desvanecía. Ver a alguien hacerse ignorable provoca que tus ojos se sientan secos, al punto de ver borroso. Tienes que desviar la mirada y no te sientes capaz de regresarla. Mwita y yo no seríamos capaces de vernos el uno al otro.

Nos adentramos en el camino y se sintió como ser succionado dentro del vientre de la bestia. Durfa era una ciudad vertiginosa. Comprendí por qué era el centro de la cultura y la sociedad nuru. La gente de Durfa era trabajadora y vivaz. Por supuesto, mucho de ello se debía a los okekes que la inundaban cada mañana desde sus aldeas. Okekes que realizaban todas las labores que los nurus no querían y que sentían que no tenían por qué realizar.

Pero las cosas estaban cambiando. Se estaba fraguando una revolución: los nurus estaban aprendiendo a sobrevivir por sí mismos... después de que los okekes los habían impulsado hasta un lugar en el que se sentían suficientemente cómodos para hacerlo. Toda la fealdad estaba en las afueras de los Siete Ríos y la gente de Durfa era especialmente indiferente a ello. El genocidio se llevaba a cabo a unos pocos kilómetros de allí, pero a nadie le importaba. Lo más que notaban era que la cantidad de okekes se reducía de manera significativa.

Comenzó incluso antes de que Luyu llegara siquiera al primero de los edificios. Estaba caminando por la orilla del camino cuando un nuru gordo y calvo le dio una nalgada y le dijo:

—Ve a mi casa —y señaló un punto hacia atrás—. Es ésa al final de la calle en la que hay un hombre afuera. ¡Cocina un desayuno para mi mujer y mis hijos!

Por un momento Luyu sólo miró al hombre. Contuve mi respiración esperando que ella no le cruzara la cara con una bofetada.

—Sí... señor —respondió por fin con actitud sumisa.

Él gesticuló con impaciencia.

—¡Pues entonces ve, mujer! —le dio la espalda y se marchó. Tenía tan asumida la noción de que Luyu cumpliría sus órdenes que ni siquiera se dio cuenta de que Luyu siguió con su camino. Caminaba más deprisa.

—Es mejor si parece que tengo algo que hacer —dijo en voz alta.

—Ayúdame con esto —dijo una mujer sujetando bruscamente a Luyu por el brazo. En esta ocasión Luyu no pudo zafarse y tuvo que ayudar a la mujer a cargar sus textiles a un mercado cercano. Era una nuru desgarbada con cabello largo que bajaba hasta su espalda. Vestía con una rapa y una blusa combinada parecidas a las de Luyu, excepto que las suyas tenían el vivo color amarillo de las prendas que sólo se han usado una vez. Luyu cargó los rollos de tela en su espalda. Esto, al menos, nos permitió introducirnos en Durfa de manera segura y sigilosa.

—Hace buen día, ¿verdad? —preguntó la mujer mientras caminaban.

Luyu gruñó algo que vagamente parecía una afirmación. Después de terminar fue como si Luyu ni siquiera estuviese ahí. La mujer saludó a varias personas en el camino, todas ellas bien vestidas. Ninguna de ellas pareció notar la existencia de Luyu. Cuando la mujer no estaba ocupada saludando a alguien por el camino, ocupaba su tiempo en hablar a través de un dispositivo negro y cuadrado que acercaba a su boca. Se escuchaba mucha estática entre ella y la otra persona que hablaba.

Me enteré de que la hija de los vecinos de la señora era blanco de un "asesinato por honor" por parte de la familia de un hombre a quien el hermano mayor de la chica había robado.

—¿En qué nos ha convertido el General? —preguntó la mujer, meneando la cabeza—. Ese hombre va demasiado lejos.

También me enteré de que el precio del combustible para las okadas, que estaba hecho de maíz, descendía, mientras que el combustible de caña de azúcar se elevaba. ¿Quién lo iba a decir? Y también supe que la mujer tenía una rodilla mala, que adoraba a su nieta y que era una segunda esposa. La mujer sí que hablaba.

Mwita y yo tuvimos que serpentear en nuestro camino para no despegarnos de Luyu. Quedarnos muy cerca hubiera significado tropezarnos con mucha gente. De por sí era difícil, pero lo que hacía Luyu lo convertía en algo todavía peor.

La mujer se detuvo en un puesto y compró un anillo hecho de arena cristalizada para Luyu.

—Eres una niña muy linda. Se te va a ver muy bien —dijo y continuó hablando por su dispositivo. Luyu tomó el anillo murmurando un "gracias" en nuru y se lo puso. Alzó la mano y lo miró a la luz del sol.

Veinte minutos después llegamos por fin al gran puesto de la mujer en el congestionado mercado.

—Ponlos aquí —dijo la mujer y le hizo una seña con la mano—. Anda y vete.

Y así como así Luyu fue libre de nuevo. Pero al instante le pidieron cargar un atado de fibras de pala, luego que limpiara el puesto de alguien, que modelara un vestido y que paleara heces de camello. Mwita y yo hacíamos pausas en donde podíamos, escondiéndonos debajo de mesas o entre puestos y reapareciendo por unos pocos minutos antes de volvernos ignorables otra vez.

Cuando alguien le pidió que llenara contenedores de combustible para okada, los vapores combinados con su cansancio hicieron que se desmayara. Mwita tuvo que abofetearla para que despertara. Lo bueno de ese trabajo en particular fue que tuvo que hacerlo sola dentro de una choza, por lo que Mwita y yo fuimos capaces de ayudarla *y* tomarnos un descanso.

Para este momento el sol estaba en pleno. Habíamos estado en Durfa por tres horas. Luyu tuvo su oportunidad en cuanto terminó de verter el combustible de okada. Tan pronto como pudo salió corriendo hacia un callejón que estaba entre dos grandes edificios. Había ropas colgando entre ellos y pude escuchar a un bebé llorar. Eran edificios residenciales.

—Alabada sea Ani —susurró Luyu.

Mwita y yo pudimos reaparecer una vez más.

—¡Uf! Estoy exhausto —dijo Mwita sobándose las rodillas.

Yo froté mis sienes y el costado de mi cabeza. Mi jaqueca estaba enardeciéndose. Los tres estábamos sudando.

—Luyu, te admiro —le dije y le di un abrazo.

—*Odio* este lugar —dijo apoyando su cabeza en mi hombro y comenzó a llorar.

—Sí —coincidí. Yo también lo odiaba. Sólo con ver a los okekes arrastrándose por ahí, y con ver a Luyu hacer lo mismo. Algo estaba mal... con *todos* en este lugar. Los okekes no parecían molestos por los trabajos que tenían que hacer. Y los nurus no eran abiertamente crueles con ellos. No vi a nadie molido a golpes. La mujer aquella dijo que Luyu era linda y le compró un anillo. Era confuso y extraño.

—Onyesonwu, vuela y ve si puedes encontrar el Espacio de Conversación —dijo Mwita.

—¿Cómo los encontraré otra vez? —pregunté.

—Puedes revivir a los muertos —dijo Luyu—. Arréglatelas.

—Ve —dijo Mwita—. De prisa.

—Puede que no estemos aquí cuando vuelvas —advirtió Luyu.

Me despojé de mis prendas. Luyu las enrolló y las colocó junto al muro del callejón. Mwita me dio un gran abrazo y yo besé su nariz. Entonces me transformé en un buitre y salí volando.

El aire caliente del mediodía me llamaba para volar aún más alto, pero me mantuve bajo, cerca de los edificios y las copas de los árboles. Como buitre podía realmente sentir a mi padre. Él estaba en Durfa. Planeé por unos momentos, con los ojos cerrados. Los abrí y miré hacia la dirección en la que había sentido su presencia. Ahí estaba el Espacio de Conversación. Mi mirada fue atraída hacia un edificio al norte. Sabía que tendría una puerta azul.

Volé en círculos, memorizando el camino. Un pájaro conoce su ubicación en todo momento. Reí, aunque el sonido salió como un graznido. *¿Cómo pude haber pensado que no encontraría* *el camino de vuelta hacia Mwita y Luyu?*, pensé. Mientras volaba hacia el callejón vi un destello dorado. Di la vuelta y volé hacia el este a una ancha avenida en la que parecía estarse llevando a cabo un desfile. Me posé en el techo de un edificio y me encorvé en mi forma de buitre.

Miré hacia abajo y vi no sólo un destello de oro, sino cientos de placas doradas redondas, cosidas en uniformes militares de color amarillo con marrón. Cada uno portaba una mochila de la misma tonalidad. Estaban listos para todo. La gente vitoreaba al ver marchar a los soldados. Se congregaban en algún lugar que no podía ver. *Llegamos demasiado tarde*, pensé y recordé la advertencia de Sola. No podía permitir que esos ejércitos se marcharan antes de que yo hiciera lo que debía hacer, sin importar lo que eso fuera.

Volé sobre los soldados, suficientemente bajo como para que se dieran cuenta de mi presencia. Necesitaba seguir sus filas. Eché una ojeada a sus rostros, eran jóvenes muy resueltos, de piel dorada, muy diferente del marrón oscuro de la de mi madre. Marchaban hacia una gran construcción hecha de ladrillo y metal. No pude descifrar el significado del signo que daba nombre al edificio. No iban a marchar aún, tal vez pronto, en horas, pero no todavía.

Volé de vuelta al callejón. Mwita y Luyu ya no estaban allí. Maldije mientras me transformaba de nuevo. Sudaba profusamente y mis manos temblaban mientras me vestía. Justo cuanto terminaba de arreglarme la blusa, me encontré con la mirada de un nuru que estaba de pie en la entrada del callejón. Sus ojos estaban muy abiertos, pues había visto mis senos y ahora miraba mi rostro. Me coloqué el velo. Me volví ignorable y lo rodeé corriendo. *Que crea que vio un fantasma*, pensé. *Y ojalá que eso le haga perder la cordura.*

Busqué por varios minutos. No hubo suerte. Me quedé allí, en medio de una muchedumbre de nurus y algún okeke ocasional. Cómo detestaba ese lugar. Maldije por lo bajo y un nuru que iba pasando cerca de mí frunció el ceño y miró a su alrededor. *¿Cómo los voy a encontrar?*, me pregunté desesperada. El pánico me impedía concentrarme. Cerré los ojos e hice algo que nunca antes había hecho: le recé a Ani, al Creador, a Papá, a Binta, a quien fuera que estuviera dispuesto a escuchar. *Por favor. No puedo hacer esto sola. Cuida a Luyu. Necesito a Mwita. Binta debería estar viva. ¿Me escuchas, Aro? Mamá, desearía tener cinco años otra vez.*

Decía cosas sin ton ni son. Sólo estaba rezando, si es que a eso se le podía llamar rezar. Lo que haya sido, sirvió para tranquilizarme. Mi mente me mostró la primera lección de Aro sobre los Puntos Místicos:

—*Bricoleur* —dije en voz alta mientras estaba allí parada—. Alguien que hace todo lo necesario para conseguir lo que quiere.

Repasé tres de los cuatro puntos. *El Punto Mmuo moviliza y transforma a la espesura; el Punto Alusi se comunica con los espíritus. El Punto Uwa moviliza y da forma al mundo físico, el cuerpo.* Necesitaba encontrar los cuerpos de Mwita y Luyu. *Puedo encontrar a Mwita*, pensé. Tenía parte de él conmigo: su esperma. Conexión. Me quedé quieta y miré hacia mis adentros. A través de la piel, la grasa, el músculo, hacia mi vientre. Ahí estaban, contoneándose.

—¿En dónde está? —les pregunté. Y me lo dijeron.

—*¡Ewu!* —gritó alguien—. ¡Mírenla!

Varias personas se quedaron sin aliento. De pronto todos en el mercado me miraron y se apartaron. Había estado tan concentrada en mis entrañas que me había vuelto visible otra vez. Alguien me tomó del brazo, me zafé. Me volví ignorable de nuevo y a empujones me escapé de ahí. Una vez más me intrigaron estas personas, que se veían alegres y pacíficas, pero se transformaban en monstruos en el momento en que su ambiente esterilizado se veía ligeramente amenazado. Se hizo el caos mientras intentaban atraparme con frenesí. La noticia se dispersaría, especialmente en un lugar como éste, con tantos dispositivos.

El tiempo se estaba acabando.

Corrí. Miraba no tanto con los ojos sino con otra cosa dentro de mí. Alcancé a ver a Luyu afuera del gran Espacio de Conversación. Estaba ahí junto con otra mujer okeke. Cuidaban a un grupo de niños nurus mientras sus padres estaban en el espacio de rezos. Luyu se veía realmente desdichada.

—Estoy aquí —le dije poniéndome cerca de ella.

Dio un salto y miró a su alrededor.

—¿Onye? —preguntó. La mujer okeke que también estaba allí la miró.

—Shh —dije.

—¿Mwita? —llamé.

—Estoy aquí —respondió.

—Vi que los soldados se están preparando para partir. No tenemos mucho tiempo —susurré.

Un niño nuru de alrededor de dos años tiró de la manga de Luyu.

—¿Pan? —pidió—. ¿Pan?

Luyu buscó dentro del morral que estaba junto a ella y partió un pedazo de pan. Se lo dio al niño. El niño sonrió y dijo:

—Gracias.

Luyu le devolvió la sonrisa.

—Debemos irnos. *Ahora mismo* —dije, intentando mantener la voz baja.

—¡Shh! —susurró Luyu—. Esa mujer hará sonar la alarma si me voy así nada más. No sé qué es lo que sucede con estos okekes.

—Son esclavos —respondí.

—Intenta hablar con ella de cualquier modo —escuché que decía Mwita—. ¡De prisa!

Luyu se volteó hacia la mujer.

—¿Has oído hablar acerca de Onyesonwu, la Hechicera?

La otra miró a Luyu sin expresión. Y después me sorprendió al mirar a su alrededor y acercarse a Luyu.

—He oído hablar de ella.

Luyu también parecía sorprendida.

—Bueno, y qué... ¿qué piensas de ello?

—Que puedo desearlo, pero eso no lo hace realidad.

—Pues deséalo de nuevo —le dije yo.

La mujer dio un chillido y miró a Luyu. Retrocedió, con los ojos muy abiertos, las manos en el pecho. No gritó ni hizo sonar las alarmas mientras Luyu se alejaba. No dijo nada, simplemente se quedó allí, con las manos en el pecho.

Me hice visible y me cubrí el rostro con el velo. Luyu y Mwita tenían que ser capaces de verme. Sólo yo podía introducirnos al edificio con la puerta azul. Corrimos por unos quince minutos. Como la piel de mis manos era clara la gente asumía que yo era nuru y que Luyu era mi esclava. Y como estábamos corriendo nadie tuvo tiempo suficiente para fijarse verdaderamente en mí. Esquivamos a las okadas motorizadas y a los camellos malhumorados. Pasamos junto a niños nurus vestidos de uniforme, junto a okekes que trabajaban y a nurus ocupados. Y entonces llegamos ahí. Estábamos frente a la puerta azul.

Capítulo 58

La construcción me recordaba a la Casa de Osugbo. Era de piedra, sus gruesos muros estaban tallados con figuras y rezumaba una autoridad misteriosa. La puerta azul era en realidad una pintura de las blancas crestas de las olas en un cuerpo de agua. ¿El lago sin nombre, acaso? Había un símbolo de piedra en la parte frontal del edificio con una bandera naranja ondeando en el extremo superior de un asta. La siguiente leyenda estaba tallada profundo en la piedra:

LOS CUARTELES DEL GENERAL
DAIB YAGOUB
CONCEJO DEL REINO DE LOS SIETE RÍOS

—Yo iré primero —dijo Luyu—. Pensarán que no soy más que una esclava ignorante.

Y antes de que pudiéramos decirle nada salió corriendo hacia los escalones y abrió la puerta azul, que se cerró detrás de ella. Mwita me tomó de la mano, la suya estaba fría. Probablemente la mía lo haya estado también. Quería voltear a verlo, pero seguíamos ignorables. Pasaron varios minutos. Detrás nuestro pasaba gente en camello, a pie, en motoneta. Nadie entró o salió del edificio. Me atrevería a decir que nadie mira siquiera hacia él. Sí, era muy parecida a la Casa de Osugbo.

—Si no sale dentro de un minuto más, entonces probablemente esté muerta —dijo Mwita.

—Saldrá —mascullé.

—¿Crees que fue Daib quien colgó a esas dos personas en la cueva? —preguntó.

La idea ni siquiera había cruzado mi mente. Y yo no quería pensar en eso justo ahora, pero sería propio de Daib matar a una persona y luego asegurarse de que su cadáver no se pudriera.

—¿Y esas arañas? —pregunté.

Soltó una risita.

—No lo sé.

Yo también reí, apretando su mano. La puerta azul se abrió con tanta fuerza que chocó contra la pared. Luyu emergió de ahí, sin aliento.

—Está vacío —dijo—. Si está ahí, está en la segunda planta.

Sin ponernos de acuerdo Mwita y yo nos volvimos visibles al mismo tiempo.

—Nos está esperando —dijo Mwita.

Y entramos.

Estaba fresco adentro, como si una estación de acopio estuviera encendida cerca de ahí. De alguna parte provenía el zumbido de una máquina. Había escritorios con mesas y sillas azul oscuro. Cubículos de oficina. Cada escritorio tenía encima una vieja y polvorienta computadora. Nunca había visto tanto papel junto. En pilas en el suelo, en botes de basura. Y muchos libros también. Era un lugar de derroche. Había una escalera al otro extremo de la habitación.

—No subí allí —dijo Luyu.

—Fue inteligente no hacerlo —contesté yo.

—Quédate aquí —dijo Mwita— Grita si alguien viene.

Ella asintió, apoyando la mano en uno de los escritorios para mantener la compostura. Sus ojos estaban bien abiertos, con lágrimas asomándose por ellos.

—Tengan cuidado —graznó.

Mwita y yo nos volvimos ignorables de nuevo y subimos. Nos detuvimos en la entrada. Era una gran habitación, muy diferente de la que estaba abajo. Era como la recordaba. Las paredes eran azules. El piso era azul. Olía a incienso y libros polvosos. Estaba siniestramente silenciosa.

Él estaba sentado detrás de su escritorio. Nos estaba mirando. Había una gran ventana detrás de él, que permitía que entrara la luz del sol y creara una sombra sobre su rostro. Creaba también reflejos sobre los pequeños discos que estaban en una canasta en el escritorio. Él era oscuro y luminoso a la vez… pero sobre todo oscuro. Sus grandes manos se aferraban furiosamente a los reposabrazos de la silla. Llevaba un caftán blanco con el cuello bordado y un delgado collar de oro. Su barba, negra como granito, estaba cubierta con un capuchón blanco.

—Mwita, mi desagradable aprendiz —dijo. Entonces me miró a mí y al instante me paralicé de terror, recordando el dolor que me había infligido justo antes de grabar el lento y cruel símbolo venenoso en mi mano. La confianza comenzó a abandonarme. Me sentí patética. Él se rio para sí mismo como si supiera que yo había perdido todo el coraje.

—Y tú debiste haber permanecido perdida o muerta o lo que sea que hayas estado haciendo —dijo.

Mwita se abalanzó hacia la habitación dando pasos largos.

—Mwita qué… ¿qué estás haciendo? —dije entre dientes.

Él me ignoró y caminó directo hacia Daib. Tomó la canasta de discos extraños.

—Tu cerebro está enfermo —le dijo sacudiendo la canasta en la cara de Daib—. ¿Todo quedó destruido en tu casa, pero tú por *alguna* razón decidiste rescatar *esto*? ¿Crees que no sabía de tu nauseabunda colección? Estaba limpiando tu escritorio cuando encontré éstos. Inserté uno en tu portátil antes de las revueltas y miré cómo golpeabas a un hombre hasta matarlo. Reías mientras lo hacías y… ¡estabas excitado!

Daib se recostó sobre su silla y soltó una carcajada.

—Me estoy haciendo viejo. A veces requerimos un poco de ayuda. Mi memoria me suele fallar. Perder éstos hubiera significado perder parte de mi mente —ladeó la cabeza—. ¿Y esto es todo lo que has venido a decirme? ¿Para esto vienes a fastidiarme con tus niñerías? —arrebató la canasta de las manos de Mwita y hurgó dentro de ella. Todos los discos parecían iguales, pero él identificó el que buscaba en segundos. Lo mostró—. ¿Por *esto*? ¿Por el honor de tu mujer?

Se lo lanzó a Mwita. No le atinó y aterrizó en el piso y rodó cerca de mis pies. Lo levanté. Apenas era más grande que mi uña. Mwita me miró. Luego se giró hacia Daib.

—Salgan de aquí —espetó Daib—. Tengo un plan que completar. La profecía de Rana: "Un alto y barbado hechicero nuru vendrá y reescribirá el Gran Libro por la fuerza". Y será un libro completamente diferente una vez que haya exterminado al resto de los okekes.

Se levantó: un hombre alto y barbado. Un hechicero con habilidades para sanar, justo como la profecía de Rana había predicho. Fruncí el ceño y puse en duda todo el propósito de mi viaje. ¿Sería posible que Rana el Vidente haya realmente dicho la verdad? ¿Acaso la profecía no indicaba que se trataría de un hombre, *no* de una mujer? Tal vez *paz* significaba la muerte de todos los okekes.

—Ani, sálvanos —musité.

—Pero a ti, niña, también debo exterminarte —continuó Daib—. Recuerdo a tu madre —frunció el ceño—. Debí haberla matado. Dejé que mis hombres se dieran gusto y dejé a la mayoría de las mujeres okekes vivas. Darles rienda suelta es como diseminar un virus por todas esas comunidades orientales. Las mujeres deshonradas corren allá para tener a sus bebes *ewu*. Yo personalmente presenté esa parte del plan a la jefa del Concejo de los Siete Ríos. Soy su más grande general y el plan era brillante. Por supuesto, ella escuchó, es una débil marioneta —sonrió, disfrutando sus palabras—. Es un *juju* muy fácil de lanzar sobre los soldados. Se convierten en vacas, produciendo y produciendo leche. ¿Yo? Yo prefiero reventar la cabeza de una mujer okeke después de haberla tenido. Excepto con tu madre —su sonrisa vaciló. Sus ojos se perdieron en una divagación—. La disfruté. No quería matarla. Ella tendría que haberme dado un gran hijo. ¿Por qué naciste mujer?

—Yo... yo —suspiré.

—Porque así está escrito —dijo Mwita.

Lentamente, Daib se giró hacia Mwita, como si lo viera por primera vez. Sus movimientos fueron instantáneos. Un segundo estaba de pie detrás de su escritorio y el siguiente estaba sobre Mwita, con las manos alrededor de su garganta. Mil cosas distintas quisieron suceder en mi cuerpo, todas al mismo tiempo. Pero ninguna de ellas me permitía *moverme*. Algo me estaba sujetando. Después estaba exprimiendo. Yo resollé y me hubiera caído si no fuera por esa cosa que me sujetaba.

Parpadeé. Podía verlo. Un túbulo azul se había enrollado alrededor de mi cuerpo, como una serpiente. Era un árbol de la espesura. Era frío, ríspido e increíblemente fuerte, a pesar de que yo podía ver a través de él. Entre más forcejeaba más oprimía. Estaba sacándome todo el aliento.

—Siempre tan irrespetuosa —dijo Daib mostrando los dientes mientras estrangulaba a Mwita—. Es tu *sucia* sangre. Naciste *mal* —apretó el cuello todavía más fuerte—. ¿Por qué Ani iba a dar a una niña como tú semejantes dones? Debí haberte degollado, incinerado, para que Ani lo hubiera corregido la segunda vez —tiró a Mwita al suelo y escupió sobre él.

Mwita tosió y espurreó saliva, se intentó incorporar, pero cayó de nuevo.

Daib se giró hacia mí. Mi cara estaba húmeda por las lágrimas y el sudor. La planta de la espesura me soltó. El mundo a mi alrededor se oscureció y se iluminó de nuevo. Abrí la boca e inhalé mientras me ponía de pie.

—Mi única hija y *esto* es lo que Ani me da —dijo barriéndome de arriba abajo con la mirada.

La espesura nos rodeó, junto con más árboles de aquellos, como espectadores boquiabiertos. Detrás de él podía ver a Mwita, su espíritu amarillo ardiendo ferozmente.

—Te he estado observando —gruñó Daib—. Mwita morirá hoy. Tú morirás hoy. Y no me detendré ahí. Cazaré a tu espíritu. Intentarás esconderte, pero yo te encontraré y te volveré a destruir. Luego guiaré a mis ejércitos nuru para cumplir la profecía. Encontraré a tu madre y ella dará a luz a mi hijo.

Perdía partes de mí misma con cada una de esas palabras. Una vez que mi confianza en la profecía comenzó a desmoronarse, mi valor se desmoronó junto a ella. Quería rogarle. Suplicarle. Llorar. Me hubiera arrastrado a sus pies con tal de evitar que lastimara a mi madre o a Mwita. Mi viaje había sido una pérdida de tiempo. Yo no era nada.

—¿No tienes nada que decir?

Caí de rodillas.

Victorioso, siguió con su retahíla.

—No espero que…

Mwita dio un grito mientras se abalanzó contra Daib. Gritaba algo que sonaba como vah. Conectó su mano con el cuello de Daib. Éste dio un chillido y se retorció. Lo que sea que le haya hecho Mwita estaba funcionando. Mwita trastabilló hacia atrás.

—¿Qué es lo que has hecho? —gritó Daib, tratando de alcanzar algo en su espalda, arañándose el cuello—. No puedes hacer…

Sentí cómo el aire de la habitación cambiaba y la presión bajaba.

—Anda, ven —dijo Mwita. Miró más allá de Daib, hacia mí—. Onyesonwu, tú sabes *exactamente* qué es verdad y qué es mentira.

—¡Mwita! —grité tan fuerte que sentí cómo la sangre inundaba mi garganta. Comencé a correr hacia él, apenas consciente de los moretones y las heridas que el árbol de la espesura había infligido a mi cuerpo. Pero antes de que lo alcanzara,

Daib dio un salto como de gato hacia Mwita. Mientras ambos caían al piso, las ropas de Daib se rajaron, su cuerpo ondulaba, se hacía más grueso y le brotaban pelo naranja con negro, largos colmillos y garras afiladas. Como tigre pudo despedazar las prendas de Mwita, abrió su pecho de un tajo y hundió los dientes en su cuello. Entonces Daib se debilitó y cayó, resollando y temblando.

—¡ALÉJATE de él! —grité con todas mis fuerzas y tomé a Daib del pelaje. Lo quité de encima de Mwita. Había demasiada sangre. Puse mi mano izquierda sobre él. Se retorció, trataba de hablar.

—Mwita, shh... shh —le dije—. Te voy a sanar.

—N-no, Onyesonwu —dijo débilmente. Tomó mi mano. ¿Cómo era posible siquiera que pudiera hablar?—. Esto es...

—¡Tú sabías esto! ¡ESTO es lo que viste cuando trataste de pasar tu iniciación! —grité. Sollocé—. ¡Por Ani! ¡Lo sabías!

—¿Lo sabía? —preguntó. Chorros de sangre brotaban de su cuello con cada latido de su corazón. Se estaba formando un charco a mi alrededor—. ¿O es... que... saberlo... es hacer que suceda?

Lloré.

—Encuéntralo —susurró—. Termínalo —tomó una gran bocanada de aire y las palabras que pronunció estaban llenas de dolor—. Yo sé quién eres... tú deberías saberlo también.

Cuando su cuerpo se volvió flácido en mis brazos, mi corazón debió haberse detenido también. Me aferré a él con fuerza. No me importaba lo que hubiera dicho, debía traerlo de vuelta.

Busqué y busqué su espíritu, pero ya se había marchado.

—¡Mamá! —grité. Mi cuerpo temblaba mientras yo sollozaba. Mi boca estaba seca—. ¡Mamá, ayúdame!

Luyu entró en la habitación. En cuanto vio a Mwita cayó de rodillas.

—¡Mamá! —grité—. ¡Él no puede abandonarme aquí! —escuché cómo Luyu se ponía de pie y corría escaleras abajo. No me importaba. Para mí todo había terminado.

Daib permanecía allí: un ser humano desnudo, babeando y temblando. Aún tenía pegado en su cuello el pedazo de tela garabateado con símbolos. Ting debió haberle proporcionado a Mwita esta clase de *juju*. Tuvo que haber usado el Punto Uwa, ese que gobierna el mundo físico, el cuerpo. El punto más peligroso y vulnerable para los nacidos *eshu*. Mientras sostenía el cuerpo de Mwita en mis brazos, me asaltó un pensamiento. Inmediatamente lo puse en práctica, sin considerar las consecuencias, las posibilidades y el peligro.

Mwita y yo no habíamos dormido la noche anterior. Recordé cómo se había movido dentro de mí y cómo se había venido. Todavía estaba dentro de mí. Todavía estaba vivo. Los sentía dentro, nadando y contoneándose. No estaba todavía en mi luna, pero provoqué que así fuera. Moví uno de mis óvulos para que se desplazara hasta lo que quedaba de la vida de Mwita. Pero no fui yo quien los unió. Todo lo que podía hacer era provocar que eso fuera posible. Algo más tomó el resto de las decisiones. En el momento de la concepción una gran descarga eléctrica salió despedida de mi cuerpo, una descarga como aquella, hace mucho tiempo, durante el funeral de mi padre. Derribó las paredes a mi alrededor y el techo sobre de mí.

Permanecí ahí sentada, con el cuerpo de Mwita, entre el polvo y los escombros, esperando que algo me cayera encima y terminara con mi vida. Pero nada de eso sucedió. Pronto todo comenzó a asentarse. Únicamente la escalera seguía intacta. Podía escuchar gritos en las calles y en los edificios. Todos ellos con registro agudo. Voces de mujeres. Me estremecí.

—¡Despierta! —gritó una mujer—. *¡Despierta!*

—¡Ani, llévame a mí también, *o*! —aulló otra.

Pensé en Sanchi, la aprendiz mujer, quien había arrasado un pueblo entero al haber concebido cuando era una estudiante. Pensé en las reservas de Aro acerca de entrenar mujeres y niñas. En mis brazos sostenía a Mwita. Muerto. Yo quería gritar de risa. ¿Habrá sido la idea de nuestro hijo que estaba en mi vientre? Quizá. ¿La zozobra que sentía por las consecuencias que tendría lo que acababa de hacer? Es posible. ¿La claridad de pensamiento que me provocaban el poco alimento y la demasiada angustia? Tal vez. Lo que haya sido, las nubes de mi mente se apartaron y me trajeron un sueño de Mwita. La isla.

Alguien subía las escaleras a la carrera.

—¡Onye! —gritaba Luyu mientras saltaba por encima de los fragmentos de arenisca y del librero que había caído sobre Daib—. Oye, ¿qué ha sucedido? Alabada sea Ani, estás bien.

—Ya sé lo que tengo que hacer —dije inexpresivamente.

—¿Qué? —preguntó Luyu.

—Tengo que encontrar al Vidente —respondí—. Al mismo que hizo la profecía acerca de mí —parpadeé mientras el recuerdo volvía a mí—. Rana. Su nombre es Rana.

Sola había hablado de Rana justo antes de que dejáramos Jwahir: "Este Vidente, Rana, es el guardián de un valioso documento. Es por eso que le fue concedida la profecía a él", había dicho.

Del exterior nos seguían llegando gritos y lamentos de mujeres.

—Entonces... entonces di tus adioses y vámonos —dijo Luyu poniendo su mano en mi hombro—. Él ya se ha ido.

La volteé a ver y después volví mi mirada a Mwita.

—Levántate —dijo Luyu—. Debemos irnos.

Besé sus adorables labios una última vez. Miré a Daib, desnudo y todavía convulsionándose e hice una mueca de desdén. No me quedaba saliva en la boca, de otro modo le hubiera escupido. No lo maté. Lo dejé allí. Mwita hubiera estado orgulloso de mí.

Los ladrillos de arena también pueden arder. Sí que pueden. Nunca hubiera dejado el cuerpo de Mwita ahí, para ser encontrado y profanado. Jamás. Todas las cosas pueden arder, pues todas las cosas deben volver al polvo. Por eso hice que el edificio del General se encendiera en una llamarada brillante.

¿Era mi culpa que Daib estuviera todavía allí? Dudo que Mwita me hubiera reclamado por incendiar el edificio cuando resultaba que Daib estaba todavía dentro, indefenso en el suelo.

El edificio del General Daib no dejaría de arder hasta que se hubiera convertido en cenizas. Aun así, mientras estábamos ahí observándolo, vi un gran murciélago salir de las llamas como si fuera un pedazo de escombro chamuscado. Voló un trecho, cayó varios pies, se recompuso y volvió a tomar altura. Mi padre estaba incapacitado, pero aún vivía. No me importaba. Sí tenía éxito en lo que debía hacer, lidiaría con él cuando el momento llegara.

Caminamos de prisa por la vía junto a mujeres que corrían desbocadas. Nadie nos dedicó ni una mirada. Llegamos hasta el lago sin nombre sin tener algún incidente.

Capítulo 59

—Me siento rara —dijo Luyu. Y habiendo dicho esto, corrió hasta la orilla del lago y vomitó por segunda vez en el día.

Me quedé allí, con el rostro descubierto, mientras esperaba a que Luyu terminara. A nadie le importó. Quizás hayan oído hablar acerca de una loca mujer *ewu*, pero lo que sucedía en Durfa había suplantado todo. Al menos por el momento.

Cada macho humano capaz de preñar a una mujer en la ciudad central de Durfa estaba muerto. Los había matado yo con mis acciones. El ejército que había visto, cada uno de esos soldados había muerto instantáneamente. Mientras caminábamos hacia el río, habíamos visto cadáveres de hombres tirados en la calle, escuchado llantos que provenían desde las casas, caminado junto a mujeres y niños conmocionados. Me estremecí de nuevo, pensando en Daib... *Él es mi padre y yo soy su cría*, pensé. *Ambos dejamos atrás cadáveres en nuestra estela. Campos llenos de cuerpos.*

—¿Ya terminaste? —pregunté. Mi rostro se sentía caliente y yo también sentía ganas de vomitar.

Ella gruñó, incorporándose con lentitud.

—Mi vientre se siente... No sé.

—Estás embarazada —expliqué.

—¿Qué?

—Yo también lo estoy.
Me miró.
—¿Acaso tú...?
—Me forcé a mí misma a concebir. Algo... terrible sucedió en consecuencia —me miré las manos—. Sola advirtió que mi principal problema sería la falta de control.
Luyu se limpió la boca con el dorso de la mano y se tocó el vientre.
—Entonces no soy sólo yo. Son *todas* las mujeres.
—No sé qué tan lejos se expandió, no creo que haya llegado a otras poblaciones, pero donde hay hombres muertos, hay mujeres preñadas.
—¿Pero q-qué sucedió? ¿Por qué hay hombres muertos? —preguntó.
Negué con la cabeza y miré el río. Era mejor para ella no saber. Una mujer gritó cerca de nosotros. Yo también quería gritar.
—Mi Mwita —susurré. Mis ojos ardían. No quería alzar la mirada y ver a las mujeres desconsoladas, corriendo afligidas por las calles.
—Murió bien —dijo Luyu.
—El hijo mata a su padre —dije. *Pero Daib no está muerto*, pensé.
—El aprendiz mata a su Maestro —dijo Luyu con voz cansina—. Daib te odiaba. Mwita te amaba. Mwita y Daib, el uno no puede medrar sin el otro, supongo.
—Hablas como hechicera —gruñí.
—He estado cerca de demasiadas de ellas —contestó.
Entonces me acordé y busqué dentro de los pliegues de mi rapa. Esperaba que no estuviera ahí. Pero ahí estaba. Me aferré al disco de metal.
—Luyu, ¿todavía tienes contigo tu portátil? —dentro de un edificio al otro lado del camino una mujer gritó, hasta que su voz se quebró. Luyu hizo un gesto de dolor.
—Sí —contestó. Entrecerró los ojos—. ¿De dónde sacaste ese disco?

Me acerqué mientras ella introducía el disco con cuidado. Mi corazón estaba palpitando tan rápido que me llevé la mano al pecho. Luyu frunció el ceño y me abrazó. Se produjo un suave zumbido cuando una pequeña pantalla emergió desde la parte de abajo. Luyu le dio vuelta.

Mi madre miraba directamente hacia nosotros. Estaba tirada en la arena. Mi padre clavó su cuchillo plateado en la arena justo al lado de su cabeza. La empuñadura estaba decorada con símbolos muy parecidos a los que yo tenía grabados en las manos. Ting habría sabido qué querían decir. Él abrió las piernas de mi madre y entonces comenzaron los gruñidos, los gemidos, los cantos y la maraña de palabras pronunciadas entre los cantos. Pero esta vez yo estaba viendo una grabación, no la visión de mi madre. Estaba escuchando las palabras nurus y no a partir de la perspectiva de mi madre. Yo podía entenderlas.

"Te he encontrado. Tú eres la indicada. Hechicera. *¡Hechicera!*", cantaba él. "Tú darás a luz a mi hijo. Será glorioso." Y otra canción: "Yo lo criaré y él será el más grande que esta tierra jamás verá". Rompió a cantar: "¡Está escrito! ¡Yo lo he visto!".

Una cosa hecha de vidrio voló desde la ventana de la casa que estaba al otro lado del camino. Se estrelló contra el suelo. Siguió el sonido de un niño sollozando. Yo estaba como anestesiada ante todo eso: las imágenes de mi madre siendo violada por un hechicero nuru hacían arder mis ojos y oscurecían mis pensamientos. Pensé en las mujeres dolientes, los niños, los viejos, a mi alrededor, lamentándose, heridos, llorando. Todos *ellos* habían *permitido* que esto le sucediera a mi madre. Ninguno de ellos hubiera hecho nada por ayudarla.

¿Qué habría pasado si mi madre se hubiera convertido en la hechicera que su padre le había pedido que fuera cuando Daib la atacó ese día? Habría habido una gran batalla. En lugar de eso, toda la protección con la que contaba era su parte Alusi.

—Es suficiente —dijo Luyu arrebatándome el portátil.

La gente estaba atiborrando las calles. Corrían, se arrastraban, caminaban sin ton ni son, hacia el lado del camino, hacia lugares que a mí no me importaban en lo absoluto. Eran como fantasmas, sus vidas habían cambiado para siempre. Me quedé ahí, sin enfocar la mirada. Mi padre había guardado este disco por veinte años, como un *trofeo*.

—Tenemos que seguir nuestro camino —dijo Luyu, arrastrándome con ella. Pero, mientras caminábamos, también comenzaron a brotar lágrimas de sus ojos—. Espera —dijo todavía aferrada a mi brazo. Tiró su portátil al suelo—. Aplástalo —pidió—. Con todo lo que tienes. Machácalo en el suelo.

Yo me quedé mirándolo por unos momentos antes de estampar mi pie en él con toda mi fuerza. El sonido que hizo al romperse me hizo sentir mejor. Lo levanté y saqué el disco. Lo trituré con mis dientes y lo tiré al río.

—Vámonos —dije.

Cuando llegamos al lago nos tomamos un momento. Lo había visto antes, sí, pero dentro de mi visión no había tenido la oportunidad de detenerme y observarlo realmente. En algún lugar del lago había una isla.

Detrás de nosotros había caos. Las calles estaban llenas de mujeres, niños y viejos corriendo y tropezándose, lamentándose.

—¿Cómo pudo sucedernos esto? —comenzaron las peleas.

Las mujeres se desgarraron las vestiduras. Muchos se pusieron de rodillas y le gritaron a Ani para que los salvara. Yo estaba segura de que, en algún lugar, las mujeres okekes que quedaban estaban siendo arrastradas y destazadas. Durfa estaba enferma y yo había ocasionado que esta enfermedad se elevara, como una cobra excitada.

Le dimos la espalda a todo. Había tanta agua. A la luz brillante del sol se veía de azul claro, la superficie en calma. El aire se sentía húmedo y me pregunté si así era como olían los peces y otras criaturas acuáticas. Un aroma dulce y metálico que era como música para mis maltrechos sentidos. Allá en Jwahir ni Luyu ni yo habríamos imaginado jamás esto.

Llegaron varios vehículos acuáticos y se detuvieron a la orilla del lago, cortando la tranquilidad del agua. Eran botes, ocho de ellos. Todos estaban hechos de madera pulida de color amarillo y tenían insignias azules pintadas en el frente. Caminamos de prisa por la colina.

—¡Ustedes! ¡Alto! —gritó una mujer detrás de nosotros.

Aumentamos la velocidad.

—¡Es esa chica *ewu*! —dijo la mujer.

—¡Atrapen a ese demonio! —gritó otra.

Arrancamos a correr.

Las embarcaciones eran pequeñas, apenas para cuatro personas cada una. Tenían motores que escupían humo y hacían un ruido como de eructos al batir el agua. Luyu corrió hacia una de ellas que estaba operada por un joven nuru. Supe por qué lo había elegido: se veía diferente a los otros operadores. Se veía estupefacto, mientras que los demás me veían con horror. Cuando llegamos hasta él, su expresión se mantuvo igual. Abrió la puerta de su bote y nosotras subimos.

—Tú... tú eres la...

—Sí, lo soy —dije.

—¡Arranca esta cosa! —le gritó Luyu.

—¡Es la mujer que mató a todos los hombres en Durfa! —gritó una mujer al resto de los hombres mientras corría colina abajo—. ¡Atrápenla! *¡Mátenla!*

El hombre arrancó su bote justo a tiempo. Salió una columna de humo y se escuchó un sonido agudo. El hombre jaló de una palanca y el bote salió despedido hacia delante. Los otros barqueros salieron en desbandada hacia los bordes de sus embarcaciones, pero estaban demasiado lejos como para saltar a la nuestra.

—¡Shukwu! —gritó uno de ellos—. ¿Qué estás haciendo?

—¡Ya está hechizado! —dijo otro de los barqueros.

Una turba compuesta por mujeres corría colina abajo. Una piedra golpeó nuestro bote y luego otra me golpeó a mí en la espalda mientras me giraba.

—¿Hacia dónde? —preguntó nuestro conductor, cuyo nombre era Shukwu.

—A la isla de Rana —dije—. ¿Sabes dónde es?

—Lo sé —dijo, dirigiendo la embarcación agua adentro.

Detrás nuestro, otra mujer hablaba deprisa con los barqueros. Arrancaron sus botes y comenzaron la persecución.

—¡Paren el bote! —gritó uno de los hombres. Estaban a un cuarto de milla de nosotros.

—¡Shukwu, no te haremos daño! —gritó otro—. ¡Sólo queremos a la mujer!

Shukwu volteó a verme.

Lo miré a los ojos.

—No pares el bote —le dije. Seguimos nuestro camino.

—¿Entonces los rumores son ciertos? —preguntó—. ¿Han desaparecido a todos los hombres de Durfa?

Él venía del otro lado del lago. Quizá de Suntown o de Chassa. Las noticias volaron a gran velocidad. Había tomado un gran riesgo al cruzar las aguas. ¿Qué podía decirle?

—¿Por qué nos estás ayudando? —preguntó Luyu, mostrando suspicacia.

—Yo... yo no creo en Daib —dijo—. Muchos de nosotros pensamos igual. Los que rezamos cinco veces al día, amamos el Gran Libro y somos piadosos, sabemos que esto no es lo que quiere Ani.

Me miró, inspeccionando mi rostro. Tuvo un escalofrío y apartó la mirada.

—Yo la vi a ella —dijo—. A la mujer okeke a la que nadie podía tocar. ¿Cómo odiarla? *Su* hija no podría hacer el mal nunca.

Estaba hablando acerca de mi madre, de su capacidad de hacer *alu* y de cómo intentó ayudarme al decirle a todo mundo sobre mí. Así que también estaba apareciéndose ante los nurus. Estaba diciendo a todos lo buena que era yo. Casi me eché a reír de sólo pensarlo. Casi.

A pesar de sus pesadas cargas, no podíamos aventajar al resto de los botes. Y detrás de éstos vi cinco embarcaciones más llenas de hombres.

—Te darán muerte —dijo Shukwu. Señaló hacia la derecha—. Acabamos de llegar desde Chassa y todo estaba en orden. Dime, por favor, ¿qué sucedió en Durfa?

Me limité a negar con la cabeza.

—Sólo sácanos de aquí —dijo Luyu.

—Espero estar haciendo lo correcto —murmuró él.

Nos llovían maldiciones y amenazas a medida que los otros hombres se acercaban.

—¿Qué tan lejos queda? —preguntó Luyu, frenética.

Ya podía verla: era una isla que contenía una choza con techo de paja; pero el motor del bote se estaba esforzando de más, escupía un humo cada vez más grasiento y negro. Comenzó además a resoplar con un sonido que no podía querer decir nada bueno. Shukwu maldijo.

—Casi no tenemos combustible —dijo. Tomó un pequeño cuenco—. Puedo hacer una recarga.

—¡No hay tiempo! ¡Ve! —dijo Luyu tomando mi hombro—. ¡Transfórmate y vuela hasta allá! Yo pelearé contra ellos.

Negué con la cabeza.

—¡No puedo dejarte! ¡Lo lograremos!

—¡No lo lograremos! —dijo Luyu.

—¡Claro que sí! —grité yo. Me puse de rodillas y me recliné contra la borda—. ¡Vamos a ayudarle! —empecé a remar con las manos. Luyu fue al otro lado del bote y comenzó a imitarme.

—¡Usen éstos! —dijo Shukwu, alcanzándonos un par de largos remos. Puso el motor a toda marcha, que en realidad no era mucho más rápido. Poco a poco nos acercamos a la isla. Nada pasaba por mi mente más que: *Llega ahí, ¡LLEGA ahí!* Mi rapa azul y mi blusa blanca estaban empapadas de sudor y del agua helada del lago sin nombre. Encima de nosotros brillaba el sol. Una parvada de pequeños pájaros pasó volando sobre nosotros. Yo remaba por mi vida.

—¡Vamos! —grité en cuanto estuvimos suficientemente cerca. Luyu y yo saltamos al agua y corrimos salpicando hacia esa pequeña isla que apenas tenía espacio para la choza y dos árboles bajitos. A unos cuantos metros de la choza me detuve para ver a Shukwu pedaleando frenéticamente para apartar su bote de ahí.

—¡Gracias! —grité.

—Si... Ani... lo desea —le escuché decir, casi sin aliento. Las embarcaciones de los nurus estaban cerca. Me volví y corrí hacia la choza.

Me detuve junto a Luyu en el umbral. No había puerta. Dentro se encontraba el cuerpo sin vida de Rana. En una esquina estaba un gran y polvoriento libro. No sé qué es lo que había sucedido con Rana, podría haber sido una de mis víctimas, pero ¿acaso la muerte que había infligido accidentalmente había llegado hasta acá? Nunca lo sabré. Luyu se dio la vuelta y corrió en la dirección de la que habíamos venido.

—¡Hazlo! —gritó por sobre su hombro—. ¡Yo los entretendré!

Afuera, esos hombres la vieron salir. Luyu era hermosa y fuerte. No tuvo miedo cuando los vio descender de sus botes, tomándose su tiempo ahora que sabían que estábamos atrapadas. Creo que la escuché reír mientras les decía:

—¡Adelante, vengan!

Esos hombres nuru vieron a una hermosa mujer okeke, protegida únicamente por su sentido del deber y sus dos manos desarmadas, que se habían vuelto rugosas en los últimos meses. Y saltaron sobre ella. Le arrancaron su rapa verde y su sucia blusa amarilla. Le arrancaron los brazaletes de cuentas que había tomado de la cesta de los regalos apenas ayer, hacía toda una vida. Y entonces la destrozaron. No recuerdo haberla escuchado gritar. Estaba ocupada.

Fui directo hacia ese libro. Me hinqué junto a él. La cubierta era delgada pero dura, hecha de algún material resistente que no pude reconocer. Me recordaba la cubierta negra del libro electrónico que encontré en la cueva. No había ningún título en ella ni ningún diseño. Extendí la mano para cogerlo, pero titubeé. *Qué es...*, pero no, había llegado demasiado lejos como para hacer esas preguntas.

Cuando toqué el libro lo sentí caliente. Febril. Puse mi mano sobre la dura cubierta. Era áspera, como lija. Quería detenerme a considerar este detalle, pero sabía que no tenía tiempo. Lo puse sobre mi regazo y lo abrí. De inmediato sentí como si alguien me golpeara con fuerza en la cabeza e hiciera que la vista me fallara. Apenas podía ver la escritura en las páginas, me lastimaba los ojos y la mente. Estaba concentrada, por el momento. Estaba ahí para un solo propósito, un propósito que había sido predicho en esta misma choza.

Pasé las hojas del libro y me detuve en la que se sentía más caliente. Puse mi mano izquierda sobre ella. No tenía ningún sentido para mí, pero estaba dispuesta a hacerlo, tan enfermo se sentía ese libro. Hice una pausa. *No*, pensé. Cambié de mano, recordando la advertencia de Ting acerca de mi mano: "No sabemos cuáles serán las consecuencias". Este libro estaba lleno de odio y eso era lo que había causado tal enfermedad. Mi mano derecha estaba llena del odio de Daib.

—No te odio —susurré—. Preferiría morir —y comencé a cantar. Entoné una canción que había compuesto cuando tenía cuatro años de edad y vivía con mi madre en el desierto. La época más feliz de mi vida. Había cantado esa canción al desierto cuando me sentía contenta, en paz. Ahora le cantaba a ese misterioso libro que estaba en mi regazo.

Mi mano comenzó a calentarse y vi dividirse los símbolos que estaban en ella. Los duplicados se escurrieron hasta el libro, en donde se acomodaron entre los otros símbolos para formar un texto que no pude descifrar. Podía sentir al libro chupándolos, extrayéndolos de mí, como un bebé lo hace del seno de su madre. Tomando y tomando. Sentí que algo producía un chasquido dentro de mi vientre. Paré de cantar. Observé cómo el libro se volvía más y más tenue. Pero no tan tenue como para no poderlo ver. Se escondió en una esquina cuando los hombres entraron en la choza y me encontraron.

Capítulo 60

¿Quién teme a la muerte?

Las transformaciones requieren de tiempo y yo ya no tenía nada.

En el momento en el que terminé con el libro algo comenzó a suceder. Y mientras sucedía me levanté para correr, pero me di cuenta de que estaba atrapada. Lo único que puedo decir es que el libro y todo lo que tocaba y todo lo que tocaba aquello que lo había tocado comenzó a cambiar. No hacia la espesura, eso no me hubiera asustado. Cambiar hacia otro lugar. Me atrevería a decir que un bolsillo en el tiempo, una rendija en el tiempo y el espacio. Un lugar en el que todo era gris, blanco y negro. Me hubiera gustado quedarme a mirar, pero para entonces ya me estaban arrastrando de los pelos. Pasamos junto a lo que quedaba del cuerpo de Luyu y llegamos hasta uno de los botes. Estaban demasiado ciegos como para ver lo que ya había comenzado a suceder.

Estoy aquí sentada. Ellos vendrán por mí y me llevarán. No tengo ninguna razón para resistirme. No tengo ningún propósito para vivir. Mwita, Luyu y Binta están muertos. Mi madre está demasiado lejos. No, ella no vendrá a verme. Es muy sabia.

Sabe que el destino tiene que desarrollarse por sí mismo. La bebé dentro de mí, hija de Mwita, está condenada. Pero incluso vivir durante tres días significa vivir. Ella lo entenderá. Yo no debería haberla concebido, pero fui egoísta. Ella lo entenderá. Su tiempo llegará una vez más tal como lo hará el mío, cuando el tiempo sea el correcto. Pero este lugar que conocen, este reino, todo cambiará después de este día. Léanlo en su Gran Libro. No notarán que ha sido reescrito. No todavía. Pero ha cambiado. Todo ha cambiado. La maldición de los okekes ya no existe más. Nunca ha existido, *sha*.

Epílogo

Estuve sentado con ella todas esas horas, tecleando y escuchando, pero sobre todo escuchando. Onyesonwu. Miró sus manos llenas de símbolos y se cubrió el rostro con ellas. Finalmente lloró.

—Ya está hecho —sollozó—. Vete ahora.

Me rehusé al principio, pero entonces vi cómo cambiaba su rostro. Vi cómo se transformaba en la cara de un tigre, con rayas y pelaje y afilados dientes. Salí de allí corriendo y aferrándome a mi laptop. No pude conciliar el sueño esa noche. Su recuerdo me perseguía. Podía haber escapado en cualquier momento, podía haber salido volando, hacerse invisible, viajar al mundo astral y huir o "deslizarse", como ella lo llamaba. Pero ella no hizo nada por culpa de lo que había visto durante su iniciación. Era como un personaje atrapado en una trama. Era verdaderamente terrible.

La siguiente vez que la vi fue cuando la arrastraban hacia el hoyo en la tierra en la que la enterraron hasta el cuello. Habían cortado su espesa cabellera y lo que quedaba se erguía tan desafiante como ella misma. Yo miraba en medio de la muchedumbre, compuesta tanto de hombres como de mujeres. Todos gritaban pidiendo sangre y venganza.

—¡Maten a la *ewu*!

—¡Destrócenla, *o*!

—¡Demonio *ewu*!

La gente reía y abucheaba.

—¡La salvadora de los okekes es todavía más fea que los okekes!

—¡Vaya hechicera, si apenas es capaz de lastimar nuestros ojos!

—¡Asesina!

Observé a un hombre alto que tenía el rostro parcialmente quemado, algo que parecía una pierna severamente mutilada y sólo un brazo. Se sostenía usando un báculo y estaba casi al frente de la muchedumbre. Era nuru. A diferencia de los demás, él estaba en calma, observando. Yo nunca antes había visto a Daib, pero Onyesonwu lo había descrito con tal claridad que yo estaba seguro de que era él.

¿Qué sucedió cuando esas rocas golpearon su cabeza? Todavía me lo pregunto. Una luz fluyó desde ella, una mezcla de azul y verde. La arena que rodeaba su cuerpo se comenzó a derretir. Sucedieron más cosas, pero no me atrevo a relatarlas todas. Son cosas sólo para nosotros, para quienes estuvimos ahí, para los testigos.

Entonces la tierra tembló y la gente comenzó a correr. Creo que fue entonces que todos nosotros, los nurus, comprendimos nuestro error. Quizá la reescritura finalmente había surtido efecto. Estábamos seguros de que Ani había llegado para molernos de vuelta al polvo. Habían sucedido tantas cosas. Onyesonwu había dicho la verdad. La ciudad entera de Durfa, todos los hombres fértiles habían sido borrados de la existencia y todas las mujeres fértiles estaban vomitando, preñadas.

Los niños pequeños no sabían qué hacer. Hubo caos en las calles de todos los Siete Reinos. Muchos de los okekes que quedaban se rehusaron a trabajar y eso ocasionó más caos y violencia. Rana el Vidente, quien había predicho que algo sucedería, estaba muerto. El edificio de Daib había ardido hasta los cimientos. Estábamos seguros de que había llegado el final.

Así que la dejamos allí en el hoyo, muerta.

Pero mi hermana y yo no corrimos tan lejos. Regresamos luego de quince minutos. Mi hermana… sí, somos gemelos. Mi hermana, mi gemela, utiliza mi computadora y ha estado leyendo la historia de Onyesonwu. Ella había venido conmigo a la ejecución. Y cuando todo terminó, sólo ella y yo regresamos.

Y porque conocía la historia de Onyesonwu, y porque era mi gemela, no tenía miedo. Como gemelos siempre habíamos sentido la responsabilidad de hacer el bien. Mi estatus como uno de los gemelos de Chassa era lo que me había permitido estar con ella en la cárcel. Es lo que me impulsó a asentar su historia. Y es lo que me impulsará a pelear hasta que sea publicada y a mantener a mi hermana segura durante la reacción violenta que seguirá. Mis padres eran de los pocos nurus que pensaban que *todo* estaba mal: nuestra forma de vida, nuestro comportamiento, el Gran Libro. Ellos no creían en Ani, así que mi hermana y yo crecimos como no creyentes también.

Mientras caminábamos de vuelta hacia el cuerpo de Onyesonwu, mi hermana soltó un aullido. Cuando la volteé a ver estaba flotando a unos cuantos centímetros del suelo. Mi hermana puede volar, y después nos enteramos de que no era la única. Todas las mujeres, okekes y nurus, descubrieron que algo había cambiado en ellas. Algunas podían convertir el vino en agua fresca y potable, otras brillaban en la oscuridad, algunas podían escuchar a los muertos. Otras recordaban el pasado, antes del Gran Libro. Otras podían leer a detalle el mundo espiritual sin abandonar el mundo físico. Todos estos dones otorgados a las mujeres. Ahí estaban: eran el regalo de Onye. Con su muerte y la de su niña, Onye nos dio a luz a todos nosotros. Este lugar nunca volverá a ser el mismo. La esclavitud no existe más aquí.

Sacamos su cuerpo de ese hoyo. No fue nada fácil por causa de la arena derretida en vidrio. Tuvimos que romperlo para poder sacarla. Mi hermana lloró todo el tiempo, con sus pies apenas tocando la tierra. Pero al final la retiramos. Mi hermana se quitó el velo y cubrió la cabeza lastimada de Onye con él.

Usamos un camello para llevarnos su cuerpo al desierto, hacia el este. Llevamos con nosotros otro camello para acarrear la leña. Incineramos el cuerpo de Onyesonwu en la pira funeraria que ella merecía y enterramos sus cenizas cerca de dos árboles de palma. Mientras cubríamos la tumba, un buitre aterrizó en uno de los árboles y nos observó. Cuando terminamos se alejó volando. Dijimos algunas palabras por Onyesonwu y regresamos a casa.

Era lo más que pudimos hacer por la mujer que salvó a la gente del Reino de los Siete Ríos, este lugar que alguna vez fue parte del Reino de Sudán.

Capítulo 61

Pavo real

Capítulo 62

Las palabras de Sola

Ah, pero el Gran Libro fue reescrito. Y en idioma nsibidi, por cierto.

Durante esos primeros días en Durfa *hubo* un cambio. Algunas mujeres se encontraron con los fantasmas de los hombres que habían sido borrados de la existencia por las… acciones impetuosas de Onyesonwu. Algunos de esos fantasmas se convirtieron en hombres vivos de nuevo. Nadie preguntó cómo había sido esto posible. Muy sabio de su parte. Otros fantasmas se desvanecieron eventualmente. Onyesonwu podría haber estado algo interesada en todo esto, pero, por supuesto, tenía otras cosas por las que preocuparse.

Recordemos que la hija de mi estudiante descarriado era *eshu*, una metamorfa fundamental. La esencia de Onyesonwu era el cambio y el desafío. Daib debió de haber sabido todo esto mientras huía de su edificio en llamas, donde el cuerpo sin vida del amor de Onyesonwu, Mwita, se convertía en cenizas. Daib, quien ya estaba entonces lisiado y no podía distinguir los colores ni realizar trabajos con los Puntos Místicos sin sufrir un dolor sin precedentes. Sin duda que existen destinos peores que la muerte.

Ciertamente Onyesonwu murió, porque algo debe estar escrito con anterioridad para poder ser *reescrito*. Pero miren el símbolo del pavo real. Onyesonwu lo dejó escrito en el polvoriento suelo de su celda. Es el símbolo de un hechicero que cree haber sido víctima de una injusticia. De vez en cuando también es escrito por una hechicera. Significa "una que va a realizar una acción". ¿Acaso no es comprensible que ella haya querido vivir en el mundo que ayudó a recrear? Ése, sin duda, es un destino mucho más lógico.

Capítulo 1

Reescrito

—Déjalos que vengan, entonces —dijo Onyesonwu, mirando el símbolo que había escrito en la arena: el orgulloso pavo real. El símbolo era una queja. Un argumento. Una insistencia. Se miró el cuerpo y se frotó los muslos con nerviosismo. La habían vestido con un rudimentario y largo vestido blanco que se sentía como otra prisión. Habían cortado su cabello. Habían tenido la *osadía* de cortarle el cabello. Miró sus manos, los círculos, las líneas, los bucles, estaban entramados en diseños complejos que reptaban hasta sus muñecas.

Se recostó contra el grueso muro y cerró los ojos ante la luz del sol. El mundo se volvió rojo. Venían por ella. En cualquier momento. Ella lo sabía. Lo había visto hace años. Ella lo había visto.

Alguien la agarró con tal rudeza que ella gruñó. Sus ojos se abrieron, con una amarga rabia inundando su cuerpo y su espíritu. Carmesí brillante en medio de la cálida luz del sol. Ella lo había curado todo y, sin embargo, al hacerlo sus amigos habían muerto. Su… Mwita… su amado Mwita, su vida, su muerte. Se llenó de furia. Podía escuchar cómo rugía su hija. Su hija tenía el rugido de un león.

Seis jóvenes fornidos se aparecieron en su celda para llevársela. Tres de ellos con machetes. Quizá los otros tres eran tan arrogantes que no pensaban que necesitarían armas para lidiar con ella. Quizá todos pensaban que la hechicera Onyesonwu estaba resignada a su destino. Ella podía comprender que hubieran cometido tal error. Lo comprendía muy bien.

Y, sin embargo, ¿qué podía haber hecho cualquiera de ellos cuando una fuerza extraña los apartó de allí? Tres de ellos salieron volando de la celda. Todos ellos se incorporaron, se sentaron y observaron con horror cómo Onyesonwu se despojaba de ese horroroso vestido y... cambió. Se transformó, germinó, se envolvió, estiró y creció su cuerpo. Onyesonwu era una experta. Era una *eshu*. Se transformó en una *Kponyungo*, una escupidora de fuego.

¡FOOOOOM! Se escuchó cuando lanzó una bola de llamas tan intensas que la arena a su alrededor se cristalizó. Los tres hombres que seguían en la celda fueron chamuscados como si hubieran estado tirados ante el sol del desierto por días, esperando la muerte. Y entonces tomó vuelo como una estrella fugaz, lista para regresar a casa.

No, ella no era un sacrificio que se podía realizar por el bien de los hombres y las mujeres, okekes y nurus por igual. Ella era Onyesonwu. Había reescrito el Gran Libro. Estaba hecho. Y nunca hubiera dejado que su bebé, lo único que le quedaba de Mwita, muriera. *Ifunanya*. Él había pronunciado esas antiguas y místicas palabras para ella. Palabras que eran más ciertas que el amor. Y lo que decían era suficiente para cambiar destinos.

Pensó en el Borracho de Vino de Palma del Gran Libro. Sólo vivía para beber su dulce y espumoso vino. Cuando un día su recolector experto de vino de palma cayó de un árbol y murió, se sintió desconsolado. Pero entonces se dio cuenta de que, si su recolector había muerto y se había ido, entonces tenía que estar en alguna parte. Y así comenzó la búsqueda del Borracho.

Onyesonwu pensó esto y pensó luego en su Mwita. De pronto supo dónde encontrarlo. Debía de estar en un lugar tan lleno de vida que la muerte escaparía de ahí... por lo menos por un tiempo. Ese lugar verde que su madre le había enseñado. Más allá del desierto, donde la tierra estaba cubierta con árboles llenos de hojas, arbustos, plantas y las criaturas que vivían en ellos. Él estaría esperando en el árbol iroko. Casi gritó de alegría mientras volaba cada vez más rápido. ¿Podían las *Kponyungo* derramar lágrimas de verdad? Ésta sí que podía.

Pero ¿y qué hay de Binta y Luyu?, se preguntó con un rayito de esperanza. *¿Estarán allí también?* Ah, pero el destino es frío y quebradizo.

Nosotros tres, Sola, Aro y Najeeba, sonreímos. Nosotros (mentor, maestro y madre) lo vimos todo de la manera en la que los hechiceros, con experiencia y entrenamiento, solemos percibir las cosas que están profundamente conectadas con nosotros. Nos preguntamos si la volveríamos a ver algún día. ¿En qué se convertiría? Cuando ella y Mwita se reúnan, cosa que harán, ¿qué será de su hija, quien reía tan alegremente dentro del vientre de Onyesonwu de camino al lugar verde?

Si Onyesonwu hubiera echado aunque sea una mirada hacia el sur, con sus ojos *Kponyungo*, habría visto nurus, okekes y dos niños *ewu* en sus uniformes escolares jugando en el patio del colegio. Hacia el este, extendiéndose en la distancia, habría visto negros caminos pavimentados, llenos de hombres y mujeres, okekes y nurus, cabalgando motonetas y carros jalados por camellos. En el centro de Durfa, habría avistado a una mujer voladora que se encontraba discretamente con un hombre volador en el tejado del edificio más alto.

Pero la ola de cambio todavía habría de barrer debajo de ella. Allí, miles de nurus aún aguardaban la llegada de Onyesonwu, todos ellos gritando, aullando, riendo, mirando... esperando mojar sus lenguas en la sangre de Onyesonwu. Que esperen. Tendrán que esperar por un largo, largo tiempo.

Agradecimientos

A los ancestros, espíritus y a ese lugar al que se refieren con frecuencia como "África". A mi padre, cuyo fallecimiento me hizo preguntarme: "¿Quién teme a la muerte?". A mi madre. A mi hija, Anyaugo, mi sobrino, Onyedika y a mi sobrina, Obioma, por animarme cuando escribía los fragmentos de esta novela que me deprimían. A mis hermanos, Ife, Ngozi y Emezie, por su apoyo constante. A todos mis parientes, que siempre han sido mis cimientos. A Pat Rothfuss por leer y criticar *Quién teme a la muerte* desde sus inicios en 2004. A Jennifer Stevenson por tener pesadillas engendradas por esta novela. A mi agente Don Maass por su visión y su guía. A mi editora Betsy Wollheim por pensar, observar y estar fuera de la caja. A David Anthony Durham, Amaka Mbanugo, Tara Krubsack y al profesor Gene Wildman por su estupenda retroalimentación. Y al reportaje de Associated Press de 2004 escrito por Emily Wax, titulado "We Want to Make a Light Baby" (Queremos hacer un bebé de piel clara). Este artículo sobre la violación como arma de guerra en Sudán creó el pasadizo a través del cual Onyesonwu se coló a mi mundo.

Esta obra se imprimió y encuadernó
en el mes de octubre de 2018,
en los talleres de Impregráfica Digital, S.A. de C.V.,
Av. Coyoacán 100–D, Col. Del Valle Norte,
C.P. 03103, Benito Juárez, Ciudad de México.